KB035159

문학과지성 시인선 475

세상의 모든 비밀

이민하 시집

문학과지성사

문학과지성사에서 펴낸 이민하의 시집

음악처럼 스캔들처럼(2008)
환상수족(개정판, 2015)

문학과지성 시인선 475
세상의 모든 비밀

펴 낸 날 2015년 12월 4일

지 은 이 이민하
펴 낸 이 주일우
펴 낸 곳 ㈜**문학과지성사**

등록번호 제1993-000098호
주   소 121-894 서울 마포구 잔다리로7길 18(서교동 377-20)
전   화 02)338-7224
팩   스 02)323-4180(편집) 02)338-7221(영업)
전자우편 moonji@moonji.com
홈페이지 www.moonji.com

© 이민하, 2015. Printed in Seoul, Korea

ISBN 978-89-320-2804-0

이 책의 판권은 지은이와 ㈜**문학과지성사**에 있습니다.
양측의 서면 동의 없는 무단 전재 및 복제를 금합니다.

지은이는 2014년 아르코문학창작기금을 수혜했습니다.

이 도서의 국립중앙도서관 출판예정도서목록(CIP)은 서지정보유통지원시스템 홈페이지
(http://seoji.nl.go.kr)와 국가자료공동목록시스템(http://www.nl.go.kr/kolisnet)에서
이용하실 수 있습니다. (CIP제어번호: CIP2015032258)

문학과지성 시인선 475

세상의 모든 비밀

이민하

2015

시인의 말

가장 멀리 가려고
가장 가까이 있었다

죽음의 내의를 입고 있었다
겨울이 올 때까지
구멍이 날 때까지

당신은 나의 절반이다
나도 당신의 비밀일까?

2015년 11월
이민하

세상의 모든 비밀

차례

시인의 말

1부

신비와 숙자 씨,
빛이 된 아이들에게

1부

원근법

검은 우산들이 노란 장화를 앞지르고 있었다
차도에는 강물이 흐르고
건너편에는 머리가 지워진 사람과 발목이 잘린 아
이들이 떠내려간다

오후에 떠난 사람과 저녁에 떠난 사람이 똑같이
이르지 못한 새벽처럼

한 점을 향해 가는
길고 긴 어둠의 외곽 너머

텅 빈 복도에 서서
눈먼 노인과 죽어가는 아이가 함께 내려다보는
마르지 않는 야경 속으로

몇 방울의 별이 떨어졌다

이 시는 커튼의 종류일까

바늘공포증이 있는 아이가 커튼 뒤에 숨어 있다. 저 아이를 꺼내려면 어떻게 해야 하나. 앞치마를 벗으며 기억을 입는다. 묶었던 머리를 풀면서 방법을 짠다. 예약 시간을 맞추려면 차편도 구해야 한다. 아이가 내 월급을 쥐고 있다. 벽이란 벽은 모두 삼키며 검게 구불거리는 커튼 앞에서 나는 기다란 집게를 들고 이것이 바늘의 종류일까 생각한다. 아이에게 물어보면 답을 알겠지만 그러려면 아이부터 찾아야 한다. 아이를 찾으면 병원에 갈 수 있지만 그러려면 바늘부터 이해해야 한다. 바늘에 집중하려면 청색 멜빵바지나 옷에 묻은 카레 냄새는 잊어야 한다. 공포에 떠는 아이는 공포에 떠는 눈으로 찾아야 한다. 아이와 나 사이에 검은 커튼이 흐르고 있다. 공포의 맨살을 맞대려면 바늘처럼 흐르는 물비늘을 걷어내야 한다. 아가리를 벌린 물속에 미역줄기 같은 내 머리를 처박아야 한다. 공포에 떠는 아이는 공포에 떠는 목소리로 꺼내야 한다. 커튼이 없는 무엇이 이보다 간절할 수 있을까. 허우적거리는 두 팔로 죽음의

커튼콜을 앞질러야 한다. 물에 잠긴 목소리로 나는
숨이 넘어갈 듯 아이를 부른다. 가늘게 떨리는 검은
물결 속에서 뽀얀 발가락이 모습을 드러낸다. 커튼
밖에서 기다란 집게가 내 발을 들어 올린다.

체육 입문

한 사람이 공놀이를 한다
공은 공중을 돌아 이마를 타고 흘러내린다
공이 바닥에 닿기 전에 발은 움직인다
다시 머리 위로 솟구칠 때
구부러진 발등과 이마는 키스처럼 가깝고

두 사람이 공놀이를 한다
공은 두 손에서 뻗어 가슴을 향해 파고든다
공중에 떠 있는 눈은 온몸을 잡아당기고
공을 떨어뜨리지 않으려고 두 사람은 점점 멀어
진다
공이 덤불에 처박혀 달걀처럼 깨질 때
공을 주우러 간 그림자는 기차처럼 길고

두 손을 털고 사람들이 떠난 길 위에
수만 갈래 힘줄을 뻗는 공은 지구보다 넓고
하늘이 한 뼘 더 두꺼워진 다음 날
낯선 공이 떠도는 공터에 모여

세 사람이 공놀이를 한다
공은 공중으로 솟구쳐 공중으로 나아간다
바닥에 떨어지지 않으려고 방향을 잡고
공은 새가 된다
한 사람에게 날아가지만 세 사람의 심장이 뛴다
두 사람이 공을 주고받을 때
망을 보는 한 사람은 비밀처럼 뜨겁고

에덴의 비밀

계단을 기어오를 때마다 구불구불 몸이 휘었습니다. 혼자서 걸음마를 익혔을 뿐인데 그림자가 마당을 삼켰습니다. 옥상에 올라 별 하나씩 땄을 뿐인데 빗방울이 떨어졌습니다. 불면증에 걸린 귀들이 미행을 했습니다. 아빠는 옛집에 들러 낡은 자루를 가져왔고 오빠는 창고에서 막대기를 꺼냈습니다. 엄마는 집게에는 손도 못 댄 채 핀셋으로 내 눈을 찔렀습니다. 층계 입구엔 가시투성이 장미나무를 그물처럼 펼쳐놓았습니다. 아침마다 눈에 띄는 바닥의 얼룩이 핏물인지 꽃잎인지 모르겠지만 붉은 것은 모두 물증이었습니다. 나의 허물을 잡은 엄마는 속옷까지 벗겼습니다. 허물들이 줄줄이 빨랫줄에 널렸습니다. 오빠는 집을 더 높이려고 빠르게 건축가가 되었고 동생은 무섭게 자라 앰뷸런스 운전사가 되었습니다. 옥상은 점점 벼랑이 되었고 하루는 엄마가 뒤따라와 나를 떠밀었습니다. 나는 난간에서 떨어져 밤의 응급실과 아침의 학교로 운송되었습니다. 가엾은 선생님은 내 머리에 손을 얹은 채 하늘의 부름을 받아서 나는 그대로 앉은뱅이가 되었습니다. 체육 시간엔 운동장으로 몰려나오는 아이들이 놀라지 않게 나무 뒤에 숨었습니다. 글짓기 시간엔 꽃밭에 앉은 아이들이 날아가지 않게 숨을 멈추었습니다. 오늘은 낭만적인 날이어서 종일 미술 수업이 이어지고 한 아이가 방과 후까지 남아 자화상을 그립니다. 훔쳐보던 내가 손을 내밀자 도화지 속에서 똬리를 풀고 빠져나오는 것이 있습니다. 옷소매로 스며 늑골 사이로 파고드는 것이 있습니다. 식도를 타고 울컥 눈물샘으로 몰려드는 것이 있습니다. 아이가 텅 빈 도화지를 접어 가방에 넣고 무심히 지나갑니다. 나는 하마터면 자리에서 벌떡 일어날 뻔했습니다. 주저앉은 뼈들이 재빨리 붙잡았습니다.

포도나무 아래서

찰흙으로 빚은 얼굴처럼 흠집 없이 자라줄게요
가을의 경전을 꿰고 있는 신도들이 플라스틱 상자
를 들고 진압에 나설 때까지
뙤약볕은 화염을 쏟고
아빠들은 방 안에서도 전쟁을 하네

농장에 숨어 찰흙놀이를 하는 우린
똑같이 빚은 얼굴을 목에 매달고 까꿍 까꿍
내가 누구게?
처음 만난 사이처럼 안면을 트죠

얇은 종이를 뒤집어쓰고 긴 잠에 빠지지만
피부색이 모두 같아질 때까지 파랗게 멍이 들게요
총탄이 박힌 포도알처럼

얼굴과 범벅이 된 머리칼을 벗겨내며
검게 물든 손톱을 내밀고 피, 하고 가리키면
입술을 뾰족이 내밀며 피, 하고 웃는 아이들

농담처럼 가볍게 대화를 트죠

마을회관의 붙박이 노인들은 치매를 예방하려고
손에서 손으로 추억의 패(牌)를 돌리며 우기를 견
디네
넘치는 떡과 복음(福音) 속에서

빗물이 들지 않게 이웃끼리 끌어안고
한 집씩 돌아가며 식사 기도를 암송하는 저녁
배고픔과 외로움을 복습하는 동안
눈을 감으면 더 가까워지는 우린
식탁 아래로 발장난을 하며 비밀을 트죠

찰흙으로 빚은 얼굴처럼 흔적 없이 사라져줄게요
비바람에 살갗을 터뜨리며
우리끼리 한 알씩 얼굴을 삼키죠
플라스틱 신도들이 몰려오기 전에

아이들은 과즙이 새는 부위에 혀를 대고 서로를
훔칩니다
죄를 배우듯 서툴게 입을 벌리고
첫 키스는 숨을 죽이며 마지막에 트는 것
플라스틱 신도가 되어 다시 만나기 전에

피조물의 추억

　나를 만든 엄마는 둘이었는데요. 손가락이 열한 개 발가락도 열한 개. 조물주인 엄마는 기겁을 해서 나를 보자마자 눈을 감았더랬죠. 기도를 하는 거라 생각했던 나는 일주일이 지나서야 그게 이별이란 걸 알았는데요. 사실은 내게 혀도 두 개란 걸 알면 그녀가 화들짝 눈을 뜰까 봐 입 벌리고 울지도 못했지요.

　죽은 엄마의 신도인 다른 엄마는 애지중지 지하에서 나를 키웠는데요. 낙서놀이를 할 때마다 덮어주던 곰팡이가 베개까지 덮치자 천식이 심한 엄마는 눈을 감았더랬죠. 잠을 자는 거라 생각했던 나는 사흘이 지나서야 그게 끝이란 걸 알았는데요. 이웃에게 들키면 그녀가 번쩍 눈을 뜰까 봐 소리 내어 울지도 못했지요.

　건물이 헐리던 날 나는 극적으로 구조되었는데요. 나를 입양한 엄마는 리본구두를 선물하며 발가락 한 개를 잘랐죠. 신발이 꼭 맞는구나. 우린 함께 웃었죠. 아빠도 유화 도구를 물려주며 거추장스러운 손가락 한 개를 잘라줬죠. 붓이 참 잘 어울리는구나. 우린 크게 웃었죠. 제법 자란 주먹만큼 입도 커졌으니까요. 엄마 아빠가 싸울 때면 나이프를 쥔 채로 캔버스 속에서 잠들곤 했는데요. 그들이 캔버스를 집어 던지던 밤, 시너로 불을 지르고 집을 나왔죠.

새로 만난 엄마는 나를 쫓아다니던 카메라광. 포즈가 느는 나를 좋아해서 우린 영화관에도 자주 갔었는데요. 식칼로 연필을 깎던 날 나는 연필을 모두 빼앗겼죠. 연기일 뿐인걸요. 남아돌던 혀가 처음 뱉은 말이라니 당황스러웠지만요. 호러 배우처럼 웃음을 머금으며 말하는 재주가 늘자 연기처럼 엄마도 사라졌어요.

엄마가 바뀔 때마다 아빠도 바뀌었는데요. 조율사였던 12월의 아빠는 피아노를 사 왔고요. 내가 건반을 두드릴 때 등 뒤에서 엄마를 만지는 그를 나는 뒷

머리를 들추고 훔쳐봤죠. 엄마의 맥놀이 따라 그의 손놀림도 빨라졌는데요. 나의 연주는 너무 느리고 클라이맥스에 접어들 무렵 늙어버린 아빠는 떠나갔죠.

하지만 오늘은 새아빠를 고르는 날. 엄마와 나는 나란히 집을 나섰죠. 스치는 사람들 속에서 울고 있는 당신이 눈에 띕니다. 엄마와 나는 모처럼 죽이 맞아 한몸이 된 듯, 이름이 뭐예요? 마음의 결정을 내립니다. 주름진 오른손과 솜털 핀 왼손이 깍지를 끼고 한목소리로 당신에게 속삭입니다. 눈물 연기 말고도 잘하는 걸 말해봐요.

이인(異人)의 방

와이가 웃는다, 집이 없는 내게 다락방을 내준 사람
밤마다 축음기가 망가지는 건
나의 불면증 때문인데
나는 수리공을 부르고 출장비는 와이가 낸다
회식을 마치고 끌려오는 와이의 구둣발 소리
목욕물을 받아놓고 내 방으로 돌아오면
잠꼬대가 물혹처럼 기어 다니는
이곳에 손님이 드문 건
내가 현지어가 서툴기 때문인데
나는 우편함을 살피고 우편물은 와이가 뜯는다
벽지가 발라진 방문 위에 거울이 걸려 있다
잠을 자려면 나는 거울을 열고 가파른 계단을 올
라가야 한다
조명도 없이 비좁은 어둠을 지키는 건
내가 원작자이기 때문인데
나는 암표를 사고 극장엔 와이가 간다
주말시장엔 함께 발을 맞춘다
와이가 이웃에게 인사하는 동안 나는 고양이를 따

라다닌다
　그러니까 와이가 일을 그만둔 건
　나의 외로움 때문인데
　나는 배낭에 수의까지 빨아 넣고 휴가는 와이가
떠난다
　뒷골목으로 빠져나오는 심야 관객처럼
　나는 어둠의 끝까지 계단을 내려온다
　네온 간판 속에서 애꾸눈으로 목례를 하는 거리의
자막을 지나
　빵 냄새가 나는 해안열차를 탄다
　간이역에서 마을광장까지 걷고 걷다가
　막다른 시간 앞에서 나는 멈춘다
　길가의 어떤 문을 두드려도 그건 와이의 집
　빈 거울을 닦다가 마중 나오는 사람, 와이가 웃는다

휴일의 쇼

사람들은 휴일을 사랑하고 나도 휴일이 좋아 연중무휴 휴일이다. 일요일과 월요일의 철책을 없애고 빈방 같은 휴일이 쌓인다. 사람들은 빈방을 사랑하고 나도 빈방이 좋아 천지사방 빈방이다. 빈방마다 따끈한 철가방이 배달된다. 불어터진 햇발을 씹고 입가에 묻은 어둠의 소스를 훔치면 낯선 시간 속으로 지금 막 이사 온 기분. 뼈를 끌러 내장이라도 쏟고 윤이 나도록 닦으면 처박혀 있던 핏물이 엎질러져 물걸레를 짜듯 째지는 기분. 사람들은 휴일에는 더욱 바쁘고 나도 휴일을 위해 태어난 사람처럼 쉬지 않고 지껄인다. 사람들은 빈방에서 더욱 요란하고 나도 빈방을 위해 태어난 사람처럼 그럴듯하게 꾸며댄다. 욕실을 해변처럼 꾸미고 거실을 동물원처럼 꾸미고 책장에는 앵무새들을 기르고 벽에는 구름을 발라 코끼리를 걸어둔다. 코끼리의 귀를 감아 괘종 소리를 울리면 시계추를 따라 앵무새들이 유행가를 부른다. 조련사가 필요해서 어느 날 나는 원숭이를 낳았다. 화창한 날에는 먼지 낀 실커튼을 추켜

올리고 낙타의 눈을 열어젖힌다. 그 속으로 지나가는 행인들. 그들을 붙잡으려고 나는 말을 부리기 시작했다. 눈을 감고도 말을 달리는 연습을 했다. 검은 갈기의 흔들의자가 도착할 즈음 곡마단을 꾸릴 것이다. 관람객이 는다면 야근도 늘릴 참이다. 창고에 천막을 치고 극장처럼 꾸미는 건 겨울 직전의 일. 복도를 밤의 정류장처럼 꾸미고 찻잔을 가로등으로 기타를 트럭으로 부를 것이다. 나는 트럭 밑에 잠들어 있다. 원숭이가 트럭을 몰고 극장으로 달려간다. 나는 밟히면서 듣는다. 바퀴 소리가 멈추면 맨 처음의 조곡이 연주될 것이다.

노래

책을 읽었다 입으로 읽었다
밤과 낮이 앞뒷면처럼 바뀌고 계절이 한 권씩 쌓
이고
사이사이 백지가 막아서면 면벽을 하듯
공친 날들이 있었지만

책을 읽었다 입으로 읽었다
노래가 될 때까지 읽는다 쉬지 않고
흐르는 곡조는 박자를 바꾸기 힘들었지만

책갈피에 끼워진 사람을 보다가 나도 따라 웃는다
그는 나의 영웅
지하에서 공중까지 음계를 넘나들더니 숨은 왜 끊
었을까
비음 섞인 애드리브가 숨을 멎게 했는데
숨이 가쁜 날들이 이어지고

목적 없는 불빛이 흐르고

허밍으로 때우며 휘파람으로 맴돌며
귀퉁이가 접힌 날들이 있었지만

잠이 와도 뒤죽박죽 책을 읽었다 입으로 읽었다
음표 몇 개 삐걱거려도 비뚤배뚤 리듬이 끌고 갔
다 얼버무린 발음으로
혀가 꼬이는 날들이 있었지만

책을 읽었다 입으로 읽었다
목이 쉬도록 읽었다 네 권의 노래를 다 외웠지만
한 소절도 시작되지 않았다
책갈피에 얼굴을 묻고 잠이 들었다
책이 나를 쓸어 담았다
손가락들이 기어 나와 책장에 꽂았다

siesta

한 자락의 빛이 면사포처럼 날아올랐다. 천장 아래 흐르고 있었다. 흐름의 끝이 어디이기에 정지된 장면처럼 보이는 것일까. 빛과 함께 달리고 있어서 나는 제자리였다. 검은 턱시도의 지하계단이 잠시 흔들렸다. 피를 담아둔 화병들이 난간 위에서 고꾸라졌다. 나는 핏물을 닦으려고 허리를 구부렸다. 신부님, 어디 계세요? 사진사가 두리번거렸다. 당신은 촛불을 껐다. 여긴 꿈속이구나. 중얼거리던 당신이 내 귀를 텅텅 울리며 뒤돌아섰다. 하얀 원피스의 들러리들을 데리고 계단을 벗어났다. 축가가 끝나기 전에 국수를 입에 문 하객들도 사진을 벗어났다. 필름의 끝은 어디이기에 흐르는 장면처럼 보이는 것일까. 시간의 축의금이 전달됐다. 유리로 밀봉된 봉투 안에는 몸을 켤 수 있는 스위치가 들어 있었다. 유리를 깨는 데 십 년이 걸렸다. (*내 몸에 박힌 스위치를 당신은 왜 모조품으로 생각할까.*) 고개를 갸웃거리다가 나는 잠에서 깨어난다.

*

두 손으로 벽을 더듬었다. 눈앞이 깜깜했다. 박쥐들이 벽과 천장에 시한폭탄처럼 붙어 있었다. 빈틈이 사라지면 어둠은 폭발할까. 물결처럼 흘러들어오는 박쥐 떼를 가르며 동굴 속을 질주한다. 뒤에서 총부리를 겨누며 누군가 함께 뛰었다. 전쟁놀이라도 하자는 걸까. 그의 불결한 엽총을 피하려고 나는 죽은 척했다. 죽음도 연기가 늘면 놀이가 된다. 공포도 장단을 맞추면 노래가 된다. 거대한 물고기를 삼키기 위해 입을 벌릴 수는 없다. 딱딱한 공포의 비늘이 목구멍을 막을 것이다. 거대한 이빨들 사이로 들어가야 한다. 부드러운 내장 속으로. 어둠 속으로. (*사람들이 귀를 막고 비명을 지르는 건, 제 목소리만이 자신을 찌를 수 있기 때문이다.*) 소리를 지르다가 나는 잠에서 깨어난다.

*

　동굴을 벗어나자 라돈 강에 이른다. 달빛 아래 물
장구치는 님프들을 훔쳐보았다. 여기가 끝인가. 이
제 어디로 갈 수 있나. 혼잣말이 들렸는지 그녀들이
나를 불렀다. 넌 무엇에 쫓겨 여기까지 왔니? 무섭
고 흉한 저 소리가 들리지 않나요? 그건 너의 목소
리. 목소리를 버리고 싶다면 강물에, 목소리를 바꾸
고 싶다면 공중에 몸을 힘껏 던져보렴. 바람 속으로
몸을 날리자 쉰두 개의 흰건반이 잇몸에서 우수수
떨어진다. 텅 빈 뼈대가 갈대처럼 기울어진다. 눈이
붙어버렸는데 천 개의 음계가 눈앞에 펼쳐졌다. (*바
람이 입술을 깎았지만 음악은 형태를 벗어난다.*) 눈을
부릅뜨다가 나는 잠에서 깨어난다.

*

　지붕에서 불현듯 갓난아기의 울음소리가 쏟아져

32

내렸다. 검게 닫힌 아래층의 창들은 벽과 구분되지 않았다. 장맛비가 창문으로 흘러들었다. 얼마나 많은 비가 차올랐는지 나는 욕조처럼 방 안에 잠겼다. 발목이 잠기고 허벅지가 잠기고 갈비뼈가 잠기고 머리털 빠진 정수리가 수면을 들락거렸다. 나는 엄지와 검지에 힘을 모으고 퉁퉁 부은 배꼽을 만지작거린다. 쭈글쭈글한 물의 탯줄이 요동을 쳤다. (이브에게 배꼽이 없었다면, 물에서 빚어진 나의 태생은 어떻게 설명할까.) 팔다리를 휘젓다가 나는 잠에서 깨어난다.

*

한 무리의 물고기들이 우르르 복도를 지나간다.
벽은 온몸으로 균열을 막으며 뒷걸음치고
불빛에서 비늘 몇 개가 떨어진다.
물 위에 나부끼는 두 눈을 따라 물뱀의 혀처럼 손가락들이 날름거린다.

빛바랜 선반이 살짝 기운다. 선반 위에는 화병.

화병 속에서 뼈대 몇 줄기 솟구치고

뼈끝마다 붉은 심장이 핀다.

다음은 드라이플라워의 시간. 길고 긴 날숨에 말
라가는

눅눅한 창틀 너머엔 거꾸로 매달린

중천의 드라이플라워.

열두 시를 지나는 자화상

반쯤 감긴 눈으로 나는 걸었네

자작나무 숲은 얼마나 먼가

당신은 꼭꼭 숨어 해먹 위에서 잠들었네

나는 열두 시에 도착했네

안개를 들추고 숨을 죽였네

이마 위의 그림자를 쓸어 올리며 당신은 실눈을 떴네

낡고 빛바랜 청포장이 지평선까지 흘러내렸네

젓가락처럼 식도를 모아 점심을 나누고

나는 햇잎으로 입을 훔치며 오후의 거리로 내려왔네

숨바꼭질하는 연인들의 미로원을 지나

식칼들의 합주 속에 군무를 추는 불빛 지붕들을 돌아

장마철에도 나는 숲길을 올라갔네

빗줄기가 신발에 갈고리를 걸고 예인선처럼 끌었네

나는 열두 시에 도착했네

눈꺼풀 위의 빗방울을 개미처럼 튕기며 당신은 잠

들었네
　해먹 위에 우산을 씌워주고 돌아와
　어제는 자전거를 타고 갔네
　질주하는 트렁크에 히치하이크한 날도 있네
　심장에 긴 살얼음을 긁으면서도 갔네
　자면서도 나는 우편낭을 챙겼네
　뿌옇고 까만 그을음이 끼는 정오와 자정
　자면서도 당신은 편지를 쓰고 있었네
　공중에서 녹색 머리칼들이 떨어져 글자들 사이에
섞였네
　바람의 잔이 떠다니고
　발목만 땅에 묻힌 백골들이 빈속을 채우며 앉아
있었네
　횃불을 든 마을 사람들이 왁자하게 몰려왔네
　당신은 주섬주섬 자작나무 숲을 수레에 실었네
　비켜 앉은 내 손 위로 수레바퀴가 지나갔네
　밤과 낮이 천천히 뒤집혔네
　굴러 떨어진 나무토막을 하나씩 던지며

사람들은 모닥불을 피우다 돌아갔네
　　아직 뜨거운 잔가지 하나를 뭉개진 손가락 사이에
끼우고
　　자작나무 숲은 얼마나 먼가
　　반쯤 감긴 눈으로 나는 걸었네

화양(華陽) 시절

　겨울과 봄을 혼자 보냈네. 마지막 자리에 초대된 나는 아홉번째 멤버. 하늘에는 짙게 깔린 레드카펫. 마중 나온 늙은 개가 경호해주었네. 열두 살 인생의 쓴맛과 단맛. 식구들은 단식이라도 했던 걸까. 빈 의자가 퍼즐 조각처럼 완성되자 허겁지겁 멤버십을 소화했네. 깨질 듯 둘러앉던 화양동 식탁. 유리알 같은 태양에서 행주 냄새가 났네. 엄마는 물이 잘 빠지는 난초 화분에 아이들을 옮겨 심었고, 할머니는 머리맡의 비상벨을 떼고 날개를 달았네. 노래를 좋아하던 늙은 개는 명주실 같은 숨결을 어떻게 참았을까. 내 귀에 목줄처럼 감아준 마지막 노래.

　할머니의 벨 소리가 긴 잠을 깨웠네. 목줄이 끌리듯 강을 건넜네. 정류장을 지날 때마다 시간이 천 일씩 뒷걸음쳤네. 열두 정거장 너머의 시절. 사춘기의 설렘과 공포를 동시상영하던 극장은 어디로 갔을까. 칠백 살 된 느티나무는 나침반을 어디에 흘렸나. 안면이 없는 상점들만 골목까지 따라왔네. 늙은 개와 엄마와 할머니는 마당에 둘러앉아 김밥이라도 마는

걸까. 나의 빈자리에 쌓아둔 김을 누가 쏟기라도 한
걸까. 비릿한 어둠이 한 겹씩 달라붙었네. 목이 꺾
인 백합 같은 얼굴들이 돌아오고 있었네. 그 사이로
개들과 함께 슬리퍼를 끌며 유령들이 강바람을 쐬러
가는 저녁. 오늘도 나는 마지막 멤버. 하늘에는 노랗
게 떠내려가는 조각배.

백혈병

단지 하얀 애라는 뜻이었다. 그러니까 백혈병은
기호(記號). 손가락을 숨기고도 지나가는 나를 가리
켰다. 비밀 목록을 만들며 그들은 우정을 관리했다.
스물을 앞둔 남자애들에게 무슨무슨 병(病)이란 모
두 신비의 세계. 식탐만큼 호기심의 메뉴가 늘었
다. 키가 정오에 닿아 눈높이가 태양 같았다. 단숨
에 도달한 학교를 지나쳐 새로운 정류장을 찾고 있
었다. 그들 중 한 아이와 나란히 밤 버스를 기다리는
사이가 되었다. 짐짓 딴청을 부리며 번번이 버스를
놓치는 사이가 되었다. 막차가 올 때까지. 기어코 마
지막 버스가 데려갈 때까지. 얼마나 혈기가 넘쳤던지
겁도 없이 그 애는 세상 밖까지 가버렸다. 첫눈 같던
그 애의 손을 잡지도 못했다. 닿기만 해도 녹을 것
같아 내 손은 늘 주머니 속에 백지처럼 접혀 있었다.
어지러운 눈발이 온몸에 퍼지던 겨울이었다. 소복
소복 흰 눈을 입은 버스들이 지나갈 때면 봉제선처
럼 터진 차창 너머로 그 애의 손목이 나풀거렸다. 무
심코 끌려가다가 무작정 따라가다가 나도 발병했다.

그러니까 백혈병은 기호(嗜好). 붉은 잉크가 필요했다. 떨리는 송곳니를 하나씩 꺼내며, 하얀 것만 보면 피! 피! 피! 나도 모르게 기절했다.

기억의 밥

절벽 위에 두 사람이 있다
얼굴을 마주 보는 유일한 시간
의자는 늘 세 개

풀들이 일렁이자
바닷바람에 떠밀려 온 아이가
뒷모습으로 앉아 있다

검은 머리풀이 자라는
해변의 목초지

눈물을 흘리듯 밥알을 흘린 날도 있었지
수저를 들다가 식탁을 걷어차고

다리가 부러져 세 발로 서 있는 식탁 아래
봄볕이 엎지르는 꽃들처럼

피를 토하듯 국물을 엎지른 날도 있었지

진수성찬을 차려도 한쪽으로만 기우는 세계

절룩거리는 다리를 마저 부러뜨리고
두 사람은 무릎을 꿇고 앉는다
두 손을 모으듯 입을 꼭 닫고도

썩지 않는 날들 사이로
꽃들은 불길처럼 지나가고

하얀 머리풀이 섞이는
해변의 목초지

아이가 돌아앉자
두 사람은 뒷모습으로 앉아 있다
절벽이 되고 있다

수인(囚人)
—죽은 시간 속에서

눈을 떠요 엄마, 나를 좀 깨워줘요
교복을 다려줘요 노란 리본도 달아줘요
어둠에 갇힌 친구들이 돌아올 수 있게
다락방에 쌓인 동화책 속에서 램프를 꺼내줘요 양
탄자도 깔아줘요

두 눈을 떴는데도 몸은 왜 묶여 있나요
가위눌린 거라면 토닥토닥 자장가를 불러줘요
나쁜 꿈을 꾼 거야 너도 그렇지?
혼자서 앓지 말고 일어나 얘기해봐요

애야, 오늘은 일요일이란다 마음껏 자렴
미소라도 지으며 둘러대봐요
거짓이라도 지어서 속삭여줘요

아이들이 걸상에 앉아 죽음의 교과서를 펼치고 있
어요
손을 잡아주세요 시를 읽어주세요

악기도 없이 반복되는 침묵의 연주를 멈춰주세요
아이들이 강당에 남아 끝이 없는 왈츠를 돌고 돌
아요

눈을 떠요 엄마, 오후가 지나갔어요
정수리에 피딱지가 앉을 수 있게 석양이라도 쬐
세요
등뼈가 기우는 엄마 옆에서 곁눈질하는 해바라기
씨처럼
볕 좋은 창가에 뿌려지고 싶어요

멈춰 있는 달력을 넘겨줘요 장맛비가 와도 사월의
수요일
슈퍼문이 겉돌다 가는 추석에도 死月의 水요일
창유리엔 청얼음이 깔리고 있는데
이제 그만 눈꺼풀을 덮어줘요

물방울 같은 내 눈을

물보라 치는 내 심장을
물거품 이는 내 발꿈치를

그림자 속에 담아두지 말아요
기억하는 건 내가 할게요 엄마가 늙어가는 새벽이
면 사진 속으로 돌아와
우는 건 내가 할게요 마르지 않는 물이 되어

얼굴을 씻는 아침마다 그릇을 닦는 저녁마다
수도꼭지만 틀면 흘러나오는 긴 물소리, 그건 나
의 노래
갈라 터진 가슴을 축이는 한 모금의 물, 그건 나의
입맞춤

눈을 떠요 제발, 누워 있지만 말고 차라리 울기라
도 하세요
책상 위의 금붕어들을 버려두지 말아요 피고 지는
눈물로

어항 속에 고인 피를 갈아주세요

금붕어들이 깨물 때마다 물의 혀처럼 일렁이는 물
풀들

자를 수 없는 물빛, 그건 우리의 숨결

공원의 아름다움

아이는 아이를 지나 교문 앞으로 나아갔다. 좌판
위의 크레용 개수가 나이만큼 늘어갔다. 비 오는 날
엔 리코더와 실로폰을 팔았다. 지각한 아이들이 미
소를 지불했다. 아이는 공터를 지나 꽃을 만드는 공
장으로 귀가했다. 부케를 완성한 언니들이 한 묶음
씩 예식장으로 팔려 나갔다. 국화꽃 화환을 다 쌓은
엄마와 할머니는 장례식장으로 실려 나갔다. 아이는
황혼을 지나 그녀들의 초상화를 떨이로 팔았다. 그
림을 입으로 그리냐며 미술반에서 쫓겨난 아이. 입
이 무겁다고 합창반에서도 쫓겨난 아이. 집으로 돌
아오면 늙은 아이들이 벽 속에서 우글거렸다. 거울
을 모두 들어내 트럭에 옮겨 싣자 벽들이 무너져 내
렸다. 신발 밑에 잠든 검은 고양이들이 깨기를 기다
려 여명이 왔다. 아이는 폐허를 지나 잠이 없는 독거
노인들에게 거울을 새장처럼 나눠 주었다. 빈 트럭
을 거리에 흘려보내고 검은 고양이들도 식당가에 풀
어주었다. 아이는 건널목을 지나 공원 깊숙이 들어갔
다. 의자에 몸을 옮기자 노련한 공기가 눈꺼풀을 풀

칠했다. 상냥한 햇볕이 타오르는 무릎담요를 얼굴까지 덮어주었다. 아이는 기억을 지나 공중으로 시간을 옮겨 실었다. 허리가 휘어지자 등나무가 굽어보았다. 등꽃이 부스스 백발을 흩날렸다. 공원의 양지마다 나무로 만든 휠체어가 있다. 드문드문 뼈가 드러난 녹색 손가락들이 등받이를 잡고 있다. 낯익은 고양이 한 마리가 산책 나온 사람을 끌고 다가왔다. 검은 고양이는 그를 의자에 앉히고 바닥에 엎드렸다. 지각한 아이들이 요란하게 공원을 가로질렀다. 새근새근 잠들던 사람이 벌떡 일어나 뒤따라갔다. 어깨 위로 꽃잎 몇 올 하얗게 내려앉았다.

下女

손을 씻고 싶어서
얼룩이 자꾸 묻었다

말라붙은 마음을 퉁퉁 불리며
손을 물에다 두었는데
손바닥에 박힌 가시가 고드름처럼 사라졌다

칼자루든 연필이든 내키는 대로 쥘 수 있는데
눈을 감고 백까지 센 건 내가 아닌데

어디로 숨었을까
손바닥만 뒤집으며 봄날이 간다
눈을 뒤집는 것도 아닌데 눈물이 났다

꽃을 깎아서 뾰족하게 내미는
저 사람은 언젠가 꿈에서 본 사람이지만
내가 그걸 받으면

나는 꽃의 주인인가
꽃이 나의 주인인가
붉은 목이 떨어져도 피 냄새는 멈추지 않고
그가 없는 곳에서도 향기는 왜 발설되는가

나를 종이에 눕히고 한 땀 한 땀
벌어진 입술을 꿰매는데

편지를 뜯는 사이
바닥에 흘린 바늘이 사라졌다
이불 속에 박힌 건 아닐까 선 채로 잠을 잤다
방 안을 떠도는 건 아닐까 집을 옮겼다

어디로 숨었을까
향을 피우다가도 사랑을 하다가도
무릎 꿇고 바닥에 엎드렸다

7인분의 식사

두 사람은 악수하고 두 사람은 얘기하고 두 사람
은 웃고
한 사람은 빈 의자 옆에 앉아 창밖을 본다

악수는 셋이서 못 하나?
일곱이서 손을 잡으면 그건 체조가 되나?

밖에는 흰 눈이 목련꽃처럼 떨어지는데

일곱 사람이 모이면 1인분의 밥공기처럼
일곱 개의 우정이 분배될까
번갈아 짝을 맞추면 스물한 개의 우정이 발명될까
서넛씩 대여섯씩 뭉치면 동심원처럼 늘어나는
기하급수의 우정을 위해

종소리가 울려 퍼지듯
주방에는 낡은 냄비 낯선 냄비 동시에 끓고

일곱 사람이 동시에 입을 열면
세 쌍의 대화와 한 명의 독백이 발생할까
한 쌍의 대화가 탱크처럼 독백 위를 지나가고
세 쌍의 대화가 함께 폭발하면 거대하게 부푸는
핵구름 아래서

내통하는 입과 귀가 몰래 낳는 기형의 비밀들
목을 비틀면 벌컥,
거품부터 입에 무는 맥주잔을 쨍그랑 부딪치며
귀를 틀어막을 수 없어서 소시지로 꾸역꾸역
입을 틀어막는 사람들

합창은 혼자서 못 하나?
일곱이서 입을 맞추면 그건 침묵이 되나?

밖에는 흰 눈이 까마귀처럼 떨어지는데

일곱 사람이 게임을 한다

두 개의 테이블을 국경선처럼 붙이고
법칙과 벌칙 사이에
모여 앉으면 나사처럼 끼워지는
홀수의 감정

컨베이어벨트처럼 게임은 돌아가고
술래가 된 사람이 007가방을 집어 들고 차례로 일
어선다

첫번째 술래가 검은 복면을 쓰고 자리를 뜬다
스무 살의 술래가 후닥닥 인사도 없이 따라가고
서른 살의 술래가 추적추적 그 뒤를 밟고

핏물 자욱한 화염 속으로 종적을 감추는 사람들
그다음이 누구든 상관없다는 듯이

밖에는 흰 눈이 토마토처럼 떨어지는데

수류탄처럼 심장을 말아 쥐고서
빈 의자 위에 앉아 있는

나는 여덟번째 사람, 혹은
아직 오지 않은 첫번째 사람

2부

붉은 스웨터

한 올만 당기면 풀어질 듯
입을 막고 있어서 우리는 얼굴까지 빨개졌다

몸속에 둔 실마리를 들키지 않을 것처럼
가족과 이웃과 동료들에 엮여서
두껍고 따뜻하고 촘촘한 사람이 되었지만
손가락이 닿으면 파르르 떨리는

스웨터의 물결은 어디서부터 시작된 걸까
손끝에서 맥박이 섞이고

눈을 가만히 닫고 있으면
물려 입은 옷처럼 타인의 냄새가 난다
조심조심 숨소리를 헤아리는 호흡이 틀니처럼 박
혀 있다

우리는 언제부터 재활용되고 있었던 걸까
깨끗이 빨아 입어도 낡은 슬픔뿐

어둠이 벽에 기대어 앉아 있다
입가에 붙은 미소를 보풀처럼 떼어주며

스웨터보다 한 뼘 더 기어올라서
가느다란 목을 움켜쥔
검은 손은 내 것이 아닌데
당신은 내게 애원하는 눈빛이다

우리의 실마리를 쥐었다 놓았다
벌거벗은 잠자리까지 파고드는
어둠의 손아귀

바닥에 누워 풀썩거리던
한 사람이 밧줄 더미처럼 풀어지고 있었다
가볍고 뜨거운 핏방울이 한 코 한 코 솟구쳤다

어둠의 매듭이 묶이고 풀릴 때마다

핏물로 짠 스웨터가 몸속에서 뒤척거렸다
입을 닫아주어도 잠들지 않았다

타이피스트

어느 날 집이 넓다고 느껴져서 빈 공간을 자르기로 했다

톱으로 자를 수 없어서 부피를 늘리기로 했다

책들을 교배해서 새끼를 쳤다

표가 나지 않아서 식탁이며 소파며 장롱을 주문했다

택배원과 손발이 맞질 않아서 사당동 가구거리를 돌아다녔다

두 발로는 부족해서 사람들을 훔치러 다녔다

시간이 바닥나서 후생까지 끌어다 썼다

죽음이 모자라서 킬러가 되었다

의자마다 시체를 앉히고 건조대에도 널어 말렸다

기술이 늘어서 찬장 서랍에 토막들을 쌓았다

옷걸이에 사지를 걸고 책꽂이에 뼈다귀를 꽂았다

발에 자꾸 밟혀서 냉장고며 침대며 세탁기를 벼룩시장에 내놓았다

그래도 집이 좁다고 느껴져서 나를 자꾸 검은 봉지에 담았다

새벽이면 끌고 나와 허공의 유리문 앞에서 기다
렸다

붉은 등이 켜지면 구름의 갈고리에 걸었다

백치(白痴) 바나나

처음 만난 바나나에게 손을 내민다. 바나나가 손을 내밀 순 없으니까.

바나나를 잡으면 먹겠다는 뜻이다. 바나나를 기를 순 없으니까.

바나나를 먹었는데 바나나를 또 만난다. 이름이 없는 건 죽지도 않는다. 바나나를 부를 땐 그냥 한 개, 두 개.

백치 같은 이 저녁을 아다다라고 부를 수 없듯이.

전학을 가면 친구가 바뀌는데 낯선 책상은 왜 이름이 그대로인가.

칼로 북북 난도질당한 책상은 왜 신분을 숨긴 야쿠자처럼 앉아 있는가.

옆 반에서 칠판을 지우던 아이에게 첫눈에 반했는데, 그러면 훗날 좋아한 사람들은 첫사랑이 될 수 없나.

믿지도 않으면서 너는 묻기만 한다.

그래 그럼, 아마 다섯번째거나 스무번째쯤? 다섯
과 스물 사이에는

반올림된 사랑도 숨어 있다는 뜻이다.

차라리 키스를 몇 번 했니? 그렇게 묻는다면 덜
헷갈릴 텐데.

고개를 갸웃거리며 시간의 순서를 왼다. 세번째
바나나가 세 개라는 뜻은 아닌데.

어차피 입 하나론 한꺼번에 두 개를 꽂지도 못하
는데.

어제도 먹은 바나나를 오늘도 먹는다.

점심엔 나머지 두 개를 먹었는데 너는 왜 바나나
가 모두 사라졌다고 소리치는가.

바나나에 엔진이라도 달렸니. 어제도 그제도 같은
속도로 바나나를 집었을 뿐인데

너는 왜 끝이라고 말을 하는가.

마트에는 바나나가 쌓여 있고 나는 첫인상을 꼼꼼

히 고르고

　너의 뒤통수 아래서 바나나 껍질을 벗긴다.

　물감이 든 손으로 벗길 때도 눈물이 밴 손으로 벗
길 때도 속살은 왜 언제나 하얀가.

　고집 센 바나나를 들고 병원에 가면

　의사는 껍질을 벗기듯 나의 눈을 뒤집어본다. 목
록을 뒤져 병명을 챙겨주며

　알 수 없는 소리로 야옹거린다.

　죽은 선생도 야옹거렸고 생선을 입에 문 채 삼촌
도 죽었다.

　아이 귀여워, 혀가 짧은 입들을 어루만질 때

　나는 조금 인간적이 된다. 눈이 커지고 말투에 원
근법이 살아난다.

　깜깜한 밤에도 감정선이 살아나서 행인처럼

　변장을 하고 마트엘 간다.

　도무지 얼굴이 외워지지 않는 계산원은 명찰을 보

니 백번째 상대역이다.

　미끌미끌한 백번째 미소 속에서 까발려진 잇몸이
바나나 속살 같다.

　바나나를 먹으면 껍질을 모으기로 한다. 세 개를
먹은 후엔

　배부른 느낌도 생길 것이다. 의사가 기다리고 있
는 차를 타고 국도를 탈 수도 있다.

　그가 야옹거릴 때마다 바나나 껍질로 노랗게 입을
막을 것이다.

　야옹거리는 건 고양이만으로 충분하다.

만남의 광장

일요일엔 떠나요. 떠날 거예요.

콧김을 뒤로 날리며 낙타들은 달리죠.

뒤통수를 지나면 뒤통수. 무표정한 행렬 속에서

잠시 쉬었다 가요. 목을 축이고 가요.

야자수처럼 펼쳐진 파라솔 그늘 밑

딱딱한 등뼈를 의자에 꽂고 낮잠에 드는 곳.

냄새를 따라 찾아든 당신이 첫 손님은 아니에요.

앙상한 울음소리가 손끝을 핥아도 놀라지 마요.

뭉텅뭉텅 털이 빠진 검은 고양이인걸요.

흰건반이 뜯어진 피아노처럼 아무도 모르게 버려

진 아이.

우린 함께 떠나요. 떠날 거예요.

새끼는 다 좋아요. 개새끼. 새끼손가락. 옹알이 같

은 것.

입만 열면 짖어대는 당신과 함께 갈래요.

입구에 앉아 늙은 소파는 머리가 뽀얗지만

먼지를 털며 떠나는 당신이 마지막 손님도 아닌

걸요.

사나운 이빨이 낙타들을 물고 가도 멈추지 마요.

연분홍 살점을 꽃잎처럼 날리며 어둠도 달리죠.

오늘을 지나면 오늘. 지난봄에 죽은 걸 까맣게 잊어버린

당신의 낙타를 타고 갈래요.

일요일엔 떠나요. 떠날 거예요.

검은 것은 다 좋아요. 까마귀. 썩은 발톱. 야반도주 같은 것.

묶여 있는 두 얼굴

검은 차가 따라온다.

당신이 길가로 비켜서지만 앞지르지 않는다.

당신은 깜깜한 건물로 들어간다.

들키지 않으려고 잘 때는 불빛을 끈다.

입속에 소리를 구겨 넣고 몸을 말아 두 팔로 감고 점점 더 공이 되어

구석에서 구석으로 처박힌다.

어떤 날은 집 껍데기에 틀어박혀 달팽이처럼 시간을 옮기지만

보폭을 맞추는 검은 차. 교차로에 멈춰 서면

몸을 풀며 나란히 한눈을 팔다가

해를 등지고 주저앉으면 검은 차가 당신을 신고 갔다.

대부분의 당신은 해를 향해 두 팔을 벌리지만

그러면 후진으로 미행하는 것인가.

정오의 화살에 꽂힌 듯 갑자기 멈추면

검은 차는 왜 깊은 골짜기가 되는가. 벼랑 끝의 새처럼

펄럭이는 두 손으로 얼굴을 감싸고 달아나는 당신
을 본 적 있다.

일그러진 차에서 막 튕겨져 나온 사람처럼 빨간
빛투성이가 되어 뛰어갔다.

비틀거리듯 검은 차도 등을 돌린 채 견인되고 있
었다.

붙어 있는 하반신보다

절단면이 똑같은 뒤가 두려워

검은 차도 깨진 두 눈을 감고 있었다. 얼굴을 감싸
려고

부러진 와이퍼를 손목처럼 휘두르고 있었다.

식물인간

꽃나무가 쓰러졌다. 꽃나무를 둘러싼 나무들이 비틀거렸다. 이마를 모으고 끄덕끄덕 회의를 한다. 실낱같은 엽록소에 눈물과 불빛을 따른다. 그림자들은 어디까지 늘어날 수 있나. 끊어질 듯 끊어질 듯, 꽃나무가 끝을 쥐고 있었다. 손끝을 가늘게 떨고 있었다. 어둠의 욕창 속에서 잠 못 드는 몸들이 창 쪽으로 벽 쪽으로 자꾸 뒤집혔다. 이제 막 옷을 갈아입은 나무만 남고 모두 돌아간다. 뒤통수에 가느다란 튜브를 매달고.

흑백사진

엄마는 밤새 빨래를 하고
할머니는 빨래를 널고 아버지는 빨래를 걷고
나는 옷들을 접고 펴고
동생은 입는다 덜 마른 교복
날이 새도록 세탁기가 돌아도
벽에 고인 빗물은 탈수되지 않고
멍이 든 두 귀를 검은 유리창에 쿵쿵 박으며
나는 계절의 구구단을 외우고
동생은 세 살배기 아들과 기억의 퍼즐을 맞추고
할머니는 그만해라 그만해라 욕실을 들여다보시고
엄마는 죽어서도 빨래를 하고
팔다리가 엉킨 우리들은
마르지도 않는 지하 빨랫줄에 널려
아버지는 나를 걷고
나는 동생을 접고 펴고
동생은 입는다 덜 마른 아버지

모녀

간밤의 달이 태양을 파먹고 있었다. 우주 쇼라 했
다. 사과를 파먹다가 나는 멈추었다. 뇌에 피가 고
인 엄마도 멈추었다. 쇼라면 우린 좋아라 했다. 검
은 막이 유리창에 드리워져 있었다. 창문은 열지 말
거라. 엄마가 말했고 나는 피식 웃었다. 고양이들이
잖아요. 갤러리에 진열된 액자처럼 창문을 배경으로
사진을 찍으며 우린 즐거웠다. 고양이 가족은 여
길 떠났잖니. 그들이 사라진 후 너는 창밖만 내다봤
잖니. 엄마가 나의 시간을 고쳐주었다. 지난봄 그들
은 인사도 없이 사라졌다. 새끼 고양이를 납치한 적
있는 빨간 모자가 창가에 나타난 뒤였다. 담벼락에
흘리고 간 검은 망토만 펄럭거렸다. 갤러리에 진열
된 액자처럼 창문 속에 우린 멈춰 있었다. 내일이 엄
마의 기일이지만 우린 눈도 감지 않았다. 아무 걱정
말거라. 너는 뜬 눈으로도 잘만 자잖니. 엄마가 나의
육체를 고쳐주었다. 양 한 마리 양 두 마리 양 세 마
리 수백 마리의 양 떼가 머릿속에서 우글거리는 긴
여름날. 엄마는 옆에 누워 토닥토닥 내 가슴을 두드

74

렸다. 손가락이 빨갛게 부어오를 때까지. 쇼 같지 않니. 말이 끝나기도 전에 토닥토닥 붉고 뚱뚱한 지렁이들이 내 얼굴 쪽으로 기어왔다. 화들짝 꿈에서 깨어나자 엄마는 정말 보이지 않는다. 거울을 톡톡 두드려보지만 아무 목소리도 들리지 않는다. 창밖을 내다보아도 검은 담벼락뿐이다. 양 한 마리 양 두 마리 양 세 마리 수백 마리의 양 떼가 거리마다 우글거리는 긴 여름밤. 왜 또 열었니? 창문이 쾅 닫히고 앞치마를 두른 엄마가 식칼을 든 채 웃으며 들어온다. 잘 잤니, 애야.

그루밍 패밀리

1

차에 치여 납작해진 기분이야.

이것은 폭설 속에서 그들이 내게 들려준 최초의 인사.

그리고 식구가 된 그들이 내 머리털 속에서 우울한 날씨를 핥으며 합창하는 밤의 노랫말.

귀를 막던 대머리 애인은 운동선수가 되었고,

2

귓속말을 좋아하는 당신은 고씨 성을 가졌습니까.

나랑 평생을 살아요.

삼색 무늬 딸도 낳을래. 이름은 양희.

나의 청혼이 시작되었다. 부케는 흰 고양이로 하자.

3

암고양이들의 쉰 목소리가 천 미터를 기어갈 때
나도 따라 천 개의 담장을 넘었다.
기운이 넘치면 땅끝까지 갈지도 몰라.
나의 유언이 시작되었다. 상주는 검은 고양이로
부탁해.

4

깨지 못할 잠에 이르면 낯설지 않도록
잠을 한 알씩 늘려갔다.
아홉 알을 복용한 날엔
턱뼈가 으스러지고 입이 찢어진 다음에야 잠이 들
었다.
닭뼈를 입에 물거나 악을 쓰기 위해서가 아니다.
고양이가 입을 최대치로 벌리는 순간은

하품을 하기 위해서다.

5

그리고 키스.

6

입 안에서 꼬이는 두 개의 혀로
외국어를 배우는 연애의 시간.
엄마가 생선을 발라주듯 새들을 죽죽 찢어주는
　고양이의 눈빛을 경청하는 것. 목덜미 색깔이 달
라도
　혀로 살살 핥으면 말은 필요 없는데
　추운 나라에서 온 당신은 혀 짧은 소리로 어린애
처럼 말한다. 벗을까? 그건 털목도리야.

혀를 잠시 떼고서 내가 말한다. 그래, 목덜미 참
따뜻하구나.

7

어차피 돌아올 거면서 가출은 왜 했니.
집이 있다는 걸 잊지 않으려고. 깜박하고 거리를
헤매게 될까 봐.
몸이 젖는 줄도 모르고
비만 오면 한 마리 두 마리 세 마리
창턱에 내 뒷모습이 앉아 있다.

8

누군가 뒷덜미를 덮치고 뺑소니를 쳤다.
납작하게 뻗은 그림자가 이리저리 차이며 밟힌 부

위를 자꾸 밟혔다.

구경하는 사람이 있고 무심히 지나는 사람이 있고 주저앉아 우는 사람이 있고

어둠이 달려와 모두를 쓸어갔다.

핏줄을 줄이려고 개복을 하는 달빛이 있고

실밥이 가려워 종일 핥다가 저녁마다 헤어볼을 토하는 태양이 있다.

밟히고 감추고 삼키고 토하고,

9

우리는 꼬리를 문다. 서로의 꼬리를 잡으며 우리는 논다. 자신의 꼬리를 잡으며 우리는 돈다. 이야기는 꼬리에서 시작됩니다. 당신의 꼬리도 보여줄래?

소시민(小詩民)

나는 오글거리는 두 손으로 시 한 줄 써줄게

너는 무엇을 줄래?

밤낮으로 씹어대는 메마른 식빵에

새콤달콤 애인아, 너는 잼이라도 발라줄래?

나는 정전된 책상 앞에 앉아 비뚤배뚤 시 한 줄 써줄게

칼잡이 엄마야, 너는 눈을 감고도 척척 맹물 같은 가래떡이라도 썰어줄래?

나는 빗속에서도 시 한 줄 써서

그러나 축축하지 않게

호호 말려서

날개처럼 가볍게 달아줄게

절름발이 새들아, 너희는 유행가라도 불러줄래?

나뭇가지에 맺혀 있는 붉은 열매는 콩알만 한 내 심장을 달아놓은 것

잘게 떨리는 혓바닥을 찢어 바닷속 물풀도 쿠션처럼 깔았는데

물고기 독자야, 너는 무엇을 줄래?

막다른 잠에 숨겨둔 말들을 내가 먹어치워서

그런 건 없겠지만

망망대해 꿈속 어딘가 침몰된 보물선이라도 찾아
줄래?

잠수부처럼 몰려다니는 먹구름의 市 이국의 바다
를 표류하는 뼛조각들의 市 물의 감옥에 영영 갇힌
암초들의 市 낮에는 코피를 쏟고 밤에는 고름을 흘
리는 수평선의 市 종일 혀를 빼물고 다이빙하는 절
벽의 市 물속에서 기어 나와 밤마다 춤을 추는 익사
체들의 市 자정의 유리구두가 참기름처럼 흐르는 물
결의 市

사방팔방 시를 펼치며

불면하는 글자들처럼 알알이 쌓여 있는

모래알로 밥을 짓고 모래알로 집을 짓는 해변의
공화국 같은 것

뭉텅뭉텅 집어삼켜도 모래밭은 닳지 않는데

회오리바람아, 너는 무엇을 줄래?

뒷산에 하수구에 처박힌 말들을 내가 먹여살려서

그럴 리 없겠지만
나는 주머니가 텅텅 비어 눈두덩처럼 푹 꺼져도
살 한 톨이라도 탈탈 털어 접시에 내줄게
육수 한 방울이라도 빨래처럼 짜서 술잔에 내줄게
주머니의 구멍처럼 뚫린
동공을 덧대고 꿰매며 나를 생산하는 손가락들아,
구구단처럼 외워버린 내 얼굴을 들고 서서
밤은 긴데
더 이상 서프라이즈는 없니?
나는 얼굴을 곱하고 나눠서 줄줄줄 시 한 줄 써
줄게
거울아 거울아, 너는 무엇을 줄래?
나 몰래 씹는 눈물 한 알이라도 나누어줄래?

눈물

아이는 눈만 뜨고 있었다
끈적한 빗방울이 접착제처럼 떨어졌다
덩어리진 머리칼이 두 뺨에 붙어 있었다
입술이 달싹거릴 때마다 흰 나방이 나풀나풀 흘러
나왔다
젖은 종이처럼 길바닥에 달라붙은 몸 위로 눈에도
안 띄는 숨이 붙어 있었다
비는 곧 지나가고 거리는 맑고 투명했지만
아이는 여전히 누워 있고
길쭉한 건물들이 빙 둘러서 있었다
공중으로 향한 총구들마다 풀풀 날리는 구름에서
옅은 화약 냄새가 났다
건물들은 텅 비었고 사람들은 탄알처럼 빠져나갔다
아이는 여전히 말이 없고
갑자기 고개만 돌려 나를 보았다
시선이 마주치자 아이는 딱딱하게 굳어갔다
내 몸은 껍질처럼 흐물거렸다
발바닥에서 솟구친 뱀 한 마리가 눈으로 빠져나

간 듯
　시멘트 비늘로 덮인 길고 굵다란 길이 구불거리기
시작했다
　한입에 거리를 삼키고 강변 쪽으로 내달리더니
　눈 깜짝할 사이에
　강물 속으로 무너지듯 뛰어들어 갔다
　수면 위에서 들여다보던 내 얼굴 위로 후드득,
　물방울 몇 개가 거울 속에서 튀어나왔다

젖은 방

　빈방이 젖어 있다. 빗물만 뿌려놓고 어디 갔을까. 붉은 트렁크가 놓여 있다. 마지막 여행 때 당신에게 주었던 가방. 비가 그치면 당신에게 줄래, 당신의 가방. 텅 빈 무게가 천근만근인데 당신은 어떻게 십이 층까지 끌고 왔을까. 엘리베이터도 없는 시간을 어떻게 견뎠나. 나는 허리를 구부리고 가볍게 들어 올린다. 창문 밖으로 던지면 그만인데, 칫솔로 박박 얼룩을 문지른다. 온풍기를 피워 빨갛게 말린다. 구석구석 흔적을 모아 가방에 넣고 낡은 주소를 찾아간다. 반쪽만 하얗게 칠해진 대문 앞에서 페인트 붓을 든 채로 당신이 바라본다. 마당의 낯선 나무들이 덩달아 곁눈질한다. 죽은 나무 밑에다 파묻으면 그만인데, 당신은 내게 떠넘기며 고개를 가로젓는다. 나도 잡아떼며 머리를 흔들흔들. 목 대신 스프링이 달린 커플 인형 같아서 실없이 웃다가 그래도 당신에게 줄래, 당신의 가방. 얼굴 붉힐 필요 없이 수거함에 처박으면 그만인데, 지나는 사람 붙잡고 물어본다. 대꾸도 없이 모두들 가방을 끌고 간다. 주머니에 손을 넣은 열번째 사람 붙잡고 낮부터 한잔한다. 속 시원히 털어봐요. 속까지 뒤집을 필요 없이 입 다 물면 그만인데, 빈틈으로 묵은 찌꺼기들이 조금씩 샌다. 그가 벌어진 틈새에 손가락을 끼워 지퍼를 연다. 윗니 아랫니가 차례로 갈라진다. 토사물이 바닥에 쌓이고 그는 내 입가를 훔친다. 창밖엔 사람들이 갑자기 뛰어다닌다. 모른 척 두고 가면 그만인데, 나는 그를 가방에 넣고 빗속으로 들어간다. 골목의 창문들이 지퍼를 닫는다. 컨베이어벨트처럼 돌아가는 모퉁이에는 빈틈없이 늘어선 거대한 가방들. 낯익은 꼬리표가 붙어 있는 문을 열고 우린 들어간다. 낯선 곳에서 우린 멈출 것이다. 손가락이 긴 빗줄기들이 붉은 지붕들을 손잡이처럼 쥐고 있다.

당신이라는 과학

당신을 만나려고 나는 직립을 한다. 당신과 악수하려고 앞다리를 일으켰다. 당신에게 인사하려고 거울 속에서 표정을 익혔다. 당신에게 고백하려고 자음과 모음을 연마했다. 꼬리 대신 각주가 매달려 있다. 당신을 부르려고 밥상 위에 꽃을 피운다. 두 개의 손이 모자라 그림자를 만든다. 당신에게 밟히려고 낡고 지루한 계단을 詩詩때때로 리폼한다.

당신이 보지 않으면 나는 아무 곳에도 숨지 않는다. 수음도 하지 않는다. 당신과 시작할 때까지 나는 잠들지 않는다. 당신이 웃는다. 그래서 좋아. 웃다가 기절했으면. 당신과 끝낼 때까지 나는 깨지도 않는다. 당신이 눈을 흘긴다. 그래도 좋아. 눈이 빠지도록 폭발했으면. 당신이 발생하지 않으면 나는 아무 실험도 하지 않는다. 당신이 발표되지 않으면 이별의 가설도 쓰지 않는다.

당신은 어둠의 횃대에 올라 새벽을 복제한다. 마

음이 스칠 때마다 센서가 물결치는 불야성의 트랙.
나는 줄지어 뒤뚱뒤뚱 행진한다. 날개 대신 후렴이
매달려 있다. 아침마다 빼앗기는 꿈을 다섯 알씩 낳
는다. 한 마리씩 목을 비틀고 기름 속으로 뛰어들어
가 귀갓길 당신의 취기를 타고 입 속으로 사라진다.
반복해서 씹혀주는 추억의 부검. 당신의 혀가 닿지
않으면 나는 죽지도 않는다.

육체의 비밀

눈을 감은 사람의 얼굴은 어디에 있나
눈꺼풀의 안쪽과 바깥

한 사람이 옷을 훌훌 벗는다면
부끄러움은 누가 뒤집어쓰나
벗은 몸의 안쪽과 바깥

당신은 깊은 잠에 빠져 있고
나는 당신 안에서 빠져 있는데
서로를 향하여 끝없이 멈추는 움직임 속에서

정지한 사람의 두 발은 어디에 있나
한 뼘과 천 길 사이

굳게 닫힌 눈과 입
실금이 간 얼굴로 시체처럼 누워
당신은 가장 가깝고

나는 가장 먼 곳에서
껍질과 수염을 벗겨내고 옥수수알을 씹는다
천 개의 알갱이를 입 안에서 터뜨리며
당신을 자꾸 귀에 대본다 깜깜한 백지처럼

입을 다문 사람의 목소리는 어디에 있나
입술의 안쪽과 바깥

배시시 눈을 비비며 마주 보는 당신은
멀리서 불빛을 보고 숙소로 찾아든 이방인 같다

모호한 발음으로 인사를 나눠야 할 것 같다
눈빛을 껐다 켰다
유리문을 열고 닫으며

우리는 처음 만난 사람들 같다
가장 투명한 곳에서

야행(夜行)

　어느 날 한 사람이 담장을 넘어와서 나를 몰래 데려갔다 누구냐고 묻지 않고 그를 따라갔다 입을 찾을 수 없었지만 묵음으로도 알 것 같았다 손을 잡고 있었지만 세상에 없는 피부 같았다 우리는 골목을 벗어나 들판으로 달려갔다 잠옷이 더러워지고 발바닥에서 피가 나는데 웃으면서 달려갔다 드문드문 눈앞이 끊겼지만 웃음의 낱알이 진주처럼 꿰어져 목에 걸려 있었다 (걱정 마, 아프진 않아) 그가 속삭였다 (그래, 보이는 건 아픔이 아니니까) 내가 끄덕였다 끄덕끄덕 머리가 굴러가면서 새알만큼 작아졌다 (잘하면 날 수도 있어) 그가 부추겼다 (그래, 멈출 순 없으니까) 우리는 미끄러지듯이 벼랑 끝에서 사라졌다

　그가 나를 데려다 놓지 않아서 내가 그곳으로 찾아갔다 양말도 신지 않고 벽돌담을 끝없이 기어올랐다 발바닥에서 피가 흘렀지만 벽돌이 빨아 먹었다 사람들의 발자국으로 얼룩진 붉은 벽돌담 끝에는 잡목 숲이 거꾸로 펼쳐져 있었다 거꾸로 매달린 흰토끼들이 듬성듬성 풀을 뜯었다 공중에 물구나무를 서

서 숲을 딛자 나도 걸음이 빨라졌다 흘러내린 머리
칼이 담장을 스칠 때면 일행도 생겼다 셋이서 걷다
가 둘이서 뛰다가 혼자서 날았다 야근을 하고 귀가
하는 골목의 사람들은 나를 못 알아봤다 어떤 이들
은 토끼풀밭에 매달려 절반의 삶을 묻었다 다음 날
밤에도 나는 다른 담장을 더듬었다 내가 나를 못 알
아볼까 봐 더러운 잠옷을 입고 갔다 빈집을 터는 기
분이어서 한 사람은 늘 꿈 밖에서 망을 봤다

tattoo

내 이름을 새기겠다는 사람을 벼랑에서 새처럼 떨어뜨렸다
그럼 난 누가 밀어주지?
눈이 터질 것 같으면 눈을 닫고 입이 터질 것 같으면 입을 열면 그만인데

걷다가도 곤두서는 몸으로
자다가도 쓰러지는 몸으로

내 이름이 새겨진 한 권의 시간을 벼랑으로 끌고 갔다
어떤 날은 풍선처럼 빵, 머리가 터질 것 같아

손을 끊는 심정으로
날개를 펴는 심정으로

발톱을 세운 바늘이 독수리처럼 손목 위를 맴도는데

뼛속까지 찌를 수 있는
바늘의 질주는 어떻게 멈추는가 속도와 힘을 조절
하는 건 머리인가 손인가
피부와 마음 사이
통증과 무감각은 어느 지점에서 교차하는가

이봐요 당신, 나를 찌르고 싶니? 쑤시고 싶어 죽
겠지?
그는 정말 나를 쑤시고 기억 속으로 뺑소니쳤다

많이 아프면 얘기해요
나는 잠만 오는데 당신은 벌써 약해졌나
내 손목이 찔리는 건지 당신 마음이 찔리는 건지
알 수 없는 순간이 지나고

자, 오늘을 남깁시다
그의 폴더와 책날개에 나란히 박히는 비포 앤 애
프터

과거와 결별하려고
몸과 마음은 어디서 입을 맞추나

실내에서만 발을 뻗는 비밀들이 건물들마다 모여
있다
똑같이 쓰고 앉으면 웃음이 안 나는
미용실 모자 같은 것
이제 벗길 일만 남았다는 듯 입은 모이는데

목욕탕의 이웃들이 얼굴을 가리지 않고 때를 벗기
듯이
벌거벗은 두 남자가 모텔방의 창밖으로 얼굴을 내
밀듯이
더 이상 벗을 수 없을 때
손가락들은 달라붙는가 흩어지는가
아름다운 노출의 수위는 어디까지인가

다 벗지도 않을 거면서

온몸에 문신을 하는 사람들은 어떤 기분일까요?

기분이 아니라 결심이죠 통증에 중독된 사람도 있
고요 고통을 못 참고 달아나는 사람도 있어요

담벼락의 낙서를 긁듯 즉석복권을 긁어대듯 문신
을 지운 사람들이

희미하게 남아 있는 횡단보도의 흔적 위를 건너가
고 있었다

두껍게 비누칠을 한 알코올 중독자들이 이제 막
떠돌기 시작한 거리에서

모퉁이마다 비추고 있는 스탠드 불빛을 따라

나는 손목을 끌고 골목에서 골목으로 책갈피처럼
넘어갔다

바코드가 새겨진 손목으로

묘비명이 새겨지는 골목으로

물의 시절
— 죽은 시간 속에서

아무도 모르게 길이 바뀌고
아침에도 우린 밤길을 걸었습니다 발에 발을 섞
으며
발바닥을 떼면 갈라지는 길 위에서
발끝부터 물집이 차올라서 물풍선처럼 걸었습니다
용서를 주문한 이도 없는데

죄를 나르는 상자가 등에 실려 있습니다
통증으로 가득 차서 유방은 거대해졌습니다
가느다란 눈빛만 찔러도 방울방울 기억이 분비됩
니다
싸맸던 상의를 훌훌 말아 올리면 입에 물릴 수 있
는 건 동냥젖뿐이지만
아이들은 가난을 알기도 전에 모두 사라졌습니다
마을의 종지기가 낮잠에 빠지는 동안

아무도 모르게 길이 끊어지고
해안 절벽에서 우린 물줄기처럼 구부렸습니다 손

에 손을 엮으며

　손가락을 펴면 사라지는 끈을 잡고서
　우리는 바닥 끝까지 내려갔습니다
　뜯어진 지붕처럼 파도가 휘날리고

　바닷속 빈집에는
　뿌리가 박힌 그림자들이 고목처럼 서 있습니다
　우리는 그 아래 누웠습니다
　손이 닳도록 그림자를 헹구는 악몽 속에서

　아무도 모르게 눈이 감기고
　물속에서도 우린 외눈을 뜨고 있습니다 반인반수
(半人半水)가 되어
　한쪽 눈을 불침번 삼아
　무섭고 슬픈 고백을 시작합니다 눈에 눈을 겨누며
　눈알이 다 떨어지면
　어디론가 달아나는 빛 속에서

수중 극장
—죽은 시간 속에서

눈을 감지 않겠어요. 전쟁 중에 피는 사랑? 꿈도 꾸지 않겠어요. 반전은 없어요. (다른 장르는 없나요?) (출구는 저쪽이랍니다.) 한 표 한 표 손에 쥐여 주며 눈웃음치는 극장의 여주인은 친절하기도 해라. 왕년의 배우답게 떨지도 않고 포스터마다 이방인과 포즈를 취하죠. 재난영화 공포영화 전쟁영화라면 배스킨라빈스 써리원처럼 골라 볼 수 있어요. 소년소녀들은 납치되고 아름다운 청춘은 개봉되지 않아요. 얼어붙은 채 지켜보던 표정들이 아이스크림처럼 줄줄 흘러요. 수첩을 뜯어 휴지처럼 써요. 남은 귀퉁이엔 일기를 써요. 밤과 낮의 절취선이 없는 이야기. 해변의 모래도 침묵의 노래도 복구되지 않아요. 부패한 기둥 위의 벌레들까지 고스란히 물려받은 극장의 여주인은 순진하기도 해라. 왕년의 배우답게 인맥도 두터워서 도맡는 카메오마다 연기가 일품이죠. 이를테면 페이크 다큐나 미스터리 같은 것. 카메라와 함께 나타나고 바람과 함께 사라지기. 끊어진 필름이 반복되고 스크린에서 물이 새는데 늦잠꾸러기

아가씨, 문은 왜 잠그고 갔나요. 눈꺼풀이 내려와 온몸을 덮는데 (거기 누구 없나요?) (쉿, 눈물을 멈추지 말아요. 눈물 없이는 우릴 볼 수 없어요.) 스크린 속에서 자라난 만삭의 소녀들이 우리를 관람했어요. 천천히 난간에서 내려와 서로의 산파가 되었어요. 우리는 허우적거리며 일그러진 머리를 내밀기 시작했어요. 어둠 속에 살아 있는 유일한 미장센이죠.

물결

두 개의 별이 부딪쳤다는 뜻입니다
밤하늘에는 유람선들이 반짝반짝 떠 있습니다
파편처럼 빗방울이 흩날리고
빗방울은 우리의 기원(起源)입니다

허공에서 비를 타고
천천히 익사하는 기분으로
우리는 섞입니다

두 팔을 허우적거리며 발이 푹푹 빠지지만
블록처럼 쌓인 사람과 사람 사이에 빈칸이 있습니다
구성원이 된다는 것
무색투명한 결속의 시간이 오고

취향이 아니라 방향 같은 것

출석부엔 수감 번호가 입력되고
이리저리 물살에 휘어지며 집단체조를 배웠습니다

햇빛이 와르르 무너져 내릴 때까지

하루치 급식을 받으려고
엄마의 태반을 식판처럼 들고 있습니다

물뱀 같은 탯줄이 배꼽에 물려 있습니다
밤과 낮으로 통하는
두 개의 다리 사이에 갇혀서

어느 날엔 유람선에 올라 성인식도 치르겠지만
아무도 모르게 유령선으로 납치되는 날도 오겠지만
탈옥은 우리의 기원(祈願)입니다

손가락에 물갈퀴를 끼우고
조금씩 승천하는 기분으로
우리는 떠돕니다

누군가 손목을 그으면 삽시간에 핏물이 번집니다만

꽃잎처럼 둥둥 떠 있는 고독을 가르며
물살을 밀고 나간다는 것
무색투명한 결단의 시간이 오고

미로가 아니라 회로 같은 것

숨을 참지 못해서 고개를 쳐들고
수면에 잘린 두 토막의 몸으로
물속의 하반신을 끌고 다니는 사람들 아래

물밑으로 빠르게 이동하는 무리가 있습니다
밑바닥에는 입구인지 출구인지 알 수 없는 회전문
이 열리고
출렁출렁 쏟아지는 박수 소리와 함께
한차례 대열이 빠지고 나면

물구나무선 채로 백 년의 숨을 들이마시며
다음 구령을 기다립니다

벽 속의 누가(累家)

나무들이 한 삽씩 빗물을 퍼붓고 있다. 벌어진 창 틈으로

골목의 아이들이 웃음의 뼛가루를 뿌리고 사라진다.

나는 언제부터 깨어 있었던 걸까. 백 년 전부터 눈을 뜬 것 같은데

희미한 것을 보면 왜 잠만 올까.

벽 속에 누가 있다. 외로운 누가.

걸음마보다 숨바꼭질을 먼저 배운 언니는

뙤약볕이 싫었는지 벽 속으로 기어 들어가 꼭꼭 숨었다.

언니의 뒤통수도 보지 못한 나는

엄마가 고함을 지를 때까지 자궁벽 안에 웅크려 잠만 자고 있었다.

잠보다 놀이를 먼저 배웠더라면 술래가 되어 언니를 찾아낼 수 있었을까.

축축한 것을 보면 왜 잠만 올까.

벽 속에 누가 있다. 벽에 물집이 번지던 여름날,

스무 해 동안 갈아주지 못한 기저귀가 생각난 듯
갑자기
엄마는 하얀 시트를 둘둘 만 채 벽 속으로 들어
갔다.
앰뷸런스도 배웅하지 못한 나는 학교에서 수업을
받고 있었다.
문법보다 마법을 배웠더라면 두 손으로 벽을 비집
고 엄마를 꺼낼 수 있었을까.
딱딱한 것을 보면 왜 잠만 올까.
벽 속에 누가 있다. 가구가 늘어도 한쪽 벽엔 늘
네모난 빈자리가 놓여 있는 이유.
나는 벽과 나란히 누워 있다.

벽에 박힌 엄마 사진만 마주 보다가
잡초 무성한 벽지를 움켜쥔 채 외할머니도 지난여
름 뒤따라갔다.

뺨을 타고 장맛비가 흘렀다.

한눈에 알아볼 수 있게 흔들면서 가세요.

뒤늦게 입이 트인 나는 엄마의 손수건을 할머니 손에 쥐여주었다.

울음보다 음악을 먼저 배웠더라면 아름다운 곡소리를 낭송할 수 있었을까.

서늘한 것을 보면 왜 잠만 올까.

벽 속에 누가 있다. 손끝으로 벽을 쓸어보면 생생하게 묻어나는 마지막 체온.

여름에 떠난 사람들은 영원히 추위를 모르고

비라도 내린다면 천근만근 살 껍질을 귤껍질처럼 벗을 텐데

내가 잠들면 벽에 걸린 옷들은 어떤 기분일까.

구겨진 몸을 늘어뜨리며 없는 목을 매다는 연습은 왜 하나.

바닥에 납작 깔려 있는 나는 어제보다 얇아져 편지지처럼 고백이 늘었는데

말을 실어 나르는 바람의 부피는 늘지 않는다.

눈앞에 마주 보이는 천장이 지난밤보다 낮아진 것일까.

무심한 것을 보면 왜 잠만 올까.

벽 속에 누가 있다. 할머니의 무표정한 메이크업처럼 뽀얀 벽지 위로

빗줄기가 날리면

덜컹거리는 액자들을 창문처럼 열어젖히고

눈이 텅 빈 얼굴들이 뚫어지게 바라본다.

벽 속에 집이 있다. 오래된 누가.

벽을 똑똑 두드리면 그녀들이 천장으로 올라가 두 발로 꾹꾹 밟으며 화답한다.

보름 전에 죽은 긴고양이와 빗소리가 함께 닳구질한다.

목이 쉬도록 후렴구는 잠들 줄을 모르는데 나는 왜 잠만 올까.

벽 속에 누가 있다. 잠에서 깨어 거울을 보면 나도 모르게 뒷걸음치는 이유. 손을 내밀면 잡아당길 것 같아 뒤로 감추는 이유.

간밤에 죽은 내가 거울을 열고 벽 속에서 빤히 내다본다.

애도의 문제

오빠가 말했다: 새벽에 아버지가 전화 하셨어. 어머니 화장하고 나면 그곳 바다에 뿌려드리자고.

오랜만에 다과상을 앞에다 두고

우리는 멀뚱멀뚱. 오빠는 글썽글썽.

오빠가 덧붙였다: 아버지도 그렇게 해달라며 우시는 거야. 살아서는 바닷가를 걸으며 죽어서는 바다 위를 떠다니며 영원히 함께 산책하고 싶다고.

아버지는 이제 눈물 흘릴 일만 남은 하얀 눈사람이 된 것일까. 죽은 아내의 아버지뻘이 된다는 건

어떤 심정일까. 해가 바뀌면 나는 엄마와 동갑이 된다.

동생이 물었다: 수목장은 안 되나.

막내가 덧붙였다: 지금처럼 가끔씩 찾아가면 좋잖아.

내가 중얼거렸다: 아무렴 어때. 엄마는 사라지지 않는걸.

혼잣말은 쓸모가 없는지 내 말은 회의록에서 빠졌다.

오빠가 정리했다: 한 번 묻히신 것도 답답하셨을 텐데 그럴 순 없어. 이제는 놓아드리자.

나는 멀뚱멀뚱. 모두들 글썽글썽.

나는 눈물을 흘릴 타이밍을 놓쳤다.

간밤에 엄마를 붙잡고 울음을 모두 쏟았다.

눈을 뜨면 엄마는 가루가 되었고 나는 거리마다 한 줌씩 시를 뿌렸다.

새벽 늦게야 돌아온 내 무릎에 누워

엄마가 물었다: 지금 쓰는 건 뭐니. 다정한 너의 말투가 난 좋구나.

내가 속삭였다: 이건 추도문이에요. 리얼이라구요.

바닷가에서 내 차례가 되었을 때 나는 정작 울기만 했다.

엄마가 밤마다 검열을 하며 미소로 화답해주었지만

귓속말은 울림이 없는지 내 시는 낭독 순서에서 빠졌다.

나는 눈물을 멈출 타이밍을 놓쳤다.

감은 눈

눈을 뜨고도 눈을 뜨고 싶다고 했다 이를테면,
눈을 뜰수록 앞이 깜깜해져요

눈앞에 시력 검사표가 펼쳐졌다
외눈이거나 돋보기안경을 가졌다면 전문가가 되
었을까

(네 개의 눈알을 번뜩이며) 老의사가 말했다
어디 한번 봅시다
왼쪽 눈을 감고서 읽어봐요

병원에 갈 때마다 숫자 글자 그림까지 모두 외웠다
지시봉의 흐름도 눈에 익혔다

(가느다란 막대를 휘갈기며) 老시인이 말했다
그럼, 이번엔 오른쪽 눈을 감아볼까
나는 눈을 마저 감고 더듬더듬 입을 열었다

112

눈을 감고도 눈을 감고 싶어졌다

문을 잠그고 손잡이를 일곱 번 돌리는 습관하고는
다른 것이다

나는 안으로 안으로 눈을 열고 들어갔다

검은자위가 초콜릿처럼 뚝뚝 흘러내렸지만

그는 왼쪽 눈을 뜨라고는 하지 않았다

에로스

어떤 사람은 물로 만들어졌단다. 칼로 찌르면
물이 빠져나와서 죽어버린다.
그녀 앞에서 불쑥 혀를 꺼낼 땐 조심해야 한다.
번쩍이는 빛을 함부로 휘둘러도 안 되지.

아침저녁으로 쏟아지는 장맛비는 이상한 죄책감
에 젖게 한다.
오돌토돌 솟아오른 감정의 돌기들을 집어넣어야
한다.
소금으로 만든 사람이라면 위험천만.
그가 뿌리는 눈물 한 줌이면
그녀의 내장은 민달팽이처럼 오그라든다.

어떤 사람은 활활 옮겨붙는 불로 만들어졌다.
바다가 없는 곳에서 동반자살이 유행하는 이유.
화상을 입은 사람들은 물새처럼 떠다니고
해변에 집을 짓는 시인들은 불의 아이를 키우기
때문이야.

114

기꺼이 목숨을 털어 불꽃을 피워주는
나무로 만든 사람도 있다.
나이를 먹을 줄 아는 유일한 종족이다.
그들은 성숙해서 열매와 그늘을 자꾸 내려놓지만
폭풍을 타고 다니는 유랑민과는 상극이다.
가령, 머리채가 휘어잡히는 이런 날.

파랗게 찢긴 몸을 쓸어내리며
기억의 뿌리가 뽑히다 만
저 사람은 뼈다귀가 드러난 목발로 황혼에 이르
렀다.

어둠의 도끼가 찍어대는 줄도 모르고
나무 꼭대기로 올라간 고양이는 어디로 숨었을까.
꼬리를 더듬어 끌어내리고
남은 가닥의 뿌리로 묶은 매듭이 죽음이다.

죽음의 매듭으로 만든 사람도 있다.
매듭이 하나씩 풀릴 때마다
굳었던 피가 흐르는 가려움 속에서

끊임없이 쪼아대는 새의 부리 같은
연필로 만든 사람이 있다.
뾰족한 입술에 침을 발라가며 게걸스럽게 이야기
를 씹어대지만
대부분은 고무로 만든 항문을 갖고 있다.
몸 전체가 항문인
고무로 만든 사람도 있다.

음악으로 만든 사람에 대해서라면
사계절의 뜬구름을 쏟아부어야 하리.

물의 악기와 소금의 살과 불의 피와 나무의 뼈와
바람의 꼬리와 죽음의 목소리를 지닌
투명인간이 계단으로 만든 사람 위에

구불구불 엎드려 있다.
승천하는 구둣발의 물결 속에서

관절이 하나씩 밟힐 때마다 계단의 떨림이 정수리
까지 기어올랐다.
허공 끝까지 들썩거리는 음악의 둔부 아래로
외마디 침묵과 함께 첫눈이 쏟아졌다.

3부

옛 맛

무엇이 마음을 이끌었습니까

가볍게 물 한잔을 권하겠습니다

맛에 취해 있는 한, 맛을 취할 수 없습니다

누구라도 젓가락을 들기 전 손가락을 듭니다

어제의 매운맛과 감칠맛에 대하여

손가락에서 툭, 놓치는 것이 있어도

맛은 떨어지지 않습니다

누가 이 맛의 전달자입니까

테이블 밑으로 포크를 떨어뜨렸을 때

재빨리 달려와 새것으로 바꿔 준 청년입니까

이물질이 묻지 않은 접시를 날라다 준 아가씨입
니까

주문대로 제시간에 생선을 칼질한

위생모가 잘 어울리는 주방장입니까

글씨가 희미해진 차림표를 친절하게 읽어준 주인
여자입니까

누가 이 맛의 안내자입니까

손님을 가리지 않고 받아주는 미끄러운 유리문입

니까

무심히 지나가도 오늘따라 눈에 띄는 간판입니까

현기증과 공복감이 혼동되는 대낮의 거리입니까

밤과 낮으로 떠밀려 다니는 하루 두 끼의 얼굴들
입니까

그들 속에서 음식 냄새를 흘리는 체크남방입니까

그 냄새를 입은 적 있는 옛날 연인입니까

누가 이 맛의 주인입니까

그의 곁에서 메뉴를 배운 어린 숙녀입니까

그녀의 식탐이 처음 우려낸 미소입니까

그 미소를 아낌없이 뿜어주고 있는 옆 테이블의
여자입니까

테이블을 쾅 내려치는 창가의 남자는 모두의 시선
을 훔칩니다

피가 흐르는 주먹 안에 고인 것은 무엇입니까

자, 여기는 누구의 기억 속입니까

그가 주먹을 쥐고 있는 한, 우리의 입은 정지합니다

서서히 펴지는 그의 손으로 쓸어내리는 건 누구의

가슴입니까

　다시 가슴으로 흘러드는 건

　처음 그대로의 맛입니까, 처음 보는 맛입니까

　숟가락을 잠시 내려놓으면 포만과 허기는 휴전입

니까

　누가 이 맛의 상속자입니까

　줄을 서지 않아도

　문밖으로 나가면 다시 차례에 끼어 있습니까

　가볍게 물 한잔을 권하겠습니다

　입가심을 하려고 고개를 젖히는 앞사람은

　일어서는 사람입니까, 기다리는 사람입니까

파묘(破墓)

아침엔 햄스터가 죽었다. 한 마리는 얼굴이 뭉개졌고 한 마리는 붉게 물들어 있었어. 보이지 않는 녀석이 끼어 있는 것 같았지. 누가 먼저 시작했는지 알 수 없지. 악몽에 빠지면 녀석들도 헛손질을 하니까. 마법에 빠지면 우린 헛구역질도 하니까. 너는 하얀 탈을 쓴 것만 같다. 열 달 만에 돌아와 아기 옆에 누운 아내처럼 잠들어 있다. 빛의 손가락들이 얼굴의 주름부터 싹싹 닦아낸다. 수줍은 뺨이 붉게 타오르고 있다. 어제의 석양이 빠르게 굴러 오는구나. 모퉁이를 함께 도는 어둠의 스핀. 가로변의 나무들이 푹푹 쓰러진다. 가로수를 다시 진열하려고 사람들은 대기 중인 뗏목을 타고 밤의 횡단보도를 건넌다. 온종일 나무를 세우며 휘어진 허리로 주머니를 휠휠 털어 식탁에 뿌린다. 뽀얀 톱밥이 눈처럼 쌓이는 계절이야. 몸이 차갑게 식은 줄도 모르고 너는 발꿈치를 치켜들고 꿈속을 걷는다. 계절이 녹을까 봐 영영 깨지 않는다. 그 모습이 너무 좋아 나는 잘 수가 없다. 거울을 보여준다면 다시 눈을 뜰까. 모르는 얼굴

처럼 너는 다정하구나. 햄스터는 또 사면 돼. 쳇바퀴
구르는 소리가 우릴 지켜줄 거야. 꿈속에서 번 돈으
로 살 수 있는 건 햄스터밖에 없구나.

해변의 동화

바닷가 절벽 끝에서 우린 만났죠. 햇볕 쨍쨍한 겨울이었어요. 그림자라도 있다면 널어 말리기 좋은 날. 나는 주머니를 털어 먹이를 주었어요. 고양이는 아름다운 외국어를 주었어요. 시간이 남아돌아서 우린 무덤가에서 꽃시장까지 달리기 시합을 했어요. 고양이는 신이 나서 나를 입에 물고 절벽으로 다시 갔어요. 나는 공중에 붕 뜨더니 까마득히 아래로 떨어졌어요. 스프링처럼 튀어 오르는 모래알들이 그렇게 따뜻할 수가 없어요. 잠이 쏟아졌지만 나도 모르게 두 눈을 떴어요. 놀이가 끝나고도 내게 와준 건 고양이가 처음이었죠.

돌아오는 길에 우린 식료품 가게에 들렀어요. 이웃집 여자가 이상한 눈으로 바라봤지만 집에 와서도 우린 수다를 멈추지 않았어요. 고양이는 신이 나서 내게 캔 하나를 따 줬어요. 그 소리가 텅 빈 집을 깨웠는지 죽은 할머니가 벌떡 일어났어요. 기다렸다는 듯 우릴 나무라더니 다짜고짜 싱크대에 물을 틀고 나를 문질러 씻겼어요. 피가 났지만 아프진 않았죠.

금세 달아오른 불판 위의 열기가 아지랑이처럼 감싸
주어서 꿈만 같았어요.

저녁을 차린 할머니는 뽀얀 살만 몇 점 입에 댔어
요. 질긴 뼈다귀는 고양이에게 던지셨어요. 숨이 남
아돌아서 나는 앙상하게 웃고 있었어요. 고양이는
신이 나서 나를 입에 물고 마당으로 나갔어요. 할머
니도 손톱깎이를 들고 나와 평상에 앉았어요. 불꽃
놀이처럼 튀어 오르는 발톱이 그렇게 신기할 수가
없어요. 두 눈을 부릅떴지만 나도 모르게 잠이 왔어
요. 놀이가 끝나지 않았는데도 눈을 감은 건 할머니
가 처음이었죠. 할머니는 동화책 속으로 들어갔어
요. 달빛 끈적한 여름밤이었어요. 우리끼리 굿나잇
인사를 했어요. 나는 야옹야옹. 고양이는 뼈끔뼈끔.

노스텔지어

차력사도 아닌데 목뼈도 부러졌는데
선풍기는 땀 한 방울 흘리지 않고 길고 긴 여름을
끌고 왔다
오른쪽으로 고개를 틀 때마다
딸꾹 딸꾹

이제 그만 쉬어라
뜨거운 뒤통수를 살며시 쓸어주며
나는 코드를 뽑았다
액자 속의 나는 늘 한쪽으로 얼굴이 기울어 있고

어느 쪽에서 바라보든 눈이 마주쳤다
겨울이 오면 안달루시아로 떠날 거야
오렌지나무 노란 땀 냄새 속으로
지난해에도 나는 같은 말을 했었지만

과일 가게에는 폭죽처럼 수박이 모두 사라졌다
이별을 기념합시다

여름이 완전히 끝났다니까요
지난해에도 사람들은 같은 말을 했었지만

마지막 수박을 꿰찬 아버지가
우려와 격려가 섞인 지난해의 표정으로 방문을 열
었다
의자에 앉아 졸고 있던 내가
인사를 하려고 고개를 트는데
딸꾹 딸꾹

이제 그만 쉬어라
식어가는 뒷머리를 가볍게 두드려주며
아버지는 내 목을 돌렸다
입을 동그랗게 벌리고

나는 웃었다 네 개의 날개처럼
찢어진 혀가 빠르게 헛돌았다
아버지가 수박만 한 눈물을 실실 쪼갰다

음식의 윤리

새벽부터 확성기가 공원을 들쑤셨다

거리에 계신 여러분, 한 사람도 빠짐없이 회관으
로 모이세요

벤치 위의 야상잠바들이 세면대 앞에 줄을 섰다

따뜻한 수돗물이 5년 만에 벽을 뚫었다

면도칼을 잡고 계신 여러분, 오늘은 포크를 잡으
세요

찍으세요 진심을 다해 입을 벌리세요

관리인이 신분증 대신 구강 검사를 했다

포장이 된 일회용 접시를 한 사람씩 골랐다

이가 빠진 아이들은 창 너머에서 참관만 했다 고
개를 흔들흔들

졸고 있는 동안 행사는 끝이 났다

셀카를 찍는 여러분, 한 장면도 남김없이 반납해
주세요

찍지 마세요 최선을 다해 입을 다무세요

관리인이 소지품 대신 구강 검사를 했다

미간을 구기고 있던 사람이 접시를 들어 보였다

이건 맛이 갔는데요 부패한 거 아닙니까

선택의 차이일 뿐입니다 포장에 끌린 자신의 기호를 탓하세요

복도에서 서성이던 사람들이 뒤돌아봤다

귓속말을 주고받으며 음식 논란을 제기했다

배를 움켜쥔 여러분, 병원에서 안정을 취하세요

입이 가려운 여러분, 토하는 건 집에 가서 해결하세요

복통을 호소하던 사람들이 항의를 하러 건물 꼭대기로 올라갔다

병원에 함께 가려고

출입구에서 친구들을 기다리는데

들어오지 않고 뭐하고 있냐며 친구들이 다가와 무심히 말했다

왜 그래, 상가로 변한 것뿐이잖아

우린 3년 만에 함께 점심을 먹었다

누구는 아침이라 했고 누구는 저녁이라 했다

배가 아파 돌아간 친구도 있었다

세상의 모든 비밀

나는 옆집 아이의 태생의 비밀을 알고 있다
그 애 아빠의 정치적인 비밀을 알고 있다
왜 그들은 내게 입막음을 안 하나

하루아침에 미용실 여자가 미인이 된 까닭을,
편의점 남자가 시인이 된 까닭을, 그들이 손잡고
구청에 간 까닭을,
석 달 후 남자 혼자 구청에 간 까닭을 나는 알고
있는데

여자의 머리색이 남자의 정치색과 어울려
신발 속에 감춰진 짝짝이 양말처럼 아무도 모르게
호들갑을 피우는 오후

선박처럼 무거운 귀를 잠시 멈추고 잠이 오는 의
자에 앉아
문맹인 나는 머리색을 바꾸고
색맹인 애인은 이별의 편지를 바꾸고

내 귀를 타고 밀입국한 사람들은
어떻게 빠져나온 것일까 반대편 귀를 향하여
얼굴을 뒤집고

지하철 남자의 의족이 지상의 물결 위로 떠오를 때
인어공주가 되는 이야기
아름다운 두 다리의 침묵에 대하여

진위 논란으로 시끄러운 세상에 대하여
칼의 입맞춤 대신 물거품이 되어 바다에 녹아버린
성전환자의 슬픈 동화 속에서
목소리를 가로챈 마녀의 기술처럼

목사의 안수기도에 섞이는 어떤 성분들
이를테면, 앞 못 보는 어둠의 눈을 번쩍 후려치는
어떤 선언들

늙은 소녀들은 아직 사랑이 넘치고
구걸하는 남자들은 눈물이 넘쳐서
기울지도 침몰하지도 않는
어떤 세계에서

흩어진 나의 비밀들은 어느 귀를 타고 흘러가는가
내가 같은 남자와 백번째 헤어진 날에 대해

당신은 지금 내 비밀 하나를 보관 중이다
혀처럼 얇게 저며진 물결 하나가 귓속으로 들어
갔다
의도하지 않아도

언젠가 귀를 기울이는 쪽에서
당신도 모르게 식은땀이 흐를 것이다

전람회 잡담

 나비처럼 날아든 초대장은 누가 보낸 것입니까. 사각으로 펼친 양 날개를 따라 우린 왔습니다만. 입을 헤벌린 채 똑같이 지참한 표정들은 누가 인쇄한 것입니까. 꽃들을 배경으로 브이 자를 취하는 판에 박힌 포즈는 누가 주문했습니까. 장황하게 늘어선 꽃들의 수다를 누가 요약했습니까. 꽃밭에 허공을 배치해도 품종은 반복되지 않습니까. 낯선 꽃술이 마음을 끌어도
 군락을 이루지 못하면 돌연변이일 뿐입니까. 우리의 견해를 시험하는 중입니까. 코스요리처럼 이어지는 꽃밭의 순서는 누가 결정한 것입니까. 허기를 견딘 후 피어나는 미소처럼, 당신은 맨 처음의 꽃입니까. 누구의 눈에 띄었는지 어느 라인에 끼었는지 확신합니까. 얼마나 넓은 잎맥이 당신을 키웠는지 증명해보세요. 맨입으로 말고 쉿,
 일거수일투족을 사용해보세요. 담 밑에 주저앉은 당신은 거동이 불편합니까. 떠도는 행인의 발목이라도 붙잡으세요. 약에 취한 눈빛이라도 섭외하세요.

목발이라도 옆에 차고 흔들리세요. 풍향계는 믿음이 없습니다. 바람의 행렬은 지나갔어요. 짓밟힌 자리에서 일어나세요. 염료 대신 멍 자국으로 레벨업하세요. 가시를 방치하는 건 의도입니까. 피를 보면 흥분하는 흡혈귀처럼

우리의 감정이 손끝에 집결되기를 기대합니까. 고개를 숙이고 허리가 휘는 건 퇴장을 알리는 인사입니까, 충분히 죽었다는 뜻입니까. 문이 닫히면 당신들은 어디로 갑니까. 대기 중인 열두 컷짜리 시간 열차에는 누가 실립니까. 죽어서도 대물림되는 유산의 목록에서 누구의 꽃말이 삭제됩니까. 당신을 대체하는 건 다른 얼굴입니까, 닮은 얼굴입니까. 관람객이 모두 떠나고

우리는 마지막의 꽃들. 발자국처럼 남아 취재에 응합니다. 낮의 혈기는 철거되고 우리의 의식은 수은주처럼 떨어집니다. 계절의 기승전결처럼 감동에 도달합니까. 입을 모으지 않아도 합의되는 것은 무엇입니까. 우리는 서로에게 친절한 임종의 독자들.

아침이 오면 배포되는 한 줄의 보도자료는 누가 작
성한 것입니까.

공(空)의 관람

러닝타임을 알 수 없는 날들이 흐르고
극적인 장면이 필요해서 봄날에도 눈은 날린다.
첫눈이 오면 우리 만나요.
새끼손가락을 거는 연인들의 비밀처럼 두근두근
개막되는 함박눈의 시즌.
관전 포인트는 공의 흐름이다.
행운과 비극을 가르며 눈덩이처럼 날아오는 공은
허공을 빼돌리기 위한 연막 같은 것.
파리채처럼 휘두르는 방망이의 타이밍을 인연이
라 부르며
사람들은 나이 한 살씩 득점할 때마다 무용담이
늘었다.
말은 눈보다 빠르고
생사가 갈리는 네 개의 계절을 가볍게 돌아도 양
다리는 걸칠 수 없는 도루의 날들.
입은 발보다 빠르고
전광판에 찍힌 키스 파트너는 지난 시즌의 상대가
아니다.

흐름에 몰두하는 건 피하기 위해서다.

파울볼이 솟구치고 관람자들도 솟구치고

공을 잡은 사람이 부러진 코뼈를 맞추고 있을 때

눈사태처럼 무너지는 난간 아래로 두 팔을 벌린 누군가 흘러내렸다.

머리를 숙입시다.

어둠을 줍는 볼보이들과 주고받는 삶의 자세.

빈틈없이 난간은 복구되고

운동장은 텅 비었는데

노컷 장면이 되풀되는 후일담 속에서

라인을 벗어난 사람이 줄기차게 날아온다. 경기의 일부처럼

팔을 휘젓던 사람이

몸의 난간 밖으로 사라진다.

안과 밖

　문 밖에서 누군가 울고 있다. 울음이 귓속으로 흘러드는 건, 우리 사이에 길이 있다는 건가. 길은 어디에서 발생되는가. 샘처럼 터진 너의 입과 종잇장처럼 나부끼는 나의 귀. 울음이 비껴가는 텅 빈 순간이 너와 나 사이의 간격이다. 울고 있는 너의 얼굴은 달처럼 타오르는가. 나는 두 눈을 들지 못하겠다. 울음이 불덩이처럼 가득 차서 몸속에서 나가고 싶다. 손잡이를 돌리듯 둥글게 손을 말아 쥐고 가슴을 치지만 나는 나를 열지 못하겠다. 손끝마다 무거운 건 온몸이 쏠려 있기 때문인가. 너의 비밀에 닿아 있기 때문인가. 나는 손마디 하나 자르지 못한 채 어른의 표면적에 가까워졌다. 낯선 울음을 삼키며 한 겹씩 피부가 늘어졌다. 내 몸의 끝은 어디까지인가. 너의 울음소리까지인가. 잠들기 직전까지인가. 나는 서랍 속에 열쇠를 숨겨두었지만 주름진 부위마다 서랍이 있다. 열쇠와 칼날이 뒤엉켜 빛나는 어둠 속에 누가 손을 넣어 휘저어줄 것인가. 미아처럼 울면서 기차가 지날 때마다 철로변의 꽃들이 쓸려나간다. 짓무른 살갗이 빨갛게 털갈이를 하는 낙화의 시간. 몸 밖에서 누군가 울고 있다. 꽃들은 매일 죽고 나는 무덤의 표면적에 가까워진다. 아침보다 치명적인 사건은 없다.

죽은 사회의 시인

우는 여자의 목덜미
우는 여자의 발뒤꿈치

바닥을 구르던 울음소리가 도끼날처럼
얼어붙은 공기를 찍어댔다

우는 여자는 울기만 해서 눈물을 모르고
울음이 만든 여자의 윤곽 뒤편에서

우리는 버림받았다
흘러내리는 앞모습으로부터
돌아누울 수 있는 가능성으로부터

얼마나 오래되었을까 울음소리는 숨소리에 달라
붙고
삭아진 도낏자루처럼 눈물의 척추가 빠지고
우리는 수증기처럼 퍼져 있었다
그 옆에는 고요히

죽은 아이의 머리칼
죽은 아이의 짝짝이 맨발

스며드는 여명 속에서 까마귀들이 부리를 깎았다
빛이 차오를수록 지붕들까지 새까맣게 읽혔다

담을 타고 온 고양이가 검은 골목을 찢어 날리며
계절의 행간을 건너가자
낯선 문패와 연둣빛 창문과 새로운 이웃들이 배열
되었지만

죽은 아이는 죽을 수 없어서 죽음을 모르고
차바퀴가 지나간 자리에 떨어진 신발 한 짝처럼

세계는 버림받았다
껴안을 수 없는 슬픔으로부터
입을 맞출 수 없는 밤과 낮으로부터

무궁동(無窮動)
—죽은 시간 속에서

   기차가 달려요. 아이들은 손을 흔들었어요. 재잘재잘 음표 같아요. 철로변의 사람들도 손을 흔들어요. 차창을 싹싹 닦아주는 것 같아요. 투명하게 보렴. 그들은 웃고 있어요. 기차는 다리를 건너고 산도 뚫어요. 이렇게 힘이 센 아빠가 있다면 밤마다 목말을 타고 싶을 거야. 기차는 뿌우뿌우 음색도 맑아요. 이렇게 목소리가 고운 엄마가 있다면 자면서도 잔소리를 듣고 싶을 거야. 수다는 곧 끝이 났지만 마을의 끝은 어디인가. 한 바퀴 두 바퀴, 아이들은 멀미약을 나눠 먹어요. 세 바퀴 네 바퀴, 되돌아오는 역사는 밤이 깊어요. 칼의 침목이 깔려 있어요. 아이들은 손을 흔들었어요. 희끗희끗 별빛 같아요. 철로변의 사람들도 손을 흔들어요. 차창을 쾅쾅 내리치는 것 같아요. 잠들면 안 돼. 그들은 울고 있어요. 기차는 빗속을 달려요. 이렇게 튼튼한 맨발이 있으니 울음바다도 거뜬히 건너갈 거야. 기차는 비명의 숲도 건너고 유령의 늪도 건너요. 이렇게 생사를 오가는 굳은살이 박였으니 기차는 전복되지 않을 거야. 마을 회의는 곧 끝이 났는데 노선의 끝은 어디인가. 열 바퀴 스무 바퀴, 사람들은 수면제를 나눠 먹어요. 서른 바퀴 마흔 바퀴, 되돌아오는 역사는 뿌리가 깊어요. 칼의 침묵이 깔려 있어요. 사람들은 손을 흔들었어요. 피고 지는 나뭇잎 같아요. 철로변의 아이들도 손을 흔들어요. 기차는 쉬지도 않고 사람들을 갈아타요. 빈자리는 꼭 누군가의 몫이 되어 기차는 달리는데 이야기의 끝은 어디인가. 이야기가 끝나도 손은 흔들리는데 손가락의 끝은 어디인가.

버스 여행자

길가에 주저앉은 버스를 밀다 말고 누군가 말했
다. 이쯤에서 사라져버릴까? 주머니에서 지도를 꺼
내 흔들며 누군가 말했다. 운전사의 호의를 기억하
자. **그러니까 이건 여행이라는 답례.** 태양이 솟구쳤
을 때 모두 뛰어내렸더라면 버스는 사라졌을까. 합
의되지 못한 정류장들이 썰물처럼 흘러갔다. 소금
에 절이듯 후끈한 공기가 우리를 눌러앉혔다. 벗겨
진 외투가 창틀에 끼어 손짓처럼 날렸다. 앞서거니
뒤서거니 타이어 자국을 베끼며 버스들은 길을 벗
어나지 않았다. 길이 되지 못한 붉은 먼지만 사방으
로 튀었다. **그러니까 이건 여행이라는 표절.** 해가 지
기 전에 사람들은 흩어졌다. 약속의 방향을 갈아타
거나 집으로 인계되거나 연인들의 동반 추락. 의자
가 비어갈수록 버스는 오래된 필름처럼 쿨럭거렸다.
같은 정류장이 끝없이 반복되는 느낌이었다. 축축한
뒷머리를 긁적거리며 누군가 말했다. 종점까지 가려
면 얼마나 먼 거지? 노선표를 건성으로 올려다보며
누군가 말했다. 운전사의 침묵을 경청하자. **그러니**

까 이건 여행이라는 체벌. 어둠을 실은 후엔 구간이 길어졌다. 안내 방송이 과묵한 입을 열 때마다 아프리카 말처럼 낯설었지만 자막 없이도 이해되는 영화의 장면 같았다. 누군가 눈을 감았고 우린 더 깊숙이 의자에 몸을 묻었다. 운전사가 우리를 깨웠다. 몸에 붙어 치근대는 잠이 무거웠지만 그는 우리를 가볍게 내려놓더니 잠바 안주머니를 뒤졌다. 두고 온 것은 없는지 누군가 자꾸 뒤돌아봤다. 등 뒤에서 담뱃불이 솟구쳤고 남겨진 외투가 소각되고 있었다. **그러니까 이건 여행이라는 장례.** 내일은 다른 버스를 타 보자. 누군가 어제도 같은 말을 했었지만, 얼굴도 없는 그들이 아무 말이나 했어도 나는 웃었을 것이다.

고양이와 고양이들

길과 집 사이엔 끝도 없는 유리창이 있고
다정한 불빛에 끌려서 우린 새벽 창가를 떠돌았
어요
앙증맞은 창가 화분도 우리처럼 털갈이를 한다고
노익장을 뽐내며 보스가 말했어요
녹색 머리털 화분이 하나 둘 늘어나는 건
사람들이 밤마다 외로움의 간격에 물을 주기 때문
이래요

저건 도시의 수염이야 함부로 물어뜯어선 안 돼
빳빳하게 당겨진 전깃줄을 가리키며 위험한 짐승
이라고도 했어요
차 밑이나 나무 뒤의 통행로를 따라 울퉁불퉁 걸
으면
우린 소풍 나온 유치원생들처럼 신이 났어요

당신은 놀라지 말아요
바람에 불쑥 솟구치는 비닐봉지를 보았다고 느끼

는 그 순간이
　우리가 그림자로 움직인 순간입니다

　외로운 이빨을 쑤시려고 녹색 털 몇 가닥 뜯었을
뿐인데
　입을 나팔처럼 벌리고 고함을 지르는 사람들이 고
적대처럼 몰려와요

　이빨을 드러내든 꼬리를 치켜세우든
　사람들은 대놓고 하는 일엔 못마땅해서

　텅 빈 화분과 기다란 막대를 들고 큰북 작은북 두
들기며
　옥상 꼭대기까지 따라와 기어코 밀어뜨리죠
　낙하 실험이라도 하듯 몰려드는 표정들을 구경하
려고
　우린 달빛에 발목을 매달고
　어제 떨어졌던 몸을 오늘도 떨어뜨려요

말이 없다는 이유로 이 거리에 고용됐으며
비밀이 많다는 이유로 옆 골목에서 추방되었죠

예쁘기도 하지, 지나가던 아이가 인형처럼 주워
들고 집으로 가요
가엾기도 하지, 상냥한 엄마가 락스를 풀어 욕조
에 담그면
사르르 녹는 눈알은 솜사탕 같아요
엄마는 따뜻하게 달군 다리미 밑에서 보송보송해
진 털옷을 꺼내 입혀요

마음까지 땀띠가 번져도 털옷은 벗지 않을래요
열이 니도 병원에 가지 않을래요
밀물 같은 잠이 차오르고

배를 잡고 구르든 끈으로 목을 매든
사람들은 뒤에서 하는 일엔 꺼림칙해서

우리가 몰래 담장을 넘어도 돌아보지 않아요
우리도 애꿎은 나뭇가지나 흔들어대며 눈물 몇 잎
떨구는 일은 없겠지만
어느 날 눈을 떴을 때

당신은 까먹지 말아요
커튼이 불붙는 걸 보았다고 느끼는 그 순간이
우리가 화염처럼 사라진 순간입니다

백 마리의 고양이로서 우린 한 마리의 고양이처럼
잠들 수 있어요
한 마리의 고양이로서 나는 백 마리의 고양이처럼
말할 수 있듯이

길과 집 사이엔 끝도 없는 유리창이 있고
따뜻한 냄새에 끌려서 우린 저녁 창가에 머물렀
어요

사람들과 나란히 식탁 의자에 앉아 죽음의 디저트
를 나눌 수도 있다고
　보스답게 뽐내며 내가 말했어요
　가로막힌 창문 틈새로 우리가 길을 뚫은 건
　달빛이 닳도록 반질반질 유리창을 닦다가
　어둠 속의 얼굴들과 거울처럼 눈이 맞았기 때문
이죠

어둠은 우리를 눈뜨게 하고

우산 말고 양철 지붕은 어때요
빗살무늬 우리 집을 빌려드릴게요
비가 그쳐도 꼬인 길은 펴서 말릴 수 없는데
내가 떠나도 식탁 위엔 쥐들이 꼬일까요
빈 상자 속의 고양이를 빌려드릴게요 네 마리나
있어요
손발이 맞는다면 굳게 닫힌 벽장을 빌려드릴게요
열쇠를 꽂아둘게요 반짝반짝
눈빛이 통한다면 어둠 속의 시집을 빌려드릴게요
접었다 폈다 할수록
손금처럼 선명해지는 유언들
죽은 엄마를 빌려드릴게요 예측 가능한 단 하루
죽은 엄마가 끓여주는 미역국을 빌려드릴게요
사십 년 묵은 핏물로 쓸 만한 게 있다면
항아리 같은 내 몸도 빌려드릴게요 아직 깨지지
않아서
겨울이 오면 이 집에서 난 쫓겨나요
집주인은 카페를 지을 거래요 이 골목엔 그런 카

폐가 셋이나 더 있는데
집주인들이 모두 카페 주인이 된다면
골목에서 잠은 사라져버릴까요 약속이나 한 듯이
카페 주인들이 어느 날 모텔 주인이 된다면
한 푼씩 모은 잠마저 탕진하는 날이 올까요
공복의 혀가 잠 못 드는 밤
데스크에서 퍼뜨리는
꽃 뉴스 말고 앵무새는 어때요
여린 주먹을 말아 쥐고 받아쓰기를 하는 아이들의
노동을 빌려드릴게요
담보로 잡힐 목숨도 없이 새벽 거리를 횡단하는
유령들의 국가를 빌려드릴게요 남아도는 재난을
딸이로 드릴게요
서로가 거울이 되어 하얗게 질리는
전쟁 같은 침묵 속에서
입만 열면 까르르 쓰러지는 애인을 빌려드릴게요
새로운 시작처럼 텅 빈 통장을 거저 드릴게요
똑, 딱, 똑, 딱, 한국어로 맴도는 시간 너머로

함께 넘었던 꿈의 국경을 덤으로 드릴게요

그 속에서 당신은 웃었던가요

칼바람이 꿈을 자르는 길 위에 서서

잠은 좀 잤나요 당신의 어딘가에도 나의 첫 페이
지가 있나요

가족의 이해

혼자 가는 게 싫어서 셋이서 갔다. 차를 놓치지 않으려고 잠을 놓쳤다. 나는 뒷좌석에 실렸고 오빠 부부는 뒷머리만 보였다. 늙으신 아버지를 거울처럼 마주 보며 세배를 했다. 덕담이 유언처럼 흐르는데 나는 어지러웠다. 빈방이 있었지만 오빠들 옆에 누웠다. 동그랗게 웅크릴 때마다 몸이 점점 줄었다. 저녁상이 차려졌는지 냄새가 요란해서 입이 오물거렸다. 아무도 깨우지 않아서 그대로 누워 있었다. 옛이야기가 라디오처럼 들려오는데 나는 어지러웠다. 그런데 말이야, 셋째는 지우려고 했다. 나는 번쩍 눈을 뜨고 싶었지만 아버지가 놀랄까 봐 귀만 열었다. 병원엘 갔더니 아이가 너무 자랐다며 약물을 쓰더구나. 그래서요? 나는 입을 열고 싶었지만 이야기가 끊길까 봐 침만 삼켰다. 의사는 최선을 다했지만 죽지 않은 건 기적이라 했고 우린 죄인이 될 수밖에. 아버지의 고백이 옛날 개그처럼 썰렁했지만 나는 어지러웠다. 천진한 엄마는 태동이라 했다. 다섯 달을 갇혀 있던 폐소공포 속에서 그건 암살을 피하려는 몸부림이었다. 죽은 척하는 습

156

관도 그때 생겼을 것이다. 잘 자라, 우리 아가. 엄마의 노래는 스무 살의 캠퍼스까지 따라왔었다. 나는 가슴이 뛰었지만 들킬까 봐 숨을 죽였다. 숨지 않아도 점점 희미해지는 아버지는 무엇을 들키고 싶었던 걸까. 숨지 않고도 그대로 돌이 된 엄마는 얼마나 무서웠을까. 엄마의 기도 소리가 자장가처럼 맴도는데 나는 어지러웠다. 괜찮아요, 아버지? 손이라도 잡고 싶었지만 더 미안해질까 봐 잠든 척했다. 모두들 돌아가려는지 천천히 일어섰다. 누군가 깨울까 봐 나는 빈방으로 갔다. 혼자 자는 게 싫어서 죽은 엄마와 함께 잤다.

지하 이웃

천장엔 불빛이 눌어붙었고
바닥엔 발이 닿지 않았고
밖에는 비가 오는 것도 같고 아닌 것도 같았다.
옆집 부부의 심야 격투도 없고
세상모르고 코를 고는 세탁기 소리도 없고
골목에는 개가 짖는 것도 같고 아닌 것도 같았다.
혀가 찐득하게 아팠고
머리칼이 전깃줄처럼 늘어져 있었고
두 눈은 뜨고 있는 것도 같고 아닌 것도 같았다.
나는 산책을 나갔고
사람들에게 인사를 건넸고
누군가 나를 안은 것도 같고 아닌 것도 같았다.
어떤 사람들은 소리가 나지 않는 대화를 했고
어떤 사람들은 곁눈으로 흘깃,
나의 영정 사진을 들여다보는 것도 같고 아닌 것
도 같았다.
발을 두고 나온 사람들이 날아서 집으로 갔다.
안아줄 사람이 오기 전에 날개를 버렸다.

자정의 말굽 소리

어둠이 오기 전에 부싯돌처럼
사람들은 이마를 문질렀다 죄를 짓듯 집을 짓듯
아이들의 이름을 짓듯

시 같은 건 지을 수 없다
시는 쓰는 것이다 시간을 쓰듯 가발을 쓰듯

빈 주머니에 손을 넣고 거니는 떠돌이 개도
두어 번 밥을 얻으면 이름이 따라붙었다

외로운 시체 위에 흰 눈 같은 구더기들이 쌓여도
썩지도 않는 이름이 뼈처럼 추려져
세상 입에 오르내렸다

누구나 이웃이라는 듯이
모두가 주인이라는 듯이

배가 고파 몸을 뒤집을 때마다 발목이 조였다

엄마 이름이 적혀 있는 발찌를 차고서

신생아실에 누워 사흘을 보냈을 뿐인데
누군가 삼십 년이 지났다고 말한다
그는 수학책을 내려놓고 출석부를 펼친다

집채만 한 말굽으로 복도를 울리는
자정의 괘종 소리
호명되는 사람이 검은 가운을 두르고 떠나갈 때
마다
고개를 숙였다

아쉬운 이별이라는 듯이
앞날을 축복한다는 듯이

아무도 모르게 자축을 하며 몸을 날려도
창밖의 남자는 나비가 되지 못하고
물속의 여자는 물방울이 되지 못해서

검은 말갈기에 파묻혀 옮겨진 산속에서
나뭇단이나 함께 헤아리는 휴일
땔감을 얻어 가는 사람이 명찰을 확인하고는
제초기로 머리를 밀어준다

그렇게 하루쯤 삭발이 되었는데
누군가 십 년이 지났다고 말한다
나는 낡은 손으로 가발을 뒤집어썼다

외투가 지나간다

*외투*가 달린다. 눈보라와 경합을 벌인다. 난롯가에 고꾸라지며 *외투*가 돌아본다. 양철 같은 알몸만남아 단물을 쏟으면 머리는 깡통이 되는가. 화병이되는가. 머리에 꽂으면 꽃들도 불탄다. 서늘한 숲에는 내가 모르는 꽃이 더 많다. 벽 위에 늘어선 *외투*는 모두 일곱 빛깔. 목덜미마다 이름표가 박힌 꽃나무 같다. 사전에는 내가 모르는 나무가 더 많다. 어떤 날은 새로운 스타일을 구해보지만 색견본은 늘지않는다. *외투*의 꽃그늘 속에 겨누고 있는 못은 모두일곱 개. 혼비백산 곤잠을 깨우는 새총 같다. 거리에는 내가 모르는 총이 더 많다. 어떤 날은 죽은 새를품고 오지만 나무관은 늘지 않는다. 낡은 나무서랍속의 *외투*는 모두 일곱 난쟁이. 아침마다 기억을 갈아입으면 어른이 된 것 같다. 밤의 천막 뒤편 곡마단에는 내가 모르는 난쟁이가 더 많다. 환절기엔 야외로 불러 모아 김밥을 먹지만 단무지를 빼고 은행잎을 넣어도 계절은 일곱 가지. 여길 보세요. 모두 웃어요. 시금치 낀 이빨과 치즈를 쥐어짜는 이빨이 나

162

란히 박힌다. 울고 웃는 표정의 재료를 나누어도 감
정은 일곱 조각. 사람들을 밥알처럼 둘둘 마는 어둠
에 참기름을 바르는 내일의 햇빛. 사각사각 썰어서
한 입씩 물리는 내일의 한 줄. 새벽마다 내가 꾸는
꿈은 모두 일곱 장르. 바닥에는 일곱 명의 단역배우
가 요일별로 대기 중이지만 너의 눈 속엔 내가 모르
는 내가 더 많다. 너에게 가려고 나를 고른다. 구겨
진 몸을 탁탁 털어 무릎을 편다. *외투가 입는다.*

나비論

더 많은 색깔이 필요합니다. 닫혀 있는 필통을 참을 수가 없어요.

우리는 오색 손톱에 공을 들이고 점심시간마다 연필심처럼 끝을 다듬었습니다.

날카로워진 두 소녀가 서로에게 가운뎃손가락을 날렸습니다.

극적인 악수란 그렇게 시작되죠.
가장 긴 손가락부터 내민다는 것.

발육이 남다른 우리는 가운뎃손가락이 멈추질 않아서 비행소녀가 되었어요.

침을 뱉을 때도 진심을 담아야 합니다.

가래침엔 인격이 없어요. 그러나 끈기와 몰입은 배울 만합니다. 이념 말고 일념,

그것도 아니면 무념.

스타킹을 벗듯 머리끝부터 허물을 벗고 싶어요.

턱관절이 나가도록 생고무를 씹는 인생의 맛. 콘돔을 찢고 나오는
아기들은 쓴맛에서 시작합니다. 버림받은 기억보다 무서운 건 반복되는 예감.

슬픔의 지식이 쌓이면 더듬이는 탈부착이 됩니다.
거기서부터 길고 긴 독서를 시작하고 싶어요.

길고 긴 햇빛이 꺼지고 나면 밤거리를 뛰어다니며 타인의 일기장을 훔쳤어요.
밑줄을 그으며 나를 예습하고 싶어요. 낯선 냄새를 이해한다는 것.
팬티를 빨면서 생각하죠. 누군가를 벗기는 것 말고 빨아준 적 있었나. 자만과 기만.

당신이 부끄러움을 보여준다면 진심을 다해 빨아주고 싶어요.
혀를 길고닦아서 손가락의 본보기가 되고 싶어요.

우리는 왜 손을 씻는가.

손을 자를 수 없다는 깨달음과 손을 잡아야 한다
는 가르침 속에서

까만 게 좋아, 하얀 게 좋아? 그러면 빨간 헬멧을
고르고

오토바이 소년의 허리를 붙잡고 내가 없는 곳으로
되돌아가는 일.

거기서부터 길고 긴 걸음마를 시작하고 싶어요.

길고 긴 행군을 끝내고 나면 기념일에는 지붕 위
의 소녀들과 에어쇼를 합니다.

오토에서 스틱으로 손가락을 바꾸고 좌익과 우익

날개를 맞추는 소녀 비행단의 대열 속에서

오색 연막탄을 토하며 유종의 미를 연마하죠.

일필휘지로 하트를 띄우고 요조숙녀로 거듭난다

는 것.

　소녀들이 차례로 폭발하고 남아 있는 군번줄처럼
　길고 긴 더듬이를 어루만지며
　한 쌍의 어른이 거울처럼 앉아 꿀차를 마시는 저녁,

　손톱을 깎으며 연필을 깎으며 우리는 경청하죠.
탈피 후에
　날아다니는 농담에 대해.
　고독의 만찬이 끝나면 동면의 계절이 옵니다.

요조숙녀

세탁부와 청소부의 사랑을 먹고 자라서
나는 정물의 세계에 고용되었다

아버지의 빗자루와 어머니의 다리미와
부드러운 맨손이 번갈아 지나가는

규칙적인 손놀림과
척추를 구부려 채찍질하는 인사법 속에서
나는 어디까지 공손해질 수 있는가

사물에 대한 예의를 베끼고
기다림의 대가를 외우고

몸이 다른 종족을 감싸며
기꺼이 한몸이 될 수 있을 것 같다

공원에 단정히 앉아 있는 나무 벤치처럼
옷걸이에 걸린 세탁소의 낡은 셔츠처럼

늘 새롭게 접혀 있는 모텔 선반 위의 수건처럼

벗은 몸을 세탁하고 누워
쫙 폈다가 힘없이 늘어지다가
각이 지게 접으면서 하얗게 잠들었다

나무관절 사이로 비가 내려 혼자서 젖는 날에도
계절이 바뀌도록 비닐커튼에 싸여 숨 막히는 날
에도
길 위의 하룻밤이 여행에서 쓸모없어진 날에도

감은 눈과 세계의 이본

조 강 석

명백한 것들 뒤에는 또 다른 형태의 의미가 있는지도 모르고
아니면 아무것도 없는지도 모른다.
—토마스 핀천, 『제49호 품목의 경매』에서

1. 모험으로서의 야행(夜行)

시집 『환상수족』 이후 많은 논자들은 이민하의 시를
환상에 짝지어주려 했지만 그런 시도가 결국 손에 쥔 것
은 허공이다. 이민하의 시를 환상에 묶으려는 시도는 왕
왕 그의 시가 가진 즉물적 직접성에 의해 좌절되고 구태
여 알레고리 쪽으로 구인하려는 시도는 집합적으로 계통
화되지 않는 다발적 이미지들에 의해 머쓱해진다. 그런

데 이민하의 새 시집에서 이런 양상은 조금 더 심화되면
서 이전과는 다른 차원의 새로운 의미를 획득하고 있다.
이 시집에서는 그의 시가 품은 이미지들의 즉물적 직핍
성과 시적 진술의 구심적 완강함이 보다 팽팽하게 등을
맞대고 있다. 조금 엉뚱한 일인 줄 알지만 이민하의 새로
운 시집을 일람하기 전에, 가시적 세계와 가능한 저본으
로서의 세계가 대위법적으로 병진하는 양상을 설명하는
다음과 같은 대목을 이 시집의 화폭의 끝자락에 슬쩍 잇
대어보는 것이 전혀 무용하지는 않을 것이다.

　　자신을 둘러싼 모든 것이 유쾌한 영역이나 자신의 심장
　　맥박을 위협해 들어오는 영역 안에 조직되어 있다고 믿는
　　진짜 편집증 환자, 또는 우리를 보호해 줄 완충 역할을 하
　　는 말 속에 이중적 의미가 들어 있는 진리의 오래된 갱도와
　　터널을 탐색하는 몽상가. 그렇다면 은유의 행위란 결국 우
　　리가 어느 쪽에 있느냐에 따라 진리나 허위에 날카로운 일
　　격을 가하는 것이다. 그것은 당신의 위치, 즉 안쪽에 안전한
　　상태로 있었는지 아니면 바깥쪽에 상살된 상태로 있었는지
　　에 달린 문제였다. (토마스 핀천, 『제49호 품목의 경매』, 김성
　　곤 옮김, 민음사, 2007, p. 169)

　어떤 텍스트들은 "한 올만 당기면 풀어질 듯"(「붉은 스
웨디」) 다른 텍스트와 엮이어 읽히기도 한다. 이민하의

새 시집 『세상의 모든 비밀』을 읽는 내내 오래된 기억의 한 켠에 얽어놓은 핀천의 위와 같은 구절이 마치 발문이나 혹은 꼭 맞는 색인처럼, 아니면 시집의 뒤표지에 얹힐 법한 시인 자신의 시론처럼 맴돌고 있었음을 고백하지 않을 수 없다. "책들을 교배해서 새끼를 쳤다"(「타이피스트」)는 말을 이에 대한 용인으로 저 혼자 새기고 두 텍스트를 읽어본다.

핀천의 글은 세계가 마치 0과 1로 이루어지는 서로 다른 버전의 매트리스와 같은 자신의 저본들을 획일화된 표면의 두께 속에 숨기고 있음을 발견하는 순간에 대한 묘사이다. 이때 폭넓은 의미에서의 "은유의 행위"—이 말은 이하에서 시적 언어 고유의 논리라는 의미로 '불법적으로' 전용되어 사용될 것이다—는 안전한 상태로 획일화된 세계의 비전에 편집증적으로 머무는 것을 거부하고 그 세계의 바깥쪽에 상실된 상태로 남은 채 기성의 진리와 허위에 일격을 가하는 시적 모험을 개시하는 행위가 된다. 과연 몽상가의 야행이란 꼭 그러한 것이다.

어느 날 한 사람이 담장을 넘어와서 나를 몰래 데려갔다 누구냐고 묻지 않고 그를 따라갔다 입을 찾을 수 없었지만 묶음으로도 알 것 같았다 손을 잡고 있었지만 세상에 없는 피부 같았다 [……] 다음 날 밤에도 나는 다른 담장을 더듬었다 내가 나를 못 알아볼까 봐 더러운 잠옷을 입고 갔다 빈

집을 터는 기분이어서 한 사람은 늘 꿈 밖에서 망을 봤다
                                                    ——「야행(夜行)」부분

아쉽지만 작품 전체에 대한 이해를 미뤄두고 여기서
는 이 야행이 지니는 두 가지 중요한 의미만을 추려보기
로 하자. 우선, 그것은 흔들림 없는 인식의 베일이 아우
르는 시간으로부터 빠져나가는, "세상에 없는 피부"와의
'접촉'을 위한 행위이다. 그런데 그것은 편집증적 몰입이
나 환상으로의 도피와는 확연히 다른 것이다. 왜냐하면
이 야행을 통해 얻게 되는 상(象)은 명료한 인식과 몽상
의 경계에 맺히기 때문이다. 꿈 밖에서 망을 보는 이의 눈
과 더불어 야행이 어떻게 중력을 상실할 수 있겠는가? 꿈
의 안과 밖의 경계에 세계의 0과 1 사이의 공간이 열린다.
그것이 이 시집의 9와 3/4 승강장이다.

    반쯤 감긴 눈으로 나는 걸었네
    자작나무 숲은 얼마나 먼가
    [……]
    자작나무 숲은 얼마나 먼가
    반쯤 감긴 눈으로 나는 걸었네
                          ——「열두 시를 지나는 자화상」부분

눈을 뜨고도 눈을 뜨고 싶다고 했다 이를테면,

눈을 뜰수록 앞이 깜깜해져요

[……]

눈을 감고도 눈을 감고 싶어졌다

문을 잠그고 손잡이를 일곱 번 돌리는 습관하고는 다른 것이다

나는 안으로 안으로 눈을 열고 들어갔다

―「감은 눈」 부분

그러니 이와 같은 구절들에서 0과 1의 경계(境界)와, 한쪽 세계로의 일방적 편입에 대한 경계(警戒)가 동시에 표현되는 것은 자연스러운 일이라고 하겠다. "반쯤 감긴 눈"은 이중의 경계 위에서 세계의 복상(複像)을 본다.

2. 안과 밖의 원근법

검은 우산들이 노란 장화를 앞지르고 있었다

차도에는 강물이 흐르고

건너편에는 머리가 지워진 사람과 발목이 잘린 아이들이 떠내려간다

오후에 떠난 사람과 저녁에 떠난 사람이 똑같이

이르지 못한 새벽처럼

한 점을 향해 가는
길고 긴 어둠의 외곽 너머

텅 빈 복도에 서서
눈먼 노인과 죽어가는 아이가 함께 내려다보는
마르지 않는 야경 속으로

몇 방울의 별이 떨어졌다

— 「원근법」 전문

문 밖에서 누군가 울고 있다. 울음이 귓속으로 흘러드는 건, 우리 사이에 길이 있다는 건가. 길은 어디에서 발생되는가. 샘처럼 터진 너의 입과 종잇장처럼 나부끼는 나의 귀. 울음이 비껴가는 텅 빈 순간이 너와 나 사이의 간격이다. 울고 있는 너의 얼굴은 달처럼 타오르는가. 나는 두 눈을 들지 못하겠다. 울음이 불덩이처럼 가득 차서 몸속에서 나가고 싶다. 손잡이를 돌리듯 둥글게 손을 말아 쥐고 가슴을 치지만 나는 나를 열지 못하겠다. 손끝마다 무거운 건 온몸이 쏠려 있기 때문인가. 너의 비밀에 닿아 있기 때문인가. 나는 손마디 하나 자르지 못한 채 어른의 표면적에 가까워졌다. 낯선 울음을 삼키며 한 겹씩 피부가 늘어졌다. 내 몸의 끝은 어디까지인가. 너의 울음소리까지인가. 잠들기 직전까지

인가. 나는 서랍 속에 열쇠를 숨겨두었지만 주름진 부위마다 서랍이 있다. 열쇠와 칼날이 뒤엉켜 빛나는 어둠 속에 누가 손을 넣어 휘저어줄 것인가. 미아처럼 울면서 기차가 지날 때마다 철로변의 꽃들이 쓸려나간다. 짓무른 살갗이 빨갛게 털갈이를 하는 낙화의 시간. 몸 밖에서 누군가 울고 있다. 꽃들은 매일 죽고 나는 무덤의 표면적에 가까워진다. 아침보다 치명적인 사건은 없다.

—「안과 밖」 전문

다소 길지만, 두 시는 전문을 인용하지 않을 도리가 없다. 어떻게 흐름의 보금자리를 훼손하겠는가? 앞에 인용된 「원근법」과 뒤에 인용된 「안과 밖」은 0과 1의 경계에 맺는 복상의 양상을 이원적으로 드러낸다. 시각적 비유로는 전자가 구상에 가까운 추상 혹은 구상 속 추상이라면 후자는 추상에 가까운 구상 혹은 추상 속 구상이라고 할 수 있을 것인데 두 작품이 나란히 놓일 때 공히 경계의 시계(視界)와 거기에 맺히는 실상/허상의 양상은 각기 이 시집의 대표단수들로 간주될 수 있다.

우선 「원근법」을 보자. 이 시에는 한 겹으로는 실제의 풍경이 또 한 겹으로는 심리적 실재의 구도가 펼쳐져 있는데, 이 풍경과 구도는 하나의 소실점에서 포개어져 독특한 하나의 내적 실재를 낳고 있다. 비 오는 거리의 어둑해진 풍경의 시계에 들어온 소실점이 삶의 내력은 다르지만 공히 또 다른 새벽을 보지 못한 채 가닿고 만 생의 소실점과 포개어진다. 삶의 혜안도 없이 눈이 먼 노인과 살아가야 할 많은 날을 두고 죽어가는 아이의 눈앞에 놓인, 지금과는 다른 방식으로 가능했을 법한 삶의 밑그림 속에 생의 또 다른 가능성일 별빛이 몇 개의 빗방울로 반짝인다. 어쩌면 이렇게 냉연한 슬픔이자 만연한 희원일까? 시의 제목이 원근법인 이유는 거리의 구상 속에 삶과 죽음의 리듬이 만드는 추상이 시계와 사유의 소실점에 접근해가며 시의 고유한 내적 실재를 획책하기 때문이다. 바로 그런 맥락에서 「안과 밖」은 「원근법」과 내외를 이룬다.

「안과 밖」은 생의 비애라는 어떤 추상이 몸이라는 슬픔의 구체적 '전도체'를 관통해가면서 발생하는 정념들을 구상적 이미지들을 통해 표현한 시이다. 0과 1 사이의 경계에 있는 의식에 누군가의 울음으로 촉발된 비애의 정념이 현상하고, 그것이 다시 기억과 경험의 구상과 연동하여 몸 안을 맴돌다 이미지로 터져 나오는 것이 바로 이 시의 내적 실재의 양상이다. 누군가의 울음이 경계의 의식 안에서 "우리 사이의" 구체적 관계의 맥락 속으로 전치되고 그렇게 기억으로 전화된 소리는 몸에 슬픔의 적층을 쌓는다. 낯선 울음 때문에 어른의 표면적에 가까워진 피부가 갈수록 늘어진다는 표현은 얼마나 섬뜩할 정도로 즉물적인가? 슬픔이 몸 안을 휘돌면서 삶의 표면적을 넓혀가는 동안 그 적출의 열쇠는 켜켜이 몸의 주름에 비장되어 있다는 은유는 몽상적 이미지인가 아니면 진화생물학적 현미경인가? 누군가의 울음이 기억과 포개어져 출구를 모르는 슬픔으로 몸 안을 일주하다 살갗을 덧나게 하면서 생기는 상처를 낙화와 겹쳐둔 것 역시 즉물적이다. 하여 이 모든 이력을 다시 증언하는 시의 마지막 부분을 재차 옮겨본다.

몸 밖에서 누군가 울고 있다. 꽃들은 매일 죽고 나는 무덤의 표면적에 가까워진다. 아침보다 치명적인 사건은 없다.

이를 다시 패러프레이즈할 필요는 없을 것이다. 경계에서 들려오는 누군가의 울음소리가 내 안의 기억과 함께 몸의 구체적 상처로 덧나고 그것이 죽음과의 거리를 재조정한다. 아침이 치명적인 까닭은 이 시간으로부터 놓여나기 때문인가, 아니면 다시 타자와의 명료한 이분법적 세계로의 귀환을 재촉하기 때문인가? 시가 "자정의 말굽 소리"(「자정의 말굽 소리」)임을 기억해두자.

3. 홀수의 감정과 세상의 모든 비밀

명료한 분별지로 해자(垓字)를 친 자아의 안전한 성에

머물 것인가, 아니면 바깥에 '상실된 상태'로 있으며 이
모험을 계속해나갈 것인가?

두 사람은 악수하고 두 사람은 얘기하고 두 사람은 웃고
한 사람은 빈 의자 옆에 앉아 창밖을 본다

악수는 셋이서 못 하나?
일곱이서 손을 잡으면 그건 체조가 되나?

밖에는 흰 눈이 목련꽃처럼 떨어지는데

일곱 사람이 모이면 1인분의 밥공기처럼
일곱 개의 우정이 분배될까
번갈아 짝을 맞추면 스물한 개의 우정이 발명될까
서넛씩 대여섯씩 뭉치면 동심원처럼 늘어나는
기하급수의 우정을 위해

종소리가 울려 퍼지듯
주방에는 낡은 냄비 낯선 냄비 동시에 끓고

일곱 사람이 동시에 입을 열면
세 쌍의 대화와 한 명의 독백이 발생할까
힌 쌍의 대화가 탱크처럼 독백 위를 지나가고

세 쌍의 대화가 함께 폭발하면 거대하게 부푸는 핵구름
아래서

내통하는 입과 귀가 몰래 낳는 기형의 비밀들
목을 비틀면 벌컥,
거품부터 입에 무는 맥주잔을 쨍그랑 부딪치며
귀를 틀어막을 수 없어서 소시지로 꾸역꾸역
입을 틀어막는 사람들

합창은 혼자서 못 하나?
일곱이서 입을 맞추면 그건 침묵이 되나?
　　　　　　　　　　　　　　　　──「7인분의 식사」 부분

　탈구(脫臼)에 예민한 정신의 선택지가 무엇일지에 대
한 대답을 이 시는 제공한다. 인용되지 않은 이 시의 후반
부에 있는 구절을 빌려서 말해보자면 그것은 "홀수의 감
정"과 관계 깊다. 이를 달리 풀자면, 그것은 항상 원만한
원환적 세계의 바깥에 놓인 국외자로서 자신을 발견하는
태도라고 할 수 있다. 일곱이 모이면──셋이나 다섯인 경
우라면 한 테이블에 모여 앉기 쉬우므로 일곱 정도가 적
절했겠으나 실상 셋이나 다섯인 경우라도 항상 '홀수의
감정'에 빠져드는 이는 정해져 있기 마련이다──둘씩 짝
을 짓는 대화의 패턴에서 늘 홀수의 자리에 놓이는 이의

세계는 어떤 정념으로 이루어지는가? 이 사태는 몇 가지 질문을 동반하게 된다. 첫째, 모임이나 조직이나 공동체나 결사에서 '홀수의 감정'을 낳는 '탈구'는 필연적인가? 둘째, 원환을 이루는 조합의 경우의 수와 우정의 크기는 비례하는가? 셋째, 국외자의 자리에 이토록 예민한 정신은 따로 있는가? 첫째, 그렇다. 둘째, 전혀 그렇지 않다. 셋째, 그런 질문을 하는 이는 항상 따로 있다.

어떤 형식의 조합에서도 탈구된 자리를 '빼앗기지' 않는 이가 있다면 그는 생활의 강자일 수 없다. 그러나 바깥에 놓임으로써 그는 "내통하는 입과 귀가 몰래 낳는 기형의 비밀들"에 귀를 기울일 수 있다.

나는 옆집 아이의 태생의 비밀을 알고 있다
그 애 아빠의 정치적인 비밀을 알고 있다
왜 그들은 내게 입막음을 안 하나

하루아침에 미용실 여자가 미인이 된 까닭을,
편의점 남자가 시인이 된 까닭을, 그들이 손잡고 구청에 간 까닭을,
석 달 후 남자 혼자 구청에 간 까닭을 나는 알고 있는데

여자의 머리색이 남자의 정치색과 어울려
신발 속에 감춰진 짝짝이 양말처럼 아무도 모르게

호들갑을 피우는 오후

선박처럼 무거운 귀를 잠시 멈추고 잠이 오는 의자에 앉아
문맹인 나는 머리색을 바꾸고
색맹인 애인은 이별의 편지를 바꾸고

내 귀를 타고 밀입국한 사람들은
어떻게 빠져나온 것일까 반대편 귀를 향하여
얼굴을 뒤집고

지하철 남자의 의족이 지상의 물결 위로 떠오를 때
인어공주가 되는 이야기
아름다운 두 다리의 침묵에 대하여

진위 논란으로 시끄러운 세상에 대하여
칼의 입맞춤 대신 물거품이 되어 바다에 녹아버린
성전환자의 슬픈 동화 속에서
목소리를 가로챈 마녀의 기술처럼

목사의 안수기도에 섞이는 어떤 성분들
이를테면, 앞 못 보는 어둠의 눈을 번쩍 후려치는
어떤 선언들

늙은 소녀들은 아직 사랑이 넘치고
구걸하는 남자들은 눈물이 넘쳐서
기울지도 침몰하지도 않는
어떤 세계에서

흩어진 나의 비밀들은 어느 귀를 타고 흘러가는가
내가 같은 남자와 백번째 헤어진 날에 대해

당신은 지금 내 비밀 하나를 보관 중이다
혀처럼 얇게 저며진 물결 하나가 귓속으로 들어갔다
의도하지 않아도

언젠가 귀를 기울이는 쪽에서
당신도 모르게 식은땀이 흐를 것이다
                        ──「세상의 모든 비밀」전문

  이 시는 말들의 운동과 흐름을 다루고 있다. 그리고 동
시에 "내통하는 입과 귀가 몰래 낳는 기형의 비밀들"을
다루고 있다. 세상의 말들이 운동하듯 이 시의 이미지 역
시 운동한다. 말들이 개개인의 소소한 사정을 비밀과 음
모로 재생산하고 유통하는 구조를 지니듯, 이 시 역시 부
속 이미지들을 파생시키는 흐름과 정박의 기본 구조를
지니고 있다. 시를 보자. 세상엔 얼마나 많은 말들이 있

는가? 요즘처럼 유통이 용이한 시대에 말들은 얼마나 빠른 속도로 면목도 체면도 없이 흘러 다니는가? 자신이 만든 유머가 자신의 귀에 들어오는 데까지 걸리는 시간을 실감해본 이들은 안다. 말들이 어떻게 선의와 악의의 구분도 없이 한 귀로 들어와 한 귀로 흘러 나가는지. 그리고 그 말들 중 얼마나 많은 것들이 자주 흐름 위에서 가시들을 자가생산 하는지. 이 시는 바로 말들의 그런 내력에 관한 것이다. 말들은 흐른다. 말들은 한쪽 귀로 밀려와서 다른 쪽 귀로 빠져나간다. 우리는 말들이 밀려와 귓전을 때리고 다시 멀어지는 사이에서 때론 미동을, 때론 격동을 느끼며 중심잡이를 한다. 옆집 아이의 태생의 비밀, 미용실 여자와 편의점 남자의 사연 등 수많은 말들이 의도와 상관없이 수시로 귀를 넘나든다. 눈은 닫으면 그만이지만 귀는 그처럼 단호하게 닫을 수 없다. 그러니, 말에 실려오는 사람들은 허락없이 승선을 감행하는 이들과 같다. "내 귀를 타고 밀입국한 사람들"이라는 표현은 얼마나 직핍한가. 허가 없이, 때도 장소도 모르고 제멋대로 찾아오는 말들의 주인공들, 그야말로 귀를 타고 밀입국한 사람들의 사정이 때론 종교적으로, 때론 정치적으로 그리고 더러는 미학적으로 윤색된다. "지하철 남자의 의족"은 물결 위로 떠올라 "인어공주"의 "아름다운 두 다리"로 윤색되고, "성전환자"의 사연은 당사자들의 목소리를 가로챈 이들의 연출대로 각색된다. 그리고 이런 소문들은 단어에 주술을 불어넣는 안수기도 목사의 일갈처럼 때로 정신을 퍼뜩 들게 하며 달팽이관에 도달한다. 이처럼 말들은 세계에 차고 넘치지만 말들로 말들을 보충하는 세계는 "기울지도 침몰하지도 않는"다. 한 개인의 심리에 대해 말들이 만드는 정서적 음영은 개별적 경우에 따라 다르지만 흐름은 자신의 작용과 효과를 성찰하지 않는다. 질량보존의 법칙이나 엔트로피의 법칙에서와 같이 말은 형태를 달리하고 흐를 뿐 총량에 있어 기울지 않는다. 그리고 그런 방식으로 부동인 세계 역시 개체라는 선박을 경유하는 말들로 인해 기울거나 침몰하지 않는다. 누구도 이 흐름을 멈추려 하지 않고 멈출 수 없다는 점에서 어쩌면 사정은 공평한지 모른다. 내 사정이 비밀이 되어 돌고 돌아 다시 내 귓전을 때리는 날 흐르는 식은땀을 감수할 수만 있다면 아무런 불평 없이 우리는 "세상의 모든 비밀"들과 더불어 살 수 있다.

4. 눈 감은 자의 시계

그런데 "반쯤 감은 눈"으로 "세상의 모든 비밀"을 뭐 그리 대단할 것도 없다는 듯 태연하게 수납해가는 과정 속에, 그간 이민하의 시에서 좀처럼 볼 수 없었던 개인사의 이력들 역시 수렴된다는 사실은 주목할 만하다.

나무들이 한 삽씩 빗물을 퍼붓고 있다. 벌어진 창틈으로
골목의 아이들이 웃음의 뼛가루를 뿌리고 사라진다.
　나는 언제부터 깨어 있었던 걸까. 백 년 전부터 눈을 뜬
것 같은데
　희미한 것을 보면 왜 잠만 올까.
　벽 속에 누가 있다. 외로운 누가.

　걸음마보다 숨바꼭질을 먼저 배운 언니는
　뙤약볕이 싫었는지 벽 속으로 기어 들어가 꼭꼭 숨었다.
　언니의 뒤통수도 보지 못한 나는
　엄마가 고함을 지를 때까지 자궁벽 안에 웅크려 잠만 자
고 있었다.
　잠보다 놀이를 먼저 배웠더라면 술래가 되어 언니를 찾
아낼 수 있었을까.
　축축한 것을 보면 왜 잠만 올까.
　벽 속에 누가 있다. 벽에 물집이 번지던 여름날,

　스무 해 동안 갈아주지 못한 기저귀가 생각난 듯 갑자기
　엄마는 하얀 시트를 둘둘 만 채 벽 속으로 들어갔다.
　앰뷸런스도 배웅하지 못한 나는 학교에서 수업을 받고
있었다.
　문법보다 마법을 배웠더라면 두 손으로 벽을 비집고 엄

186

마를 꺼낼 수 있었을까.

딱딱한 것을 보면 왜 잠만 올까.

벽 속에 누가 있다. 가구가 늘어도 한쪽 벽엔 늘 네모난 빈자리가 놓여 있는 이유.

나는 벽과 나란히 누워 있다.

벽에 박힌 엄마 사진만 마주 보다가

잡초 무성한 벽지를 움켜쥔 채 외할머니도 지난여름 뒤따라갔다.

뺨을 타고 장맛비가 흘렀다.

한눈에 알아볼 수 있게 흔들면서 가세요.

뒤늦게 입이 트인 나는 엄마의 손수건을 할머니 손에 쥐여주었다.

울음보다 음악을 먼저 배웠더라면 아름다운 곡소리를 낭송할 수 있었을까.

서늘한 것을 보면 왜 잠만 올까.

벽 속에 누가 있다. 손끝으로 벽을 쓸어보면 생생하게 묻어나는 마지막 체온.

──「벽 속의 누가(累家)」 부분

누구와도 변별되는 개인사의 이력을 여러 가지 시적 장치를 통해 토로함으로써 시인 된 이의 존재증명을 대신하려는 경향은 대개 젊은 시인의 첫 시집에서 종종 드러나곤 하는 현상 중 하나이다. 그런데 이민하는 앞선 시집들에서 본격적으로 그런 '입사식'을 치르지 않았다. 그것조차 일종의 상투형이기 때문일 것이다. 그런데 이제 그는 이처럼 이례적인 '고백'을 하고 있다. 때를 알지 못하는 고백, 뒤늦게 도달한 고백에는 이런 내력이 있다.

바닥에 납작 깔려 있는 나는 어제보다 얇아져 편지지처럼 고백이 늘었는데
말을 실어 나르는 바람의 부피는 늘지 않는다.

'내'가 얇아져가는 것은 시간과 감정의 오래된 묵계에 속하는 사안이지만 그러나 입을 간질이며 과거로부터 불어오는 바람은 이제 '나'를 몰고 갈 만큼의 무게를 지니고 있지 못하다. 개인사의 특수한 내력조차 이제 감은 눈이 마주한 벽에 투영되는 '세상의 모든 비밀'에 귀속되기 때문이다. 백석의 「흰 바람벽이 있어」의 아름다움을 연상시키는 「벽 속의 누가(累家)」에서 이제 시인은 내감의 몽상가가 된다. 이 시에는 다음과 같은 몽상가의 주문이 적재적소에 얹혀 있어서 과거의 바람이 현재의 '나'를 뒤흔들 힘을 잃게 하고, 단지 그것을 세사(世事)의 일부로서 받아들이게 한다.

희미한 것을 보면 왜 잠만 올까. [……] 축축한 것을 보

188

면 왜 잠만 올까. [……] 딱딱한 것을 보면 왜 잠만 올까.
[……] 서늘한 것을 보면 왜 잠만 올까.

이것이 눈 감은 자의 시계를 소환하는 주문이 아니고
무엇이겠는가? 시의 제목이 말해주듯 여기서 그를 눈뜨
게 하는 것은 단연 어둠이다. 그리고 그런 방식으로 어둠
에 눈든 감은 눈은 내감과 외감을 아우르며 "진리의 오래
된 갱도와 터널"을 탐색하기도 하고 "진리나 허위에 날카
로운 일격을" 가하기도 하며 0과 1 사이에서 깜빡이는 이
본의 세계와 주파수를 맞춘다.

> 우산 말고 양철 지붕은 어때요
> 빗살무늬 우리 집을 빌려드릴게요
> 비가 그쳐도 꼬인 길은 펴서 말릴 수 없는데
> 내가 떠나도 식탁 위엔 쥐들이 꼬일까요
> 빈 상자 속의 고양이를 빌려드릴게요 네 마리나 있어요
> 손발이 맞는다면 굳게 닫힌 벽장을 빌려드릴게요 열쇠를
> 꽂아둘게요 반짝반짝
> 눈빛이 통한다면 어둠 속의 시집을 빌려드릴게요 접었다
> 폈다 할수록
> 손금처럼 선명해지는 유언들
> 죽은 엄마를 빌려드릴게요 예측 가능한 단 하루
> 죽은 엄마가 끓여주는 미역국을 빌려드릴게요

사십 년 묵은 핏물로 쓸 만한 게 있다면

항아리 같은 내 몸도 빌려드릴게요 아직 깨지지 않아서

— 「어둠은 우리를 눈뜨게 하고」 부분

"빈 상자 속의 고양이" "굳게 닫힌 벽장" "어둠 속의 시집" "선명해지는 유언들" "죽은 엄마가 끓여주는 미역국" 등은 감은 눈의 세계, 몽상가의 세계에 속한 것이다. 그것은 각성된 채로 명료함을 행사하는 세계의 "바깥쪽에 상실된 상태로" 존재하는 이본의 세계에 속한 것이다. 눈을 감는 것은 이 세계의 시계에서만 발견되는 것들을 답사하는 "은유의 행위"이다.

겨울이 오면 이 집에서 난 쫓겨나요

집주인은 카페를 지을 거래요 이 골목엔 그런 카페가 셋이나 더 있는데

집주인들이 모두 카페 주인이 된다면

골목에서 잠은 사라져버릴까요 약속이나 한 듯이

카페 주인들이 어느 날 모텔 주인이 된다면

한 푼씩 모은 잠마저 탕진하는 날이 올까요

공복의 혀가 잠 못 드는 밤

데스크에서 퍼뜨리는

꽃 뉴스 말고 앵무새는 어때요

여린 주먹을 말아 쥐고 받아쓰기를 하는 아이들의 노동

을 빌려드릴게요

담보로 잡힐 목숨도 없이 새벽 거리를 횡단하는

유령들의 국가를 빌려드릴게요 남아도는 재난을 떨이로
드릴게요

서로가 거울이 되어 하얗게 질리는

전쟁 같은 침묵 속에서

입만 열면 까르르 쓰러지는 애인을 빌려드릴게요

새로운 시작처럼 텅 빈 통장을 거저 드릴게요

똑, 딱, 똑, 딱, 한국어로 맴도는 시간 너머로

함께 넘었던 꿈의 국경을 덤으로 드릴게요

그 속에서 당신은 웃었던가요

칼바람이 꿈을 자르는 길 위에 서서

「어둠은 우리를 눈뜨게 하고」의 후반부다. 전반부
가 0과 1 사이의 세계를 발견하는 '은유 행위'로 이루어
져 있다면, "겨울이 오면 이 집에서 난 쫓겨나요"라는 구
절을 고리 삼아 회전하며 부감되는 후반부에서는 몽상
가의 은유 행위가 세계의 오래된 갱도와 터널 들로 이루
어진 "유령들의 국가"의 유무형의 허상들을 선명하게 드
러낸다. 모텔의 계산기, 앵무새의 데스크, 아이들의 노동,
남아도는 재난 등은 물론이고 그럼에도 불구하고 "서로
가 거울이 되어 하얗게 질리는/전쟁 같은 침묵"까지 모두
명료한 의식의 판본에 새겨진 세계의 엄연한 양상이라는

것이 어둠에 눈뜬 감은 눈이 감행하는 은유의 모험을 통해 백일하에 드러난다. 그리고 혁명가 대신 몽상가는 다시 이렇게 묻는다. 그 말을 다시 새겨둔다.

잠은 좀 잤나요 당신의 어딘가에도 나의 첫 페이지가 있나요 ▨

약편

仙道 체험기

7

신선神仙되는 길이 보인다
경이적인 현상이 눈앞에 펼쳐진다!!
선도수련의 현장을 체험으로 파헤친 충격과 화제의 소설

글터
GEUL TEA

약편 선도체험기 7권을 내면서

『약편 선도체험기』 7권은 『선도체험기』 25권부터 30권까지의 내용에서 선별하여 구성하였다. 시기적으로는 1994년 8월부터 1995년 8월까지 일어난 이야기로, 삼공선도의 기틀을 세우는 시기가 되겠다.

『삼일신고』에 나오는 지감·조식·금촉을 하나의 단어로 응축하여 현대화한 용어인 삼공(三功). 이를 나의 호로 삼았다. 그리고 몸공부, 기공부, 마음공부로 구성되는 수련체계를 삼공선도라고 칭하게 되었다. 제자 중에서 수련 수준이 초견성의 경지에 들었을 때 도호를 부여하기로 했는데, 그 기준으로 기운의 순도와 강도를 감지하여 판단했다.

삼공선도(三功仙道)는 효도와 처자 부양을 수도의 방해물이 아닌, 극복해야 할 숙제로 보고, 자기 앞에 닥친 역경을 피하는 대신 인내심을 갖고 이를 슬기롭게 난관들을 헤쳐나가면서 몸, 기, 마음공부를 동시에 수행해나가는 것을 말한다. 외부에 티를 내지 않고 일상생활을 하면서 수도할 수 있는 것이 삼공선도다.

수련을 통해 자성, 본성, 참나를 찾으면 생로병사의 망상, 인연의 굴레, 욕심의 충동에 휘둘리지 않고 세상을 마음 편안히 자유롭고 여여하게 살아갈 수 있다. 그러기 위해서는 기존의 지식, 관념에 얽매이지 말고 마음을 열고 모든 상황을 관찰하며 지혜를 발휘해야 한다. 깨달음에 방해가 되는 것은 무엇이든지 과감하게 버릴 줄도 알아야 한다. 무소의 뿔처럼 혼자 갈 각오를 해야 하는 것이다.

『약편 선도체험기』 7권의 핵심은 위와 같이 삼공선도가 태동되는 데 두었다. 그리고 여기서 삼공선도와 현묘지도의 도맥을 제자인 조광(造光)에게 넘겼음을 알리는 바이다. 수련에 관련한 문의는 〈조광 블로그〉를 통해 하기를 바란다. 마지막으로, 이 책이 나오는 데 있어서 작업을 도와준 조광, 책을 출판해 준 글터 한신규 사장님에게 감사의 뜻을 전한다.

단기 4354년(2021년) 1월 20일
서울 강남구 삼성동 우거에서 김태영 씀

차 례

Contents

〈25권〉

순례의 바위

1994년 7월 30일 토요일 26~33℃ 소나기

오후 2시부터 찜통더위를 무릅쓰고 수련생들이 모여들기 시작, 14명이 되었다. 그중에는 오래간만에 찾아온 도운 스님도 끼어 있었다. 그는 우리집에 출입하면서 수행을 거듭하여 빙의령 천도 능력을 갖게 된 7명의 수련생들 중의 하나다. 그 역시 한 3년 동안 지극정성으로 열심히 공부하더니 지금은 자기 자신에게 들어오는 빙의령은 말할 것도 없고 그를 찾는 신도들의 빙의령까지도 천도시켜주는 능력을 터득하게 되었다.

적어도 이 정도의 능력을 갖게 되면 구태여 남의 도움을 받지 않고도 얼마든지 자기 자신의 힘으로, 혼자서 수행을 해 나갈 수 있다. 그래서 그런지 그는 그전처럼 자주 찾아오지 않는다. 그전에는 일주일에 한 번 또는 두세 번씩 찾아 왔었는데, 요즘은 한 달 또는 두 달에 한 번씩도 찾아올까 말까다. 그래도 나는 조금도 섭섭하지 않다. 이제 그는 제 발로 걸어갈 만큼 성장했기 때문이다.

그러나 아직 제 발로 설만한 능력도 없으면서 열심히 수련하다가 중도에 그만두는 수련생이 있을 때는 섭섭하고도 착잡하다. 결국 그는 나하고는 이만한 인연밖에는 없었던가 하고 속으로 무척 아쉬워할 때도 있다. 그러나 그때뿐이다. 좀더 수행을 쌓아서 도운 스님처럼 되었을 때 떠나면 오죽이나 좋으랴.

"요즘도 빙의된 불자들이 많이 찾아옵니까?"

"네, 한 입 건너 두 입 건너 소문이 나서 요즘은 제법 많이들 찾아옵니다. 빙의 때문에 중환자가 되어 들것에 실려 들어온 사람이 채 한 시간도 안 되어 멀쩡하게 일어나서 제 발로 걸어나가는 경우도 있습니다. 하도 빙의된 신도들이 많이 찾아오는 바람에 저 혼자서는 도저히 감당할 수 없어서 이윤희 보살님이 도와줄 때가 많습니다. 완강하게 떠나지 않으려고 버티는 빙의령은 제 능력만으로는 도저히 감당할 수 없습니다. 이런 땐 이윤희 보살님이 도와줍니다. 언제나 저보다는 한 수 위니까요."

이윤희 보살이란 3년 전에 도운 스님이 그 자신보다 한발 앞서 나에게 보내 수련을 받게 한 여성 수련자를 말하는데, 역시 빙의령 천도 능력을 터득한 7명 중의 한 사람이다.

"원래 절에서는 천도재라는 것이 있어서 이때에 빙의된 영가를 천도시키지 않습니까? 그런데 도운 스님은 그런 천도재와는 상관없이 찾아오는 신도들을 그 자리에서 빙의령을 천도시킨다는 말씀입니까?"

"천도재란 원래는 빙의된 영가를 천도시키는 의식인데, 요즘은 빙의령 천도 그 자체보다는 형식화된 하나의 의식으로 정착이 되어 있습니다."

"그렇다면 빙의령을 실제로 천도시키기보다는 천주교회의 미사처럼 하나의 의식으로 변형되었다는 말인가요?"

"그렇다고 봐야죠. 제물 차려놓고 독경이나 하고 목탁이나 두드린다고 해서 빙의령이 실제적으로 천도되는 것은 아닙니다. 그 의식을 주관하는 스님이 정말 빙의령을 천도시킬 수 있는 능력이 있느냐가 문제죠."

"그럼 도운 스님이 지금 속해 있는 절에는 전보다 더 많은 불자들이 찾아오겠네요."

"그럼요. 너무 많은 신도들이 찾아와서 선생님을 찾아뵐 시간도 없습니다."

"이젠 그전처럼 자주 찾아오지 않아도 되지 않을까요?"

"그렇지 않습니다. 저는 아직도 부족한 데가 많습니다. 그건 저 자신이 누구보다도 더 잘 알고 있습니다. 적어도 이윤희 보살님만큼은 되어야 하는데, 저는 아직도 그 정도가 되려면 멀었습니다."

내가 보기에도 그것은 사실이었다. 이처럼 그는 자기 자신의 능력을 정확히 파악하고 있었다. 조금도 자만에 빠지지 않는 그가 한층 더 돋보였다. 사실 도운 스님이 이윤희 씨 정도의 능력을 가지려면 한참 더 열심히 공부를 해야 한다는 것을 나는 잘 알고 있었다.

"그러나 도운 스님의 수련은 일취월장하고 있으니까 조금도 걱정할 필요는 없습니다. 정확히 1년 전과 지금을 비교해 보십시오. 그동안 얼마나 눈부신 발전이 있었나."

"선생님 말씀이 맞습니다. 그때까지만 해도 저 자신한테 들어오는 빙의령도 감당하지 못해서 쩔쩔 맸었죠. 선생님께서 꾸준히 도와주시지 않았더라면 그 어려운 고비를 넘기기 어려웠을 겁니다."

"그러니까 앞으로 1년 후를 생각해 보세요. 그때 가서는 지금보다 얼마나 더 수련이 향상되겠는지 가히 짐작해 볼 수 있는 일이 아닙니까?"

"좌우간 앞으로도 시간 나는 대로 선생님을 찾아뵙도록 하겠습니다. 사실 제가 지금 있는 절에 부임하기 전까지만 해도 사찰의 재정 상태가 어려웠었는데, 지금은 불자들의 시주가 제법 많이 들어 와서 형편이 많이 좋아졌습니다."

"그래요. 그건 정말 축하할 일이군요. 사실은 중생을 교화하는 모든 스님들은 누구나 신도들의 빙의령을 천도시킬 수 있는 능력을 가져야 되는 거 아닙니까?"

"마땅히 그래야 하는데, 선생님 말씀대로 염불이나 하고 선방에서 화두나 잡을 줄 알았지 몸공부나 기공부에는 관심이 없으니까 그런 능력을 갖기가 어려운 일이지요."

"원래 선종(禪宗)의 조사(祖師)들은 그런 능력을 가졌던 거 아닙니까?"

"서산 대사나 사명 대사 때까지만 해도 스님들에게 빙의령을 천도시킬 만한 능력은 있었던 것 같은데, 기공부의 맥이 끊어지면서 그런 능력도 사라진 것 같습니다."

"이제 도운 스님은 그런 능력을 갖게 되었으니까 어디 한번 끊어졌던 선맥(仙脈)을 불교계 안에서도 부활시키는 기폭제가 되어 보는 것이 어떻겠습니까?"

"마땅히 그래야 하는데, 저는 아직 공부가 미흡합니다."

"그 부족한 점은 미구에 반드시 채워질 겁니다. 요즘도 암벽 등반하시죠?"

10

"네. 암벽을 한 1년 해 보니까 이제는 어느 정도 이골이 붙는 것 같습니다. 암벽을 하면서 수련도 부쩍 향상된 것이 사실입니다. 암벽을 해 보고 나서야 저는 몸공부가 기공부와 마음공부의 기초가 된다는 것을 뼈저리게 깨달았습니다. 이제야 옛 화랑들이 산천을 주유했던 이유를 확실히 알게 되었습니다. 기공부하는 사람에게는 등산, 특히 암벽등반은 필수적이라는 것을 저는 경험을 해 보고 나서야 확실히 깨달았습니다. 이것을 체험하기 전에는 선생님께서 『선도체험기』에 왜 등산을 그렇게까지 강조하시나 하고 의심을 했었는데 이젠 그 속뜻을 알게 되었습니다."

"빙의령을 천도하다 보면 재미있는 얘기도 있었을 것 같은데, 어디 한마디해 보세요."

"저의 절 근처에 이상한 바위가 하나 있습니다. '순례의 바위'라고 하는데요. 기막힌 사연이 깃들어 있더군요. 왜정 때, 지금부터 한 60년쯤 전에 순례라는 여자가 이 바위에서 한 많은 세상을 하직했답니다. 그래서 요즘도 비 오는 밤 같은 때는 순례의 혼이 나타나 자신의 억울한 죽음을 하소연한다고 합니다."

"영가가 사람에게 붙어 있는 것이 아니고 그렇게 바위나 땅에 붙어 있는 것을 보고 지박령(地縛靈)이라고 합니다. 그러니까 지박령 얘기군요."

"맞습니다."

"그럼 그 지박령을 도운 스님이 직접 천도시켰습니까?"

"네. 순례라는 여자는 씨받이였답니다. 어느 세도 있는 부잣집에 들

11

어가 아이를 뱄는데, 임신 중에 병이 났습니다. 진단해 보니 자궁암이었답니다. 산월이 가까워왔는데, 산모를 살리려면 태아를 죽여야 하고 태아를 살리려면 산모가 죽어야 한다는 산부인과 의사의 결론이었답니다. 그런데 부잣집에서는 아이 얻을 욕심으로 이 사실을 산모에게는 숨기고 끝내 아이를 낳게 했고 산모는 결국 자궁암으로 고생하다가 이 바위에 와서 한 많은 세상을 마쳤답니다. 순례가 낳은 아이는 건강하게 자라서 결혼을 했습니다.

그런데 그의 아내가 순례의 원혼이 씌워서 시부모에게 복수를 감행하여 차례로 죽게 했고 그렇게 되자 그 가족은 풍비박산이 되었죠. 그날도 우연히 '순례의 바위' 근처까지 와서 이윤희 보살님과 그 얘기를 나누는데, 갑자기 눈앞이 어지러워지면서 산발을 한 여인의 모습이 보였고, 그 순간 우리는 길을 잃고 순례의 바위에 걸터앉았습니다.

우리 둘은 순례의 영가를 관찰했습니다. 처음엔 원한에 차서 무섭고도 험상궂은 얼굴이었는데, 우리가 관찰을 하는 동안 차츰차츰 평화스럽고 편안한 얼굴로 변하더니 드디어 밝은 얼굴이 되어 선녀처럼 하늘로 높이 떠오르는 모습이 보였습니다. 천도가 된 것이죠. 시계를 보니까 순례의 영혼이 들어 왔다가 나가기까지 40분이 걸렸습니다."

"좋은 일 하셨군요. 그게 바로 하화중생(下化衆生)하는 겁니다. 이제 고삐 뚫을 구멍이 없는 소가 될 수만 있다면 수련은 꾸준히 상승 곡선을 긋게 될 겁니다. 경허 스님은 소가 되어도 고삐 뚫을 구멍이 없다는 말이 무슨 뜻이냐고 묻는 시자의 질문에 활연대오(豁然大悟)했다고 하지 않습니까? 지금부터 백 년 전인 그때는 그런 방식으로 경허 스님은 깨달음을 얻었다고 하지만 도운 스님은 불자들의 빙의령을 천도하는 동안에 기필코 확철대오하게 될 것입니다."

"소가 되어도 고삐 뚫을 구멍이 없다는 말은 무슨 뜻입니까?"

수련생 중의 한 사람이 물었다.

"여기서 고삐는 인위(人爲)라고도 하지만 나는 이기심, 욕심, 재욕을 말한다고 봅니다. 크게 보면 인위나 욕심이나 같은 뜻이지만 말입니다. 욕심이 소에게는 코뚜레가 될 수 있고, 사람에게는 족쇄가 될 수 있습니다. 소가 코뚜레에서 벗어났을 때 소 본래의 자유와 야성을 발휘할 수 있듯 사람은 욕심이라는 족쇄를 벗어 던졌을 때 진정한 자유인이 될 수 있습니다.

제아무리 빙의령을 천도시킬 수 있는 초능력을 구사할 수 있다고 해도 이 욕심이라는 코뚜레에 코가 끼워지는 한 그 사람은 결국은 욕심의 노예가 되어 그 이상은 성장하지 못하게 된다는 말입니다. 실제로 제령을 할 수 있는 어떤 초능력자는 한번 제령하는 데 20만원씩을 받습니다. 그런데도 그 초능력자의 집에는 제령받으려는 사람이 끊이지 않습니다. 그렇게 되면 그 초능력자는 결국 돈벌이를 하는 데 지나지 않습니다. 돈이라는 코뚜레에 코가 꿰인 것이죠. 빙의령을 천도할 수 있는 능력도 역시 수련의 한 과정일 뿐입니다. 이 능력을 돈벌이에 이용하는 한 그 사람의 수련은 정지 상태에 빠지게 될 것입니다. 더이상 수련은 되지 않고 그 사람은 고작 제령사(除靈士)라는 하나의 직업인이 되고 말 것입니다."

"그래도 도운 스님에게서 빙의령이 천도된 불자들이 시주를 할 경우는 어떻게 됩니까?"

아까 물었던 수련생이 또 물었다.

"이때 시주하는 것은 사찰의 재산이 될 뿐이지 도운 스님 개인의 재물이 되는 것은 아니지 않습니까?"

"당연한 일이죠."

"가령 대행 스님에게 은혜를 입은 불자들이 아무리 시주를 많이 한다고 해도 그것은 '한마음 선원'의 재산이 될 뿐이지 대행 스님 개인 재산이 되는 것은 아닌 것과 같습니다. 조용기 목사가 한번 설교를 하면 연보 돈이 몇십 가마니씩 들어오지만 그 돈은 순복음교회의 재산이지 조용기 목사의 개인 돈은 아니라는 말입니다. 대행 스님이나 조용기 목사나 다 초능력을 가지신 분들입니다. 그분들이 만약에 돈맛을 들이기 시작한다면 그것이 족쇄가 되고 코뚜레가 될 수밖에 없습니다. 그 밖에 또 재미있는 얘기 없습니까?"

"무당기 있는 불자가 한 사람 찾아 온 일이 있었는데요. 빙의령을 천도시켰는데도 금방 또 들어오더군요."

"도운 스님이 천도시킨 영가가 또 들어 왔다는 말입니까?"

"아뇨. 비슷한 다른 영가였습니다. 그럴 때는 어떻게 했으면 좋을지 모르겠습니다."

"도운 스님이 일 년 전, 이 년 전에 어떠했는지 잘 생각해 보십시오. 빙의령 하나를 천도시키고 나면 금방 또 들어오고 하지 않았습니까?"

"사실 저도 그랬습니다."

"그렇다면 어떻게 해야 될지 해답이 나오지 않습니까? 스스로 공부하여 능력을 키우는 수밖에 없습니다. 다시 말해서 구도자가 되어야 합니다. 연속적으로 빙의가 되는 것은 쉬지 말고 공부하여 빙의령을 천도시킬 수 있는 능력을 키우라는 주문입니다."

"선생님이 구도자가 아닌 사람은 수련을 지도해 주시지 않는 이유를 이제야 알 것 같습니다."

"또 재미있는 얘기 없습니까?"

"얼마 전에 모 사찰에 중국의 기공사가 와서 제령을 해준다는 소문이 들리기에 찾아가 본 일이 있습니다."

"제령(除靈)하고 천도(薦度)하고는 어떤 차이가 있습니까?"

수련생 중의 한 사람이 물었다.

"결국은 같은 뜻입니다. 그러나 제령하면 빙의령을 단순히 내보낸다는 뜻이고 천도는 빙의령 자체의 의식을 변화시켜서 진리를 깨닫게 하여 스스로 자기 갈 길을 찾아서 떠나게 한다는 의미가 강합니다. 그래 그 중국 기공사가 제령하는 거 보니 어떻습디까?"

"피시술자의 빙의령을 기공사는 보지 못하고 엉뚱한 짓을 하고 있더군요."

"그 기공사는 영안이 뜨이지 않아서 빙의령을 못 보았지만 도운 스님은 영안이 뜨여서 빙의령을 보았던 모양이군요."

"태극권 도인체조 같은 동작을 해 보이면서 기를 보내고 있는데도 빙의령은 꼼짝 안하고 그냥 물끄러미 지켜보고만 있던데요."

"중국의 기공사는 구도와는 상관없이 기(氣)로 병을 치료하는 데만 관심이 있으니 처음부터 차원이 다르므로 그럴 수밖에 없겠죠. 빙의령을 천도하는 일은 아무나 하는 것이 아닙니다. 그것은 병치의 차원이 아니라 구도의 차원입니다."

"선생님 제가 질문 하나 해도 되겠습니까?"

여성 수련자가 말했다.

"어서 말씀하세요."

"삼매(三昧)라는 것은 무엇을 말하는지요?"

"관찰하는 대상에 일사불란하게 마음을 집중시켜 무아 상태에 들어가는 것을 말합니다. 이렇게 마음이 집중될 때 기발한 착상도 떠오르고 영감(靈感)도 나타나고 지혜도 생겨납니다."

"그렇다면 삼매에 빠지는 것은 삼매에 들어갔다는 의식 자체까지도 잊어버리는 건가요?"

"삼매란 어떤 대상에게 마음을 집중하여 흔들림이 없을 때 일어나는 진리와의 교감 상태를 말합니다. 고도의 정신 집중이죠. 다시 말해서 정신을 똑바로 차리고 있는 것을 말합니다. 진리의 핵심을 꿰뚫고 들어가는 것을 말하는데, 이때 마음이 해이해지면 끈 떨어진 연처럼 정처 없이 표류하게 됩니다.

마음에 구멍이 뻥 뚫려서 공허한 상태가 됩니다. 이것을 흔히 공(空)에 떨어진다고 말합니다. 정신 똑바로 차리지 않으면 이렇게 됩니다. 마음 집중이 깊어지면 무아(無我), 무념(無念)의 상태에 들어가는데 이것이 바로 삼매의 경지이고 이때를 입신(入神)의 경지라고도 합니다. 요컨대 정신 똑바로 차리면 삼매에 들 수 있고 흐리멍덩하고 멍청하면 공에 떨어진다는 말입니다."

16

다른 수련생이 질문했다.

"선생님 관(觀)이란 어렵고 골치 아픈 문제를 중심공이나 하느님의 뜻에 맡겨 놓고 잊어버리는 것을 말합니까?"

"그게 아니고 그걸 자기 자신의 중심에 맡겨놓고 꾸준히 끈질기게 지켜보는 것을 말합니다. 이처럼 중심 또는 주인공에게 맡겨놓는 것을 방하착이라고 합니다."

"중심에 맡겨버리는 것은 무엇입니까?"

"중심 즉 자성(自性) 속에 내려놓는 겁니다. 어렵고 골치 아프다는 것은 무엇을 말합니까? 깊이 따지고 들어가면 결국은 이기심과 욕심에서 나오는 부산물입니다. 이 때문에 기쁨, 두려움, 슬픔, 분노, 탐욕, 혐오, 어리석음이 복합적으로 작용하는 겁니다. 여기에 소리, 색깔, 냄새, 맛, 성욕, 피부접촉욕 따위가 가세해서 일어나는 현상입니다. 이것을 전부 다 자기중심에 맡겨버린다는 뜻입니다. 결국 모든 욕심에서 벗어난다는 말입니다. 그러지 않는 한 항상 등에 지고 낑낑댈 수밖에 없습니다."

"그럼 그렇게 맡겨버리고 나서 무엇을 관합니까?"

"그렇게 중심공에 맡겨버린 뒤에 일어나는 자기 자신의 감정을 관하고 자기 자신의 행위를 관합니다. 다시 말해서 자신의 마음과 몸이 하는 일체를 지켜보는 겁니다. 마음이 편안해졌다면 그것을 관하고, 일을 하고 있다면 그것을 관하고, 식사를 하고 있다면 그것을 관하고, 수련을 하고 있다면 그것을 관하고, 새벽에 일찍 일어나 달리기를 하고 있다면 그것을 관하고, 뜻하지 않게도 누구와 말다툼을 벌이지 않을 수 없는 상황에 처하게 되었다면 그것을 관하고, 화가 났다면 그것을 관하고, 신문을 보고 분노가 치밀어 올랐다면 그것을 관하고, 딱한 사연의 기사를 읽고 동정심이 일어났다면 그것을 관합니다.

이처럼 자기 마음이 언제나 엉뚱한 바깥에서 나가 헤매는 일 없이 언제나 자기 자신의 영역 안에 머물러 있게 해야 합니다. 나 자신은 바로 우주이고 삼천 대천세계이기 때문입니다. 진리와 도가 바로 그 안에 있으니까요. 도도 진리도 하느님도 신도 부처도 구세주도 삼라만상도 우주도 삼천 대천세계도 다 각자 자신 속에 있기 때문입니다. 그래서 나 자신을 깨달으면 우주 전체를 깨닫게 되는 겁니다."

"경허 스님은 소가 되어도 고삐 뚫을 구멍이 없다는 말이 무슨 뜻이냐고 묻는 시자(侍者)의 질문을 받고 활연대오를 했고, 붓다는 샛별을 보고 생로병사에서 벗어났고, 만공 스님은 새벽종 치는 소리에 섞여 들려오는 장엄한 염불 소리를 듣고는 마음속에 번개가 번쩍이며 뇌성이 업(業)의 하늘을 찢으면서 깨달았고, 서산 대사는 마을을 지나다가 낮닭이 우는 소리에 큰 깨달음을 얻게 되었고, 원효 대사는 해골 속에 담긴 물을 마시고 일체유심조(一切唯心造)를 깨달았고, 부휴(浮休) 스님은 큰 구렁이를 본 순간 깨달았고, 구저 스님은 손가락을 세우는 것을 보고 깨달았고, 동산 스님은 다리를 건너다가 물위에 비치는 자신의 그림자를 보고 깨달았으며, 향엄 스님은 기왓장이 튕겨나가 대나무에 부딪치면서 딱 하는 소리에 문득 깨달았고, 백우 스님은 찻잔을 받으려다가 깨우쳤고, 의현 스님은 사람들이 중얼거리는 말소리를 듣고 깨달았고, 영운 선사는 복숭아꽃을 보고는 진리를 깨쳤다고 합니다."

"아니, 여난옥 씨는 언제 그렇게 공부를 많이 했습니까?"

"선(禪)이 선도와 유사한 점이 하도 많아서 그 방면의 책을 좀 읽었습니다. 그처럼 수많은 조사나 선사들은 무엇을 보거나 하거나 듣는 순간에 깨달았다고 하는데, 저는 그 의미를 알 수가 없습니다. 도대체 무엇때문에 조사나 선사나 대사들은 그렇게 깨달았는데 우리들은 똑같은 것을 보거나 듣고도 그렇게 되지 않는지 그 이유를 알 수가 없습니다."

"무엇을 보거나 듣는 순간에 깨달음이 왔다는, 그 무엇에는 별 의미가 없습니다. 구도자가 각고의 수련 끝에서 거의 견성할 단계에 이르렀을 때 유난히 환한 달을 보았다면 그 달을 보고 깨달은 것이 되고, 그 순간에 복숭아꽃이 만발해 있는 것이 유난히 인상적이었으면 그 꽃이 깨달음의 계기가 된 것이고, 그 순간에 요란한 귀뚜라미 소리가 들렸다면 그것을 듣고 깨달은 것이 됩니다. 그런가 하면 잠자다가 자신도 모르게 깨달음이 오는 수도 있습니다. 어느 날 아침에 깨어나 보니 세상이 온통 진리와 열반 그 자체임을 발견했다면 그것이 깨달음의 계기가 되는 수도 있습니다.

또 어떤 구도자는 대형 사고로 희생된 아들을 앞에 놓고 울부짖는 여인을 보고 문득 이상한 생각이 드는 수도 있습니다. 죽음은 삶이고 삶은 죽음인데 저렇게 울부짖을 필요가 있을까 하는 의문이 들면서 어떻게 하면 저 울부짖는 여인의 마음을 환히 깨닫게 하여 슬픔을 그치게 할 수 있을까 하는 간절한 소망이 일었다면 그 사람은 이미 상구보리하고 하화중생을 할 단계에 와 있는 겁니다

이처럼 깨달음은 사람에 따라 천차만별이 될 수 있습니다. 새 생명

으로 거듭나는 순간에 부딪치는 만물만생은 무엇이든지 구도자에게는 신성한 충격이 될 수밖에 없습니다. 똑같은 사물이면서도 보는 각도가 깨닫기 전과는 전연 다르기 때문입니다. 삼라만상은 그 어느 것이든 쓰임에 따라 나타난 진리의 한 표현이므로 진공묘유 그 자체입니다. 똑같은 물건이라도 크게 죽었다가 도를 깨닫고 다시 살아난 사람에게는 그 어느 것이든 경의의 대상이 아닐 수 없는 겁니다."

어려운 일 뚫고 나가기

1994년 8월 14일 일요일 26~32℃ 구름 다소

오후 3시에서 5시 사이에 7명의 수련생이 찾아왔다. 약학 대학을 졸업한 약사로서 모 제약 회사에 나간다는 양기태 씨가 말했다.

"선생님 저는 『선도체험기』를 읽고 등산을 시작하여 일주일에 한 번씩 일요일마다 두 달 동안을 꼭꼭 해 왔는데, 하면 할수록 힘이 들어서 어쩔 수 없이 그만두었습니다. 무슨 좋은 대안이 없을까요?"

"양기태 씨는 지금 나이가 어떻게 되십니까?"

"금년에 우리 나이로 서른일곱입니다."

"나보다 10년이나 일찍 등산을 시작한 것이 되는데, 그래 두 달을 버티지 못하고 포기했단 말입니까?"

"아이구! 너무너무 힘이 들어서요."

"이 세상에 무슨 일이든지 성취하려면 힘들지 않는 일이 어디 있겠습니까?"

"다른 대안이 없을까요?"

"이왕에 시작을 했으니까 성공을 해야 합니다. 여기서 좌절해 버리면 다음에 할 일에도 좌절을 하게 됩니다. 그 힘든 것을 뚫고 나가야 힘든 것을 잊게 됩니다. 그것을 뚫지 못하면 언제까지나 힘든 것 자체로만 남아 있게 된다는 것을 알아야 합니다. 수련이란 힘든 것을 뚫고 나가는 기나긴 과정의 연속이라고 보면 틀림없습니다. 양기태 씨보다 10년 연상자도 했던 일을 못 한다는 것은 말이 안 됩니다."

"선생님은 조금 특수한 분이 아니십니까?"

"특수하기는 뭐가 특수하다는 말예요?"

"남들이 하지 못하는 일을 많이 하시지 않았습니까? 남들은 감히 엄두도 못 낼 일을 목숨을 걸고 수행하시지 않았습니까?"

"그런 게 있던가요?"

"있구말구요."

"허어 참."

"『선도체험기』를 계속해서 쓰신 것 자체가 그런 위험을 무릅쓴 결과가 아닙니까?"

"그러나 그건 불의를 외면할 수 없는 작가라면 누구나 그렇게 할 수밖에 없는 일입니다. 나는 평범한 사람이면 누구나 다 할 수 있는 경험담을 썼을 뿐이지 어떤 특이한 사람의 모험담을 쓴 것은 결코 아닙니다. 이 책을 읽은 수많은 독자들이 기운을 느끼고 수련의 성과를 올릴 수 있었던 것은 내가 평범한 사람이었다는 것을 입증해 주는 겁니다. 특수한 사람의 이야기라면 그런 호응을 얻을 수도 없었을 거예요.

그러니까 『선도체험기』에 기록된 일들은 시간의 차이는 다소 있겠지만 누구나 할 수 있는 일에 지나지 않습니다. 겨우 두 달 동안 등산을 해보고 그만둘 것이 아니라 이제부터라도 다시 시작해 보십시오. 몇 달만 더 해보면 반드시 몸은 등산에 적응됩니다. 그때쯤 가면 건강에도 자신을 가질 수 있게 됩니다. 그래야 성취감도 느끼게 됩니다. 이 성취의 희열이 있기 때문에 수련은 해볼 만한 가치가 있습니다."

"그럼 선생님의 충고대로 다시 시작해 보겠습니다. 그리고 제 아내는 영매(靈媒) 기질이 있는 것 같은데 어떻게 하면 되겠습니까?"

"영매 기질이 있다구요? 그걸 어떻게 알았습니까?"

"어떤 때는 마주 앉아 있는 사람의 앞일이나 과거가 보이고 또 어떤 때는 그 사람에게 어떤 불행이 닥쳐올 것인가를 누군가가 귀에 속삭여 주는 일이 있답니다. 그것만이 아니고 그 사람의 과거는 물론이고 미래가 내다보이기도 한다고 합니다."

이렇게 말하면서 양기태 씨는 같이 와서 옆에 앉아 있는 아내를 쳐다보았다. 그녀는 부끄럼 타는 처녀처럼 얼굴을 붉혔다.

"그럼 부인 자신도 그것이 자기 자신의 목소리가 아니고 빙의되었거나 접신된 영가가 부인을 통해서 보고 말한다는 것을 알고 있습니까?"

"네, 하도 그런 일이 많이 반복되니까 그런 것쯤은 다 알고 있습니다."

"그렇다면 이제 부인 자신의 선택에 달려 있습니다. 영매 기질이 있는 것이 틀림없으니까 영매 즉 무당이 되든가 아니면 구도자가 되든가 양자택일해야 합니다."

"그냥 평범하게 살면 안 될까요?"

"평범한 중생이 된다면 빙의나 접신된 영혼이 떠난 뒤의 공백을 메울 길이 없게 되어 또 다시 영매 기질이 발휘될 소지가 많습니다. 그럴 위험에서 아예 벗어나려면 그 공백을 구도생활로 메우는 것이 가장 안전합니다. 구도(求道)라고 하면 좀 거창한 말로 들릴지 모르지만 인생은 어차피 구도입니다.

모든 존재의 속성은 불완전에서 완전을 향하여 나아가게 되어 있습니다. 그것은 그 존재가 의식하고 있든지 의식하고 있지 않든지 관계없이 그렇게 되어 가고 있습니다. 그러나 이것을 특별히 의식하고 의도적으로 구도를 지향하는 사람이 구도자입니다. 구도자나 비구도자나 한 배를 타고 있는 것은 틀림없지만 구도자는 배가 어느 방향으로 가는가를 알고 있고 될수록 진리를 향하도록 의식적으로 노력하는 사람을 말하고 비구도자는 그것을 전연 의식하지 못하고 있는 것과 같습니다."

"선생님 그렇다면 구도자와 비구도자가 실제적으로 아무런 차이가 없다는 말이 되지 않습니까?"

"그러나 그렇지 않습니다. 결정적인 순간 다시 말해서 그 배가 피안에 도달했을 때 구도자는 이것을 미리부터 의식하고 재빨리 뛰어내릴 수 있지만 비구도자는 그것도 모르고 있으므로 그 아까운 기회를 놓쳐버리고 그전과 같은 생로병사의 윤회 속에 말려들게 됩니다. 요컨대 같은 배를 타고 있는 것은 틀림없는데, 깨어 있느냐 졸고 있느냐의 차이입니다. 깨어 있는 사람은 기회를 포착할 수 있지만 깨어 있지 않는 사람은 아무리 좋은 기회가 닥쳐와도 끄떡끄떡 졸고만 있을 뿐입니다. 깨어 있지 않는 한 친부모, 형제, 아내와 자식이라도 어쩔 수 없습니다."

"혈육이나 배우자라면 강제로라도 깨워서 같이 내릴 수 있는 거 아닙니까?"

"그 깨우는 것이 문젭니다. 깨우려고 해도 몸과 기와 마음이 깨지 않는 한 아무리 가까운 사람이라도 어쩔 수 없습니다. 질병과 죽음과 탄생을 아무도 대신해 줄 수 없는 것과 같이 깨달음은 본인 자신이 하지 않는 한 아무도 대신해 줄 수 없습니다. 그와 마찬가지로 선택도 본인 자신 이외에는 아무도 대신해 줄 수 없습니다. 만약에 부인께서 빙의와 접신 상태에서 벗어나 구도의 길에 들어서겠다고 작정한다면 그렇게 될 수 있습니다. 빙의와 접신은 어떻게 보면 도를 닦으라는 신호와 같다는 것을 알아야 합니다."

"선생님, 저는 정(精)이 자꾸만 새는데 어떻게 하면 막을 수 있을까요?" 30대 초반의 오장식 씨가 말했다.

"조루증이 있다는 말씀인가요?"

"네, 그런데 저는 마누라 옆에 가지 않는데도 시도 때도 없이 몽정도 하고 대낮에 직장에서 일을 하다가도 정이 샙니다. 그 때문에 자꾸만 몸이 이렇게 장작개비 모양 바싹 말라갑니다."

"언제부터 그렇게 되었습니까?"

"벌써 한 십 년은 더 되었습니다. 그동안에 좋다는 약은 다 써보고 의료 쇼핑도 많이 해 보았지만 아무 효과도 보지 못했습니다. 하다못해 무당을 찾아가 굿도 해보고 절에 가서 천도재도 올려 보았지만 효험이 없습니다. 어떤 친구가 『선도체험기』를 읽으면서 수련을 좀 해보라고 해서 제 깐에는 열심히 하느라고 해 보았는데도 아직은 이렇다 할 차도를 못 보고 있습니다."

그에게는 젊은 미녀들이 집단 빙의되어 있었다.

"그게 다 전생에 미색(美色)을 탐했던 업보입니다. 수련을 통해서 자기 자신을 깨닫고 『선도체험기』에서 말한 대로 몸공부, 기공부, 마음공부를 착실히 해나가면 차츰 나아질 겁니다. 심포삼초경이 제 기능을 회복하려면 빙의령이 천도가 된 뒤에도 상당한 기간 동안 후유증으로 시달리게 될 겁니다.

우선은 몸공부를 통하여 깨어진 몸의 조화를 되찾으면 조루증은 서서히 낫게 됩니다. 등산을 일주일에 한 번 다섯 시간 정도씩 격렬하게 하고, 새벽 일찍 일어나 5킬로씩 달리기를 하고 매일 도인체조를 30분씩 빼놓지 말고 하시면서 오행생식을 하십시오. 기공부와 마음공부도 반드시 병행해야 합니다. 몸이 완전히 정상을 되찾을 때까지 성생활을 삼가는 것이 좋습니다."

"그런 일이라면 집사람은 굉장히 협조적입니다."

"잘됐군요. 그럼 어디 한번 내가 말한 대로 실천해 보세요. 건강은 누가 갖다주는 것이 아니고 스스로 쟁취하는 겁니다."

"네, 잘 알겠습니다."

1994년 8월 15일 월요일 26~31℃ 구름

오후 3시. 김용수 씨가 호주에서 일 년 만에 찾아왔다.

"요즘도 호주인 제자들에게 선도수련을 시키고 있습니까?"

"그럼요. 저는 아주 자부심을 갖고 제자들을 양성하고 있습니다."

"호주 제자가 몇 명이나 됩니까?"

"호흡문이 열리고 기운을 느끼는 수련생만 30명이 됩니다."

"영어로 가르쳐도 잘 알아듣습니까?"

"잘들 알아듣습니다."

"무엇을 교재로 해서 가르치는데요."

"『선도체험기』속의 내용들을 제 나름대로 간추리고 요약해서 가르치죠. 단전호흡은 어떻게 하고 도인체조는 어떻게 하고 마음가짐은 어떻게 가져야 한다는 것을 영어로 잘 풀어서 설명을 하면 잘들 알아듣습니다. 그리고 선도의 철학적 바탕은『천부경』과『삼일신고』그리고 『참전계경』에 두고 있습니다. 『천부경』은 아예 달달 외우게 합니다."

"『천부경』을 영어로 번역을 해서 외우게 하나요?"

"아뇨. 일시무시일 석삼극 무진본…… 하고 원문 그대로를 외우게 합니다. 왜냐하면 우리 말로도 완전히 공인된 번역판이 나와 있지 않으니까 어쩔 수 없이 한자 원전을 그대로 외우게 합니다."

"그럼 무슨 뜻인지 모를 텐데요."

"처음에는 하나하나를 해설해 줍니다. 그렇게 하고 나서 무조건 외우게 합니다. 그런데 이상한 것은 그렇게 외우기만 하는데도 수련에 상당한 효과가 납니다. 한 그룹에는『천부경』을 매일 외우게 하고 다른 한 그룹에는 외우지 않게 하고 단전호흡과 도인체조만을 가르쳤는데, 한 달쯤 지난 뒤에 비교해 보니까『천부경』을 외운 그룹이 훨씬 기를 느끼는 정도가 빠르고 효과적이었습니다.

그래서 비록 뜻은 잘 모른다고 해도 무조건 외우기만 해도 큰 효과가 있다는 것을 깨닫게 되었습니다. 그래서 이제는 선도 수련생들에게는 무조건『천부경』을 외우게 합니다. 그리고『삼일신고』와『참전계경』은 선생님께서도 우리말로 번역을 해 놓으신 게 있어서 그것을 그대로 영어로 번역을 해서 읽게 합니다."

27

"수련생들의 기공부는 어느 정도입니까?"

"소주천을 하는 애들도 다섯 명이나 됩니다. 그리고 빠른 애들은 투시를 하는 애도 있습니다. 수련을 하면 할수록 신기한 일이 일어나니까 그것이 소문으로 퍼져서 자꾸만 수련생들이 모여들게 됩니다. 이래 뵈어도 저는 한국의 선도를 호주에 제일 먼저 보급했다고 자부합니다."

"정말 보람 있는 큰일을 하고 계시는군요."

"그런데 선생님, 구미인(歐美人)들은 뭐든지 근본을 꼬치꼬치 따지고 분석하기를 좋아합니다. 그래서 한국 선도의 근본이 되는 경전이 무엇이냐고 묻습니다. 그래서 『천부경』, 『삼일신고』, 『참전계경』을 말해주면 그 원전(原典)을 보여 달라고 말합니다.

한자로 된 원전을 보여주면 중국 글자로 된 것을 보니 혹시 중국에서 유래된 것이 아니냐고 묻습니다. 한자는 하나의 표현수단일 뿐이지 국적을 말해주는 것은 아니라고 말해줍니다. 가령 영어로 씌어진 책이라고 해서 반드시 영국이 그 원천이 아닌 것과 같다고 말해줍니다. 더구나 한자를 발명한 것은 중국인이 아니고 한국인이라고 말해 줍니다. 그럼 옆에 있던 화교 출신 호주인은 삼대경전 원전을 보고는 무조건 한자로 기록되어 있으니까 중국 것이라고 우깁니다.

그 친구들은 또 중화사상이 뿌리 깊이 박혀 있어서 그것을 알아듣게 이해시키려면 많은 애를 써야 합니다. 그런데 아무리 생각해도 한국의 선도를 해외에 보급하려면 이것을 조직적으로 관장할 수 있는 단체가 있어야겠다는 생각이 듭니다. 태권도는 그래도 그런 조직이 있어서 해외에 많이 보급되어 있고 올림픽 종목으로까지 되지 않았습니까? 선도도 좀 그랬으면 좋겠습니다. 그렇게 되면 조직의 지원도 좀 받을 수 있을 텐데, 지금은 그런 것이 없어서 좀 아쉽습니다. 미국 같은 데 진출한 몇몇 선도 단체들이 있기는 한데 제가 보기에는 건강 차원에 겨우 머물러 있는 것 같습니다. 선생님이 앞장서서 단체를 하나 만드는 것이 어떻겠습니까?"

"그것도 다 그 방면에 경륜이 있고 소질이 있는 사람들이 하는 것이지 나 같은 글쟁이가 어떻게 그런 일에 손을 대겠습니까?"

"그래도 선생님께서는 선도에 관한 책을 30권이나 쓰시고 그 분야에서는 타의 추종을 불허하는 위치에 서 계시지 않습니까? 그런 분이 앞장서야지 누가 앞장을 서겠습니까?"

"좀 기다려 봅시다. 미구에 그런 일을 할 사람이 반드시 나타나게 될 겁니다. 그때 나는 뒤에서 적극 도와는 주겠지만 나 자신이 주제넘게 앞장을 설 일은 아닙니다. 그건 내가 할 몫이 아닙니다."

"결국 선생님에게 배웠거나 선생님의 취지를 따르는 젊은 사람이 나타나야 되겠군요. 사실 해외에서 선도를 보급하려니까 개인의 힘만으로는 벅차고 힘겨운 일이 한두 가지가 아닙니다."

"물론 그러시겠죠. 그래서 개척자는 언제나 외롭고 고달프게 되어 있습니다."

"우선 국내의 선도 단체들만이라도 하나의 연합체를 구성했으면 좋겠습니다."

"아직은 그럴 만한 여건이 성숙되지 않았습니다. 언젠가는 그럴 때가 오겠죠."

1994년 8월 17일 수요일 25~33℃ 소나기

＊태양은 모든 식물에게 공평하게 햇빛을 쏟아붓건만 전부 다 꽃을 피우고 열매를 맺는 것은 아니다. 조건이 갖추어진 식물만이 열매를 맺는다. 나는 나를 찾는 구도자들에게 우주에서 받은 기운을 공평하게 나누어 주건만 준비가 된 사람만이 그것을 받는다. 받을 준비가 많이 된 사람은 많이 받고 조금 준비된 사람은 조금밖에 받지 못한다. 기운을 많이 받고 적게 받는 것은 전적으로 수련자 자신의 수용 능력에 달려 있는 것이다.

악연(惡緣)과 원령(怨靈)

1994년 8월 20일 토요일 23~33℃ 구름 조금

우리나라에 근대적인 기상대가 생긴 1904년 이후 금년처럼 더웠을 때는 일찍이 없었단다. 이런 찜통더위 속에서도 14명이나 되는 수련생이 찾아왔다. 그런데 이들 수련생 중에는 은행의 고위 간부로 있는 사람이 하나 있었고 은행에 취직한 지 2년밖에 안 된 젊은 은행원도 있었다. 이들 두 사람은 작년에 나를 따라 등산길에 올랐다가 우연히 서로 알게 되었다. 같은 은행인으로서 선후배일 뿐 아니고 『선도체험기』로 인연이 되어 선도를 공부하는 도우이기도 했다. 그 은행 선배는 후배가 지방에서 서울로 전근을 하는 데도 도움을 주었다.

두 사람은 산에서 만나는 순간부터 십년지기처럼 다정해졌다. 나는 속으로 이들 두 사람은 전생에서부터 반드시 깊은 인연이 있을 것이라는 직감이 들었었다. 그런데 오늘 수련 중에 나는 조선 왕조 예조에서 상사와 부하로 같은 부서에서 일하는 장면을 보았다. 결국 그들 두 사람은 전생에서부터 인연의 줄이 닿아 있었던 것이다. 전생에 좋은 인연을 맺었던 사람들은 금생에도 좋은 인연을 맺게 되는 것을 알 수 있다.

아무 이유도 없이 친근감을 느끼게 하는 사람은 반드시 전생으로부터 이어지는 이유가 있게 마련이다. 그와는 반대로 주는 것 없이 미운 사람이 있다. 만약에 그가 구도자라면 깊은 관찰을 통해서 전생의 장

31

면들을 볼 수 있었을 것이다. 틀림없이 전생에 악연이 있었던 사람이다. 이때 구도자와 비구도자는 까닭 없이 미운 사람을 대하는 태도가 완전히 다르다. 구도자는 악연의 원인을 캐내어 그것이 결국은 자기 탓이었다는 것을 깨닫고 그것을 공부의 기회로 삼아 악연을 선연으로 승화시키려고 노력할 것이다.

그러나 비구도자는 까닭 없이 미워지는 사람에게 자기도 모르게 미움의 화살을 쏘아 보낼 것이다. 두 사람은 만날 때마다 이유도 모르는 채 서로 으르렁대고 상대방을 헐뜯고 미워하게 된다. 이것이 중생들의 평범한 삶이다. 중생은 중생을 낳고 미움은 미움을 가중시켜 눈덩이처럼 불어나 드디어 두 사람은 전생 때보다 더 심한 원수지간이 된다. 두 사람은 다 같이 자기에게 맡겨진 숙제를 깨닫지 못하고 한층 더 심한 원수가 되어 생애를 마감한다. 두 사람의 이런 관계는 윤회를 되풀이하면서 무한정 이어진다. 그들 중에 이 인과의 이치를 깨닫는 사람이 없는 한 불행은 눈덩이처럼 언제까지 지속될 것이다. 이런 생각에 잠겨 있는데, 한 수련생이 침묵을 깼다.

"선생님, 기운을 못 느끼는 사람도 빙의가 됩니까?"

"물론입니다."

"기를 느끼는 사람과 못 느끼는 사람은 빙의가 되는데도 무슨 차이가 있습니까?"

"있습니다."

"어떤 차이가 있습니까?"

"기를 못 느끼는 사람은 흔히 원한을 품은 영혼에게 빙의되는 수가 많습니다. 심지어 세 살 먹은 젖먹이한테도 원령(怨靈)이 빙의되는 수가 있습니다. 사극 같은 것을 보면 억울하게 역적 누명을 쓰고 극형을 받는 사람이 없는 죄를 뒤집어씌운 사람에게 '내가 죽어서 귀신이 되어서라도 너에게 원수를 갚을 것'이라고 악담을 하는 일이 있습니다. 과연 그 사람은 죽은 뒤에 원령이 되어 당사자를 괴롭히게 됩니다.

많은 사람을 억울하게 죽게 만든 세조 같은 임금은 원령의 저주를 받아 등창과 피부병으로 고생께나 하다가 끝내 천수를 다하지 못하고 숨을 거두게 됩니다. 원령의 작용 때문에 비명횡사(非命橫死)하는 사람도 있습니다. 기를 못 느끼고 수련을 하지 않는 사람의 경우가 대개 이렇습니다. 그러나 호흡문이 열리고 기운을 느끼는 수련자에겐 애정에 의한 빙의가 많습니다."

"애정에 의한 빙의는 무엇을 말합니까?"

"손자를 극진히 사랑하던 할머니가 깨달음을 얻지 못하고 숨졌을 때 그 영혼은 자기가 죽은 줄도 모르고 그 손자에게 붙어 있는 수가 있습니다. 이것은 순전히 애정 때문에 일어나는 현상입니다.

또 수련자의 도력이 높아졌을 때는 도움을 청하는 빙의령들이 많이 들어옵니다. 구도자는 원칙적으로 상구보리(上求菩提)한 뒤에는 누구나 하화중생(下化衆生)하는 것을 당연한 의무로 생각하고 있습니다. 길 잃은 영가들을 천도시키는 것은 구도자들이 마땅히 해야 할 일입니다. 또 어떤 구도자는 후배나 제자가 빙의령에 시달리고 있을 때 도움을 주는 수도 있습니다. 이것은 하화중생에 해당되는 일입니다. 남보다 조금이라도 먼저 깨달은 구도자는 마땅히 해야 할 일입니다. 선도의 지도자쯤 되려면 마땅히 이 정도의 능력을 갖추어야 합니다."

"어떻게 하면 그 경지에 도달할 수 있을까요?"

"많은 깨달음이 있어야 하고 몸, 기, 마음공부가 많이 되어 있어야 합니다. 일주일에 한 번 꼴로 몇 해를 두고 나를 찾는 수련자들을 적어도 이 정도의 수준에 올려놓는 것이 내 꿈입니다. 지극히 다행스럽게 생각하는 것은 지난 4년 동안 수련생들을 지도해 오는 동안에 지금까지 적어도 이 정도의 수준에 오른 구도자 일곱 명을 배출했다는 겁니다. 여러분도 부디 그 정도의 수련은 되도록 노력하시기 바랍니다."

"그렇게 되려면 많은 고비를 넘겨야 되겠죠?"

"그렇습니다. 수련에 있어서 제일 피해야 할 것은 발전도 창의력도 없는 습관성에 빠지는 겁니다. 태권도에는 승단 시험이 있습니다. 많은 사람이 보는 가운데 객관적으로 기량을 확인할 수 있습니다. 그러나 선도에서는 눈에 보이는 기준이 없습니다. 단지 스승과 제자 또는 선배와 후배 도우들 사이에 느껴지는 기운과 언동으로 알아낼 수 있을 뿐입니다. 기공부에 있어서 소주천, 대주천, 삼매, 피부호흡 같은 것은 스승이 아니면 아무도 알 수 없습니다.

누구에게 내보일 수 있는 객관적인 기준이 없기 때문입니다. 그러나 남에게 빙의되어 있는 영가를 천도시킬 수 있는 능력은 당사자 사이에는 확실히 알 수 있습니다. 빙의되어 있던 영가가 서서히 빠져나가는 것을 두 사람만은 확인할 수 있으니까요. 대체로 한 시간에서 세 시간 이내에 남의 빙의령을 천도시킬 수 있는 사람이 되려면 좀 전에 말한 습관성에서 과감하게 벗어나야 합니다."

"어떻게 해야 그 습관성에서 벗어날 수 있을까요?"

"습관성에서 벗어나려면 항상 모험을 해야 합니다. 현재의 수준에서 과감하게 새로운 도약을 시도해야 합니다. 때로는 습관의 벽을 뚫기 위해서 죽을 기를 써야 합니다. 죽을 기를 쓰지 않으면 새로운 차원의 세계가 열리지 않습니다. 죽음을 각오한 도전이 없이는 그다음의 차원으로 뛰어오를 수 없습니다. 가령 등산객이 매번 똑같은 코스만 밟는다면 발전이 있을 수 없습니다. 남이 개척하지 않는 코스를 개발하려는 시도를 하지 않는 한 언제나 그 수준에서 벗어날 수 없습니다. 그러나 창의력이 있는 사람은 어떻게 하든지 지금까지와는 다른 것을 개척하려고 합니다. 수련도 학문도 무술도 예술도 마찬가지입니다.

지극정성을 다하여 전력투구하는 사람은 결국 진리에 도달하게 되어 있습니다. 빙의령을 천도할 수 있는 능력은 진리에 도달하는 데 있어서 결정적인 도약대입니다. 이것은 어찌 보면 오르기 어려운 험준한 암벽과도 같습니다. 보통 사람들은 그 암벽 앞에 서기만 해도 기가 질려버린 나머지 발길을 돌립니다. 그러나 항상 창의성이 있는 사람은 그렇게 쉽사리 물러나지 않고 그 주변을 찬찬히 살펴봅니다. 길이 열릴 때까지 지치지 않고 관찰을 계속합니다. 처음에는 도저히 오를 수 없을 것 같던 그 암벽도 시행착오와 도전을 멈추지 않는 사람에게는 길을 열어주지 않을 수 없습니다."

"선생님, 남의 빙의령을 천도시킬 만한 능력이 있는 구도자라면 거의 다 된 것 아닙니까?"

"다 된 거라뇨?"

"거의 다 깨달은 사람이 아닌가 그 말입니다."

"이미 견성을 했거나 거의 그 경지에 도달한 사람이 아니고는 아무도 그 경지에 오르기는 어렵습니다. 자기 자신의 빙의령은 말할 것도 없고 남의 빙의령까지 천도하다가 보면 깨달음은 자꾸만 쌓이게 됩니다. 작은 깨달음이 쌓이고 쌓여서 큰 깨달음이 터지게 되어 있습니다. 우선 자신감을 갖고 수련에 매진해야 합니다. 그 자신감이 욕심과 자만심으로 이어지지만 않는다면 빗나가지는 않습니다."

1994년 8월 21일 일요일 23~32℃ 구름 조금

＊ 육체 생명의 죽음은 수없이 있어도 참생명의 죽음 같은 것은 있을 수 없다. 임부는 젖 먹던 힘까지 그러모아 죽을 기를 써야 새 생명을 분만할 수 있다. 죽을 기를 쓰지 않으면 새로운 생명은 얻을 수 없다. 도를 닦다가 한번 크게 죽는 경험을 하지 않으면 깨달음을 얻을 수 없다. 죽어야 산다는 이치가 여기에 있다.

물에 빠져 허위적대는 사람을 보고 자기 안위 따위는 돌볼 겨를도 없이 물속에 뛰어 들어 한 가족을 살리고 자기는 기진하여 익사한 이야기를 우리는 가끔 신문에서 본다. 이때 어떤 사람은 바보같이 자기는 죽고 남들이나 살리면 뭘해 한다. 또 어떤 사람은 의인은 비록 죽었지만 그 사람의 의로운 생명은 살린 사람의 생명 속에서 살아 숨쉰다고 말한다. 또 어떤 사람은 그 구조자는 비록 육체 생명은 다했지만 남을 살려준 정신은 영원히 남아서 사람들의 가슴속에 살아남는다고 말한다. 그래서 생명은 영원하다고 말한다. 마지막 부분은 제법 그럴듯한 논법 같기도 하다.

　그러나 나는 그렇게 생각지 않는다. 살신성인(殺身成仁)한 사람은 눈에 보이는 육체 생명은 비록 사라졌지만, 그 죽음으로 인하여 그의 참생명은 한 차원 더 진화한다. 크게 한 번 죽음으로써 깨달음을 얻은 경우다. 죽었지만 죽지 않는 참생명을 한층 더 발현시킨 것이다. 우리 눈에 보이지 않는, 깨달은 참생명은 생명의 원류가 되어 수많은 생명을 창출할 수 있다는 것을 알아야 한다.

마음을 환경에 맞추라

1994년 8월 27일 토요일 21∼31℃ 맑은 후 흐림

오후 2시. 16명이나 되는 수련생들이 모여들어 서재가 빼곡했다. 어떤 수련생이 물었다.

"요즘은 그전보다 수련생들이 점점 더 많이 모여드는 것 같습니다. 저는 재작년에도 작년에도 가끔씩 선생님을 찾아뵙는데 작년 다르고 금년 다르게 수련자들이 많이 모여드는 것 같습니다. 기운도 마찬가지입니다. 재작년 다르고 작년 다르고 금년 다르게 선생님에게서는 그전보다 더욱 편안하고 강한 기운이 발산되는 것 같습니다. 이만하면 선생님도 세상에 모습을 드러내야 되는 거 아닙니까?"

"세상에 모습을 드러내다니요. 나는 이미 어머니 뱃속에서 나온 이래 세상에 모습을 드러냈는데, 이제 와서 새삼스레 무슨 모습을 세상에 드러낸다는 말입니까?"

"그런 게 아니구요. 깨달음을 얻은 뒤의 붓다나 예수처럼 크게 세상에 모습을 드러내셔야 하는 거 아닌지 모르겠습니다."

"나는 이미 25권이나 되는 『선도체험기』를 발표했습니다. 이 책으로 나라는 사람의 정체는 이미 세상에 드러날 대로 드러났는데 더이상 무엇을 더 드러낸다는 말입니까?"

"그런 게 아니구요. 제가 말씀드리고 싶은 것은 선생님께서도 대행 스님이나 조용기 목사처럼 크게 집회를 열어 한꺼번에 수만 명의 청중이 모여들어 입추의 여지가 없게 해 놓고 진리의 말씀을 크게 전파해야 되는 거 아니냐 그겁니다."

"그거야 그분들의 전도 스타일이죠. 나는 그분들처럼 수만 명의 대중들 앞에 나설 정도로 공부가 완성된 사람도 아니고 지금도 공부가 한창 진행 중인 일개 구도자에 지나지 않습니다. 나는 단지 내가 체험한 구도의 과정을 숨김없이 독자들에게 펼쳐 보이는 것만으로도 내 소임은 다했다고 생각합니다. 책만 가지고는 어딘가 부족하다고 여기고 이렇게 직접 나를 찾아오는 사람들이 있으면 내 힘자라는 한 도와줄 뿐입니다.

이렇게 나는 내 분수대로 사는 것이 적합하다고 봅니다. 나를 정기적으로 찾아오는 구도자들 중에서 훌륭한 지도자가 나온다면 그것이야말로 나에게는 크나큰 기쁨이 아닐 수 없습니다. 소수의 정예 지도자를 배출하는 것이 내 소망이니까요. 이분들이 앞으로 진리를 세상에 크게 펼칠 수 있다면 더이상 바라는 것이 없겠습니다."

"개똥벌레는 아무리 작아도 밤에 반딧불 빛을 멀리까지 내보낼 수 있고, 향나무는 아무리 깊은 산속에 있어도 향기를 멀리까지 내뿜는다는 것을 알고 있습니다. 바로 그 빛과 향기가 있기 때문에 전국에서 그리고 외국에서까지 수많은 구도자들이 선생님을 찾는다는 것도 알고 있습니다."

"그 빛과 향기라는 것도 언제 있다가 언제 없어질지 모르는 것이니까 구도자가 크게 의존할 것은 못 됩니다. 중요한 것은 구도자가 자기 자신 속에서 영원히 변하지 않는 참스승인 진아(眞我)를 찾아내는 겁니다."

"결국 얘기는 그렇게 흘러가는군요. 하긴 모든 구도자들의 최후의 목적이 바로 참나 즉 진아(眞我)를 찾는 것이니까요. 그런데 선생님, 저는 선생님만 생각하면 언제나 붙어 다니는 의문이 하나 있습니다."

"그게 뭔데요?"

"과거 인류 역사에 이름을 남긴 수많은 성인, 조사, 선사, 큰 스승의 전기를 살펴보면 극소수를 제외하고 통계적으로 거의가 다 30대 중반쯤에 깨달음을 얻은 것으로 되어 있습니다. 가만히 생각해 보면 그 나이가 일생 중에서 정신적으로나 육체적으로나 가장 활기차고 정력적으로 왕성하게 일할 때입니다.

20대의 맹목적인 혈기에서 벗어나 어느 정도 인생 체험도 쌓이고 정신적인 안정도 찾을 때니까요. 그런데 선생님께서는 54세에 비로소 선도수련을 시작하시지 않았습니까? 수련 기간도 8년 만에 지금처럼 많은 독자들이 찾아올 정도로 성공을 거두셨다는 게 아무래도 납득이 가지 않습니다. 남들 같으면 직장에서 정년퇴직을 하여 인생의 황혼기에 접어들었을 연세에 구도라는 거창한 일을 시작한 것 같은 느낌이 듭니다. 그 비결이 어디에 있는지 아무래도 의문입니다."

"뒤늦은 나이에 어떻게 그 힘들고 고되다는 구도의 길을 택했느냐는 거군요."

"네, 그렇습니다."

"조사들 중에도 환갑이 훨씬 넘은 나이에 견성을 한 분이 있습니다.

우연히 그렇게 된 것은 결코 아닙니다. 다 그럴 만한 이유가 있습니다. 요즘 모 신문에 보면 84세의 나이에 30대 건강을 과시하는 모씨의 건강 비법이 연재되고 있습니다. 비록 80대라고 해도 30대의 건강을 유지할 수 있다면 그 사람은 앞으로 얼마든지 30대가 할 수 있는 일을 해낼 수 있습니다.

문제는 자연 연령이 아니고 건강 연령입니다. 내가 만약에 47세부터 54세까지 7년간 꾸준히 산행으로 건강을 다지지 못했더라면 선도수련이라는 험난한 길을 뚫을 수 없었을 겁니다. 내가 기회 있을 때마다 강조하는 등산, 달리기, 도인체조, 오행생식은 바로 60대 70대 80대에도 30대의 왕성한 건강을 확보할 수 있는 비결입니다.

우리집에 찾아오는 수련생들 중에는 20대 초반인데도 건강 면에서는 70대를 방불케 할 정도로 무기력하고 실천력도 없는 사람이 가끔씩 있습니다. 이런 사람은 제 나이의 건강을 되찾지 못하는 한 수련을 할 생각은 하지 말아야 합니다. 선도수련을 시작하여 일단 호흡문이 열리고 기운을 느끼기 시작하면 그때부터 크고 작은 파도처럼 끊임없이 밀려드는 번뇌, 망상, 기몸살, 명현반응, 빙의 현상을 극복하려면 30대의 왕성한 건강이 아니면 감당할 수 없습니다.

수련을 시작했다가도 중도에 그만두는 사람이 많은 것은 이러한 난관을 제대로 극복하지 못하기 때문입니다. 사실 구도자에게 있어서 수련상의 난관들은 풀어야 할 숙제입니다. 번뇌, 망상, 명현반응과 빙의 현상이 자주 반복되어 닥쳐오는 것은 그만큼 수련이 급진전되고 있다는 증거입니다.

그런데도 대부분의 수련자들은 이것을 알아차리지 못하고 중도 하차해버리고 맙니다. 그러나 사실은 그 어렵고 힘든 죽을 고비를 하나씩 하나씩 넘을 때마다 수련은 한 단계 한 단계씩 진척되는 것인데 그러한 성취의 기쁨을 맛보기도 전에 옆길로 새는 사람들을 보면 안타깝기 짝이 없습니다.

중국에서 온 이상야릇한 실용성에만 지나치게 기울어진 기공 쪽으로 흘러 기공치료사가 되든가 초능력자가 되는가 하면, 풍수와 역학 쪽으로 나가는 사람, 관상쟁이, 점쟁이, 차력사와 같은 손쉽게 인기나 끌고 돈이나 벌고 생활 안정이나 구하려는 쪽으로 흐르는 사람이 있습니다."

"사실 엄격한 규율 속에서 한 스승님을 모시고 집단생활을 하는 종단(宗團)이나 교단(敎團) 또는 선방(禪房) 생활 같으면 그러한 이탈자가 나지 않을 텐데, 아무런 외부적인 규제도 안 받고 순전히 자율적으로 책이나 읽고 가끔 선생님을 찾아뵈면서 혼자서 수련을 하려니까 그런 현상들이 일어나는 것 아닙니까?"

"엄격한 규율 속에 집단생활을 한다고 해서 이탈자가 없는 것은 아닙니다. 이탈할 사람은 어떤 환경 속에서도 이탈을 하고, 이탈하지 않을 사람은 아무리 규율이 엉성해도 이탈하지 않습니다. 수련은 타율적인 제재 속에서 하는 것보다는 자율적으로 순전히 자기 책임 하에 하는 것이 진짜로 불요불굴의 구도자를 만들어냅니다. 결국 구도자는 마지막에는 무소의 뿔처럼 혼자서 갈 수밖에 없습니다. 진리는 각자의 자신 속에 있으니까요."

"선생님께서는 늘 몸, 기, 마음공부를 강조하시는데 사실은 똑같은 일을 매일 반복하는 겁니다. 번뇌, 망상, 명현 반응과 빙의도 큰 문제지만 사실은 똑같은 일을 끊임없이 반복하는 지루함도 이탈자가 많이 나오는 원인이 아닐까요?"

"반복이라고 했는데 사실은 반복이 아니고 순환입니다. 낮과 밤은 똑같이 되풀이되는 것 같지만 사실은 어제의 낮과 밤은 오늘의 낮과 밤과는 겉보기에는 같은 것 같아도 찬찬히 살펴보면 뭐가 달라도 다릅니다. 작년의 봄, 여름, 가을, 겨울은 금년에도 어김없이 반복되는 것 같지만 사실은 인정도 물가도 기후도 국내외 정세도 작년과 똑같지는 않습니다.

엄격히 말해서 똑같은 반복이라는 것은 있을 수 없고 순환이라고 말하는 것이 정확한 표현입니다. 순환은 생명의 진행 원리입니다. 순환 속에는 새것과 낡은 것, 삶과 죽음이 그리고 선과 악이, 정의와 불의가 공존하면서 변화하고 있습니다. 따라서 영원한 순환은 진리와 섭리의 흐름이어서 시간과 공간을 초월합니다. 우리가 매일 똑같은 일을 되풀이하는 것처럼 보이는 수련의 반복이 실은 생명의 순환이라는 것을 확실히 깨달을 때 지루함 대신에 참신한 희열을 느끼게 되고, 수련은 한 발 한발 향상되는 겁니다.

수련이 지루하다고 느꼈을 때는 그 지루함 자체를 관찰하십시오. 언제까지 관찰하느냐 하면 그 지루함이 흩어지고 참신한 기운이 몸속에 스며들 때까지 꾸준히 관찰해 보십시오, 어지간히 기공부가 되어 대주천이 되는 사람은 강력한 집중력의 발휘로 지루함이라는 화두를 깨뜨

43

려 버리고 말 것입니다. 관찰의 힘으로 명현반응과 빙의 현상을 무산시키는 것과 같은 원리입니다. 집중하는 마음의 힘, 다시 말해서 진실을 관찰하는 힘 앞에는 막히는 것이 있을 수 없습니다."

"선생님께서 말씀하시는 그 관찰하는 힘이 바로 구도자에게는 도력(道力)이 아니겠습니까?"

"도력이란 뭡니까? 글자 그대로 구도의 능력을 말합니다. 이 능력 속에는 지혜와 자비도 함께 들어 있습니다. 이 관찰의 힘이 안정될 때 구도자는 본격적인 진리의 궤도에 올라섰다고 할 수 있습니다. 그때 가서는 번뇌, 망상, 명현 반응, 빙의 또는 반복되는 수련의 지루함 따위로 고전하는 일은 없어지게 됩니다. 자기 자신의 본색이 무엇인지를 보아 버렸을 때 비로소 지속적으로 관찰의 힘이 생겨나게 되어 있습니다."

"어떤 책에는 진리를 부모미생전본래면목(父母未生前本來面目)이라고 했는데 그게 무슨 뜻입니까?"

"여기서 말하는 부모는 하늘과 땅을 말하는 겁니다. 그러니까 하늘과 땅, 즉 우주가 생겨나기 이전의 나 자신의 본성을 말합니다."

1994년 8월 29일 월요일 19~29℃ 구름 비

오후 2시 반. 몇 달 전에 나한테 와서 대주천 수련을 받은 바 있는 고은혜라는 중년 부인이 찾아와서 말했다.

"여쭈어 볼 일이 있어서 왔습니다."

"무슨 일인데요."

"요즘은 수련을 하다가 보면 기운이 제 온몸을 둘러쌀 때도 있고, 어떤 때는 기운에 이끌려 다닐 때도 있습니다."

"기운에 이끌려 다니다니 어떻게 말입니까?"

"기운 때문에 제 몸이 붕 떠오르는 때도 있고 몸이 이리저리 휘둘릴 때도 있습니다. 그리고 백회 주변이 기운으로 꽉 차 있는 느낌이 듭니다."

"우주에서 들어오는 기운을 고은혜 씨가 제때제때에 전부 효과적으로 수용을 할 수 없어서 그렇습니다. 수련에 대한 욕심은 많은데 몸과 기와 마음이 미처 따라가지를 못하고 있습니다."

"이런 때는 어떻게 하는 것이 좋을까요?"

"몸공부, 기공부, 마음공부를 가일층 강화해야 합니다. 기운에 휘둘리는 것은 그렇게 하라는 신호입니다. 혹시 일요일마다 등산을 하십니까?"

"아뇨. 안 하고 있습니다. 제가 일상적으로 하는 일이 점포 안에서 물건을 나르고 포장하고 손님을 접대하는 일이거든요. 그 일만 해도 충분한 운동은 된다고 생각해서 등산 같은 것은 따로 하지 않고 있습니다."

"그럼 새벽 달리기도 도인체조도 안 하십니까?"

"네, 못하고 있습니다. 저는 제가 하는 육체노동만 해도 운동은 충분하다고 생각해 왔거든요."

"물론 물건을 나르고 포장하는 것도 운동임에는 틀림없지만 단순 반복 운동이기 때문에 몸에 피로가 쌓이기 쉽습니다. 이것을 풀려면 일상적인 운동과는 반대되는 운동을 해줄 필요가 있습니다. 다시 말해서 온몸의 균형을 유지할 수 있는 전신운동을 해야만 단순 반복으로 쌓인 피로가 해소되고 새로운 활력을 축적할 수 있게 된다 그 말입니다.

균형된 운동으로 온몸에 활기가 찰 때 마음도 너그러워지고 운기도 활발해집니다. 거기다가 오행생식을 일상생활화 하고 자기 성찰이 몸에 배이게 한다면 몸공부, 기공부, 마음공부가 동시에 이루어져 기운에 휘둘리는 일은 없어질 겁니다."

"저는 지금껏 자기 일만 열심히 하면 충분한 운동이 되는 줄 알았는데, 그게 아니군요."

오후 3시. 독자 전화.

"선생님은 어떻게 그렇게 두 달에 한 권 꼴로 지치지도 않고 계속 책을 써낼 수 있습니까. 저 같으면 책을 쓸 만한 재주도 없지만 혹 쓴다고 해도 한 권 분량만 쓰면 더이상 쓸 것이 없어서 못 쓸 것 같은데요."

"글 쓰는 사람에게는 생활 자체가 다 글 쓰는 소재가 됩니다. 생활이 있는 이상 글 쓸 소재는 얼마든지 있습니다."

"생활은 매일 거의 똑같은 것이 반복되지 않습니까?"

"생활을 똑같은 것의 반복으로 본다면 심히 불행한 삶을 살게 됩니다. 똑같은 것의 반복이란 존재하지 않습니다. 어제도 낮과 밤이 있었고 오늘도 낮과 밤이 있지만 이미 똑같은 낮과 밤은 아닙니다. 비슷한 낮과 밤은 있어도 똑같은 낮과 밤은 이 우주 내에 존재하지 않습니다. 왜냐하면 어제와 오늘은 이미 다르기 때문입니다. 어제와 오늘은 똑같은 낮과 밤의 반복이 아니고 새로움을 수반한 순환입니다.

순환은 새로움의 축적이고 생명의 흐름입니다. 따라서 나날이 새로울 수밖에 없습니다. 이 새로움을 포착하고 그 순환의 흐름을 타는 사람이 구도자입니다. 하루하루 새로움을 느끼는 사람은 나날이 발전하지만 나날이 지루한 반복만을 느끼는 사람은 생명의 흐름에서 소외됩니다. 이 순환과 새로움과 생명과 섭리의 흐름을 타는 사람은 하루가 다르게 진리의 빛을 쏘이고 그 빛을 자기 것으로 소화할 수 있습니다.

진리는 우주이고 빛이고 영원한 새로움 그 자체입니다. 이 새로움의 진리를 소유하면 지치는 일도 지루한 일도 있을 수 없고 나날이 새로울 뿐입니다. 이 새로움을 문자로 바꾸면 책이 될 수 있습니다. 그것이 언어로 바뀌면 법문이 되고 설교가 되고 강론이 되고 명언이 되고 금언이 됩니다."

"선생님 그러나 아무나 그렇게 되는 것은 아니지 않습니까?"

"전연 그렇지 않습니다. 누구나 시간과 노력을 지속적으로 투입하면 얻을 수 있는 여의봉입니다. 왜냐하면 그 여의봉은 누구에게나 내면 깊숙이 소장되어 있기 때문입니다. 그것을 찾아내려고 끈질기게 전 생애를 걸고 용맹 정진하는 사람이 구도자이고 찾을 생각조차 하지 않는 사람이 중생입니다. 어느 쪽을 선택하느냐 하는 것은 전적으로 각자 자신에게 달려 있습니다."

"그 여의봉이 바로 득도(得道)를 말하는가요?"

"맞습니다. 견성 해탈이라고도 하고 성통공완이라고도 합니다."

〈26권〉

건강도 구도의 방편이어야

1994년 9월 1일 목요일 22~30℃ 구름 맑음

＊ 한번 진아를 깨달은 구도자는 끊임없는 보림(保任)으로 그 깨달음을 확인하면서 법열을 느낀다. 하화중생은 중단 없는 보림 바로 그것이다.

＊ 인간의 실생활과 동떨어진 깨달음은 아무 쓸모없는 지적 유희에 지나지 않는다. 깨달았다는 사람이 음탕한 짓을 하고 욕심에 사로잡히고 분노를 터뜨린다면 틀림없는 가짜다.

＊ 깨달은 사람은 인과에서 벗어난다는 말은 깨닫지 못했을 때 저지른 업장에서도 일시에 벗어나는 것이 아니라, 더이상 업을 짓지 않으므로 기왕에 저지른 업장에서도 순전히 자신의 능력으로 벗어날 수 있다는 말이다.

도박이 나쁘다는 것을 진정으로 깨달은 사람이 다시는 노름에 빠지지 않는 것과 마찬가지로 업을 짓는 원인을 알고 나서 다시금 업을 짓는 사람은 없다. 그러나 도박을 중단했다고 해서 도박할 때 지은 빚까지 탕감되는 것은 아니다. 비록 도박에서 발을 뺐다고 해도 지은 빚은 갚아야 한다. 깨달은 사람도 깨닫지 못했을 때 지은 빚은 갚아야 한다.

＊ 깨달은 사람도 겉보기엔 보통 사람과 하등 다를 것이 없다. 인과에 따라 빙의령의 간섭을 받을 수도 있고 전염병이 창궐할 때는 병균의 침입을 받을 수도 있다. 그러나 깨달은 사람은 보통 사람보다 심신이 월등하게 튼튼하므로 빙의령이나 병균의 영향에서 보통 사람보다 빨리 벗어날 수 있다.

1994년 9월 4일 일요일 22~29℃ 맑은 후 흐림

오후 3시. 일요일인데도 주로 지방에서 9명의 수련생들이 찾아왔다. 한 시간쯤 좌선을 하고 나서 대구에서 온 강혜주 씨가 물었다.

"선생님, 수련 중에 나타나는 현상이라든가 의문 같은 것을 그때그때 선생님께 전화로 문의해도 되겠습니까?"

"그렇게 하면 피차 번거롭기도 하고 시외 통화료도 많이 나오고 할 테니까 한 달에 한 번씩 서울에 올라 올 때마다 한데 묶어서 정리하여 질문을 하시는 것이 어떻겠습니까?"

"그때그때 질문을 하여 해답을 얻지 못하면 금방 잊어버리거든요."

"잊어버리면 그만입니다. 그건 별로 대수롭지 않은 것이니까 잊어버리는 것이 낫습니다. 수련 중에 떠오른 하면이라든가 느낌이라든가 의문 따위는 화두로 삼아 관조하십시오. 계속 끈질기게 관조하고 있노라면 언젠가는 문득 해답이 떠오르게 되어 있습니다. 구도자는 이처럼 자기 자신에게 일어나는 문제들을 스스로 해결하는 습관을 가져야 합니다. 이런 과정이 되풀이되고 쌓이고 쌓이는 동안 지혜가 싹트고 그것이 축적되어 깨우침도 오게 되어 있습니다. 이렇게 스스로 자신의 능력으로 체험해 나가는 것이 가장 소중한 재산이 됩니다.

단지 이때 조심해야 할 것은 무엇이 뿌리이고 무엇이 가지이고 이파리인지는 반드시 판별할 줄 알아야 한다는 겁니다. 이것을 구분할 줄 모르면 아무것도 아닌 지엽적인 문제에 매달려 뿌리를 잊는 수가 있습니다. 지엽적인 것은 대강대강 해결해 버리든가 잊어버려도 좋지만 근본인 뿌리만은 그렇게 해서는 안 됩니다. 뿌리를 깨달아야 전체를 깨달을 수 있기 때문입니다. 번뇌, 망상, 잡념 따위는 지긋이 관조하고 있노라면 눈 녹듯이 사라져 버립니다. 그러나 관조하지 않고 거기에 매달리면 그것이 마치 뿌리인 양 크게 확대되어 수련 자체에 장애가 됩니다."

"어떻게 하면 지엽 말단에 빠지지 않을 수 있겠습니까?"

"건강한 몸으로 기운을 타고 화두를 잡아야 합니다. 다시 말해서 몸공부와 기공부를 충실히 한 다음에 마음공부인 관찰을 하라는 말입니다. 건강에 자신을 가진 사람이라야 마음공부에도 자신을 가질 수 있습니다. 병든 사람은 제아무리 참선을 많이 해 보았자 허상에 끌려 다니기 십상입니다. 심약하고 병든 사람이 흔히 헛것을 봅니다. 그러나 항상 기운이 펄펄 뛰고 건강에 자신을 가진 사람에게는 헛것 따위는 감히 접근조차 할 수 없다는 것을 알아야 합니다."

"건강은 수도하는 데도 기본 조건이 되는군요."

"수도에서만 그런 것이 아니라 인생을 살아가는 데도 가장 소중한 밑천입니다. 이거 잃어버리면 모든 것을 다 잃는 겁니다. 그렇지만 건강이란 누구나 노력만 하면 얻을 수 있습니다. 요즘 한국일보에서 일주일에 한 번씩 '삼위일체 장수법'이라는 기사를 연재하고 있는 안현필 선생은 다음과 같이 말했습니다.

'미국의 노엘 존슨은 인생 70에 위중한 심장병으로 단 10보도 못 걸었어요. 그런데 이분이 분투노력해서 전 미국 노인 마라톤과 권투 시합에서 1등을 해 레이건 대통령과 국회로부터 표창을 받은 이야기가 그의 책 『천하를 잃어도 건강만 있으면』 30쪽에 쓰여 있습니다.

'불요불굴의 의지가 단 10보도 못 걸었던 심장병 환자를 그와 같은 왕초 건강인으로 만든 것입니다. 그까짓 병으로 절망하다니 그게 말이나 되는 소리입니까? 천하를 잃어도 건강만 있으면 인생은 70에도 다시 일어서서 일생을 활기차게 달릴 수가 있습니다. 그 산 증인이 이 글을 쓰고 있습니다. 나는 타고난 건강인이 아닙니다. 노엘 존슨과 같이 피나는 노력을 하였습니다.

뭐라 해도 이 세상에 최고 운동은 산을 오르내리는 운동입니다. 3개월만 매일 꾸준히 해 보세요. 정말 놀라운 효과를 볼 것입니다. 산으로 오르는 한 걸음 한 걸음이 심호흡 운동입니다. 오염된 공기 속의 산소는 몸을 해칩니다. 산의 맑은 공기 속의 산소를 마셔가면서 주변의 아름다운 경치에 도취하여 아름다운 경치를 보며 혈액순환이 좋아집니다.

수목이 내뿜는 그윽한 향기(피톤치드, 이것을 마시면 혈액순환이 잘

되고 병균이 죽습니다)를 마셔가면서, 맑은 약수 마셔 가면서(인체의 3분의 2가 물입니다. 물이 오염되어 있으면 건강이 절대로 존재할 수가 없어요), 찬란한 햇빛을 쏘여가면서. 결론적으로 말하면 등산은 전신을 골고루 움직이게 하는 최고의 운동입니다.'

내 주장과 너무나 흡사해서 신통할 지경입니다. 아무리 위중한 병에 걸렸더라도 강한 의지력만 있으면 극복할 수 있습니다. 그러나 명심할 것은 건강은 건강 그 자체에만 목적을 두어서는 큰 의미가 없습니다. 건강은 어디까지나 구도의 한 방편이 되어야 합니다. 모든 존재의 궁극적인 목적은 우주와의 합일, 즉 진리와 하나가 되어 도를 이루는 것이어야 합니다.

인생의 목적이 건강 자체에만 국한되면 건강해진 사람은 더이상 추구할 일이 없어지게 됩니다. 그저 건강하게 살다가 때가 되어 죽는다면 야생 동물들과 다른 것이 무엇이겠습니까. '삼위일체 장수법'에는 그것이 없습니다. 오래만 산다면 무엇 하겠습니까? 오래 사는 것은 거북이나 학이나 수목 같은 생물이 으뜸입니다. 건강이나 장수 자체에 목적이 있는 것이 아니라 이것을 어떻게 구도에 이용하는가 하는 데 성패는 달려 있습니다."

"홍익인간하기 위해서 건강한 몸으로 과학 발전에 이바지하고 학문 연구에 일생을 바치는 것도 소중한 일이 아닐까요?"

"과학과 학문이 제아무리 발달했다고 해도 인간의 근본 문제는 해결되지 않습니다. 인류에게는 일찍이 지금처럼 과학과 학문이 발달했을 때가 없었습니다. 그러나 온갖 부조리는 그대로입니다. 오히려 과학과

학문이 덜 발달했을 때보다도 인성은 더욱더 거칠어지고 온갖 비리와 범죄는 더 많이 창궐하고 지구 환경오염은 극에 달하고 있습니다.

과학과 학문은 인간의 근본 문제인 생로병사에서 벗어나게 할 수 없습니다. 욕망의 화신인 가아(假我)에서 벗어나지 못하는 한 인간의 근본 문제는 해결되지 않습니다. 따라서 건강은 과학이나 학문을 위해서보다는 구도를 성취하는 데 이용해야 합니다. 건강도 학문도 과학도 구도를 위한 방편이 되어야 합니다. 그래야만이 참다운 빛을 발할 수 있습니다."

1994년 9월 17일 월요일 16~24℃ 대체로 맑음

새벽 3시. 흉몽에서 깨어났다. 곤하게 자고 있는데 흉칙하게 생긴 노파가 앙상하게 뼈마디가 드러난 팔을 걷어붙인 채 나를 흔들어 깨우는 바람에 나도 모르게 벌떡 일어났다. 깨어나 보니 꿈이었다. 그러나 곧이어 쏟아지는 잠 속에 다시 빠져들었다가 평상시처럼 한 시간 뒤에 자리에서 일어나 5킬로를 달리고 와서 샤워를 한 뒤 5시 10분쯤 추석 때도 되고 하여 모처럼 은사님 댁에 가져가려고 배를 한 상자 차에 싣고 떠났다.

아직 미명이었다. 올림픽대로를 20분쯤 달리다가 이면도로로 막 꺾어 드는데 바로 코앞 왼쪽에서 헤드라이트를 확 비쳐오면서 충돌이라도 할 듯이 차 한대가 달려들었다. 순간 나는 충돌을 피하려고 오른쪽으로 핸들을 틀면서 서행하는데, 오른쪽 차체에서 갑자기 드르륵하는 소리가 들렸다. 도로가에 세워둔 트럭을 미처 발견하지 못하고 너무

가까이 다가서는 바람에 긁힌 것 같았다. 대수롭지 않겠지 하고 은사님 댁 아파트 주차장에 차를 세우고 나와 살펴보니 긁힌 정도가 아니고 오른쪽 앞 도어 밑부분이 움푹 쭈그러들었다.

귀가하는 길에 나는 곰곰이 생각해 보았다. 새벽꿈에 흉칙한 노파가 나타나 나를 깨운 것은 임박한 사고를 예고한 것인데, 몽매한 나는 그것을 미처 깨닫지 못하고 접촉 사고를 저지른 것이다. 이것을 수리하는 데 50만 원이나 들었다. 액수가 적어서 보험처리를 하면 오히려 손해라고 했다.

어둠 속에서 앞에서 갑자기 헤드라이트가 비쳐올 때는 무조건 정지를 했어야 했다. 강한 헤드라이트 때문에 어둠에 잠긴 주위의 사물이 잘 보이지 않기 때문이다. 비싼 수업료를 낸 것이다. 이런 뜻하지 않은 사고로 약간 충격을 받아서일까. 점심때부터는 운기현상이 획기적으로 강화되었다. 오후에 모인 수련생들 중에서 기 감각이 예민한 이윤희 씨가 말했다.

"선생님, 오늘은 어쩐지 그전보다 선생님한테서 나오는 기운이 한층 더 편안하고 강해졌습니다."

이런 것을 전화위복이라고 하는 것일까? 구도자에게 있어서 수련이 향상되었다는 것을 비록 후배에게서나마 인정받았다는 것은 다행한 일이 아닐 수 없었다.

1994년 10월 2일 일요일 13~22℃ 맑음

요즘은 승용차로 등산로 입구까지 가서 주차해 놓았다가 등산을 마치고 다시 차를 타고 집으로 돌아온다. 일주일에 한 번씩 차를 운전해 본다. 오늘도 아내와 함께 등산을 갔다가 돌아오는데, 교통이 몹시 혼잡했다. 앞차와의 안전거리를 충분히 떼어놓고 운전을 하려고 하면 옆 차선의 차들이 깜빡이도 켜지 않고 불쑥불쑥 끼어드는 통에 급제동을 안 할 수가 없다. 내 오른쪽 차선을 달리던 버스가 멀쩡하게 진행하다가 갑자기 내 차선으로 뛰어들었다. 이때 안전거리가 확보되지 않았으면 추돌사고가 났을 것이다.

충돌을 면하려니까 급브레이크를 밟지 않을 수 없었다. 뒤에 따라오던 차들 역시 급제동을 하느라고 끼익 소리가 요란했다. 연쇄 충돌을 아슬아슬하게 피했다. 그런데 갑자기 내 차선으로 뛰어들었던 버스가 이번에는 무슨 생각이 났는지 또 먼저 달리던 오른쪽으로 뛰어들려고 또 한 번 소동을 피웠다. 버스 운전사가 술이 취했든가 머리가 돌지 않았으면 못 할 짓을 예사로 자행했다. 곡예운전을 안 할래야 안 할 도리가 없었다. 옆 자리에 앉았던 아내가 말했다.

"택시나 버스를 탔을 때는 차가 어떻게 달리든지 관심을 두지 않았었는데, 이렇게 똑바로 지켜보고 있자니까 번쩍번쩍 진땀이 나고 정말 십년감수하겠어요. 운전 배우려던 생각이 싹 달아나네요."

"그만 일에 그렇게 좌절을 해서야 되겠소. 딛고 일어서야지."

"딛고 일어서구 뭐구 이게 살얼음판이지 어디 운전이라도 할 수 있겠어요."

"우리네 인생살이를 옮겨 놓은 것과 같다고 보면 틀림없어요. 사고는 어디 예고해 놓고 일어난답디까? 무상(無常)이라는 말은 그래서 생긴 거 아니겠소. 항상 변화무쌍하게 움직이는 것이 생활이예요. 정신 똑바로 차리고 전후좌우에 항상 고루 신경을 쓰지 않으면 언제 무슨 변을 당할지 몰라요. 쉴 새 없이 변동하는 주변 상황을 살펴보아야만 안전하게 목적지까지 갈 수 있는 거 아니겠소.

차량 사고의 대부분이 운전자의 부주의에서 오는 것은 그만큼 주변 상황을 살피는 데 게을렀다는 것을 말해주는 거예요. 처음부터 쉬운 일이 어디 있겠소. 이것도 숙달이 되면 얼마든지 할 수 있어요. 그렇지 않으면 이 많은 차들이 어떻게 달릴 수 있겠어요."

"하긴 전쟁터에서 싸우는 군인들도 있는데, 운전쯤이야 그런 것에다 대면 아무 것도 아니죠."

"생각 잘했소. 위험은 삼켜야지 그 앞에서 떨기 시작하면 아무 것도 안 되는 법이니까."

"그러나 하나밖에 없는 목숨인데, 운전면허 땄다가 사고 나서 죽으면 어떻게 해요."

"죽을 사람은 길 가다가도 축대가 무너져 깔리는 수도 있어요. 그리고 하나밖에 없는 목숨이라고 했는데, 그것은 잘못 생각한 거예요."

"그럼 당신은 목숨을 예비로 몇 개씩 가지고 다니신다는 말씀이세요?"

"죽음은 곧 삶이라는 진리를 깨달으면 죽음을 너무 두려워하지 않게 될 텐데."

"그거야 도 닦아서 깨달았다는 사람들이나 하는 얘기고 우리 같은 중생들에게야 어디 해당이나 되는 얘기예요?"

"미망이라는 꿈에서 깨어나면 당신도 지금 어리석은 소리를 지껄이고 있다는 것을 부끄러워해야 할 텐데."

"아니 그럼 내가 지금 꿈을 꾸고 있다는 소리에요?"

"그렇지 않구요. 당신은 꿈속에서 죽음이라는 가위에 눌려 있는 거예요. 그 꿈에서 깨어나면 죽음이란 꿈속의 한낱 허상이라는 것을 깨닫게 될 꺼요. 죽음이 허상이면 삶도 허상이라는 것을 알게 될 꺼요. 삶이란 원래 죽음에 대한 대칭어이기 때문이예요. 그것은 마치 선은 악의 반대 개념인 것과 같아요."

"그렇다면 당신은 생사 선악은 본래 없다는 얘기에요?"

"그렇지 않구요."

"그런데 왜 실제로는 생사 선악이 판을 치고 있어요?"

"그거야 우리 마음의 작용이 만들어낸 것이지 실상은 아니에요."

"뭐가 뭔지 복잡해서 모르겠어요."

"마음을 정리하고 텅 비우면 실과 허를 알 때가 반드시 있을 꺼요."

차는 어느덧 집 앞에 도착했다. 몇 군데 병목을 빼놓으면 일요일이라 그런지 평일보다 교통은 한산한 편이었다.

화두와 관찰

1994년 10월 3일 월요일 14~22℃ 소나기

오후 3시. 네 사람의 수련생이 찾아와서 가부좌를 틀고 앉아 명상을 하다가 그중에 장필상이라는 30대 중반의 출판사 편집장이라는 사람이 말했다.

"선생님, 선방에서 화두 잡는 것하고 선생님이 강조하시는 관찰하고는 어떻게 다릅니까?"

"선방에서는 주로 무자(無字)나 '이뭐꼬'를 화두로 삼습니다. 무(無)와 이뭐꼬를 착암기로 삼아 광맥을 파들어 가듯 자성을 향해 육박해 들어갑니다. 그러나 나는 자기 자신과 주변에서 일어나는 상황을 면밀히 관찰함으로써 진아에 도달하자는 겁니다. 이때 관찰의 주체는 진아고 관찰 대상은 가아입니다.

관찰을 하면 할수록 관찰력은 늘어나게 되어 있습니다. 어떠한 능력이든지 쓰면 쓸수록 늘어나게 되어 있는 것이 자연의 이치입니다. 처음에 관찰을 시작할 때는 1프로의 관찰 능력밖에 발휘하지 못했었는데, 이 능력을 매일 구사함으로써 점점 성장하여 마침내 1백 프로의 능력을 발휘할 단계에 도달하면 자기 자신의 진상이 뚜렷이 보이게 됩니다.

무(無)자와 이뭐꼬가 광맥을 뚫는 착암이라면 관찰은 보고 살피는 능력을 키우는 등불이라고 보면 됩니다. 등불이 처음에는 광도(光度)

가 희미하다가 날이 갈수록 점점 더 밝기가 증폭되는 것과 같습니다. 착암기와 등불의 차이일 뿐, 목적은 똑같습니다."

"무자 화두의 해답은 무이고 이뭐꼬의 해답 역시 공(空) 또는 무라고 들 합니다만 그 말은 맞습니까?"

"맞기는 맞지만 그런 식의 해답은 목적지에 도달하기 위한 약도에 지나지 않습니다. 관찰 역시 그런 의미에서는 자성에 도달하기 위한 도로 표지판일 뿐입니다. 요는 화두와 관찰을 어떻게 활용하여 목적지에 도달하는가 하는 것이 중요합니다. 현장에 가보지 않고 남이 가본 얘기만 듣고는 실상을 파악할 수 없는 것과 같이 수련자 자신이 직접 그 목적지까지 가보아야 합니다.

이처럼 직접 그 목적지 현장까지 가보고 자성을 보고 깨닫는 것을 견성이라고 합니다. 자기가 직접 가서 그 땅을 밟아보고 그곳 공기를 마셔보고 그곳 물맛과 음식 맛을 보고나서 심신이 변해야 합니다. 그러니 화두나 관찰의 정답은 사람마다 개성이 다르듯 똑같을 수가 없습니다. 그러나 견성한 사람들은 공통점이 있습니다."

"그 공통점이라는 것이 무엇입니까?"

"그곳에 도착해서 느끼는 감회는 구구각각일 수 있겠지만 이기심을 위해 탐욕을 부리지 않고 웬만해서는 성을 내지 않으며 어리석은 짓을 하지 않게 된다는 겁니다. 희구애노탐염이니 희로애락이니 생로병사니 성색취미음저 따위에 구애받지 않으니까 새로운 업을 짓는 일이 없어지게 됩니다. 좀더 알기 쉽게 말하면 이 세상의 부귀영화 따위는 발가락의 때만큼밖에 여겨지지 않게 된다 그겁니다."

"그런데도 간혹 가다가 보면 소위 깨달았다는 사람이 음주육식색탐 (飮酒肉食色貪)에 빠지는 수가 있는데 이것은 어떻게 보십니까?"

"그것은 깨닫기는 깨달았으되 다생(多生)의 습기(習氣)에서 아직 빠져 나오지 못했기 때문입니다. 혜해탈은 했지만 정해탈은 못 했다는 증거입니다. 그런 사람의 입에서는 진리의 말이 분수처럼 용솟음치기도 하지만 행동은 그것을 못 따라 갑니다. 그렇다고 해서 부귀영화를 쫓는다든가 욕심을 부린다든가 하는 일은 없습니다. 우리가 경허 스님을 존경하는 이유는 바로 여기에 있습니다. 진짜로 깨달은 것은 틀림없는데도 참으로 애석한 경우입니다.

그러나 가짜로 깨달은 사람은 이와는 사뭇 다릅니다. 감언이설로 추종자들을 속여서 맹종자로 만들고 치부와 엽색과 자기 자신을 신격화 우상화하는 데 온갖 정력을 다 기울입니다. 이러한 사이비들은 예외 없이 약간의 초능력을 구사하여 난치병을 고쳐주든가 점을 쳐주든가 하여 따르는 사람을 매혹시켜 버립니다. 이른바 사이비 종교의 교주들이 이런 부류입니다. 종말론과 천지개벽론을 들고 나와 공포심을 조장하여 일확천금을 노리는 수법도 거의 똑같습니다. 구도자는 마땅히 진위를 구별할 줄 알아야 합니다."

"명상과 관찰과는 어떻게 다릅니까?"

"이음동어(異音同語)라고 할까요? 같은 말입니다. 그러나 명상과 기도, 관찰과 기도는 근본적으로 다릅니다."

"어떻게요?"

"기도는 마음속에 조물주 같은 것을 만들어 놓고 그를 절대자로 삼고, 모든 것을 그에게 의존하고 간구하는 것을 말합니다. 남의 힘에 업힌다고 하여 타력 종교라고도 하지만 크게 보면 그것 역시 진리에 도달하기 위한 초보적인 방편이라고도 할 수 있습니다. 목적지에 도달하기 위한 손쉬운 방법이긴 해도 그만큼 유치하고 시간이 무한정 걸립니다. 기도의 추진력은 맹목적인 신앙인데 얄궂게도 진리에 도달하는 순간 그 맹신의 두꺼운 껍데기는 깨어져야 합니다. 그런데 실제는 그런 일은 거의 없습니다. 최후까지 조물주의 노예로 자처하는 한 진리에 도달하기는 어려운 일입니다."

"결국 남의 등에 업혀 가는 한 진리의 참맛은 맛볼 수 없다는 말씀인데, 한번 진리를 맛본 사람이 그 이전으로 되돌아 갈 수도 있습니까?"

"거듭 말하지만, 구도자는 건강한 몸으로 기운을 타고 관찰이나 화두를 지팡이 삼아 스스로 밝아져서 진리 그 자체로 변해버려야 합니다. 그들이 조물주를 진리라고 할 때 우리는 자력으로 조물주 자신이 되어야 합니다. 이렇게 스스로 밝아진 사람을 보고 견성성불했다고도 하고 성통공완 했다고도 하는데, 『참전계경』에서는 이런 사람을 보고 밝은 사람 또는 철인(哲人)이라고 표현했습니다.

하늘과 땅과 인간, 그리고 우주만물의 이치에 밝은 사람이 어찌 탐욕, 분노, 어리석음 같은 마음이 밝아지기 이전에 저질렀던 유치한 짓을 되풀이할 수 있겠습니까. 그것은 철학박사가 유치원생으로 다시 돌아갈 수 없고 어른이 갓난아기로 되돌아갈 수 없는 것과 같이 불가능한 일입니다."

1994년 10월 5일 수요일 10~20℃ 비 흐림

박영진이라는 설계사무소를 운영한다는 사람과 조영환이라는 전기 기술자가 찾아 왔다. 이들 역시 심하게 빙의가 되어 있었다. 박영진 씨는 전생에 조선조의 지방관리를 지냈었는데, 조정의 명을 받고 포교와 나졸을 거느리고 어느 양반집에 쳐들어가 60대 부인을 체포하여 이실 직고 하라고 혹심한 고문을 가하다가 숨을 거두게 했다. 억울한 죽음으로 원한을 품은 그 부인의 영혼이 들어와 있었다. 조영환 씨는 고려때 북방을 지키는 장수였는데, 침입한 몽골군 장수와 일대일의 기마 접전을 벌인 끝에 그 몽골군 장수를 창으로 찔러 말에서 떨어뜨린 후 계속 창으로 짓이겨 목숨을 끊었다. 그 원한 때문에 몽골군 장수의 영혼이 들어와 있었다.

요즘 찾아오는 수련생들은 거의 이런 식으로 원령(怨靈)에게 빙의가 되어 있었다. 찾아오는 사람마다 이런 사연을 일일이 얘기해 주는 것에 나는 점점 회의를 느끼게 되었다. 수련생의 공부에 별로 큰 도움이 될 것 같지 않아서였다. 까딱하면 신비감만 조장시키고 의뢰심만 키우게 될 수도 있다. 뭐니뭐니 해도 좀 시간은 걸리더라도 수련생 자신이 관찰력이 향상되어 스스로 보는 것이 나을 것이다. 남에게서 자기 전생 얘기를 듣기보다는 자기 눈으로 직접 확인하는 것이 백번 낫다. 백문이불여일견(百聞而不如一見)인 것이다. 공부에 더욱 분발하게 하는 의미에서도 스스로 빙의령과 자기 전생을 직접 보도록 유도해야겠다. 이렇게 속으로 단단히 마음을 굳히고 있는데, 부산에서 공무원으로 일하고 있다는 한수진이라는 중년 남자가 찾아왔다.

"선생님 저는 순전히 『선도체험기』를 읽으면서 선도 공부를 해온 사람인데요. 『선도체험기』를 읽으면서 진동도 하고 호흡문도 열리고 운기도 되면서 수련이 점점 더 발전한다고 생각되어 왔는데, 일주일 전부터 갑자기 제동이 걸렸습니다. 가슴도 답답하구요. 온몸이 마치 칼에 찔리기라도 한 것처럼 쿡쿡 쑤십니다. 도대체 왜 이런 일이 일어나는지 모르겠습니다. 제가 만약 『선도체험기』를 읽지 않았더라면 신경정신과를 찾아갔을 겁니다. 그러나 지금은 이런 영병(靈病)은 의학이 해결할 수 있는 분야가 아니라는 것을 잘 알기 때문에 선생님을 찾아왔습니다."

나는 방금 전에도 다시는 찾아온 수련생에게 빙의령이니 전생 얘기 따위는 안 해 주기로 마음 굳히고 있는 중이었는데, 부산에서 나를 찾아 먼길을 달려온 한수진 씨를 생각하니 이번 한 번만은 보아주자는 쪽으로 마음이 기울었다. 한수진 씨에게 잠시 마음을 집중해 보았더니 그가 아픈 이유가 금방 드러났다.

"한수진 씨는 전생에 칼 잘 쓰는 무사였습니다. 실력이 비슷한 어떤 무사와 결투를 벌여 그를 쓰러뜨렸습니다. 이 장면을 지켜보고 있던 희생자의 형이 동생이 무참히 쓰러지는 것을 보고는 재차 결투를 신청하여 둘은 또 칼싸움을 벌였는데 형 역시 칼을 맞고 숨을 거두었습니다. 그런데 동생의 원수를 갚으려다 자기 자신까지 목숨을 잃은 그 무사의 영혼이 치욕을 씻겠다고 한수진 씨에게 들어와 칼질을 하고 있습니다. 칼에 찔리는 고통은 바로 이 때문입니다. 어쨌든 사람을 죽인 업보를 받고 있는 겁니다."

"선생님 고맙습니다. 선생님한테서 그런 얘기를 듣는 동안 막혔던 가슴이 많이 풀리고 칼에 찔리는 것 같은 고통도 점점 약해져 가고 있습니다. 선생님의 도력에 힘입어 빙의령이 천도되는 것을 실감할 수 있습니다. 선생님, 이왕이면 저에게도 선생님의 그러한 능력을 좀 빌려줄 수 없겠습니까?"

"머릿속의 지식은 빌려줄 수 있어도 건강은 빌려줄 수 없는 것과 같이 지혜는 빌려줄 수 있어도 능력은 빌려줄 수 없습니다. 능력은 스스로 노력해서 터득해야 합니다. 내가 지금의 능력을 터득하는 데는 꼭 8년이라는 세월이 걸렸습니다. 그렇다고 시간만 적당히 흘려보내면 누구나 그런 능력을 터득할 수 있느냐 하면 절대로 그렇지 않습니다.

수도승이 한시도 화두를 놓지 않듯 항상 건강한 몸으로 기운을 타고 관찰을 해야 합니다. 그것도 성수대교를 시공한 용접공이 하듯이 적당히 요령을 부렸다가는 큰코를 다치게 됩니다. 언제나 지극 정성으로 공부에 임해야 합니다. 공부의 한 단계 한 단계를 바늘 끝만한 빈틈도 허용하지 말고 탄탄하게 다져나가야 합니다."

"간화선(看話禪)하고 선생님께서 말씀하시는 관찰하고는 어떻게 다릅니까?"

"간화선도 관찰도 살펴보고 지켜본다는 의미에서는 근본적으로 다른 것이 없습니다. 그러나 간화선은 육지전만을 고집하는 것이라면 내가 말하는 관찰은 육해공 입체전을 말합니다. 화두만 잡는 간화선에서는 몸공부나 기공부는 도외시하다시피 하지만 선도에서는 몸, 기, 마음 공부를 다 같이 소중하게 여기니까요. 이 세 가지가 삼위일체로 조화를 이루어야 비로소 견성성불할 수 있습니다."

"그래도 간화선만으로 견성한 스님들도 더러 있지 않습니까?"

"물론 있죠. 그러나 상근기에 속하는 극소수에 지나지 않습니다. 백에 하나, 천에 하나 있을까 말까 합니다. 그러나 이 세 가지 공부를 동시에 한다면 견성하는 비율은 획기적으로 높아질 것입니다."

"선생님께서는 출가 삭발하지 않고도 속세에서 일상생활을 남들과 똑같이 영위하면서도 견성, 성통할 수 있다고 하시는데 정말 그럴 수 있을까요?"

"그럴 수 있다고 확신하니까 『선도체험기』를 쓰고 있는 거 아닙니까? 출가, 삭발, 승복착용이라는 외형적인 변화보다는 마음이 바뀌는 것이 몇천 배 더 소중하다고 봅니다. 물론 도를 이루기 위해서 부모처자를 내버리고 집을 떠나 삭발하고 승복을 입는 것은 우선 걸리적거리는 것이 없고 홀가분해서 좋겠습니다만, 연꽃은 깨끗하고 맑은 물속에서보다는 더러운 개굴창 속에서 더 곱게 피어납니다.

선방에 앉아서도 마음이 속세의 번뇌 망상에서 떠나지 못하고 있는 것보다는 속가에 앉아 있으면서도 욕심을 버린 사람은 선방에 앉아 있는 것보다 더 실질적인 공부가 된다고 봅니다. 선방에서 핀 꽃이 응달에서 핀 연약한 꽃이라면 속가에서 핀 꽃은 온갖 간난풍상과 산전, 수전, 공중전까지 다 겪은 역전의 용사와도 같이 강인하고 믿음직스럽지 않습니까?

그래서 옛날 조의선인(皂衣仙人)과 화랑도(花郎徒)와 같은 선도 수련집단도 일정 기간 동안 산천을 주유하면서 공부는 했을망정 출가삭

발까지는 하지 않았습니다. 그래도 그들은 출가승들 못지않게 겨레를 위해 큰일을 많이 했습니다."

"선도수련의 초심자가 제일 명심해야 할 사항이 뭐라고 생각하십니까?"

"미륵이니 구세주니 하나님이니 하는 것은 내 몸 밖에 따로 존재하는 것이 아니고 바로 나 자신 속에 있다는 것을 깨닫는 겁니다. 구세주, 하나님, 부처님은 밖에서 찾을 게 아니라 각자의 마음속에서 찾아야 합니다. 사람 속에 우주가 있기 때문에 우리 조상들은 일찍이 인중천지일(人中天地一)이라고 했고 사람이 곧 하늘이라고 하여 인내천(人乃天)이라고 했습니다.

예수조차도 천국과 구원은 네 안에서 찾으라고 했습니다. 붓다도 즉신성불(卽身成佛)이라고 했습니다. 소크라테스도 너 자신을 깨달으라고 했습니다. 이 지구상에 나타났던 모든 성현들이 이구동성으로 이 말을 강조하고 있습니다. 왜 그럴까요? 우주와 인간, 나와 남이 둘이 아니고 하나라는 것을 깨닫지 못하는 한 어리석은 중생들은 종말론과 천지개벽론 따위로 공포심에 떨게 하여 일확천금을 노리는 사이비 종교에 현혹당하지 않을 수 없기 때문입니다. 삼라만상은 몽환포영(夢幻泡影)이라는 진실을 모르면 조그마한 초능력을 구사하는 사이비 교주를 보아도 홀려버리고 말기 때문입니다."

"선생님 대주천이 안정된다는 것은 무엇을 말합니까?"

"백회가 열림으로써 외기와 내기가 합쳐져서 단기(丹氣)를 형성하여 온몸을 골고루 구석구석까지 순환하는 상태를 말하는데, 이것이 항상 지속되는 것을 말합니다."

"그런데 선생님 저는 얼마 전에 모처에 있는 한 도승을 찾아가 본 일이 있는데 저를 보고 수련 정도를 묻기에 선생님한테서 대주천 수련을 받은 경험이 있어서 자신 있게 대주천 경지에 들어가 있다고 말했더니 아직은 그 단계에 이르지 못했다고 하더군요."

"이유가 뭐랍니까?"

"저도 그 이유를 물어보았습니다. 그랬더니 소주천과 대주천이 무엇을 말하는지 아느냐고 묻기에 소주천은 임독에 기운이 흐르는 것을 말하고 대주천은 백회가 열려서 내기와 함께 우주의 기운이 온몸에 골고루 흐르는 것을 말한다고 했더니 진짜 그러냐고 묻기에 그렇다고 했습니다."

"그랬더니 뭐라고 하던가요?"

"그것만 가지고는 안 되고 하늘의 소리를 들을 수 있어야 된다고 했습니다."

"그래서 뭐라고 대답했습니까?"

"창졸간에 아무 대답도 못했습니다."

"한수진 씨는 하늘이 어디에 있다고 봅니까?"

"하늘은 각자의 마음속에 있는 거 아닙니까?"

"그렇게 되묻는 걸 보니 아직 확신을 가지고 있는 것은 아니군요."

"대주천을 하는 것 자체가 하늘의 소리를 듣는 겁니다. 말에 현혹당하면 안 됩니다. 하늘의 소리는 반드시 귀로만 듣는 것은 아닙니다. 온몸으로 들어서 자기도 모르게 실천하는 것을 말합니다. 하늘은 자성(自性)즉 진아(眞我)를 말합니다. 하늘의 소리 하면 사람들은 대뜸 높은 하늘을 연상하지만 그렇지 않습니다.

대주천 수련 자체가 하늘의 뜻을 몸으로 실천하고 있는 겁니다. 그러나 내가 보기에는 그 도승이 말한 하늘의 소리는 그런 게 아닌 것 같습니다. 자기가 생각하고 있는 대주천이라는 척도를 갖고 그렇게 말한 것 같습니다. 그래 그 도승을 방문한 얘기나 좀 해 보시죠."

"저도 누구한테 전해 듣고 찾아 갔었습니다. 나이는 37세 정도 되어 보였는데, 보통 스님하고는 좀 다른 데가 있었습니다."

"뭐가요?"

"보통 스님이라면 불경을 암송하게 할 텐데, 이 도승은 『천부경』과 『삼일신고』를 외우게 하고 항상 관(觀)을 하라고 하는 것은 선생님과 같았습니다. 선생님은 등산, 달리기, 도인체조, 절 수련을 강조하시지만 그 도승은 단군 할아버님 때부터 비전되어 오는 무술을 특정한 제자들에게 전수하고 있었습니다.

그런데 제가 특별히 이상하게 생각한 것은 검은 색안경을 쓰고 있는 것이었습니다. 저는 대화를 할 때는 언제나 상대방의 눈을 정면으로 보는 습관이 있어서 그때도 도승의 눈을 마주 바라보았더니 옆에 있던 제자가 눈을 마주보지 말라고 주의를 주었습니다. 도승이 색안경을 쓰고 있는 이유는 눈빛이 너무나 강렬해서 까딱하면 실명하는 수가 있어서 그것을 피하려는 것이라고 하더군요. 비록 색안경을 쓰고 있어도 정면으로 눈이 마주치면 위험하니 마주 보는 것은 삼가라고 말했습니다."

"거처하는 곳은 어디든가요?"

"산골짜기에 있는 한 20평쯤 되는 막사였는데 마루를 깔았더군요.

제가 찾아갔을 때는 제자가 20명가량 앉아서 명상 수련을 하고 있었습니다."

"제자들에게 무엇을 가르치고 있던가요?"

"주로 기 수련을 시키고 있었습니다."

"어떻게요?"

"제가 찾아갔을 때는 마침 어떤 중년 여성의 임독을 유통시키는 수련을 지도하고 있었습니다. 수련 방법은 선생님과 비슷하게 일정한 거리를 띄우고 앉혀놓고 원격 시술을 하고 있었습니다."

"제자가 얼마나 된다고 하던가요?"

"전국에 흩어져 있는 제자가 3천 6백 명이라고 하더군요."

"수련을 시키는 목적은 뭐라고 하던가요?"

"그건 미처 알아보지 못했습니다."

"구도가 목적인지 아니면 초능력자를 만드는 것이 목적인지 알아보지 못했습니까?"

"그건 미처 알아보지 못했습니까?"

"그 도승은 혹시 책을 저술한 일은 없다고 하던가요?"

"그런 건 없습니다. 안내 책자 같은 것도 없었구요. 순전히 입에서 입으로 전달되어 전국에서 수련생들이 모여드는 모양입니다. 그 도승의 말에 따르면 전국에 자기와 같은 문중 도인이 1460명이 있는데, 자기는 그중의 한 사람이라고 합니다. 그분은 또 타심통이 열려서 거짓말하는 것은 즉각 알아차린다고 합니다. 또 신족통(神足通)이 열려 길어서 강 위를 건넌다고 합니다. 마을 사람들은 그러한 도인이 있다는 것조차 모르고 있는데, 한 노인을 만나서 물어보니 그 스님은 도인이라고 말하더군요. 옷차림은 하도 남루해서 도승이라는 것을 겉으로는 구분할 수 없었습니다."

그 도승의 법명이나 거처하는 장소는 본인에게 혹시 해가 돌아올지 모르는 일이어서 밝히지 않기로 한다는 한수진 씨의 말을 듣는 동안 나는 그 도승에게 마음을 집중해 보았다. 곧바로 그의 상·중·하단전의 기운을 감지할 수 있었다. 국내의 그 어떤 구도자보다도 상·중·하단전이 골고루 수련이 되어 있다는 것을 알 수 있었다. 상·하단전에 비해서 중단은 수련이 좀 덜되어 있었다. 그리고 두 사나이의 영혼에게 빙의되어 있었다. 도승의 모습도 확실히 포착되었다. 나는 그의 수련 정도를 확인할 수 있었다. 헛소문이 아닌 것만은 틀림없었다.

"선생님처럼 그 도승도 오는 사람 막지 않고 가는 사람 잡지 않고 있더군요. 선생님께서는 오전에 집필을 하고 계시지만 그 도승은 하루 종일 문을 개방하고 있었습니다. 도승이 거처하는 곳은 토굴이라고 이름이 나 있는데도 실제로 가보니까 사람들이 한 20명 앉을 수 있는 초라한 막사였습니다. 선생님을 찾아오는 사람들은 책을 읽고 오지만 그 도승을 찾는 사람들은 순전히 소문을 듣고 옵니다. 교범 같은 것이 있는 것도 아니고 순전히 입으로 모든 것이 전수되고 있습니다. 선생님께서는 이 도승을 어떻게 생각하십니까?"

"그 정도의 말만 듣고는 뭐라고 논평을 하기는 어려운데요. 좀 전, 대화 중에 나는 이미 그분을 보았습니다. 그리고 알았습니다."

"무엇을 말입니까?"

"그것을 까발리지는 않겠습니다. 단지 눈빛이 강렬해서 눈이 마주치는 사람에게 상처를 준다면 그것 또한 그 도승이 극복해야 할 난제가 아닐까 생각합니다. 한 가지 분명한 것은 진정한 도인은 비상시가 아니면 자신의 초능력을 남에게 보이지 않는다는 겁니다. 도인은 초능력을 구사하되 남이 보이지 않게 합니다. 남의 눈에 뜨이게 나타내는 신통력은 이미 진정한 의미에서의 초능력이라고 할 수 없습니다. 그런 초능력은 무당이나 차력사도 능히 발휘할 수 있으니까요. 남의 눈에 뜨이지 않는 초능력이 무엇인지 아십니까?"

"글쎄요. 모르겠는데요."

"생로병사, 희로애락, 희구애노탐염, 성색취미음저, 탐진치에서 벗어나는 것이 진짜 초능력입니다. 신족통, 타심통, 숙명통, 천이통, 타심통, 의통 어쩌구 해도 누진통(漏盡通)을 이루는 것이 진짜 초능력입니다. 누진통 이외의 초능력은 전부 다 허접 쓰레기에 지나지 않습니다. 성통공완, 견성성불, 해탈이 바로 누진통으로 이루어집니다. 따라서 초능력에 관심을 보인다든가, 그것을 화제로 삼는다든가, 그것에 현혹된다든가 하는 것은 지극히 초보적인 단계, 유치원 원아의 단계임을 명심하셔야 합니다."

"명심하겠습니다."

고해(苦海)와 낙해(樂海)

1994년 10월 8일 토요일 13~24℃ 구름 조금

오후 2시. 7명의 수련생들이 둘러 앉아 명상을 하다가 토론이 벌어졌는데 그중에서 여난옥 씨가 먼저 입을 열었다.

"선생님, 저는 요즘, 빙의된 사람이나 명현 반응을 일으키는 사람이 가까이 다가오면 그 사람의 아픈 부위에 저도 모르게 통증이 옵니다. 왜 그런 현상이 일어나죠?"

"그것은 수련이 또 한 단계 뛰어 올랐다는 아주 구체적인 증거입니다."

"여난옥 씨 축하합니다!"

"한턱 단단히 내셔야겠네요."

다른 수련생들이 저저끔 한마디씩 했다.

"한턱내는 것은 문제가 아닌데, 선생님 영문이라도 좀 알아야 하지 않겠습니까?"

"그것은 남의 빙의령을 천도할 수 있는 초보적인 능력이 생겼다는 것을 말해줍니다. 여난옥 씨에게 가까이 있는 사람에게서 그런 증상을 느끼면 그것은 분명 여난옥 씨에게서 그 사람에게로 기운이 흘러가고 있다는 것을 말해 줍니다. 물이 높은 데서 낮은 데로 흘러가는 것과 똑같은 이치입니다.

선도인은 이것을 가지고 상대방의 수련 정도를 알아냅니다. 빙의령이나 명현반응뿐이 아닙니다. 질병을 앓고 있는 사람에게 가까이 다가가도 그 환자의 아픈 부위에 자기도 통증이 옵니다. 이때 조심해야 합니다. 초보자는 손기 증세를 일으킬 수도 있으니까요. 그래서 이런 때는 병원 방문도 함부로 하는 것이 아닙니다."

"그래도 직계 존속은 어쩔 수 없는 거 아닙니까?"

"가까운 혈족이야 어쩔 수 없지만 수련 초기에는 될 수 있는 대로 기치료는 피해야 합니다. 기공부를 하다가 기치료 능력이 생기는 것은 병을 치료하는 데 이용하라는 것이 아니고 수련에 보탬이 되도록 활용하라는 겁니다. 자기의 기운으로 난치병이 낫는 데 맛들이기 시작하면 그 사람은 구도와는 3만 6천 리 떨어진 곳에 있게 됩니다. 그 사람은 구도자는 이미 아니고 한낱 기공치료사에 지나지 않게 됩니다.

선택은 수련자 자신에게 달려 있습니다. 여러분은 기공치료사로 한 평생을 마치겠습니까? 아니면 견성성불하여 생로병사의 윤회에서 벗어나 영원한 자유인으로 유유자적하겠습니까? 꿀이 달다고 해서 아예 꿀통에 빠져버리는 왕파리의 어리석음을 범하는 것은 자유입니다."

"선생님, 견성한 사람들은 한결같이 성(性), 도(道), 진리는 무(無)이고 공(空)이라고 말합니다. 이것을 좀 알아듣기 쉽게 해설을 좀 해 주실 수 있겠습니까?"

"무는 없다는 뜻이고, 공은 비운다는 뜻입니다. 없다는 것은 있다는 것이 전제가 되지 않으며 성립될 수 없는 개념입니다. 비운다는 말도 가득 찬다는 개념이 전제가 되지 않으면 성립이 될 수 없습니다. 진리는 무이고 공이다 하면 그것은 진리에 대한 해답이기는 하지만 진리 그 자체는 아닙니다. 사과는 색깔이 빨갛다는 것과 꼭 같습니다. 그러나 사과를 먹어본 사람은 머릿속으로 사과는 빨갛다고 인식하는 것과는 다르다는 것을 압니다.

깨달음은 사과를 직접 먹어서 그 영양을 몸속에 흡수하여 활력소가 되게 하는 것과 같습니다. 그러니까 아무리 진리는 무이고 공이다 하고 떠들어 보았자 입만 아플 뿐이고 맛도 모르고 영양도 흡수하지 못합니다. 무와 공을 머릿속으로 아는 것이 아니고 몸과 기와 마음으로 느끼고 그것을 흡수하여 그것과 하나가 되는 겁니다. 이때 비로소 우리는 견성을 하고 진리를 깨닫는다는 것은 없음과 있음을 비움과 채움을 동시에 초월하는 것을 알게 됩니다.

다시 말해서 없음은 있음이고 비움은 채움이라는 실상을 동시에 깨달아야 한다는 말입니다. 그렇지 않으면 없음이나 비움 한쪽이나, 있음이나 채움 한쪽에만 치우쳐서 양변을 다 놓치는 어리석음에 빠지게 됩니다. 없음 속에 있음이 있고 있음 속에 없음이 있으며, 비움 속에 채움이 있고 채움 속에 비움이 있고, 죽음 속에 삶이 있고 삶 속에 죽음이 있으며, 착함 속에 모짐이 있고 모짐 속에 착함이 공존하는 것이 실상입니다.

이것을 완전히 터득한 사람은 더이상 생로병사 따위에 시달리지 않습니다. 그 어느 쪽에도 치우치거나 집착하는 일이 없으므로 항상 마음이 평안하고 고요합니다. 그런 사람의 옆에 가기만 해도 공연히 마음이 차분해지고 괴로움이 사라집니다. 그뿐만 아니라 기공부를 하여 운기가 되는 사람은 강한 기운이 자신의 몸안으로 스며들어오는 것을 느끼게 됩니다.

우리가 진정으로 터득해야 할 신통력이니 초능력이니 하는 것은 신족통, 천안통, 숙명통, 천이통, 타심통, 의통, 예지력 따위가 아니라 바로 이러한 깨달음을 말합니다. 좀더 구체적으로 말해서 몸이 건강하고 항상 기운을 탈 줄 알고 언제나 자기 자신과 주변을 통찰할 수 있고 말과 행동과 기운으로 하화중생할 수 있어야 합니다.

없음은 있음을, 비움은 채움을, 악은 선을, 죽음은 삶을 전제로 하는 것과 마찬가지로 무상(無常)은 상(常)을 전제로 합니다. 변화 속에 불변이 있고 불변 속에 변화가 있습니다. 상이 없으면 무상도 있을 수 없습니다. 상(常)은 물과도 같습니다. 물이 변하면 비도 되고 구름도 되고 안개도 되고 우박도 되고 눈도 되고 서리도 되고 얼음도 되지만, 항상 그러한 상태로만 존재하는 것이 아니고 환경에 따라 언제든지 변할 수도 있습니다. 그러나 그 본질은 역시 물입니다. 물이라는 사실에는 변함이 있을 수 없습니다.

이 우주에는 삼라만상이 무상하게 변화를 거듭하고 있지만 그 본질은 없음과 비움입니다. 무상이 상과 함께 공존하고 있는 것과 같이 없음은 있음과, 비움은 채움과 공존하고 있습니다. 상, 무상, 없음과 있음, 비움과 채움, 죽음과 삶이, 선과 악이 공존하고 있는데 그것이 어디에 있겠습니까?"

"각자의 마음속에 있지 않습니까?"

"그렇게 되묻지 말고 각자의 마음속에 있다고 확신을 가지고 말할 수 있어야 합니다. 그렇게 확신을 가지고 말할 수 없는 것은 깨달음이 없기 때문입니다. 따라서 진리는 깨달은 사람의 마음속에 있다는 것을 훨씬 더 자신 있게 말할 수 있습니다. 깨닫지 못한 사람도 물론 마음속에 진리가 있는 것은 틀림없지만 그것이 있는지조차 모르기 때문에 실상은 없는 것과 큰 차이가 없습니다. 주머니 속에 백억 원짜리 수표가 있는데도 그걸 모르고 사는 것과 같습니다.

깨달음이 중요한 것은 바로 이 때문입니다. 생로병사에서 벗어날 수 있는 여의봉을 가지고 있으면서도 그것을 미처 알지 못하고 여전히 고해(苦海) 속에서 허위적대고 있기 때문입니다. 고해 속에서 허위적대느냐 아니면 낙해(樂海) 속에서 유유자적하느냐 하는 것은 순전히 마음을 깨닫느냐 못 깨닫느냐에 달려 있습니다.

같은 배를 타고 가다가 그 배가 침몰되어 다 같이 남편을 잃은 두 여인이 이웃에 나란히 살고 있었습니다. 한 여자는 슬픔에 억장이 무너져 영정 앞에 까무라쳤습니다. 그러나 다른 여자는 조용히 경건한 얼굴로 조문객을 맞이했습니다. 그녀의 행동거지는 이미 생사고락을 초월한 도인의 모습이었습니다. 한 사람은 고해 속에서 허위적거리는 모습이 완연했고 또 한 사람은 낙해 속에서 유유자적하고 있었습니다. 무엇이 그녀들로 하여금 이렇게 큰 차이가 나게 했을까요?

알다시피 그것은 결코 참사의 경중 때문이 아닙니다. 마음을 깨달았느냐 못 깨달았느냐에 따라 이렇게 큰 차이가 나는 것입니다. 깨달은 사람에게는 이미 삶은 삶이 아니요(生不生) 죽음은 죽음이 아닌(死不死) 것입니다. 기쁨은 기쁨이 아니고 슬픔은 슬픔이 아닌 것입니다. 이것을 깨달으면 어떠한 역경 속에서도 흔들리지 않게 됩니다. 죽음과 삶, 슬픔과 기쁨을 초월할 때 우리는 비로소 이러한 대자유의 경지에 들어갈 수 있습니다.

관찰이나 화두 잡기로 마음을 닦고 닦다가 보면 어느 한순간엔 자기도 모르는 사이에 이러한 진리를 활연대오할 때가 반드시 오게 됩니다. 우리는 그때까지 잠시도 쉬지 말고 공부를 계속하여 스스로 밝아져야 합니다. 무명(無明) 속에서는 이렇게 스스로 밝아진 등불 둘레로 사람들이 모여들게 되어 있습니다. 그리하여 밝음에 굶주린 이웃의 등불에 불을 붙여줄 수 있어야 합니다.

밝아진 사람은 모여드는 사람에게 괴상한 옷차림으로 이상야릇한 짓을 하거나, 이해할 수 없는 말을 하여 듣는 사람들로 하여 고개를 갸웃거리게 만들지는 않습니다. 또 기적이나 신통력이나 초능력으로 신비감을 자아내게 하지도 않습니다. 또 종말론이나 천지개벽론으로 사람들을 공포 속에 몰아넣지도 않습니다. 단지 마음을 화평케 하고 깨달음을 갖게 합니다."

"선생님의 말씀대로 몸, 기, 마음공부를 하면 누구나 꼭 신불(神佛)이 될 수 있을까요?"

"물론입니다. 나는 농부에게 새로운 영농법을 가르쳐 주듯 진리를 깨닫는 방법을 가르쳐줄 뿐입니다. 씨를 뿌리고 가꾸고 열매를 맺게 하여 거두어들이는 것은 농부 자신에게 달려 있듯이 신불이 되는 것은 오직 수련자 자신에게 달려 있습니다. 부지런하고 정성스럽게 열심히 일하는 농부에게 좋은 수확이 기다리듯 수련도 그렇게 하면 좋은 결실을 맺을 수 있습니다. 스승은 제자에게 깨달음을 주는 것이 아니라 깨닫는 방법을 가르쳐 줄 뿐입니다."

"한국 선종(禪宗)의 큰 스승들 예컨대 만공이나 금오 스님 같은 분들은 제자들이 경전이나 책을 못 읽게 하고 첫째도 참선, 둘째도 참선, 셋째도 넷째도 참선을 주장했는데 선생님께서는 어떻게 생각하십니까?"

"그분들이 독서와 경 읽기를 엄격히 금한 것은 그 나름대로 이유가 있었을 것입니다. 독서와 경 읽기로 지식만 쌓여서 오히려 참선에 장애가 될까 봐서 그랬을 겁니다. 그러나 나는 반드시 그렇게만 생각지 않습니다. 경전들에는 진리에 도달하는 길을 온갖 실례를 들어가면서 읽는 사람의 가슴에 와닿게 써놓은 것이 얼마든지 있습니다. 또 성현들의 구도를 위한 체험기들은 읽는 동안에 깨달음을 주는 것들도 얼마든지 있습니다.

그러나 어찌되었든지 간에 경전이나 서적들은 진리 그 자체는 아니고 진리에 도달할 수 있는 방편에 지나지 않는다는 것만은 똑바로 알아야 합니다. 우리가 달(진리)을 가리키는 손가락(방편)에 현혹되지 않는 이상 많은 도움을 받을 수 있습니다. 특히 삭발 출가하지 않는 구도자들은 큰 스승을 만나기가 쉽지 않습니다. 이때 일반 구도자들에게 책과 경전들은 스승을 대신할 수밖에 없습니다. 방편은 어디까지나 방편이라는 것을 똑똑히 알고 있으면 겁낼 것은 없습니다."

"읽을 만한 책도 없고 경전도 없다면 그때는 일반 구도자는 어떻게 해야 되겠습니까?"

"그 정도로 수련이 높아진 구도자라면 혼자서도 능히 공부를 해 나갈 수 있습니다. 선인들이 개발해 놓은 방편들을 전부 다 실험해 보았는데도 별로 효과를 보지 못했다면 독자적으로 새로운 수련법을 개발해 낼 수 있습니다. 구도란 이미 있는 몸과 기와 마음을 닦아서 새롭게 만드는 일련의 작업 끝에 이루어집니다. 시대와 환경은 자꾸만 바뀝니다. 그렇게 되면 작업방식도 자연히 변화되어야 합니다. 기존의 방법으로 해결이 안 되면 새로운 방법을 모색해 내야 합니다.”

“구체적으로 어떻게 그런 방편들을 고안해 낼 수 있을까요?”

“건강한 몸으로 기운을 타고 관찰을 통해서 새 방법을 찾아낼 수 있습니다. 관찰이 깊어져서 진리의 흐름을 포착했을 때는 어떠한 난관이나 난제든지 풀어나갈 수 있습니다. 자성구자(自性求子)하는 사람에게 불가능이란 있을 수 없습니다.”

“자성구자가 뭡니까?”

“『삼일신고』에 나오는 구절입니다. 쉽게 말해서 자성의 힘으로 진리의 씨앗을 찾으라는 말입니다. 다시 말해서 자성을 통한 관찰로 진리를 파악하라는 말입니다. 자성은 진아입니다. 진아가 가아를 살피는 것을 관찰이라고 합니다. 이러한 관찰이 거듭되면 될수록 지혜의 문은 더 많이 열려서 진리에 한 걸음 한 걸음 다가설 수 있습니다.”

“선생님 그렇다면 『혜명경(慧命經)』, 『태을금화종지(太乙金華宗旨)』, 『금선증론(金仙證論)』, 『참동계천유(參同契闡幽)』 같은 만고불역의 단학의 고전들은 어떻게 됩니까?”

“만고불역이라는 말 자체에 모순이 있다고 보지 않습니까? 그런 것은 일찍이 이 우주 안에 존재하지 않습니다. 오직 무상(無常)과 상(常)

이 공존할 뿐입니다. 이제 말한 고전이 가르친 대로 수련을 해 보았습니까?"

"다 실험해 보았는데도 잘되지 않았습니다."

"잘 안되면 어떻게 해야 되겠습니까? 가장 못난 자손은 조상의 뼈만 울거먹으려 드니까 언제나 시대에 뒤떨어지게 되어 있습니다. 게으른 농부는 조상이 가르쳐 준 농사법을 곧이곧대로 되풀이할 줄만 알았지 개량을 할 줄 모릅니다. 그것은 지금도 석기 시대의 삶을 살고 있는 아프리카 오지의 토인과 같습니다. 변화를 수용할 줄 모르면 퇴보가 있을 뿐입니다.

게으른 의사는 학교에서 배운 처방과 치료법만을 금과옥조로 알고 답습할 뿐입니다. 시대와 환경이 변하면서 새로운 병들이 자꾸만 생겨나는데, 옛날 치료법이 먹혀들 리가 없습니다. 그래서 찾아오는 환자는 점점 줄어들어 마침내 병원 문을 열어 놓은 채 파리나 날릴 수밖에 없습니다. 그러나 부지런하고 창의적인 의사는 학교에서 배운 치료법이 듣지 않으면 팔을 걷어붙이고, 머리를 싸매고 열심히 연구하여 새로운 치료법을 개발해 냅니다. 이런 의사가 경영하는 병원엔 언제나 환자들로 문전성시를 이루게 마련입니다.

선도 수련법도 이와 꼭 같습니다. 구식 방법에 매달릴수록 뒷걸음질 칠 수밖에 없습니다. 따라서 끊임없는 개발과 자기 혁신을 모색해야 합니다. 그래야만이 눈부시게 변화하는 시대환경 속에서 살아남을 수 있습니다."

"선생님 어떤 고전에 보면 단전호흡으로 발생한 기운은 그 대부분이 사기(邪氣)이므로 성통에는 별 도움이 되지 않는다고 하는데 어떻게 생각하십니까?"

"물론 단전호흡을 하다가 사기가 들어올 때도 간혹 있을 수 있습니다. 사기란 수련에 장애가 되는 접신령 또는 빙의령을 말합니다. 그것은 마치 우리가 호흡을 하다가 오염된 공기를 마시는 것과 같다고 보면 됩니다. 오염된 공기를 마셨으면 그것이 몸안에 들어와 쌓여서 노폐물이 되어 병을 유발하기 전에 의념(意念)으로 호흡운동을 통해서 밖으로 배출시키면 됩니다.

등산과 달리기와 도인체조와 단전호흡은 오염된 공기, 오염된 가공식품, 농약이나 살충제가 뿌려진 농작물로 만들어진 식품에 묻어 들어와 체내에 쌓인 유독물질과 노폐물을 호흡과 땀을 통해 밖으로 배출시켜 줍니다. 사기(邪氣)인 빙의령 역시 몸, 기, 마음공부를 통해 밖으로 배출시켜 줄뿐 아니라 오래 지체하지 않고 제때제때에 천도시킬 수 있습니다.

단전호흡으로 생기는 기는 이처럼 신진대사를 통하여 오히려 심신을 건강하게 만들지언정 성통에 도움이 안 된다는 것은 말도 되지 않는 거짓말입니다. 고전이나 경전에 매달리는 사람들은 예외 없이 말과 문구에 집착합니다. 다시 말해서 달을 가리키는 손가락만 볼 줄 알았지 정작 달은 보지 못하는 것과 같습니다. 경전이나 고전이나 불경이나 성경은 전부가 다 진리를 가리키는 손가락이지 진리 그 자체는 아니라는 것만은 확실히 알고 있으면 말이나 문구에 얽매이는 어리석음은 범하지 않게 될 것입니다."

"그렇다면 지식은 오히려 깨달음에 장애가 되는 수가 있을 수 있겠네요."

"지식을 잘 이용하면 깨달음에 유익하게 작용할 수 있지만 그 지식에 얽매여 버리면 진리를 보지 못하고 맙니다. 직지인심(直指人心)이라는 말은 그래서 경전이나 지식을 통하지 않고 화두를 참구하여 직접 마음을 깨닫는 것을 말합니다. 그러나 화두라고 하면 이뭐꼬나 무자(無字)나, 만법귀일 일귀하처(萬法歸一一歸何處)를 연상하기 쉽지만 그것만이 화두는 아닙니다. 남을 위해서 유익한 일을 하는 것도 화두라고 할 수 있습니다.

불경에 보면 석가모니의 제자들 중에는 무식하고 우둔하긴 하지만 부지런하고 신심이 두터운 주리반특다라는 사람이 있었다고 합니다. 그는 하도 머리가 둔해서 석가모니의 설법을 이해할 수 없었습니다. 이것을 안 석가모니는 그에게 절의 경내를 청소하고 방문객들의 신발을 닦는 일만을 맡겼다고 합니다. 청소와 신발 닦는 일에만 온갖 정성을 다한 결과 그는 마침내 최고의 깨달음의 경지인 아라한과에 이르렀다고 합니다. 절의 경내를 청소하고 방문객의 신발만을 닦는 일은 결코 남을 위한 일만이 아니고 자기 자신의 마음을 닦는 일이기도 하였던 것입니다.

경허 선사의 제자들 중에 수월 스님은 낫 놓고 기역자도 모르는 까막눈의 스님으로도 유명합니다. 집이 하도 가난해서 11살 때에 절에 맡겨진 채 아무에게서도 글을 배울 기회를 갖지 못했다고 합니다. 그런 수월 스님이 경허 선사의 두 번째 수법(授法) 제자가 된 것은 깨달음을 얻어 부처를 이루는 데는 지식이나 학문이 그다지 중요하지 않다는 증거이기도 합니다. 그는 주리반특다와 같이 철저한 봉사정신 하나로 깨달음을 얻은 대표적인 예에 속한다고 할 수 있습니다. 험한 고갯길에 초막을 짓고 항상 따뜻한 밥과 짚신을 준비해 놓았다가 허기지고 신 떨어진 나그네들을 무조건 도와주었습니다.

지식에 얽매이면 도를 이룰 수 없지만 지식이 없어도 지혜가 트인 사람은 도를 성취할 수 있습니다. 지혜가 트인 사람은 매일 똑같은 일을 되풀이하면서도 법열과 환희를 느낄 수 있지만 지식은 있어도 지혜가 막힌 사람은 싫증과 지루함을 느낍니다.

지식이 많은 사람은 앞뒤가 꽉 막히는 수가 간혹 있지만 지혜가 열린 사람은 상대방의 마음을 훤히 꿰뚫어 그가 필요로 하는 것을 충족시켜 주려고 애씁니다. 마음이 언제나 열려 있어서 나보다 남을 먼저 생각하기 때문입니다. 마음이 열리고 지혜가 트인 사람은 어떠한 어려움에 처하더라도 능히 뚫고 나갈 수 있습니다. 지식 많은 꽁생원은 있을 수 있어도 비록 무식하긴 하지만 마음이 열린 꽁생원은 있을 수 없습니다."

『도인(道人)』

1994년 10월 12일 수요일 15~20℃ 비

'고려원미디어' 간, 덩밍다오(鄧明道) 저, 박태섭 옮김의 3권으로 되어 있는 『도인(道人)』을 다 읽었다. 1920년대 격동기에 중국에서 태어나 부귀영화를 누릴 수 있는 귀족의 신분을 버리고 9살 때 도교(道敎)의 성지 화산(華山)에 들어간 주인공 관사이홍의 파란만장한 구도생활을 그린 실록소설이다.

구도기(求道記)이기는 하지만 주인공은 구도의 한 방편으로 무림(武林)의 고수들에게서 익힌 무술 때문에 여러 번 죽을 고비를 넘기는 아슬아슬한 장면들이 연속된다. 무술은 선도에 있어서 몸공부의 한 방편으로 채용될 수도 있지만, 이 책의 주인공은 그 무술에 집착한 나머지 구도생활 자체가 여러 차례 위협받는다.

국내에서는 물론이고 미국에 건너가서까지 그는 많은 사람을 본의 아니게 살상한다. 결국은 무술이 구도의 방편으로는 오히려 장애가 된다는 것을 뒤늦게 깨달은 주인공은 무술의 스승에게 전수받은 보검(寶劍)을 물에 던져 버림으로써 무술과는 완전히 결별을 고한다. 무술이 결코 구도의 방편이 될 수 없다는 뼈아픈 교훈을 일깨워 준다. 주인공은 구도의 방편으로 익힌 무술에 발목이 잡혀 중년이 훨씬 넘어서야 겨우 한소식 얻게 된다.

　이 책을 읽으면서 나는 몸공부의 방편으로 무술대신 등산, 달리기, 도인체조, 오행생식을 채택한 것을 참으로 잘했다고 몇 번이나 속으로 확인했는지 모른다. 주인공은 바로 그 무술 때문에 지하의 폭력 세계에 얽혀 들어갈 수 있는 위기를 몇 번이나 넘겼는지 모른다. 또 마음에 없는 살상을 저지름으로써 업장만 쌓았다. 이 책이 구도자에게 주는 가장 소중한 교훈은 바로 무술이 구도에 도움을 주기는커녕 잘못하면 파멸로 이끌 수 있다는 것을 일깨워준 것이라고 할 수 있다.

　도교는 기를 수련의 중요 수단으로 삼는다는 점에서 선도와 흡사하다. 그러나 몸공부를 전적으로 무술에만 의존하고 있는 점은 선도와는 확연히 다르다. 하긴 도교도 선도에서 갈라져 나가 중원 땅에서 변질되어 온 종교의 하나니까 그럴 수밖에 없었을 것이다. 그러나 오랜 전통을 가진 도교도 1949년 공산당이 중원 전체를 석권하면서 설 자리를 잃어갔다. 이 책의 주인공 관사이홍도 그 때문에 본토를 떠나 미국에서 뿌리를 내리게 되고 이 책 또한 미국에서 영문으로 발간되어 나온 것이다.

　도교는 세계의 어떤 종교보다도 선도와 흡사한 데가 많다는 점에서 선도인들의 관심을 끈다. 특히 기 수련법은 우리의 민족종교 이외에 현존하는 다른 종교에서는 발견할 수 없다는 데서 더욱 그렇다. 이 책을 읽으면서 더욱 절실히 깨닫게 되는 것은 이 세상의 어떠한 종교나 수련법도 진리로 향해 가는 길은 가르쳐주고 있지만 진리 그 자체는 절대로 아니라는 점이다.

　필자의 아내의 직장 친구들 중에 한 여자는 우연한 기회에 『선도체험기』를 읽기 시작하다가 자기도 모르게 점점 깊이 빠져들게 되었다. 정신없이 몰두하다가 어느 날 문득 깨닫고 보니 자기가 철석같이 믿어온 기독교 교리를 비판한 대목이 나오는데 자기는 그것도 모르고 그것을 자연스럽게 받아들이고 있더라는 것이었다. 예를 들면 모든 종교나 심신 수련법은 진리에 도달하는 지표는 될 수 있을지언정 진리 그 자체는 아니라는 것 같은 것이다. 그것은 신앙의 대상까지도 초월해야 된다는 말이다. 그러나 이 독자에게는 이것은 도저히 받아들일 수 없는 명제였다. 자기가 믿는 신을 초월한다는 것은 상상도 할 수 없는 일이었다. 마침내 그 독자는『선도체험기』읽는 것을 중단해 버렸다고 한다.

종교에 얽매여 그 속에 구속되어 버리면 이러한 현상이 벌어진다. 거듭 말하지만 모든 종교는 진리에 도달하기 위한 방편이지 진리 그 자체는 아닌 것이다. 종교는 달을 가리키는 손가락이지 달(진리) 자체는 아니라는 것이다. 그러나 대부분의 종교인들은 달을 가리키는 손가락만을 보고 달은 보려고 하지 않으므로 이제 말한『선도체험기』독자와 같은 오류를 범하게 된다.

깨달음에 방해가 되는 것은 무엇이든지 과감하게 버릴 줄 알아야 한다. 수련 중, 화면에 부처나 나타나면 부처를 죽이고 조상이 나타나면 조상을 죽이고 조사가 나타나면 조사를 죽이라고 하는 임제 선사의 외침은 구도자들이 항상 명심해야 할 좌우명이다.

깨달음의 정도가 스승을 능가했음을 안 순간 제자가 스승의 따귀를 불이 나게 붙였어도 스승은 괘씸하게 여기기는커녕 제자의 득도를 흔쾌히 받아들여 홍소를 터뜨린 것은 자기 자신을 능가한 제자를 길러낸 것을 기뻐했기 때문이었다. 날아온 돌이 박힌 돌을 뽑는다는 격언과,

나중 된 자가 먼저 되고 먼저 된 자가 나중 된다는 성경의 말을 실증하는 것이기도 하다.

도의 세계에서는 오직 깨달음 그 자체가 가치 기준이다. 실력이 말해주지 연공서열 같은 것은 의미가 없다. 일반 사회에서도 창의력이나 실력보다는 연공서열이 더 중시되면 정체와 부패로 발전보다는 후퇴가 있을 뿐이다. 하물며 도의 세계에서는 더 말해 무엇 하랴.

어떠한 종교든지 그것에 얽매이면 평생 그 속에서 벗어날 수 없다. 우물 안 개구리처럼 자기가 믿는 종교 안에서만 안주하다가 생로병사의 굴레에서 언제까지나 벗어날 수 없는 가련한 인생을 살 뿐이다. 비록 배교자(背敎者)니 이탈자니 배신자라는 누명이 씌워질망정 얽히고 설킨 구속의 함정 속에서 과감하게 뛰쳐나오는 사람만이 도를 이룰 수 있는 것이다.

경전이 없는 곳, 마음이 없는 곳, 신들조차 없는 곳, 그곳에 도는 있는 것이다. 그러나 소위 독실한 종교인들은 오랫동안 길들여져서 그 배를 떠나면 큰일날 줄 알고 언제까지나 배를 떠나려 하지 않는다. 그런 신앙인들에게는 배 자체가 우주이므로 영원히 배에서 떠나는 일은 없게 된다. 승객들이 배를 떠나면 큰일이라고 생각하는 뱃사공들(교역자, 성직자, 목사, 신부, 승려 등등)은 한사코 신도들을 붙들어 두려고만 한다. 피안(진리)과 연결되지 않는 배는 끈 떨어진 연처럼 언제까지나 물속에서만 떠돌게 될 것이다.

1994년 10월 14일 금요일 12~24℃ 맑음

실로 오래간만에 방문객이 한 사람도 없었다. 하루 종일 기운이 폭포처럼 쏟아져 내렸다.

＊ 몸공부, 기공부, 마음공부를 통하여 몸속에서 불순물이나 장애물이 제거되면 그때부터 신성한 기운인 생체 에너지가 돌기 시작한다.

＊ 작은 깨우침, 작은 통찰력들이 모여서 큰 깨달음으로 연결된다.

＊ 도는 고정되어 있는 것이 아니다. 삼라만상도 고정되어 있는 것은 없다. 낙오당하지 않으려면 항상 변화를 수용할 태세가 되어 있어야 한다.

＊ 삶은 선과 악 사이에서 진동하고 있다. 창조와 파괴, 생(生)과 멸(滅)이 공존하고 있다. 따라서 어느 한쪽에도 치우치지 말고 양쪽을 초월해야 진상을 들여다볼 수 있다.

〈27권〉

신공(神功)이냐 삼공(三功)이냐

단기 4327(94)년 10월 15일 토요일 14~20℃ 흐리고 비

오후 3시 11명의 수련생들이 찾아와서 가부좌를 틀고 앉아 수련을 하다가 그중 한 사람이 입을 열었다.

"선생님 한 가지 질문이 있습니다."

"좋습니다. 말씀하세요."

"신공이라는 것이 도대체 뭡니까?"

"신공요?"

"네."

"천신신(神)자 공훈공(功)자를 쓰는 신공(神功) 말입니까?"

"네."

"신공이란 천신(天神)이나 신명(神明) 또는 신령(神靈)의 힘을 빌거나 아니면 신령 자체를 자기 몸에 받아들여 그 신령에게 봉사하는 방식의 공부를 말합니다. 그것을 강신술(降神術)이라고도 말합니다. 자력으로 수련을 쌓아나가는 게 아니고 신령의 힘을 빌어서 하는 수련을 말합니다."

"그런데 선생님을 보고 신공을 한다고 말하는 사람이 있는데 그걸 알고 계십니까?"

"네 알고 있습니다."

"제가 보기에는 선생님께서는 신공을 아주 싫어하시고 누구보다도 배격하시는 걸로 알고 있는데, 선생님께서는 그 말을 듣고도 아무 말씀도 안 하시는데 그건 어떻게 된 겁니까?"

"언급할 만한 가치가 없어서 아무 말도 안 하고 있었습니다."

"저 같으면 그런 말을 들으면 굉장히 화가 날 텐데요. 더구나 한두 사람 앞에서 그런 말을 한 것도 아니고 많은 청중을 모아놓고 그런 말을 했다면 그건 좀 문제가 되는 것이 아닐까요?"

"문제될 것은 없습니다. 사필귀정이니까요. 도둑 잘 잡기로 자타가 공인하는 경찰관을 보고 누가 도둑놈이라고 손가락질을 하면 그 경찰관은 뭐라고 하겠습니까? 도둑 잡느라고 바빠 죽겠는데 쓸데없는 농담 한다고 쳐다보려고 하지도 않을 겁니다. 물론 속으로는 좀 불쾌하겠지만 그냥 픽 웃어 버리고 말 겁니다."

"선생님께서는 신공을 한다는 말을 듣고 어떻게 생각하십니까?"

"아주 고맙게 생각합니다."

"아니, 고맙게 생각하시다뇨? 억울하지 않습니까?"

"전연 그렇지 않습니다. 얼마 전까지만 해도 그런 터무니없는 소리를 들으면 굉장히 화도 나고 억울하기도 했을 겁니다. 그러나 지금은 아닙니다. 오히려 그런 말을 한 사람에게 고맙게 생각하고 있습니다. 기독교 신약성서에 보면 '범사에 감사하라'는 말이 있습니다. 그렇습니다. 이 세상엔 좋은 일이건 궂은일이건 감사하지 않을 일이 없습니다."

"그건 왜 그렇습니까?"

"모든 일이 공부할 수 있는 기회를 제공해 주기 때문입니다. 이번 일도 그렇습니다. 내가 제일 싫어하고 배격하는 것이 신공인데, 날보고 신공을 한다고 누가 말했다면 그건 내가 행여 신공에 빠질까 걱정을 해 주는 걸로 받아들이기 때문입니다. 나에게 그렇게까지 관심을 가져주시는 분이 이 세상에 존재한다는 것 자체가 얼마나 고마운 일입니까? 더구나 그런 말이 내 귀에까지 들어옴으로써 나는 신공에 관해서 거듭 생각도 해보고 그것을 또 글로 쓸 수 있는 자료까지 제공해 주었으니까 얼마나 고마운 일입니까?

신공이란 거듭 말하지만 자기의 자성(自性)이나 진아(眞我)에 의존하지 않고 외부에 있는 신령에게 기도하거나 의존하거나 강신(降神)을 희구하는 것을 말합니다. 최면술도 어떻게 보면 신공이라고 할 수 있습니다. 어떤 사람이 전심전력을 집중하여 '나는 항우 장사다' 하고 주문을 외우면 항우의 신이 내려 항우와 같은 힘을 발휘할 수도 있습니다. 또 어떤 사람이 지극정성으로 자기가 신봉하는 성현의 이름을 부르면서 그의 신이 내리기를 일심으로 간구하면 그 신이 그의 몸에 내려서 그 사람은 그 신에게 봉사하게 됩니다. 신에게 의존하거나 신을 부리는 것을 통틀어 신공이라고 할 수 있습니다."

"선생님, 그렇다면 타력(他力) 종교나 기복신앙이나 무속은 전부 다 신공이라고 할 수 있겠습니까?"

"물론입니다. 자기 자신의 본래면목을 밝히려 하지 않고 남에게 의존하는 일체의 종교나 무속은 전부 다 신공이라고 할 수 있습니다. 그러나 나는 『선도체험기』를 지금까지(94년 11월 현재) 25권을 써왔지만, 다소의 우여곡절이나 시행착오는 있었을망정 신공을 주장한 일은 단한 번도 없었습니다.

만약에 그런 일이 있었다면 그것은 삼공(三功)을 향해가는 하나의 과정이요, 시행착오였지 신공을 주장한 게 아닙니다. 만약에 그런 말을 하는 사람이 있다면 그 사람은 『선도체험기』를 다 읽지도 않고 중간의 한 부분을 읽었는지도 모릅니다. 한 부분을 읽고 전체를 평가하는 것은 지극히 위험한 방식입니다."

"선생님 그럼 삼공은 뭡니까?"

"삼공은 글자 그대로 세 가지 공부를 말합니다. 신공(神功)이 아니라 나는 신공(身功), 기공(氣功), 심공(心功)을 한결같이 주장하고 실천하는 사람이라는 것은 독자 여러분이 더 잘 알고 있지 않습니까? 그런 사람을 보고 신공을 한다고 하니 이해가 가지 않습니다."

"그분은 선생님이 귀신을 떼어준다고 해서 그런 말을 한다고 합니다."

"나에게 찾아오는 구도자들의 빙의령을 천도시키는 것을 보고 그렇게 말하는 모양인데 그것은 신공과는 근본적으로 다릅니다. 인과 때문에 빙의령으로 고생하는 구도자를 도와주는 것은 신에게 간구하는 것도 아니고 신장을 부리는 것도 아닙니다.

그것은 어디까지나 나 자신의 능력으로 하는 중생제도에 속하는 일입니다. 붓다도 빙의령을 천도했고 예수 그리스도 같은 성인도 귀신들린 신도에게서 귀신을 쫓아낸 일이 있지 않습니까? 어디 붓다나 예수뿐이겠습니까? 과거 수많은 도승들이나 도인들은 빙의령으로 고생하는 신도나 구도자들을 도와준 일은 얼마든지 있습니다. 이것은 신공(神功)과는 차원이 다른 겁니다."

"그런데 그분은 선생님이 있지도 않은 귀신을 떼어준다고 사기를 쳤다는 겁니다."

"그건 장님이 색깔이 없다고 주장하는 것과 같습니다. 자기가 그러한 경지까지 가보지도 못했고 그런 능력도 없으니까 그런 말을 할 뿐입니다. 기공부를 하여 기운을 느끼는 여러분들은 그분 옆에 가면 그분의 수련 정도가 어느 단계에 와있는지를 기 감각으로 금방 알 수 있을 것입니다. 나는 그분도 삼공을 닦아서 영가천도 능력을 갖게 됨으로써 부디 그런 망언을 하시지 않기를 충심으로 바랍니다."

"그래도 선생님을 헐뜯는 사람에게 오히려 감사한다는 말은 이해가 가지 않습니다."

"내가 그분에게 왜 감사하지 않을 수 없는지 다시 한번 생각해 보세요. 그분이 그런 말을 하여 내 귀에까지 들어오게 하여 행여 오해의 소지가 있는 독자들에게 내 입장을 소상히 밝힐 수 있는 기회를 제공해 주었으니 얼마나 고마운 일입니까? 어디 그뿐입니까? 그 때문에 나는 신공에 대해서 다시 한번 생각해 볼 수 있는 기회를 갖게 되었으니까 얼마나 또 고마운 일입니까?"

"선생님께서는 범사에 감사해야 하고 좋은 일이든지 궂은일이든지 공부의 기회루 삼아야 한다고 하시는데 정말 그렇게 생각하십니까?"

"그렇고말고요."

"최악의 경우에도 그렇다는 말씀입니까?"

"최악의 경우라면 무엇을 말합니까?"

"사람에게 있어서 최악의 경우라면 죽음밖에 더 있겠습니까?"

"죽음도 일종의 공부의 기회입니다. 죽음을 통하여 크게 공부할 수 있는 기회를 가졌으니 얼마나 고마운 일입니까? 생즉사(生則死)요, 사즉생(死則生)이란 말 들어보지도 못했습니까. 또 이런 말도 있습니다. 생불생(生不生)이요 사불사(死不死)라는 말도 있습니다. 생(生)은 생이 아니고 사(死)는 사가 아니라는 말입니다. 죽음 속에 삶이 있고, 삶 속에 죽음이 있습니다. 생사를 초월할 때라야 생도 사도 없는 진리가 보입니다. 그것이 바로 구도자가 찾는 부모미생전본래면목(父母未生前本來面目)입니다."

"그건 어떻게 하면 알 수 있습니까?"

"지식으로는 알 수 없습니다. 사색을 통해서도 알 수 없습니다. 삼공을 닦아 깨달음이 있어야 합니다."

"어떻게 하면 삼공, 다시 말해서 몸공부, 기공부, 마음공부를 올바르게 할 수 있을지 그게 문젭니다. 어떻게 하면 되겠습니까?"

"그 세 가지 공부를 조화롭게 지극정성으로 하면 됩니다. 그것을 밝히기 위해서 나는 내 나름대로 열심히 글을 썼는데 그게 바로 『선도체험기』입니다. 그러나 그것은 어디까지나 달을 가리키는 손가락에 지나지 않습니다. 부디 여러분들은 그 손가락이 가리키는 달을 제대로 보시기 바랍니다. 허지만 달은 여러분 자신들의 눈으로 직접 보아야 합니다. 남의 손가락을 통해서는 아무리 달을 잘 본다고 해도 손가락밖에 못 봅니다. 그러니까 일단 달을 보았으면 손가락은 무시해 버려야 합니다."

"........."

"그래야 후배들을 위해서 그것을 이용할 수 있지 않겠습니까?"

"........."

"일단 달(진리)을 보았으면 그 순간 환골탈태하여 독특한 자기 목소리를 낼 줄 알아야 합니다. 그리하여 선인들의 말을 참고하지 않아도 자기 자신 속에서 샘물처럼 진리의 말씀이 솟구쳐 올라야 진짜 깨달은 겁니다.

가짜로 깨달은 사람은 진리의 말만은 누구보다도 유창하지만 행동이 따르지 못하여 보는 사람의 빈축을 사게 됩니다. 그러면서도 약간의 초능력을 구사하니까 순진한 사람들을 현혹합니다. 이런 가짜들은 대체로 삼공을 닦지 않고 신공을 하여 온 것입니다. 말과 행동이 일치하지 않는 사이비 도인들은 전부가 다 신공을 한 사람들이라고 보면 거의 틀림이 없습니다.

내가 사기를 쳤는지 아니 쳤는지는 나를 찾는 수련자들이 더 잘 알고 있을 테니 언급을 피하겠습니다. 사기란 무엇입니까? 자기 이익을 위해 남을 의도적으로 속인 것을 말하는데, 정말 나한테 사기당한 사람 있으면 어디 한번 나와 보기 바랍니다."

"원래 이름이 좀 알려진 사람은 유명세라는 것을 물게 되는데, 아마 선생님도 유명세를 뜯기는 것 같습니다. 청담 스님은 원래 청렴결백하기로 이름난 고승이신데, 말년에 그분을 시봉한 수좌가 총무원장으로 격무에 시달려 약해진 청담 스님의 건강을 걱정하여 자기 돈으로 산삼을 한 뿌리 구하여 고와서, 안 드시겠다는 것을 억지로 드시게 했답니다. 그런데 이 사실이 어떻게 하여 밖으로 새어나가는 바람에 불만을 품은 측에서는 청담 스님이 공금으로 보약을 지어 먹었다는 소문이 퍼져서 곤욕을 치렀다고 합니다.

그때는 어떤 꼬투리라도 있었지만, 선생님의 경우는 단지 찾아오는 구도자들에게 아무런 대가도 안 받고 빙의령을 천도시켜 주었을 뿐인데도 그런 험악한 소리를 들으시는군요. 그게 바로 유명세라는 것이 아닌지 모르겠습니다. 해방 직후에는 한때 김구, 이승만을 헐뜯어야만 자기 위신이 높아지는 줄 아는 무리들이 횡행한 일이 있었습니다.

이름이 나면 날수록 터무니없는 중상모략이나 악성 유언비어가 난무하고 지각없는 기자들은 이것을 또 그럴듯하게 부풀려 기사화하기도 합니다. 얼마 전에는 멀쩡하게 단란한 가정을 꾸미고 잘사는 어느 유명 가수를 보고 어떤 기자가 에이즈 환자라고 날조된 보도를 신문 잡지에 내어 곤욕을 치르게 한 일도 있지 않습니까? 요즘은 매스컴의 시대가 돼놔서 일단 이미지가 한번 구겨지면 원상회복하는 데 상당한 시간이 걸립니다.

선생님께서도 4년 전엔가 경남 지방 일부 신문에 허위기사가 나가는 바람에 곤욕을 치르신 일이 계시지 않았습니까. 이번엔 매스컴까지는 아직 오르지 않은 게 다행입니다."

"비록 매스컴에 올라도 그때처럼 불을 끄려고 뛰어다니지는 않았을 겁니다. 근거 없는 헛소문은 시간이 지나면 자연히 가라앉게 되니까요. 그런 헛소문이 나도는 것 역시 고마워해야 합니다."

"아니 헛소문이 나는 것까지 고마워하신단 말씀이십니까?"

"그렇구말구요. 헛소문을 통해서 얼마나 많은 공부가 되는데 고마워하지 않을 수 있겠습니까? 모든 것은 내 탓이니까 다시 한번 자신을 냉철하게 성찰해 볼 수 있는 소중한 기회를 갖게 해 주는데 어찌 고마워하지 않을 수 있겠습니까? 그게 다 따지고 보면 나에게 어딘가 빈틈이 있었기 때문입니다. 그것을 반성해야 합니다. 반성을 통해서 추호라도 자기의 허점을 깨달을 수 있다면 그게 얼마나 고마운 일입니까? 사람은 그런 시련을 통해서 더욱더 매사에 신중해지고 겸손해지는 계기를 갖게 되거든요.

불경에는 무주상보시(無住相布施)라는 말이 있고 성경에도 '오른손이 하는 일을 왼손이 모르게 하라'는 말이 있습니다. 남에게 좋은 일을 하되 남도 자기 자신도 모르게 해야 된다는 말인데, 나는 빙의령 천도를 수련의 한 과정으로『선도체험기』에 쓴 것이 잘못이었던 것 같습니다. 그런 일은 외부에 밝히지 않았어야 되는 건데 말입니다."

"그러나 선생님, 그건 그렇지 않습니다. 선생님께서는『선도체험기』제1권에 뭐라고 밝히셨습니까? 수련 과정을 조금의 가식이나 과장 없이 솔직하게 있는 그대로 밝히시겠다고 하시지 않았습니까? 그런데 빙의령 천도라는 가장 중요한 항목을 빼버린다면 애초의 목적에서 벗어나는 것이 되지 않겠습니까?"

"사실은 나도 작가로서의 사명과 무주상보시 사이에서 한동안 많은 고민을 하다가 18권째에서야 비로소 빙의령 천도에 대한 얘기를, 오직 수련 차원에서 공표하게 되었는데, 이것이 결국은 우려했던 대로 신공

(神功)이니 사기꾼이니 하는 화살이 되어 돌아온 것입니다.

충분히 예상했던 일이니 놀라운 일도, 충격을 받을 만한 일도 아닐 뿐 아니라 오히려 고마워해야 할 일입니다. 끝까지 왼손이 하는 일을 오른손이 모르게 하는 것이 좋았느냐 아니면 빙의령 천도 능력을 터득할 수 있는 방법을 독자들에게 밝혀서 구도자들의 수련에 도움을 주게 하는 일이 좋았느냐 하는 것은 좀더 시간을 두고 지켜보아야 할 것 같습니다.

나는 솔직히 말해서 그 일로 하여 내가 화살을 맞는 한이 있더라도 내 뒤를 따르는 수많은 구도자들이 빙의령 때문에 시달리지만 말고 그들도 자기에게 빙의된 영가를 스스로 천도시킬 수 있는 능력을 하루 빨리 터득하기를 진심으로 바랍니다. 그렇게만 된다면 욕을 먹는 한이 있더라도 달게 받을 각오가 되어 있습니다. 지금도 어떤 구도자들은 빙의령에 시달리다 못해서 초능력자에게 찾아가서 제령을 받거나, 돈을 들고 신당에 찾아가서 굿을 하거나 절에 찾아가서 천도재(薦度齋)를 지내는 사람들이 있습니다. 또 수많은 사람들이 교회의 목사에게 찾아가서 안수 기도를 받기도 합니다.

이것은 남이 파놓은 우물에 가서 물을 사 먹는 격입니다. 삼공(三功) 수련을 착실히 쌓아나가면 누구나 자기 자신의 우물을 파서 물을 마실 수 있습니다. 나는 바로 이것을 노린 겁니다. 누구나 몸공부, 기공부, 마음공부를 통하여 스스로 자기에게 들어온 빙의령도 천도시키고 그 능력을 점차 향상시켜 남의 빙의령까지도 천도시킬 수 있는 능력을 갖게 하자는 겁니다. 빙의는 많은 돈을 들여서 단번에 해결할 수 있는 것이 아닙니다.

한번 천도시켰다고 해도 뒤이어 다른 빙의령이 얼마든지 들어올 수 있습니다. 그 사람의 인과응보에 따라 빙의령들이 들어오게 되어 있습니다. 따라서 업장이 두꺼운 사람은 수많은 빙의령들이 들어올 차례를 기다리고 있습니다. 이 많은 빙의령들을 어떻게 일일이 돈을 들여가면서 남의 힘을 빌려서 천도시킬 수 있겠습니까? 그것은 아무리 재산이 많은 사람이라고 해도 불가능한 일입니다. 결국은 자기 우물을 파야 합니다.

나는 바로 이 우물 파는 방법을 구도자들에게 가르쳐 주려는 겁니다. 이것이 비공개로 하여 제한된 소수의 구도자들에게만 혜택이 돌아가게 할 것이냐 아니면 일시에 많은 사람에게 알리기 위해 『선도체험기』를 통하여 공개적인 방법을 택하느냐를 놓고 장시간 저울질을 하다가 다소 모험을 각오하고 후자를 택한 겁니다.

성통공완, 견성성불을 하려면 어떠한 구도자도 빙의굴은 반드시 통과해야만 할 과정이기 때문입니다. 이 과정을 통과해야만이 과거생의 업장에서 벗어날 수 있고 마침내 자성을 볼 수 있는 능력을 갖추게 됩니다. 빙의굴은 구도자에게는 가장 뚫기 어려운 장애물이요 지뢰밭입니다. 수많은 구도자들이 이 지뢰밭을 통과하다가 좌절해 버립니다. 그만큼 유혹이 많기 때문입니다.

오죽했으면 임제 선사는 '부처를 만나면 부처를 죽이고, 조사(祖師)를 만나면 조사를 죽이고, 나한(羅漢)을 만나면 나한을 죽이고, 부모를 만나면 부모를 죽이고, 친척권속이라도 만나면 죽여라. 그래야만이 비로소 최상의 자유인 해탈에 이를 수 있다'고 했겠습니까. 붓다를 믿는 사람에겐 붓다의 모습을 한 신령이 나타나고, 예수를 믿는 사람에겐 예수의 모습을 한 신령이 나타나고, 단군 할아버지를 믿는 사람에겐 단군 할아버지의 모습을 가진 신령이 나타나서 따라오기를 권유합니다.

이때 따라가면 그 자리에서 접신이 되어버리고 맙니다. 구도생활은 그것으로 끝나버립니다. 이 세상에는 공부가 덜된 채 옥황상제의 점지를 받았다는 사람이 한둘이 아닙니다. 그 사람들은 전부 다 옥황상제의 모습을 한 신령에게 접신이 된 겁니다. 이런 때는 임제 선사의 말 그대로 어떠한 형상이든지 나타나는 대로 죽여버려야 합니다."

"죽여버린다는 것은 구체적으로 무엇을 말합니까?"

"어떠한 형상에든지 현혹당하지 말고 관찰을 하라는 뜻입니다. 의연한 자세로 꾸준히 관찰을 하고 있으면 결국은 사라지게 되어 있습니다. 시각, 청각, 후각, 미각, 촉각 이외에도 육감으로 감지되는 온갖 형상은 몽환포영(夢幻泡影) 즉 꿈, 허깨비, 물거품, 그림자에 지나지 않습니다. 그런 것들은 실상이 아닙니다. 이것만 알면 어떠한 형상에든지 현혹당하지 않습니다. 그래서 이 난관만 뚫으면 혼자서도 능히 견성까지 할 수 있다고 나는 보는 겁니다."

"선생님 그렇다면 그것을 통과하지 못한 사람은 어떻게 됩니까?"

"무당, 초능력자, 점쟁이, 예언가, 차력사, 자칭 구세주, 사이비 교주, 기공치료사, 족집게 도사. 마술사 등등 별별 희한한 기인(奇人)들이 다 그런 사람들입니다. 몸도 약하고 의지력, 정신력도 약한 사람은 정신병자가 되는 수도 있습니다. 해괴망측한 짓을 하고 다니는 자칭 도사들도 이런 부류에 속합니다."

"그렇게 되지 않으려면 무슨 근본적인 대책이 있어야 되는 거 아닙니까?"

"근본 대책이야 왜 없겠습니까?"

"그런 게 정말 있습니까?"

"있구말구요."

"그걸 좀 가르쳐주실 수 없겠습니까?"

"삼공을 닦으면 됩니다."

"삼공이라뇨? 몸공부, 기공부, 마음공부를 말입니까."

"네, 신공(神功)이 아니라 신공(身功), 기공(氣功), 심공(心功) 말입니다. 이 세 가지 공부를 조화롭게 해나가다가 보면 언젠가는 그렇게 되게 되어 있습니다."

"네, 알겠습니다."

대주천과 20년생 소나무 뽑기

1994년 10월 17일 월요일 9~12℃ 구름

오후 2시. 대주천 수련을 하고 있는 대구에 사는 정도영 씨가 오래간만에 찾아와서 말했다.

"선생님, 어떤 사람이 그러는데 대주천이 되면 3천근을 들어 올리고, 20년생 소나무를 맨손으로 뽑을 수 있을 만큼 힘이 세어야 한다고 하는데, 선생님께서는 어떻게 생각하십니까?"

"20년생 소나무를 맨손으로 뽑아내고 3천근의 무게를 들 수 있다면 대단한 초능력을 가진 사람이라고 할 수 있는데, 대주천은 반드시 초능력자만이 할 수 있는 것은 아닙니다."

"그래도 그 사람은 20년생 소나무도 맨손으로 뽑지 못하고 3천근을 들 수 없으면 그건 대주천을 한다고 말할 수 없다고 단언합니다. 그만한 초능력이 없는 사람이 대주천한다고 한다면 그건 말짱 다 가짜라는 겁니다."

"수련을 하면 누구나 다 초능력이 생긴다고 장담할 수는 없습니다. 수련과 초능력은 꼭 붙어 다니는 것은 아닙니다. 유리겔라 같은 초능력자는 수련이라는 것을 애당초 해본 일도 없는 사람입니다. 수련을 아무리 많이 해도 초능력이 전연 생기지 않는 사람도 있습니다. 초능력이 생겼다고 해서 수련이 반드시 잘된다고 말할 수도 없는 것과 같이 초능력이 없다고 해서 수련이 잘 안된다고 말할 수도 없습니다.

초능력은 구도자에게는 수련에 보탬이 되기보다는 오히려 장애가 되는 일이 더 많다는 것을 알아야 합니다. 진정한 구도자들은 초능력을 말변지사(末邊之事), 가장 하찮은 것으로 간주합니다. 초능력에 현혹되면 수련은 뒷전으로 밀려나 버리고 그것으로 돈벌이에 미쳐버리는 일이 더 많기 때문입니다. 깨달음을 얻지 못한 사람이 초능력을 갖고 있다는 것은 철없는 어린애가 날카로운 검을 가지고 노는 것만큼이나 위험한 일입니다."

"그렇다면 선생님, 도대체 대주천이란 무엇을 말합니까?"

"백회가 열려서 외기(外氣)와 내기(內氣)가 융합되어 단전에서 축기가 되어 좌우의 12정경과 기경팔맥 등을 타고 온몸을 골고루 흐르는 것을 말합니다. 대주천 운기(運氣)를 자동적으로 하게 되면 누구나 우주의 기운이 자기의 내기와 합쳐져서 자신의 몸속을 순환하는 것을 감지하게 되므로 우주와 나는 한몸이라는 것을 감각적으로 느끼게 됩니다. 대주천이 되는 사람은 하늘의 소리를 들을 수 있다는 것은 바로 이것을 말합니다. 하늘의 소리는 반드시 청각으로만 듣는다고 생각하면 잘못입니다. 하늘의 소리는 온몸으로 들을 줄 알아야 합니다."

"한번 빙의된 영혼이 천도되어 나갔다가 다시 들어오는 수도 있습니까?"

"구도자에게 빙의되었다가 천도된 영혼이 다시 그 구도자에게 들어오는 일은 있을 수 없습니다. 그것은 좋은 성적으로 졸업한 학생이 그 학교에 아무 이유도 없이 다시 들어가 똑같은 공부를 할 수 없는 것과 같은 이치입니다."

"그런데도 어떤 사람은 한번 빙의되었던 영가가 나갔다가 다시 들어오는 수가 있다고 하는데, 그건 어떻게 된 것일까요?"

"그것은 천도가 된 것이 아닙니다. 천도는 진리를 깨닫고 졸업을 한 것과 같습니다. 졸업생은 같은 학교에 다시 들어오지 않습니다. 오직 졸업하지 못한 학생만이 다시 들어오게 되어 있습니다. 일신상의 사정으로 휴학을 했다든가 아니면 정학을 맞은 경우가 아니면 같은 학교에 들어올 이유가 없습니다."

"선생님, 견성한 사람도 빙의되는 수가 있습니까?"

"과거생의 인과 때문에 도움을 바라고 혹 들어오는 영가가 있을 수 있지만 들어오자마자 금방 천도되어 나갑니다. 따라서 깨달은 사람에게는 빙의 따위는 별로 문제가 되지 않습니다. 빙의가 문제가 되는 것은 한번 들어온 빙의령이 쉽사리 나가지 않고 오랫동안 심신을 괴롭히기 때문입니다."

"저희 교회에 김대건 신부의 영혼에게 빙의되었다는 사람이 있거든요. 그럴 수 있는 건지 아리송합니다."

"만약에 그것이 사실이라면 하나의 현실로 인정하지 않을 수 없는 거 아닐까요?"

"제가 보기에는 김대건 신부쯤 되면 이미 깨달은 사람이 아닐까요? 그런데 어떻게 남에게 빙의가 될 수 있는지 아무래도 납득이 가지 않습니다."

"구도자가 깨달았느니 견성을 했느니 성통을 했느니 하는 것은 있을 수 있는 일이지만 기독교도가 견성을 했다는 말은 좀 이상하게 들립니

다. 기독교도가 최종적으로 희구하는 것은 예수 그리스도의 십자가의
보혈로 영혼이 구원받는 것이 아닙니까? 스스로 깨닫는 것이 아니고
타력으로 구원받는 것을 말하니까 양자 사이에는 근본적인 차이가 있
습니다. 기독교도가 구원을 받는다는 것은 여호와 하나님의 영원한 종
이 되어 그에게 봉사하는 것으로 만족하는 것을 말합니다.

스스로 깨달음을 얻어 천상천하유아독존(天上天下唯我獨存)하고 삼
세개고오당안지(三世皆苦吾當安之)하여 우주의 주인이 되는 것하고는
다릅니다. 한쪽은 조물주의 존재를 인정하고 그의 시종이 되는 것이
지상(至上)의 과제지만 다른 한쪽은 그것 자체를 초월하여 버리는 겁
니다. 구도자는 조물주 따위는 인정하지 않습니다."

"조물주 없이도 삼라만상이 존재할 수 있을까요?"

"삼라만상은 인과의 원리에 따라 스스로 생성 발전 소멸될 뿐이지
조물주의 뜻에 따라 그렇게 되는 것은 아닙니다. 만약에 조물주가 있
다면 그 조물주는 누가 만들었겠습니까?"

"조물주는 누가 만든 것이 아니고 스스로 영원부터 영원까지 존재하
는 것이라고 하던데요."

"우리 인간의 오감과 육감으로 인지할 수 있는 형상 있는 모든 것은
생멸을 거듭할 뿐 영원히 존재하지는 않습니다. 영원히 변하지 않는
것으로는 무상(無常)이 있을 뿐입니다. 만약에 조물주라는 신이 있다
면 그 신 역시 생성 발전 소멸의 운명에서 벗어날 수는 없는 무상(無
常)한 존재일 뿐입니다. 단지 인간의 시간관념으로는 영원으로 비칠지
모르지만 몇천 년 몇만 년이라는 시간은 우주적인 시간관념으로 보면

한순간에 지나지 않을 수도 있습니다.

인간의 눈에 영원처럼 비칠 뿐이지 실제로 영원한 것은 아닙니다. 따라서 구도자는 어떠한 존재에도 의존해서는 안 됩니다. 스스로 깨달아 진리와 하나가 되어야지 자기 이외의 어떤 존재에 의지하여 그의 종이 되겠다는 것은 어리석음의 소치에 지나지 않는다는 것을 알아야 합니다. 제아무리 위대한 존재의 노예라고 해도 노예는 노예지 그것 이상은 될 수 없습니다. 구도자는 마땅히 조물주까지도 뛰어넘어야 합니다. 그러지 않고는 깨달음이 오지 않습니다. 견성이란 구도자 자신의 존재의 실상을 알아버리는 것을 말합니다. 존재의 실상은 진공묘유(眞空妙有)라고는 할 수 있을망정 조물주의 영원한 노예는 결코 아니기 때문입니다."

1994년 10월 18일 화요일 10∼21℃ 맑음

오후 4시. 대주천 수련 시작한 지 7개월 된 정수영 씨가 여러 남녀 수련생들과 함께 앉아서 명상을 하다가 그들이 다 떠나고 홀로 남게 되자 질문을 했다.

"선생님 저는 접이불루(接而不漏)는 되는데, 연정화기(煉精化氣)는 안 되고 있습니다. 무슨 방법이 없겠습니까?"

"대주천 운기는 잘되고 있습니까?"

"그럼요. 기운은 날이 갈수록 점점 더 많이 들어오고 있습니다. 등산과 새벽 달리기와 도인체조를 규칙적으로 하고 오행생식을 하루 세끼씩 하고부터는 수련은 급격히 향상되고 있습니다."

"그렇다면 접이불루만 되는 것이 아니고 연정화기도 동시에 되고 있는 겁니다."

"그렇습니까. 그럼 왜 그전보다 더 성욕이 왕성해질까요?"

"성욕이 왕성해졌다고 해서 연정화기가 안 되는 것은 아닙니다. 금년에 연세가 어떻게 됩니까?"

"올해 마흔 다섯입니다."

"그럼 그건 정상입니다. 접이불루에 확실히 자신이 있다면 성욕 정도는 스스로 얼마든지 극복할 수 있습니다."

"어떻게 하면 극복할 수 있을까요?"

"관찰을 하면 됩니다."

"관찰요?"

"네, 관찰을 하면 됩니다."

"어떻게 말입니까?"

"관찰이란 자기가 원하는 문제, 원하는 신체의 부위에 마음을 집중하는 것을 말합니다. 그때 흔들리지 않고 일정하게 원하는 대상에 마음을 집중시킬 수 있다면 그것이 바로 관찰이 되는 겁니다. 정수영 씨는 지금 성욕이 문제가 되니까 성욕이 일어날 때마다 성욕을 향해 마음을 집중합니다. 마음을 어떤 대상에 집중한다는 것은 그곳에 기운을 집중시켜 생체에너지를 발생시킨다는 말과 같습니다. 이 에너지가 문제를 해결해줍니다. 왜냐하면 이 생체에너지는 그것을 발생시킨 주인공의 의지에 따라 움직이는 성질이 있기 때문입니다.

문제는 마음 집중이 제대로 되느냐에 달려 있습니다. 요컨대 성욕이 일어나면 성욕에, 분노가 일어나면 분노에, 슬픔이 일어나면 슬픔에, 탐욕이 일어나면 탐욕에, 두려움이 일어나면 두려움에, 증오심이 일어나면 증오심에 마음을 집중하는 것이 관찰입니다. 이 관찰만 제대로 하면 해결 안 되는 것이 없습니다. 왜 그런지 아십니까?"

"모르겠는데요."

"관찰을 하는 주체는 자성 즉 진아이고 관찰 대상은 가아입니다. 관찰을 통하여 가아가 진아의 손아귀에 잡히면 해결되지 않는 일은 아무것도 없습니다. 그런데도 어떤 사람은 관찰을 했는데도 잘 안된다고 합니다. 그건 왜 그럴까요?"

"그것도 모르겠는데요."

"수련 정도가 낮아서 아직 진아가 가아를 제압할 만한 능력이 없기 때문입니다. 그러니까 부단히 용맹정진하여 진아의 능력을 키우는 수밖에 없습니다. 진아가 가아를 제어할 수 있는 경계선을 넘었을 때 구도자는 견성의 궤도에 올라섰다고 할 수 있습니다.

관찰을 일상생활화 하는 사람은 분노가 폭발하기 전에 이것을 사전에 견제할 수 있습니다. 자기 몸에 어떤 사건이 벌어지기 전에 반드시 예고가 있는데, 관찰자는 이 예고를 재빨리 포착하여 예고 단계에서 제압해버리기 때문입니다. 분노만 그런 것이 아니라 희구애노탐염의 여섯 가지 감정을 전부 그렇게 제압할 수 있습니다. 반드시 전조가 있게 마련이므로 이 단계에서 예방할 수 있습니다."

"이제 무슨 뜻인지 알겠습니다. 요즘 저는 그전처럼 성을 잘 내지 않습니다. 항상 관찰을 하다가 보니까 성이 나려고 하는 것을 미리미리 알아차리고 그것을 사전에 극복할 수 있기 때문입니다. 성욕도 같은 요령으로 처리하면 되겠군요."

"물론입니다. 대인관계에선 언제나 먼저 성내는 쪽이 손해를 봅니다. 관찰을 통해서 이 도리를 깨달은 사람은 본능적인 성욕을 그대로 행동으로 옮겨 보았자 수련에 도움이 되는 것은 없다는 것을 깨닫게 됩니다. 꼭 필요할 때 이외에는 자연 절제를 하게 됩니다. 다시 말해서 본능적인 욕구에 좌우되는 것이 아니라 이성적으로 판단하여 필요에 따라 움직이게 됩니다. 충동이 아니라 필요에 따라 움직이게 되므로 어떠한 본능적인 요구도 자유자재로 조절할 수 있습니다. 관찰을 통해서 상대를 알고 나를 알면 지혜가 떠오르게 되어 있기 때문입니다."

마음이 편안한 사람

1994년 10월 20일 목요일 10~20℃ 흐린 후 비

오후 3시. 우리집에 와서 대주천 수련을 시작한 지 9개월째 되는, 모 정부기업체의 서울 근교 출장소에서 과장으로 근무하고 있는 우영수 씨가 찾아 왔다. 그는 근무 때문에 꼭꼭 토요일 오후면 찾아오곤 했었는데 오늘은 어쩐지 평일인데도 왔다. 원래 말이 없고 수련에만 묵묵히 매진해 온 그였지만 오늘은 유난히 표정이 착 가라앉아 있었다.

"선생님, 좋은 공부를 하게 해 주셔서 정말 고맙게 생각하고 있습니다."

내가 묻지 않으면 먼저 말을 꺼내는 일이 거의 없던 그가 느닷없이 이렇게 말하자 나는 아무래도 무슨 일이 있었구나 하는 직감이 왔다.

"왜 새삼스레 왜 그러십니까? 혹시 무슨 일이 있었던 거 아닙니까?"

"실은 제가 어떤 사람의 재정보증을 서 주었다가 3천 2백만 원이나 덤터기를 쓰게 생겼습니다. 만약에 제가 이 공부를 하기 전이었다면 얼마나 속을 태우고 안달복달했을지 모릅니다. 그런데 지금은 전연 그렇지 않습니다. 그래 봤자 변하는 건 아무것도 없을 테니까요. 이런 손 재수를 당한 것도 다 인과응보겠지. 그리고 이게 전부 다 내 탓이라고 생각하자 뜻밖에도 마음이 차분해집니다. 오히려 제가 보증을 서준 사람은 얼마나 속을 태웠을까 하고 불쌍한 생각이 듭니다."

"혹시 재산을 압류당한 것은 아닙니까?"

"아뇨. 압류당할 만한 물건(物件)이 있어야죠."

"그럼 아파트나 단독주택 같은 것도 없었나요?"

"그런 거 없습니다. 제가 지금 살고 있는 아파트는 회사 사택입니다."

"그럼 무엇을 담보로 남의 재정보증을 서주었습니까?"

"국내에는 상호보증융자회사가 몇 개 있는데, 그 회사에서 나온 외판원의 권고에 따라 서로 보증을 서주고 융자를 받습니다. 저도 한 2천만 원 융자를 받아서 쓴 일이 있습니다. 담보는 제 직장에서 다달이 나오는 봉급이 되는 셈이죠."

"그럼 보증해 준 사람은 아는 사람인가요?"

"전연 얼굴도 모르는 사람입니다."

"아니, 얼굴도 모르는 사람을 어떻게 보증을 서줍니까?"

"상호신용보증회사 외무 사원의 권고만 믿고 서준거죠."

"그럼 그 상호신용보증회사에서는 이런 때 아무런 책임도 지지 않는단 말이죠."

"그런 걸 다 알고 회사만 믿고 하는 거죠 뭐."

"그러나 결국은 이런 사고가 나지 않았습니까? 그럼 우영수 씨가 보증해 준 사람은 어떤 사람인지 사고난 후에라도 만나보았습니까?"

"만나보려고 몇 번 전화를 했지만 그때마다 자리에 없어서 만나지 못했습니다."

"뭐 하는 사람인데요."

"조그마한 사업을 하다가 부도를 냈답니다. 그래서 지금은 피해다니고 있는 모양입니다."

"그럼 그 돈을 어떻게 갚겠다는 복안이나 계획 같은 것도 들어보지 못했겠군요."

"그 사람 부인의 말로는 어떻게 하든지 돈 벌어서 갚겠다는 거죠."

"이런 때 상호신용보증회사는 엎어치나 뒤치나 손해될 것은 없겠군요. 거 따지고 보면 대단히 위험한 짓입니다. 원래 재정보증이라는 것은 형제 사이에도 잘 서주지 않는 건데. 그럼 부도낸 사람은 어떻게 됩니까?"

"사기를 치고 도망을 하지 않고 단지 돈이 없어서 못 갚는다고 하면 형사범은 되지 않는다고 합니다."

"그럼 우영수 씨는 앞으로 그 적지 않은 돈을 어떻게 메워나갈 겁니까?"

"천상, 제 봉급에서 갚아나갈 수밖에 더 있겠습니까?"

"봉급으로 메워나가면 식구들 데리고 생활은 어떻게 합니까?"

"규정상 봉급의 50프로 이상은 공제하지 못하게 되어 있으니까 최소한의 생활은 할 수 있습니다. 가끔 보너스도 나오고 하니까 그걸로 갚아나가면 생활에 큰 지장은 없습니다. 그런 건 문제가 되지 않는데, 아까도 말씀드렸지만 제가 선생님을 책으로나마 만나서 이 공부를 하지 않았더라면 지금쯤 얼마나 비참한 상태에 있을까 생각하면 정말 아찔한 생각이 듭니다.

이것도 다 공부하라는 것이고, 전부가 다 내 탓이라고 생각하니 마음이 이렇게 편할 수가 없습니다. 제가 보증서준 사람은 분명 금생에 만나본 일이 없는 것을 보면 틀림없이 전생에 그 사람에게 제가 큰 빚을 졌을 겁니다. 지금 저는 그 빚을 갚아주고 있구나 하고 생각하니 마음이 이렇게 홀가분할 수가 없습니다."

"우영수 씨가 그렇게 마음공부가 많이 된 것을 보니 나 자신도 얼마
나 마음이 흐뭇한지 모르겠습니다. 이제 우영수 씨는 앞으로 어떠한
난관이 닥쳐오더라도 좌절하는 일은 절대로 없을 겁니다."

"그렇게 생각해 주시니 고맙습니다. 저도 이번 기회에 깨우친 것이
참 많습니다. 난관이니 돈이니 현실이니 하는 것이 문제가 아니라 그
것을 대하는 마음이 문제라는 것을 저는 이번에 너무나도 절실히 깨달
았습니다. 솔직히 말해서 저는 앞으로 이보다 더 어려운 역경이 닥쳐
와도 능히 감내할 수 있을 것 같습니다."

"6·25 때를 생각해 보세요. 1·4후퇴 때 이북에서 피난민들은 땡전
한푼 없이 빈손으로 넘어오지 않았습니까? 그래도 생활력이 있으니까
지금은 거의가 다 경제적으로 성공을 거두지 않았습니까? 그런 걸 생
각하면 지금 우영수 씨가 겪는 것은 아무것도 아니죠."

"옳은 말씀입니다. 그때의 피난민들에다 대면 저는 어엿한 직장이
있고 다달이 봉급이 나오고 있지 않습니까? 조금도 문제될 것은 없습
니다."

"앞으로 우영수 씨는 우리집에 올 땐 지금처럼 선물을 들고 오지 마
세요. 그 돈 다 갚을 때까지 빈손으로 오셔도 됩니다. 그래야 내 마음
도 편하겠습니다."

그는 우리집에 일주일에 한 번씩 올 때마다 꼭꼭 1만원 상당의 선물
을 꾸려오곤 해 왔던 것이다.

"네 잘 알겠습니다."

　(그는 이렇게 대답은 했지만, 그 습관은 바꾸지 않았다. 공짜는 절대로 바라지 않는다는 은근한 시위인 것 같아서 나는 더이상 말을 할 수도 없었다. 마음공부가 이 정도로 되었다면 과연 그는 앞으로 어떤 난관이 닥쳐와도 거뜬히 극복할 수 있을 것이다.)

견성은 어떻게 오는가

1994년 10월 24일 월요일 6~20℃ 구름 조금

　오후 3시. 다섯 명의 수련자들이 내 앞에 앉아서 명상을 하다가 그중 처음 온 박충식이라는 중년 남자가 말했다.

　"선생님, 『선도체험기』를 보면 사람은 누구나 깨달으면 다 하느님이고 부처님이라고 하시지 않았습니까. 불경에도 보면 일체중생실유불성(一切衆生悉有佛性)이라고 석가모니 부처님도 말하고 있거든요. 그렇다면 무엇 때문에 인간은 태어나서 이렇게 구차하게 살아가야 하는지 그것을 알 수 없습니다. 선생님께서 좀 가르쳐 주실 수 없겠습니까?"

　"박충식 씨는 지금 깨달아서 부처님이나 하나님이 되었다고 보십니까?"

　"그렇지 못하니까 이런데 찾아와서 이렇게 앉아 있는 거 아닙니까?"

　"잘 알고 계시군요."

　"네에?"

　"잘 알고 계시면서 새삼스레 묻고 계시다는 말입니다."

　"무슨 말씀인지 저는 우둔해서 그 뜻을 모르겠는데요."

　"속담에 업은 아이 삼 년 찾는다는 말이 있습니다. 꼭 그 격이군요."

　"선생님 좀더 알기 쉽게 말씀해 주실 수 없겠습니까?"

　"알기 쉽게 설명을 할 필요두 없이 박충식 씨 자신이 이미 북치구 장구치고 노래까지 다 불러 놓고 왜 자꾸만 그런 말씀을 하십니까?"

"선생님 전 그래도 무슨 말인지 말귀를 못 알아듣겠습니다."

"아까 처음에 박충식 씨는 뭐라고 했습니까?"

"사람은 깨달으면 누구나 하느님이요 부처님이라는데 무엇 때문에 인간은 이렇게 태어나서 구차하게 살아가야 하느냐고 물었습니다."

"그것 보세요. 바로 그 말 속에 질문과 해답이 고스란히 다 들어 있지 않습니까? 사람은 깨달으면 누구나 하느님이요 부처님입니다. 여기까지는 아시겠습니까?"

"네, 거기까지는 잘 알겠습니다."

"그다음에 뭐라고 했습니까? 인간은 무엇 때문에 태어나서 구차하게 살아가야 하느냐고 물었죠?"

"네."

"그 '무엇 때문에' 대신에 '바로 깨닫지 못했기 때문에' 인간은 태어나서 어렵게 살아간다고 말을 바꾸어 보세요. 그럼 훌륭한 대답이 되지 않겠습니까?"

"네에, 이젠 뭐가 뭔지 좀 알 것 같습니다."

"인간이 이 세상에 태어난 것은 바로 생로병사(生老病死)의 윤회의 굴레에서 벗어나지 못했기 때문입니다. 이제는 그 이유를 알겠습니까?"

"네 조금은 알 것 같습니다. 그럼 선생님, 성통공완한 사람이나 견성성불한 사람은 이 세상에 다시 태어나지 않아도 됩니까?"

"물론입니다. 그러나 붓다나 예수나 그 밖의 성현들처럼 인류를 구원하기 위해서 스스로 자청해서 찾아올 수는 있습니다. 그런 사람들 중에서는 마지막 한 사람의 중생을 구원할 때까지 결단코 성불하지 않

겠다고 서원한 지장보살 같은 분도 있습니다. 그야말로 거룩한 인간애
요 자비심이라고 할 수 있습니다. 그러나 이런 분은 윤회의 굴레 속에
빠져서 어쩔 수 없이 생로병사를 되풀이하는 것과는 차원이 다릅니다.
순전히 자기 자신의 의지에 의해서 이 세상에 다시 태어나는 것이니까
요. 그런 사람은 비록 중생들이 아귀다툼하는 지옥과 같은 고해(苦海)
속에 살고 있다고 해도 마음은 극락과 같이 편안합니다."

"그건 왜 그렇습니까?"

"극락과 지옥은 현실 속에 있는 것이 아니라 마음속에 있으니까요.
제아무리 호화주택 속에 살고 있어도 마음이 불편하면 그것이 바로 지
옥입니다. 그러나 제아무리 가난한 달동네에 살고 있어도 마음이 태평
하면 그 사람은 극락 속에 살고 있는 겁니다."

"그렇다면 마음을 깨달은 사람은 지옥도 천국이라는 말이 아닙니까?"

"그렇습니다. 마음이 밝아진 사람은 지옥, 천국이 따로 있는 것이 아
닙니다. 삼라만상이 전부 다 하느님이고 부처님이고 극락이고 천국입
니다. 마음이 밝아진 사람을 도인이라고 합니다. 도인은 도인이 아닌
중생들을 도인으로 만들기 위한 사명을 갖고 있습니다."

"그러니까 사람이 이 세상에서 살아가는 이유는 마음을 깨닫기 위해
서라고 보면 틀림이 없군요. 그럼 마음을 깨닫는다는 게 구체적으로
무엇을 말합니까?"

"생로병사에서 벗어나 다시는 윤회의 굴레 속에 휘말려 들어가지 않
는 것을 말합니다."

"선생님, 사람은 왜 죽습니까?"

"박충식 씨는 부상당해 본 일 있습니까?"

"있습니다."

"다리에 골절상을 당했었습니다."

"왜 골절상을 당했습니까?"

"차 사고 때문에 그랬습니다."

"그럼 차 사고가 부상의 원인이니까 차 사고를 당하지 않았더라면 부상을 당하지 않았겠군요."

"물론입니다."

"됐습니다. 그럼 한 가지 더 묻겠습니다. 꽃은 왜 집니까?"

"시들어버리니까 지는 것 아닙니까?"

"꽃이 시드는 것은 꽃이 지는 한 과정입니다. 그럼 왜 꽃은 시들다가 집니까?"

"글쎄요. 그거 아주 쉬울 것 같으면서도 알딸딸합니다."

"아니 그렇게 어렵게 생각하실 필요 없습니다. 아주 간단합니다."

"……???"

"그럼 한 가지 더 묻겠습니다. 피지 않은 꽃이 질 수 있습니까?"

"피지 않은 꽃이 질 수는 없겠죠. 그거야 뻔한 일이 아닙니까?"

"그럼 사람은 왜 죽습니까?"

"꽃이 피었으니까 진다면, 사람도 태어났으니까 죽는 건가요?"

"확신을 가지고 말하세요. 그것처럼 명백한 인과관계가 어디 있습니까?"

"그렇다면 사람은 태어났으니까 죽는다고 할 수 있겠군요."

"꽃이 피었으니까 지는 것과 마찬가지로 사람도 태어났으니까 죽는 겁니다."

"그럼 선생님, 사람은 왜 태어났을까요?"

"꽃은 왜 피어났을까를 생각해 보십시오. 꽃씨가 땅에 떨어져 적절한 온도와 습도와 빛을 받았으니까 싹을 틔웠을 것이고 그것이 자라서 꽃을 피운 것과 같이, 인간도 부모가 있으니까 태어났을 것은 틀림없는 일이고 부모 이전의 문제는 수련을 통해서 스스로 알아내도록 하세요. 어쨌든 간에 그럴 만한 원인이 있으니까 그 결과로 이 세상에 태어난 겁니다. 그 원인 중에는 생로병사의 윤회도 낄 수 있습니다. 한마디로 사람은 누구나 다 태어날 만한 이유가 있으니까 이 세상에 태어난 것은 틀림이 없습니다."

"그 이유가 무엇인지 알고 싶습니다."

"박충식 씨가 이 세상에 태어난 이유 말입니까?"

"네."

"그런 것은 수련을 통해서 스스로 알아내세요. 그런 것이야 말로 박충식 씨 자신이 풀어야 할 숙제입니다. 나는 박충식 씨가 그런 문제를 스스로 풀 수 있는 방법을 가르쳐줄 수 있지만 그 이상은 흥미가 없습니다. 그것은 박충식 씨 자신의 사생활의 비밀에 속하는 것이니까요. 왜 그런 비밀을 남의 눈을 통해서 알아내려고 하십니까? 자기 눈으로 직접 보도록 하십시오."

"저한테는 그럴 만한 능력이 없다는 것은 선생님도 잘 아시지 않습니까?"

"그럴 능력이 없으면 그 능력을 키워야죠. 삼공(三功)을 닦아나가면 누구나 그런 능력을 가질 수 있습니다.

꽃은 왜 지는가?
피었으니까 지지.
사람은 왜 죽는가?
태어났으니까 죽지.
해는 왜 지는가?
떠올랐으니까 지지.
해는 왜 떠오르는가?
졌으니까 떠오르지.
배추씨는 왜 싹이 트나?
땅에 뿌려진 씨가 죽었으니까 새 생명이 움튼 것이지.
사람은 왜 태어나나?
죽었으니까 태어날 수밖에,
죽지 않으면 태어남도 없다.
고로 생사는 본래 없는 것이다.

만물 만상은 이렇게 인과 속에서 순환합니다. 각자의 그 인과의 구체적인 양상은 구도자가 수련을 통해서 스스로 보아야 합니다. 자기 숙제는 자기가 풀어야지 스승이나 사형(師兄)을 보고 풀어달라고 하면 그만큼 공부가 뒤쳐질 수밖에 없습니다. 제자에게 맡겨진 숙제를 풀어주는 스승이야말로 어리석습니다. 그러나 현명한 스승은 숙제 푸는 방

120

법을 가르쳐 주고 제자가 스스로 풀어나가는 과정을 지켜보다가 잘못하면 일깨워 줍니다."

"선생님 견성이라든가 깨달음에 대해서 좀 말씀해 주십시오."

"그렇게 물으면 너무나 막연하니 좀 구체적으로 범위를 좁혀서 물어보세요."

"견성은 어떻게 옵니까?"

"관찰이나 화두가 제대로 잡히면 누구나 견성을 할 수 있습니다."

"관찰이나 화두가 제대로 잡힌다는 것은 무엇을 말합니까?"

"박충식 씨는 지금 나이가 어떻게 되십니까?"

"올해 마흔둘입니다."

"마흔두 해를 살아오면서 기쁨을 느껴본 일이 있습니까?"

"물론 있습니다."

"제일 기억에 남는 기쁨을 좀 들어보세요."

"제가 원하던 대학 입학시험에 15 대 1의 경쟁률을 뚫고 합격했을 때구요. 두 번째는 30 대 1의 입사시험에 합격했을 때였습니다."

"됐습니다. 그런 기쁨은 분명한 이유가 있죠. 그 밖에도 싸움에 이겨서 기쁘고, 사랑하는 연인과 결혼에 골인해서 기쁘고, 돈을 왕창 벌어서 기쁘고, 명예가 높아져서 기쁘고, 지위가 올라서 기쁘고, 원하던 아들과 딸이 태어나서 기쁘고 이 세상에서의 기쁨은 거의가 다 분명한 이유가 있습니다."

"아니 그럼 이유 없는 기쁨도 있습니까?"

"물론 있습니다. 이유 없는 기쁨도 있으니까 그것을 말하려는 거 아닙니까? 구도자가 수련을 하다가 보면 아무 이유도 없이 기쁨이 샘솟듯 할 때가 있습니다. 또 반드시 수련자가 아니라고 해도 남을 위해서 좋은 일을 많이 하는 사람, 다시 말해서 이타적인 생활을 일상적으로 하는 사람은 가끔 가다가 아무 이유도 없이 환한 기쁨이 용솟음쳐 오를 때가 있습니다. 살다가 보면 이렇게 이유 없는 기쁨이 생겨날 때가 있습니다.

이것을 보고 환희지심(歡喜之心)이니 환희심이니 말하기도 하고 환희라고도 합니다. 또 법열(法悅)이라고도 말합니다. 이유 없는 기쁨이야말로 진정한 기쁨입니다. 왜냐하면 이유 있는 기쁨은 그 이유가 사라지면 기쁨도 사라지지만, 이유 없는 기쁨은 원래부터 이유가 없었으니까 사라질 이유 따위도 있을 수 없기 때문입니다. 이런 기쁨이야말로 인과에서 벗어난 참기쁨이 아닐 수 없습니다.

이와 같은 환희와 법열이 자기도 모르게 용솟음 칠 때가 바로 견성의 시작입니다. 이것이 바로 천지미생전본래면목(天地未生前本來面目)입니다. 이것을 도(道), 한, 공(空)이라고도 말합니다. 구도자는 바로 이런 환희의 법열이 있기 때문에 9년 면벽도 10년 장좌불와도 서슴치 않고 감행할 수 있습니다. 이유 없는 기쁨, 인과에서 벗어난 기쁨이야말로 영원한 기쁨이요, 무한한 기쁨입니다.

구도자가 이런 법열을 느끼는 이유는 진리를 볼 수 있는 눈이 밝아졌기 때문입니다. 밝아진 눈으로 보니 이 우주의 삼라만상이 그대로 피안이요 극락이고 부처고 하느님이고 진리 그 자체이고 너와 내가 따로 없는 것을 알게 됐으니 어찌 기쁘지 않을 수 있겠습니까? 우주 만물과 너와 나는 하나라는 것을 알게 되고 그 하나를 포착했을 때야말로 이러한 무조건적 기쁨, 환희, 법열에 감싸일 수 있습니다. 이때 구도자의 마음 속에는 진리의 말씀이 분수처럼 자기도 모르게 용솟음쳐 오릅니다.

그 기쁨에 겨워 선배 도인들은 게송(偈頌)이라는 한문시를 읊었습니다. 이것이 견성이고 깨달음이고 큰 소식입니다. 속인들이 알아들을 수 없는 이상한 말을 지껄이기도 하고 얼굴에는 항상 환한 미소가 떠날 줄 모릅니다. 어제까지도 고행 속에서 잔뜩 찌들었던 얼굴이 갑자기 이렇게 환히 피어나니까 사람들은 그를 보고 미쳐도 단단히 미쳤다고 걱정을 합니다. 그래서 과거 수많은 도인과 성현들은 미친 사람 취급을 받아 왔습니다. 그러나 누가 과연 미쳤을까요?

장님들의 세계에서는 눈뜬 사람이 미친 사람 취급을 당하지 않을 수 없습니다. 맹인들에게는 눈뜬 사람이 보는 세계를 이해할 수 없으니까 그럴 수밖에 더 있겠습니까. 눈뜬 사람의 입장에서 보면 맹인들이야말로 미망(迷妄)과 악몽 속에 헤매는 가련한 중생들이 아닐 수 없습니다. 맹인들은 눈앞에 벼랑이 있어도 그걸 볼 수 없으니까 그대로 전진하려고 합니다. 이때 눈뜬 사람은 앞으로 나아가려는 그들을 한사코 말릴 수밖에 없습니다. 아무리 위험을 타일러도 맹인들에게는 이해가 되지 않습니다. 마침내 맹인들은 그 눈뜬 사람을 혹세무민하는 사기꾼으로 단정하고 다수의 힘으로 감옥에 쳐 넣는 수도 있습니다.

그러나 깨달음에도 여러 종류가 있습니다. 환희지심이 한두 번으로 끝나는 것은 진정한 깨달음이 아닙니다 이럴 때는 보림(保任) 공부를 통해서 그 환희지심이 끊어지지 않게 해야 합니다. 제아무리 견성을 했다고 해도 수많은 전생을 살아오면서 쌓이고 쌓인 습관에서 한꺼번에 벗어나기는 어렵습니다. 조금만 느슨해도 이 누생(累生)의 습기(習氣)가 견성시에 물러났던 옛 지위를 되찾으려고 호시탐탐 노리고 있다가 기회만 있으면 쳐들어옵니다.

경허 스님은 바로 이 때문에 삭발 출가한 비구승이 해서는 안 될 음주, 육식을 청산할 수 없었음을 스스로 고백했던 것입니다. 진정한 무애행을 한답시고 견성도 못한 승려들이 색주가에서 작부를 끼고 앉아 음주, 육식, 엽색(獵色)을 멋대로 자행한다면 중생들로부터 꼴불견 소리를 듣지 않을 수 없을 것입니다. 성통공완한 사람, 견성성불한 사람은 이렇게 될래야 될 수가 없습니다."

"선생님, 제 친구 중에 선도수련을 십 년 이상 해온 사람이 있는데요. 제가 오행생식을 한다는 말을 듣고는 구도자는 아무거나 닥치는 대로 먹을 수 있어야지 그렇게 음식을 가려 먹는다는 것 자체가 수련이 덜되었다는 증거라고 말합니다. 선생님께서는 이 말을 어떻게 생각하십니까?"

"그 사람은 오행생식에 대해서 뭘 좀 알고서 그런 말을 합니까?"

"그렇지 않아도 오행생식에 대한 책을 읽어보고 그런 말을 하라고 했더니 자기는 바쁜 몸이라 그런 책을 읽을 틈이 없다고 말합니다."

"아는 것이 힘이라는 말이 있습니다. 알아야 면장이라도 해 먹죠. 이 세상에서 가장 무서운 것이 무엇인지 아십니까?"

"글쎄요."

"이 세상에서 가장 무서운 것은 무식입니다. 무엇을 좀 아는 사람과는 대화라도 통하지만, 무식한 사람하고는 절벽을 마주한 것과 같습니다. 선도수련을 십 년이나 해왔다는 사람이 그렇게 무식하다면 할 얘기가 없습니다. 뭘 좀 알고 나서 그런 주장을 해보라고 잘 타일러 주세요."

"저도 알아들을 만큼 얘기를 해주었는데도 요지부동입니다. 구도자는 닥치는 대로 음식을 가리지 말고 먹어야지 날음식만 먹는다는 것은 아직 수련이 덜돼서 그렇다고 억지를 부립니다."

"그럼 그 사람은 변질된 음식, 오염된 음식, 쉰 음식, 썩은 음식도 가리지 않고 먹는다고 그럽디까?"

"아마도 그렇게까지 나오지는 못할 겁니다."

"그래 놓고 어떻게 음식을 가리지 않고 닥치는 대로 먹는다고 말할 수 있겠습니까? 모든 익은 음식은 익히는 과정에서 맛은 생겨나지만 영양소가 6분의 1로 줄어들고 변질이 됩니다. 따라서 맛 때문에 6일 먹을 음식을 익혀서 하루 만에 먹어 치웁니다. 이래도 구도자라는 사람이 익은 음식을 고집한다면 더이상 말할 가치도 없지 않겠습니까? 영양소가 6분의 1로 줄어든 변질된 익은 음식은 수련에도 장애를 일으킵니다. 그래도 익은 음식을 고집한다면 그 사람은 이미 구도자라고 할 수는 없습니다. 구도자는 구도에 전력투구해야 되는데 그 반대의 길을 걷고 있다면 그 사람은 이미 구도자도 아무것도 아닌 고집쟁이에 지나지 않습니다."

"잘 알겠습니다. 그런데 이제 말씀드린 그 생식 반대하는 친구 말입니다. 10년 전에 선도수련을 막 시작했을 때는 몸도 건강했고 얼굴에서 환한 빛이 날 정도로 화색이 돌았었습니다. 그런데 그 뒤 어느 대기업체에서 사원 심신수련을 위해 운용하고 있는 선도 수련반 책임자로 취직이 된 뒤로 지금까지 근무해 왔는데, 최근에 만나 보니 얼굴이 말이 아니게 늙고 수척해졌고 건강도 별로 좋지 않은 것 같았습니다. 왜 그렇게 됐느냐고 물었더니 회사 간부급들에게 활공(活功)을 해오다 보니 기운이 자꾸만 빠지기만 하고 회복이 안 돼서 그렇다고 합니다. 선생님 이런 때 무슨 적절한 대책이 없겠습니까?'

"활공이라는 것은 피시술자의 신체 부위를 안마와 같이 손가락으로 누르고 손바닥과 주먹으로 두드려서 막혔던 경혈을 열어주어 기혈의 순환을 원활히 해 주는 것을 말하는데, 이렇게 하는 과정에서 시술자에게서는 많은 기운이 상대방에게 흘러 들어가게 되어 있습니다. 이때 시술자의 수련 정도가 일정한 궤도에 오른 사람 같으면 피시술자에게로 빠져나간 기운이 제때에 보충이 됩니다. 그러나 수련이 제 궤도에 오르지 못한 사람은 빠져나간 것만큼의 기운이 제때에 보충되지 않은 채 일방적으로 자꾸만 기운이 빠져나가기만 하니까 결국엔 손기(損氣)가 되어 건강까지 상하게 됩니다.

기운이라는 것은 물 흐름과 같아서 항상 높은 데서 낮은 데로 흘러나가게 되어 있으니까요. 옛날 돈 많고 권세 있는 양반들이 양생술(養生術)의 하나로 사춘기 이전의 나이 어린 동정녀(童貞女)를 돈으로 사다가 품고 자곤 했습니다. 동정녀에게서 강하고 생기발랄한 기운이 노쇠한 노인에게 흘러 들어가는 것은 당연한 일입니다. 이렇게 3년간만 지내고 나면 그 어린 계집애는 기가 다 빠져버려 늙어빠진 노파가 된다고 합니다. 대주천 수련이 정착되었더라도 그런 불행한 일은 일어나

126

지 않았을 텐데, 이것도 무지와 어리석음이 빚은 비극입니다."

"그래도 본인은 남을 돕는 좋은 일을 하다가 그렇게 되었으니 후회는 안 한다고 합니다."

"진정으로 남을 돕는 것은 남도 살리고 나도 살리는 것을 말하는 것이지, 나는 죽고 남만을 살린다면 그것은 일방적인 이타 행위에 지나지 않습니다. 그런 이타행은 오래가지 못하고 중단될 수밖에 없습니다. 이제 말한 그 친구도 건강까지 상했으니까 더이상 활공으로 남을 돕고 싶어도 도울 수 없게 되지 않았습니까? 활공으로 남의 고질병을 치료해 주되 일정한 능력을 갖춘 다음에 해야 합니다.

그것은 마치 의과대학에 다니던 사람이 학업을 도중에 그만두고 의사 자격도 능력도 없으면서 불법으로 환자를 치료하는 것과 같습니다. 이것은 자신에게는 물론이지만 환자에게도 유익한 일이 될 수 없습니다. 이런 자격 없는 엉터리 의사를 우리는 돌팔이라고 합니다. 활공을 하는 데도 돌팔이가 되어서야 되겠습니까?"

"물론 그래서는 안 되겠죠. 그런데 우리나라에서는 중국에서처럼 국가에서 기공치료사에게 일정한 심사를 거쳐 자격증을 주듯이, 선도 수련자에게 활공사 자격증 같은 것을 발급하는 제도가 없으니 어떻게 하면 그 자격이라든가 능력 같은 것을 가늠해 볼 수 있겠습니까?"

"적어도 한 달 동안 계속적으로 여러 사람에게 활공을 해 주고 나서도 아무런 손기(損氣) 증상이 없을 정도라면 자격도 능력도 있다고 할 수 있습니다. 그렇게 되려면 수련이 상당한 수준에 도달해 있어야 합니다."

"어느 정도의 수련 수준을 말합니까?"

"아까도 말했지만 적어도 대주천이 정착되어야 합니다. 그 정도의 수련이 되어 있으면 활공으로 기운이 피시술자에게 빠져나가도 제때에 시술자의 백회를 비롯한 중요 경혈들을 통해서 우주의 기운이 끊임없이 보충이 됩니다. 보충만 될 뿐이 아니라 이 경지에 오른 수련자는 이러한 활공 과정을 통해서 손기는커녕 오히려 수련이 향상이 됩니다.

적어도 이 정도가 된 다음에 활공을 시작해야 합니다. 그렇게 되기도 전에 성급하게 활공을 직업적으로 시작한다는 것은 자살 행위와 같습니다. 국가에서 활공사 자격증을 주는 제도가 없다고 해서 멋대로 능력도 없으면서 활공을 해주다가는 큰코를 다친다는 것을 알아야 합니다.

이런 때는 스스로 알아서 하는 수밖에 없습니다. 나도 살고 남도 살려야 진정한 이타행(利他行)입니다. 나는 죽고 남만을 살리는 것은 진정한 이타행이 될 수 없습니다. 인간은 서로가 상부상조하게 되어 있지 한쪽이 다른 쪽을 위해서 죽으라는 법은 없습니다. 한쪽이 죽어버리면 상대에게도 역시 도움이 되지 않습니다. 서로 살아야 영속적으로 상대에게 도움을 줄 수 있습니다. 한쪽이 죽어버리면 상대 쪽도 시들어 죽게 되어 있는 것이 우주의 법칙입니다."

극기력 싸움에서 이겨야

1994년 10월 26일 화요일 8~19℃ 소나기

오후 5시. 최원제 사장이 실로 4년 만에 찾아왔다. 90년도 가을, 그는 한때 G도장의 B원장의 운전기사 노릇을 하면서 부상으로 행동이 부자유스러웠던 내 다리 역할까지 담당했던 일이 있었다. 대구에 지방 강연차 갈 때도 그는 자신의 승용차로 나를 태워주었다. 그는 자기 자신뿐만 아니라 전문직업을 가지고 있는 자기 아내까지도 나한테 데리고 와서 대주천 수련을 받게 할 정도로 수련에 열의를 가지고 있었다. 그러던 그가 4년간이나 아무 소식이 없다가 불쑥 나타난 것이다.

"그동안 뭘 하고 어떻게 지냈습니까?"

"사업한다고 미국에 갔다 왔다 하면서 이럭저럭 지냈습니다."

"부인도 여전히 개업하고 계십니까?"

"네. 덕분에 잘 지내고 있습니다."

"그동안에 수련은 어떻게 됐습니까?"

"꾸준히 했어야 하는 건데, 사업에 바쁘다가 보니 거의 하지 못했습니다."

"그럼 그동안 미국에서 죽 일해 왔습니까?"

"네, 거의 그러다시피 했는데 한 달 전에 부친상을 당하는 통에 귀국했습니다."

"그랬었군요. 엄친께서는 대종교(大倧敎)를 믿으시고 건강이 좋으신 걸로 알고 있었는데 어떻게 그렇게 훌쩍 떠나셨습니까?"

"다 때가 되어서 가셨죠."

"그래 장례는 무사히 치렀습니까?"

"네, 덕분에 무사히 치렀습니다."

이런 대화가 오가는 동안 나는 그에게 마음을 집중했다. 그는 전생에 무사(武士)였던 때가 많았다. 4년 전에도 그랬었는데, 지금 보니 역시 그에 의해 전생에 살해당하여 원한을 산 무사의 영혼이 들어와 있었다. 그동안 의식적으로 수련은 하지 않았지만 대주천 수련을 하던 뒤끝은 있어서 운기가 완전히 중단되어 있지는 않았다. 그것은 그에게는 참으로 다행한 일이었다. 그는 바로 이러한 꼬투리가 남아 있었기 때문에 나를 잊지 않고 찾아온 것이다.

"난 최 사장이 봉고차로 90년도 말과 91년도 연초에 수련 동지들을 태우고 강화도 마리산 참성단에 여러 번 올라 천제 지내던 일이 지금도 어제 일인 듯 생생합니다. 그래 그 후에도 마리산에 또 올라가 보았습니까?"

"못 가 보았습니다. 그 때는 선생님을 따르던 수련생 동지들이 봉고차에 하나 가득 차곤 했었는데 지금은 다 어떻게들 지내고 있습니까?"

"그때는 그렇게도 열심히 수련에 열중하던 사람들이 이제는 다 떨어져 나가고 지금은 어디서 무엇을 하는지 통 연락들이 없으니 알 도리가 있어야죠. 그때 아주 가까웠던 사람들은 지금도 가끔 연락은 하고 있지만 그 밖의 대부분의 사람들은 어떻게 지내고 있는지 모릅니다."

"그럼 요즘엔 수련생들이 찾아오지 않습니까?"

"왜요. 그때보다 더 많이들 찾아오지만 그 당시 사람들은 아닙니다. 완전히 세대교체가 되었다고 할까? 지금 오는 사람들은 최 사장이 보아도 아는 사람이 없을 겁니다. 아 참 정태윤 사장이라고 그때도 알고 지내던 분 아시죠? 그분은 지금도 꾸준히 나오고 있습니다."

"그럼 수련도 많이 되었겠네요."

"지금 찾아오는 수련생들 중에서는 제일 고참이고 수련도 제일 많이 되었습니다. 이제는 삼합진공 수련까지 하고 빙의령을 스스로 천도시킬 수 있을 만큼 능력도 향상 되었습니다. 또 영안이 열려서 자기 전생의 장면들을 직접 볼 수도 있습니다."

"그 말씀 들으니까 되게 질투가 나네요. 그럼 저도 그동안 정 사장처럼 꾸준히 수련을 했더라면 그렇게 될 뻔한 거 아닙니까?"

"물론입니다. 그래서 수행이란 중단 없이 꾸준히 하는 사람이 성공합니다. 지구력 싸움이라고 할까요? 과거에 견성오도(見性悟道)했다는 소위 도인 스님들이나 성현들도 꾸준한 인내력 다시 말해서 극기력 싸움에서 이긴 사람들입니다. 최 사장도 4년 전의 수련에 대한 열기와 정성이 그동안 한결같이 지속되었더라면 정 사장 못지않은 수준에 도달해 있었을 것입니다. 최 사장은 지금 빙의령이 자기 몸에 들어와 둥지를 틀고 있는 것도 모르고 있습니다."

"저한테 빙의령이 들어와 있습니까?"

"갑옷을 입고 중무장을 한 무사입니다 최 사장이 전생에 전쟁터에서 죽인 무사가 그때의 원한을 갚으려고 들어와 있습니다."

"그렇습니까?"

"수련을 안 하니까 기 감각이 무디어져서 그것도 모르고 있지 않습니까? 잘 생각해 보세요. 요즘 어깨가 뻐근하고 가슴이 체한 듯이 답답하고 머리가 좀 띠잉한 증세가 없었습니까?"

"그런 증세가 있습니다. 저는 그것이 몸살인 줄 알고 있었는데, 그렇다면 빙의령이 들어와 있어서 그랬던 모양이죠. 그런데 선생님과 이렇게 이야기를 나누고 있는 동안에 막혔던 가슴이 시원히 트이고 몸속의 사기가 머리 쪽으로 올라가는 것 같고 뻐근하던 어깨도 서서히 풀리는 것 같습니다."

"당연히 그래야죠."

"그렇다면 빙의령이 제 몸에서 빠져나가느라고 그렇습니까?"

"맞습니다. 최 사장은 어떻게 돼서 오늘 우리집에 사전에 연락도 없이 이렇게 불쑥 찾아 왔습니까?"

"이 앞길을 지나다가 저도 모르게 꼭 들러보고 싶은 생각이 간절히 일더라구요. 그래서 무작정 들어왔습니다."

"그랬을 겁니다."

"왜요. 그럴 만한 이유라도 있습니까?"

"바로 그 빙의령 천도를 위해서 자성이 시킨 일입니다. 조금 전에도 말했지만 정 사장은 지금 혼자 힘으로 자기 자신에게 들어온 빙의령을 3시간 안에 천도시킬 수 있을 만큼 수련이 향상되었습니다. 그동안 좀 쉬기는 했지만, 최 사장도 지금부터라도 분발해서 앞으로는 빙의가 되더라도 나를 찾지 않고도 스스로 처리할 수 있을 만큼 수련이 되어야 하지 않겠습니까?"

"저도 좀 그렇게 될 수 있게 도와주십시오."

"『선도체험기』는 몇 권까지 읽었습니까?"

"5권까지밖에 못 읽었습니다."

"지금 25권까지 나왔으니 그걸 다 읽으세요. 삼공(三功)을 계속 닦아야 합니다."

"삼공이 뭡니까?"

"신공(身功), 기공(氣功), 심공(心功)을 삼공이라고 합니다. 몸공부, 기공부, 마음공부를 말합니다."

"4년 전에는 그런 말씀 안 하시지 않았습니까?"

"물론입니다. 그 후에 나도 수련을 해 오면서 개발해낸 수련법입니다. 『선도체험기』를 25권까지 읽노라면 자연히 삼공을 터득하게 되어 있습니다."

"그 삼공이라는 것을 간단히 좀 알아듣기 쉽게 요약해서 말씀해 주시겠습니까?"

"몸공부는 등산, 달리기, 도인체조, 오행생식을 말하고, 기공부는 단전호흡으로 호흡문을 열고나서 소주천, 대주천, 피부호흡, 빙의령 천도, 삼합진공 등등 10단계가 있고, 마음공부는 역지사지 방하착 관찰법을 말합니다. 우선 『선도체험기』를 6권부터 25권까지 사다가 그동안 중단했던 공부를 계속 하도록 하십시오."

"네 잘 알겠습니다. 저녁때도 되었는데, 밖에 나가서 저녁 식사나 그 전처럼 같이 하시지 않겠습니까?"

4년 전에 한때 내 전속 운전기사처럼 내 발 역할을 대신할 때 그는 나뿐만이 아니고 내 아내까지 데리고 나가 고급 음식점에서 자주 식사 대접을 하곤 했었다. 그러나 지금은 사정이 달랐다.

"호의는 고맙습니다만 벌써 나는 4년 전부터 오행생식을 하고 있기 때문에 화식을 하면 속이 불편합니다."

"그럼 오늘 이렇게 선생님께서 저에게 좋은 일을 해 주셨는데 미안해서 어떻게 하죠?"

"못 읽은 『선도체험기』나 사가세요. 어차피 공부하려면 있어야 할 책이 아닙니까?"

"그건 그렇습니다만. 미안해서 어떻게 하죠?"

"괜찮습니다."

그는 『선도체험기』를 6권부터 25권까지 스무 권 값을 내놓았다.

"그리고 참 선생님을 오래간만에 만난 김에 꼭 여쭈어 보고 싶은 것이 있습니다."

"무언데요?"

"요즘 왜 세상이 이렇게 어수선합니까? 지존파, 온보현, 장교 탈영, 세금 도둑, 성수대교 붕괴, 충주호 화재 사건 등등 미처 걷잡을 수 없이 잇달아 터지는 대형 사고들은 어떻게 된 겁니까? 이러다가 어떻게 되는 거 아닌지 모르겠습니다. 선생님께서 좀 속시원하게 말씀해 주십시오. 왜 이런 일들이 이렇게 자꾸만 일어나는지 말입니다."

"그거 다 우리 국민들을 공부시키려는 섭리의 배려입니다."

"섭리의 배려라구요? 그럼 다 예정되었던 일들이란 말씀입니까?"

"그럼요. 사람들만 몰랐었지, 그런 사건들은 이미 오래 전부터 숙성 (熟成) 과정을 거쳐서 오늘에 이른 겁니다."

"어떻게 해야 이런 난국을 슬기롭게 극복해 나갈 수 있을까요?"

"이런 때일수록 정신 바짝 차리고 심기일전하여 전화위복의 계기로 삼아야죠. 이게 모두 고도성장에만 집착해 오느라고 미처 주목하지 못 했던 졸속, 부정부패, 무사안일, 무조건 공기 단축, 정부 각 부처 이기 주의, 공무원들의 복지부동(伏地不動), 전시행정 등등 이루 열거하기 어려운 각종 부조리의 산물입니다. 하늘은 원래 크게 쓸 인물이나 민 족에게 가혹한 시련을 안겨줍니다. 그 시련들을 슬기롭게 극복하는 사 람이나 집단은 번영할 것이고 그렇지 못한 개인이나 집단은 자멸할 수 밖에 없습니다."

"무슨 말씀인지 이해는 하겠는데요. 선생님께서는『다물』이나『소설 한단고기』등을 통해서 우리 민족이 장차 동아시아의 지도국이 될 것 이고 환단시대의 옛 영토도 다시 회복할 것이라고 예언하시지 않았습 니까?"

"그랬죠."

"그런데 요즘 돌아가는 정세를 보면 어쩐지 그 근처에도 못 갈 것 같 은 느낌이 듭니다."

"우리가 정말 동아시아의 지도국이 되려면 이제 말한 부조리를 극복 해야 합니다. 하늘이 우리 민족을 크게 쓰기 위해서 미리 훈련을 시키 려고 시련을 안겨 준 것이라고 보면 틀림없습니다."

"그렇다면 우리 민족이 선생님 예언대로 희망이 있다는 말입니까?"

"마주친 시련을 슬기롭게 극복만 하면 틀림없이 내 예언은 맞아 떨어질 겁니다. 잘 생각해 보세요. 9년 전에 나온 『다물』에서 예언한 것이 비슷하게 맞아 들어가지 않았습니까?"

"하긴 그 당시는 아무도 몰랐던 소련의 붕괴라든가, 우리와 중국이 가까워진다든가 하는 것은 맞아떨어졌는데, 우리의 옛 영토는 고사하고 아직 북한 땅도 우리 수중에 돌아오지 않지 않았습니까?"

"너무 조급하게 생각지 마세요. 내가 보기에는 모든 사태가 『다물』이 예언한 쪽으로 서서히 움직여 가고 있으니까요. 바로 그 일 때문에 우리는 엄청난 시련을 겪고 있는 겁니다. 이것을 슬기롭게 극복하느냐 못 하느냐에 따라 우리의 장래는 결정될 것입니다."

"구체적으로 어떻게 그런 일이 가능할 것 같습니까?"

"국제 경쟁력 향상과 세계화에 성공하면 희망은 우리 쪽에 있습니다. 만주의 삼강(三江) 지방을 비롯하여 시베리아 연해주에는 이미 우리의 많은 기업들이 진출해서 활발한 활동을 벌이고 있습니다. 북한에도 이미 우리 기업들이 진출해 있고 앞으로 더 많은 기업들이 들어가게 될 것입니다. 그들은 우리의 국제 경쟁력 향상과 세계화 정책의 첨병들입니다. 그들이 성공하면 점점 더 서광은 밝아올 겁니다.

두고 보십시오. 지금은 옛날처럼 총칼을 앞세우고 침략을 일삼던 시대가 아닙니다. 국경선 개념이 점점 희박해져 가는 지구촌 시대에는 경쟁력이 뛰어난 민족이나 국가가 살아남게 되어 있습니다. 부지런하고 끈질기고 슬기로운 개인이나 민족만이 승리자가 될 수 있는 시대에 우리는 살고 있습니다."

"무슨 말씀인지 알겠습니다. 그건 그렇구요. 지난번에 성수대교 붕괴사고 났을 때 말입니다. 일본의 NHK 방송은 하루 종일 시간마다 성수대교 붕괴사건 전말을 시시콜콜히 국내에서보다 더 상세히 보도를 했다고 하는데, 그 애들이 뭣 때문에 이렇게 법석을 떨어야 하는지 이해가 가지 않습니다."

"유능한 권투 선수는 매 맞을 때는 맞을 줄도 알아야 합니다. 그래야 기회가 있을 때 놓치지 않고 상대를 되받아칠 수 있습니다. 지난번 히로시마 아시아드에서 우리에게 참패당한 국민적인 울분을 이번 기회에 발산시키자는 것입니다."

"일본 애들은 우리가 아시(다리)는 튼튼했지만 하시(교량)는 약했다고 입에 거품을 물고 떠들었다고 하더군요."

"욕먹어도 싸죠. 욕먹을 짓을 했으면 아무 말 않고 귀 기울여 욕을 들어야 합니다. 세계 제1의 경쟁력을 갖고 있다는 일본이 우리를 그만큼 위험한 경쟁 상대국으로 의식하고 있다는 구체적인 증거입니다. 이것은 무엇을 의미하는 것이겠습니까? 우리가 일본에게 욕먹을 짓을 한 그 약점만 슬기롭게 극복할 수 있다면 모든 면에서 불원간에 일본을 찍어 누를 수 있는 경쟁력을 확보할 수 있음을 말해 주는 겁니다. 결국은 마음먹기에 달려 있습니다. 우리가 이번 참사들을 어떻게 보고 어떻게 마음을 먹느냐에 따라서 희망도 될 수 있고 절망도 될 수 있습니다."

"무슨 뜻입니까?"

"이번 참사들을 발전의 도약대로 삼느냐 아니면 좌절의 미끄럼틀로 삼느냐에 따라 우리의 장래는 결정된다는 말입니다."

"그런걸 보면 개인이나 국가나 알고 보면 마찬가지인 것 같습니다."

"그렇고말고요. 개인을 확대해 놓은 것이 민족이고 국가가 아닙니까? 인생의 성패, 행불행은 주어진 운명이나 조건이 아니라 마음을 어떻게 먹느냐에 달려 있습니다. 항상 부정적인 사고방식을 갖고 있는 사람은 최상의 조건을 최하의 것으로 바꾸어 놓지만 항상 긍정적이고 적극적인 사고방식을 가진 사람은 최하의 조건을 최상의 것으로 바꾸어 놓을 수 있습니다. 따라서 마음이 열린 이타적인 사람은 어떤 악조건 하에서도 좌절하는 대신에 이를 교훈으로 삼아 난국을 극복해 나가면서 지혜를 개발합니다."

최원제 사장은 손목시계를 흘끔 보고 나서,

"오늘 4년 만에 이렇게 예고도 없이 불쑥 찾아와서 좋은 말씀 많이 들었습니다. 앞으로 시간 나는 대로 자주 찾아뵈어도 되겠습니까?"

"물론입니다."

도호(道號)

1994년 10월 30일 일요일 5~17℃ 맑음

오후 3시. 일요일인데도 7명이나 되는 수련생들이 찾아와 내 앞에서 가부좌를 틀고 앉아 수행을 하고 있었다. 일곱 명이 하나같이 깊은 선정(禪定)에 든 구도승처럼 수행에 몰입해 있었다. 내가 보기에도 문득문득 신기한 생각이 들었다. 자기 집에서 조용히 앉아서 수행을 하는 것보다 이렇게 나한테 찾아와서 좌선을 하는 것이 과연 좋은 점이 있을까?

새삼스레 나는 그들에게서 이곳에 와서 수련을 하면 무슨 이점이 있는지 그들 입으로 직접 확인해 보고 싶은 생각이 일었다. 마침 사십 대의 남자 수련생 한 사람이 새로 들어와서 막 반가부좌를 틀고 앉으려고 하기에 물어보았다.

"일요일인데도 집에서 쉬지도 못하고 이렇게 찾아와서 여기에 앉아 있으면 무슨 도움이 됩니까?"

"아이구, 선생님 그걸 말씀이라고 하십니까. 좋은 점이 없다면 무엇 때문에 선생님을 찾겠습니까?"

"그래요. 무슨 좋은 점이 있는지 좀 말씀해 보시지요."

"우선 선생님 앞에 앉아 있으면 마음이 편안해집니다. 집이나 회사에 있을 때는 별별 번뇌, 망상, 근심, 걱정이 일어나다가도 여기만 오면 우선 마음이 차분하게 가라앉습니다. 마음이 차분해지니까 단전호흡도 잘될 수밖에 없지 않겠습니까?"

"단전호흡이 어떻게 잘되는데요?"

"집에서 혼자 할 때는 도인체조를 하고 정좌하고 나서도 30분쯤 단전호흡을 해야 단전이 조금씩 달아오르는데요. 여기만 오면 들어오자마자 단전이 후끈후끈 달아오릅니다."

"선생님 저는 선릉 전철역에 내리기만 해도 벌써 단전이 따뜻해집니다."

지금까지 깊은 선정에 들어 있는 것 같던 다른 수련생이 말했다.

"선생님 저는 영동대교를 막 들어서면 벌써 선생님 댁 쪽에서 오는 기운을 느낍니다."

"선생님 저는 도장에도 한 1년 이상 다닌 일이 있는데요. 여기 와서 한 시간 동안 앉아서 수련하는 것이 도장에 반년 동안 나가는 것보다 더 많은 기운을 받는 것 같습니다. 그러니까 오지 않으려고 해도 오지 않을 수가 없습니다."

"선생님 저는 아직 기운을 느끼지 못해서 그런 것까지는 모르겠는데요. 그냥 덮어 놓고 오고 싶어서 옵니다."

"왜 그렇다고 생각하십니까?"

"그냥 선생님 앞에만 앉아 있어도 마음이 푸근해져서 그렇습니다. 그 이외에는 아무 이유도 없습니다."

"선생님, 저는 솔직히 말해서 빙의령 때문에 옵니다. 선생님께서는 빙의령이 들어오는 것은 인과와 업장 때문이라고 하셨습니다. 저는 그 말씀은 과연 옳다고 봅니다. 그래서 빙의령이 들어오면 제가 해결해야만 할 숙제로 생각하고 어디까지나 제 힘으로 풀어보려고 애를 씁니다만 그게 제대로 되지를 않습니다.

빙의령이 한번 들어오면 대체로 사흘 안에 나가는 게 보통인데요. 어떤 때는 사흘이 지나고 일주일이 되어도 안 나가고 애를 먹일 때가 있습니다. 이런 때는 할 수 없이 선생님을 찾아오게 됩니다. 아무리 완강하게 버티던 빙의령도 여기 와서 한 시간만 앉아 있으면 쉽게 천도되어 나가는 것을 알 수 있습니다. 이건 너무 이기적인 행위가 아닌지 모르겠습니다. 선생님께서는 어떻게 생각하시는지요?"

"이기적이라고까지 생각할 필요는 없습니다. 이 세상에 선배니 스승이니 선생이니 교사니 교수니 하는 사람들이 존재하는 것은 다 나름대로 그만한 이유가 있기 때문입니다. 각종 학교니 학원이니 양성소 같은 교육 기관들이 있는 것도 먼저 배운 사람이 후배들을 보살피고 지도해 주기 위해서가 아니겠습니까?

선배나 스승의 도움을 받아야 할 때는 받아야 한다고 봅니다. 단 한 가지 유의할 것은 모든 것을 너무나 스승이나 선배에게만 의존하여 버릇하면 남에게 기대기 잘하는 의존형 인간이 되기 쉽습니다. 도움을 받아야 할 때는 받되 독립을 해야 할 때는 독립을 할 줄도 알아야 합니다. 젖 뗄 때가 지났는데도 계속 어미젖에 매달리는 것과 같은 일은 없어야 합니다."

"선생님 저도 그 점을 항상 생각하고 있습니다. 제가 혹시 선생님에게만 너무 의존하여 저 자신의 공부를 망치는 것이 아닌가 하고 말입니다. 그래서 어느 정도 제 발로 설 수만 있으면 저 혼자서 빙의령을 천도시켜 보려고 합니다. 지금도 사흘 안에 천도시킬 수 있는 것은 제 능력만으로 하고 있습니다."

"선생님 이건 좀 색다른 얘기인데도 말씀드려도 좋겠는지 모르겠습니다."

"뭘 가지고 그러십니까?"

"선생님의 아호라고 할까 도호라고 할까 그런 것이 있어야 되지 않겠나 하는 생각을 해 보았습니다. 『선도체험기』를 죽 읽어보면 선생님은 어느 선도단체에 소속되어 계실 때 '신암(神岩)'이라는 도호를 받으셨던 걸로 알고 있는데, 지금은 그곳을 떠나셨으니까 그 도호를 안 쓰시는 걸로 알고 있습니다. 그 후에 또 어떤 자칭 도인한테서 '무공(無空)'이라는 호를 받으셨지만, 그것 역시 지금은 쓰시지 않는 걸로 알고 있습니다."

"맞습니다. 신암도 무공도 지금은 쓰지 않고 있습니다. 문단에 데뷔할 무렵에는 주성윤이라는 시인이 '해안(海岸)'이라는 별호를 지어준 일도 있습니다만 그것도 지금은 쓰지 않고 있습니다."

"그렇다면 선생님 정도의 위치에 계신 분이라면 응당 도호가 하나쯤 있어야 되지 않겠습니까. 그래야 저희들도 선생님 함자 대신에 손쉽게 부를 수 있지 않겠습니까?"

"사실은 나도 그 점을 생각하고 있었습니다. 일전에 어떤 독자한테서 전화가 왔는데 대뜸 무공 선생님이십니까? 하고 묻는 거예요. 지금은 쓰지도 않아서 잊어버리다시피 된 호를 부르니까 어쩐지 좀 이상한 느낌이 들었습니다. 그때부터 사실은 나도 부르기 좋고 듣기 좋은 호를 하나 지어야겠다고 생각을 해 왔습니다. 그때 마침 어떤 사람이 나를 보고 신공(神功)을 한다고 비난을 한다는 말을 듣고는 신공이 아니라 삼공(三功)을 한다고 알려준 일이 있습니다."

"삼공이 뭔데요?"

"세 가지 공부 즉 몸공부, 기공부, 마음공부를 말합니다. 사실은『삼일신고』에 나오는 지감·조식·금촉을 하나의 단어로 응축하여 현대화한 용어라고 할까요, 그런 겁니다."

"아니 그럼 선생님의 도호도 삼공으로 하시려고 그러십니까?"

"그렇게 하기로 작정했습니다. 우리나라에서는 지금 선도단체들이 많습니다. 국선도, 연정원, 단학, 현묘지도, 무슨무슨 기공, 무슨무슨 선도원이니 하는 단체들이 많습니다. 이러한 선도단체들과 구별하기 위해서 내가 주장하는 선도를 '삼공도(三功道)' 또는 '삼공선도(三功仙道)'라고 부를 작정입니다."

"그렇다면 이제부터 선생님을 삼공 선생님이라고 불러도 되겠습니까?"

"물론입니다."

"그리고 보니 김태영 선생님 하는 것보다 삼공 선생님 하는 것이 부르기가 훨씬 더 편하고 좋습니다. 그럼 지금까지 해안, 신암, 무공과 같은 호는 남들이 지어준 것이지만 삼공은 선생님 스스로 지으신 것이니까 거부 반응을 일으키실 일은 없겠군요."

"그런 일은 없을 겁니다. 삼공은 또한 내가『선도체험기』시리즈를 통하여 한결같이 주장하는 수련 방법이니까 이 뜻이 변질될 우려는 없습니다. 또 나는 이 삼공을 실생활에서 실천하고 있는 사람이니까 아마도 나라는 인간의 특징을 가장 단적으로 잘 나타내는 낱말이기도 합니다. 따라서 가장 마음에 드는 호칭이기도 합니다."

"그런데 선생님. 선생님의 호는 삼공으로 정해졌다 해도 선생님께서 가르치신 제자들 중에서 수련이 수준급에 올랐다고 인정하신 수련자에게도 앞으로 도호를 내리셔야 하지 않겠습니까?"

"그것도 생각하고 있습니다."

"그렇다면 삼공 선생님, 어떤 기준에 따라서 제자들에게 도호를 내리실 작정이십니까?"

"우선 수련 수준이 영계(靈界)를 벗어나 초견성의 경지에 들었을 때 도호를 내릴 작정을 하고 있습니다."

"불교의 선종(禪宗)에서는 큰스님이 제자의 깨달음을 인가해 줄 때 선문답을 해보고 합격 여부를 결정하는데, 어떤 기준으로 영계를 벗어나 초견성 단계에 들어선 것을 아실 수 있겠습니까?"

"나는 선문답 따위는 하지 않습니다. 이것은 어디까지나 조사선(祖師禪)에서나 하는 방법입니다. 물론 큰스님은 자기가 가르친 제자들의 수련 정도를 선문답으로 알아낼 수도 있겠죠. 그러나 내가 보기에는 선문답보다 더 정확한 방법이 삼공도에는 있다고 자부합니다."

"그게 뭔데요?"

"선문답이라고 하지만 말을 주고받는 대화에 지나지 않습니다. 머리로만 깨달은 사람도 얼마든지 선문답은 그럴듯하게 잘할 수 있습니다. 그래서 가끔 엉터리 인가로 말썽을 빚는 수도 있습니다. 이것은 그 정확도에 흠이 있기 때문입니다. 그러나 삼공도에서는 선문답으로 깨달음의 정도를 알아내는 것이 아니라 기운으로 알아냅니다. 사람의 입에서 나오는 말은 상대방을 속일 수 있지만 기운은 절대로 남을 속일 수 없습니다. 특히 스승은 늘 대하는 제자의 수련 정도를 순전히 기운 하나만 가지고도 얼마든지 알 수 있습니다."

"기운을 보고 어떻게 알 수 있는지 우리 같은 초년생들에게는 엄두가 나지 않습니다."

"기운의 순도(純度)와 강도(强度)를 보면 직감적으로 수련의 정도를 알 수 있습니다. 구차하게 선문답 따위를 해보지 않아도 순전히 기운 하나만 운기해 보고도 그 사람의 마음공부, 기공부, 몸공부의 수준까지도 환히 꿰뚫어볼 수가 있습니다. 이런 기준에서 볼 때 선문답은 지극히 원시적인 방법밖에는 안 됩니다."

"삼공 선생님. 그렇게 해서 견성을 알게 되시면 도호를 내리시게 됩니까?"

"그렇습니다."

"그렇다면 지금까지 선생님께서 도호를 내리신 일이 있습니까?"

"있기는 있는데 아직은 두 사람밖에는 없습니다. 그 문제는 이 정도로 하고 다른 질문을 하세요."

욕심이 지옥이다

"삼공 선생님, 저는 요즘 속이 푹푹 썩고 있습니다. 이럴 때는 어떻게 해야 좋을지 모르겠습니다."

40대 초반의 자영업을 하고 있다는 유창훈이라는 남자 수련생이 말했다.

"무슨 일을 가지고 그러시는데요?"

"저희는 사내만 팔 형제인데요. 아버지가 돌아가시기 전에 선산을 팔 형제 공동명의로 등기해 놓으셨거든요. 그런데, 저는 팔 형제 중 셋째구요. 다섯째가 말썽을 부립니다."

"무슨 말썽인데요?"

"다섯째가 농지이용 동의서에 도장을 찍어달라고 요즘 매일같이 전화질을 하고 있어서 그럽니다."

"그 동의서에 도장을 찍어주면 안 됩니까?"

"다섯째가 사람이 정직하고 건실하면 무엇이 문제겠습니까? 맨날 술이나 먹고 오입질, 아니면 도박에만 파묻혀 사니까 그렇죠. 동의서에 도장을 찍어주면 틀림없이 개간한답시고 자기 이름으로 등기를 바꾸고는 팔아먹을 것이 뻔한데, 도장을 찍어줄 수 있겠습니까? 이럴 때는 어떻게 해야 좋겠는지 모르겠습니다."

"팔 형제가 모여서 회의를 여시고 거기서 다수결로 결정하면 간단하지 않겠습니까?"

"그렇게 해서 도장을 찍어 주자는 쪽으로 결정이 나면 그 선산은 아예 잃어버리는 겁니다."

"그래도 형제들의 중의(衆意)가 그렇다면 민주주의 원칙에 따라 어쩔 수 없는 일이 아니겠습니까?"

"조상대대로 물려 내려온 선산을 남의 손에 넘긴다는 것이 영 마음에 내키지 않습니다."

"형제들의 의견은 대체로 어느 쪽으로 기울고 있습니까?"

"고향에서 땅을 지키고 있는 것은 다섯째니까 그 애한테 죽이 되든 밥이 되든 재량권을 넘겨주자고 합니다. 그런데 소문에 의하면 그 선산 옆으로 큰 도로가 난다는 말이 있습니다. 그렇게 되면 땅값이 금값이 되는데 어떻게 그럴 수 있겠습니까?"

"바로 그래서 이러지도 못하고 저러지도 못하고 속만 푹푹 썩이고 있다는 말이군요."

"네 선생님 말씀이 옳습니다."

"그렇다면 한 가지 묻겠는데, 지금 유창훈 씨는 그 땅이 아니면 당장 생계에 위협을 느낄 정도입니까?"

"그렇지는 않습니다만 아깝지 않습니까?"

"결국은 재욕(財慾) 때문이군요."

"맞습니다."

"물욕(物慾)에 잡혀 있는 한 마음 편한 날은 하루도 있을 수 없습니다. 욕심에 사로잡힌 마음, 그것이 바로 지옥입니다. 그 욕심을 지금이라도 집어던져보세요. 그러면 당장 아쉽고 섭섭하긴 하겠지만 속이 푹푹 썩어나는 괴로움에서는 해방되어 시원하고 홀가분함을 느낄 수 있을 겁니다. 그것이 바로 천당이고 극락입니다. 이기심에 사로잡힐 때 인간은 지옥 속에 갇히는 것이고 이기심에서 벗어날 때 지옥에서도 벗어나 극락으로 들어가는 겁니다. 더구나 구도자는 그 결단을 빨리 내리면 내릴수록 수련에도 큰 진전을 가져옵니다.

그래서 삭발 출가하는 구도승은 일체의 세속적인 부귀영화, 처자식솔들까지 다 집어던지고 산속으로 들어갑니다. 그러나 우리는 삭발 출가한 구도승은 아니지만, 마음만은 재욕과 부귀영화, 명예 따위에서 벗어나야 합니다. 그러지 않고는 그것이 멍에가 되어 매번 수련을 방해할 것입니다. 불로소득인 유산에 탐을 내지 말고 정당하게 열심히 벌어서 생계를 유지하도록 하세요. 그쪽이 훨씬 더 마음이 편할 것입니다."

"그러나 그 선산이 날아가 버리면 우리 팔 형제를 묶어놓은 구심점도 사라지게 됩니다."

"형제애의 구심점을 겨우 유산에다 두십니까? 사람은 일단 숨을 거두면 천금 같던 자기 몸뚱이까지도 버리고 떠나야 합니다. 하물며 유산 따위가 대숩니까. 형체 있는 모든 것은 따지고 보면 한낱 꿈이요 환영이요 물거품이요 그림자에 지나지 않습니다. 그것을 빨리 깨달아야 진리에 도달할 수 있습니다. 구도자에게는 진리가 소중한 것이지 유산 따위가 소중한 게 아닙니다. 지옥도 따지고 보면 마음이라는 거울에 끼어 있는 찐뜩찐뜩한 기름때 같은 것에 지나지 않습니다. 거울이 제 기능을 하루 속히 발휘하려면 그 기름때는 어차피 닦아내야 합니다.

닦아내지 않으면 진실을 반영할 수 없고 그리되면 우리들 수행자들은 언제까지나 미망에서 깨어날 수 없습니다."

"삼공 선생님! 이제는 뭐가 뭔지 조금은 알 것 같습니다."

"선생님, 저는 지난 2월부터 단전호흡을 시작했는데요. 단전에 기운을 어렴풋이 느끼기 시작하면서부터 중완이 꽉 막혀 옵니다. 『선도체험기』 15권 이후에서 가르치신 대로 등산, 달리기, 도인체조, 오행생식을 제 깐에는 열심히 하면서 수련에 용맹정진하고 있는데요. 단전에서 느껴지는 기운은 날이 갈수록 강화되는 것은 틀림없는데요. 중완이 막혀 오는 것도 그에 비례해서 심해지고 있습니다. 무슨 근본적인 대책이 없겠습니까?"

다른 수련생이 말했다.

"그건 아주 간단합니다. 남에게 착하고 좋은 일 많이 하면서 마음을 항상 고요히 가라앉히고 중완이 막히면 중완에 마음을 집중하세요."

"역지사지 방하착하는 심정으로 항상 중완을 관찰하는데도 지금까지 뚜렷한 효과가 없어서 그럽니다."

"물론 마음 집중하는 능력의 강약에 따라 빠르고 늦은 차이는 있겠지만 꾸준히 지구력을 갖고 실천하셔야 합니다. 첫술에 배부를 수는 없는 일이 아니겠습니까?"

"얼마나 시간이 지나면 중완이 풀릴 수 있겠습니까?"

"얼마나 시간이 지나야 좋아질까 하는 초조한 기대까지도 집어던지고 소걸음처럼 끈질기게 한눈팔지 말고 한발한발 걸어가야 합니다. 수도라는 것이 원래 기간을 정해 놓고 하는 것이 아닙니다. 어쩌면 평생이 걸릴지도 모르는 엄청난 작업입니다. 금생에 안 되면 내생에라도, 내생에 안 되면 그다음 생에라도 기필코 성취하고야 말겠다는 끈질긴 인내력이 있어야 합니다. 그렇게 시간이 무한정 걸리는 일이라고 해서 중간에 적당히 쉬면서 놀아도 된다는 말은 결코 아닙니다.

태만과 게으름은 그때까지 쌓아온 공든 탑을 일시에 무너뜨릴 수도 있습니다. 어떤 사람은 나한테 대주천 수련을 받을 때까지는 문지방이 닳도록 뻔질나게 찾아오다가도, 백회가 열리고 나서는 다 된 줄 알고 아예 싹 발길을 끊어버립니다. 그러다가 몇 달 지나서 빙의령 때문에 백회가 막힌 뒤에 다시 찾아옵니다. 이런 식으로 수련을 하는 사람은 백년을 해도 천년을 해도 뚜렷한 발전이 있을 수 없습니다. 거북이처럼 느리기는 해도 꾸준히 한결같이 나아가야지 토끼처럼 까불고 중간에 게으름을 피우는 것은 구도자가 취할 바 태도가 아닙니다.

얘기가 길어졌지만 요컨대 능력이 붙을 때까지 좀더 수련에 박차를 가해 보세요. 욕심이 일어나면 욕심에 마음을 집중하고 근심걱정이 생기면 근심걱정에 마음을 집중하고 중단이 막히면 중단에 마음을 집중하고 머리가 어지러우면 머리에 마음을 집중하세요. 마음을 문제된 곳에 집중하는 것이 바로 관찰입니다. 마음 챙겨서 정신 똑바로 차리고 관찰을 하는 데 이력이 붙고 도가 터야 합니다. 수련 시작한 지 불과 몇 달 안에 그러한 능력이 붙기는 어렵습니다. 좀더 인내력을 갖고 수련을 해보십시오. 수련이라는 것은 농사짓는 것과 같아서 반드시 노력하고 공부한 만큼의 대가가 있습니다. 인과응보는 움직일 수 없는 진리니까 확신을 가지고 정진해 보십시오.”

"네, 그렇게 해 보겠습니다."

"선생님. 제가 잘 알고 있는 어떤 사람은 자기 나름으로 수련도 20년쯤 해 보았다고 합니다. 그 사람이 그러는데, 사람이 죽을 때 말입니다. 아무리 죄를 많이 진 사람도 극락에 꼭 태어나겠다는 간절한 염원을 안고 죽으면 반드시 극락에 태어난다고 그러는데, 그거 맞는 얘기입니까?"

"그렇다면 살인강도 짓을 밥 먹듯이 한 사람도 죽을 때 천당에 태어나겠다고 염원만 하면 그렇게 될 수 있다는 얘기인가요?"

"그렇다고 합니다"

"그 말을 믿습니까?"

"믿을 수 없으니까 선생님께 여쭈어 보려는 겁니다."

"평생 살인강도 짓을 업으로 한 사람이 천당에 태어나겠다는 것은 보통 배짱이 아니군요. 만약에 이 우주를 지배하는 인과율이라는 것이 없다면 그럴 수도 있겠죠. 그러나 인과응보가 있는 한 그런 일은 있을 수 없습니다. 어떤 사람이 지나가는 행인을 아무 이유도 없이 몽둥이로 반죽음이 되도록 흠씬 패주고 아프지 말라고 염원했다고 해서 아프지 않겠습니까?"

"……??"

"독초 씨앗을 심어놓고 산삼이 나오라고 염원한다고 해서 그대로 되겠습니까?"

"……??"

"독한 술을 냉수 마시듯 하고서도 머리가 맑아져라 하면 그렇게 되겠습니까?"

"물론 그렇게는 될 수 없겠죠."

"그렇다면 평생 살인강도 짓을 한 사람이 죽을 때 천당에 태어나겠다고 염원했다고 해서 엿장사 맘대로 되겠습니까?"

"그렇다면 선생님 그 20년 도 닦았다는 사람은 순전히 엉터리가 아닙니까?"

"그런 것은 나한테 묻지 말고 스스로 판단을 내려보세요. 세 살 먹은 어린아이도 알 수 있는 일입니다. 도를 20년 닦은 사람이 말했다고 해서 인과율이 변할 수는 없는 일입니다. 정신을 항상 똑바로 차리고 있으면 그런 사이비 도사한테 속아 넘어가지 않습니다."

"선생님께서는 마음공부의 수단으로 항상 관찰을 하라고 하시는데 대체 무엇을 관찰해야 합니까?"

"마음공부의 방법은 불교만큼 발달한 데가 없습니다. 불교에는 사념처(四念處)라는 것이 있는데, 첫째가 몸, 둘째가 느낌, 셋째가 마음, 넷째가 마음의 대상입니다. 이것을 신수심법(身受心法)이라고 하더군요. 실제로 자기 몸에 이상이 있으면 그것을 관찰하고, 느낌에 이상이 있으면 그것을 관찰하고, 마음에 이상이 있으면 그것을 관찰하고, 관심을 끄는 대상에 이상이 있으면 그것을 관찰합니다.

그리하여 항상 이 네 가지에 대한 마음 집중을 그치지 말아야 합니다. 이것을 자기 성찰이라고도 합니다. 자기 자신을 깨달으면 우주 전체를 깨닫는 것이 됩니다. 왜냐하면 인간은 누구나 대우주의 축소판인 소우주니까요. 마음공부는 자기 성찰로 시작해서 자기 성찰로 끝납니다. 우리는 일상생활 속에서 언제나 몸, 느낌, 마음, 대상 중 어느 한 가지에 관심이 머물러 있게 마련입니다. 밥을 먹을 때는 밥을 먹는 데 정신을 집중하고, 책을 읽을 때는 독서에 집중하고, 대화할 때는 대화에 집중하고, 수련할 때는 수련에 집중하고, 달릴 때는 달리는 데 집중하는 것이 올바른 관찰입니다.

그런데 우리는 실제로 그렇게 하지 않습니다. 책을 읽으면서도 엉뚱한 공상을 하는가 하면 밥을 먹으면서도 근심걱정을 합니다. 자기가 방금 하고 있는 일에 언제나 마음을 집중해야 하는데 항상 몸 따로 마음 따로 노는 식입니다. 이렇게 해 가지고는 고통만 커질 뿐이고 20년이 아니라 백년천년 도를 닦아도 헛일이 됩니다."

"그렇다면 선생님! 수련 중이나 밥 먹는 중에 번뇌 망상, 근심 걱정이 일어날 때는 어떻게 합니까?"

"밥을 먹을 때는 어떻게 하라고 방금 말했습니까? 밥을 먹을 때는 밥 먹는 데만 집중하라고 하지 않았습니까?"

"그렇게 되는가요?"

"언제든지 자기가 방금 하고 있는 일에 의식을 집중하라는 말입니다. 운전을 하는 사람은 운전에만 정신을 쏟으라 그겁니다. 운전을 하면서 애인과 놀던 생각에 빠져있으면 사고를 내기 쉽습니다."

"그럼 선생님 가만히 앉아서 명상을 하고 있는데 잡념이 일어나면 어떻게 합니까?"

"그럴 때는 그 잡념에 마음을 집중합니다"

"그렇다면 명상을 소홀히 하는 것이 되지 않을까요?"

"그렇지 않습니다. 언제든지 문제점을 재빨리 알아차리고 거기에 마음을 집중하면 됩니다. 잡념이라는 것은 실체가 없는 어둠과 같아서 불을 비춰주면 없어져 버립니다. 우리가 어떤 대상에 마음을 집중한다는 것은 마음 집중이라는 빛을 비추는 것과 같다고 보면 틀림없습니다. 빛을 쏘이면 어둠은 사라지게 되어 있습니다. 이렇게 하는 것이 올바른 명상법입니다."

"근심걱정, 고민 같은 것은 마음을 집중해도 쉽사리 없어지지 않는데 그것은 왜 그렇습니까?"

"관찰이라는 빛의 강도가 미미하기 때문입니다."

"그럴 때는 어떻게 하죠?"

"빛의 강도를 높이면 되지 않겠습니까?"

"어떻게 하면 빛의 강도를 높일 수 있을까요?"

"그런 것이야말로 하루이틀에 되는 일이 아닙니다. 꾸준한 인내력과 지구력을 가지고 삼공(三功)을 닦아나가야 합니다. 세 가지 공부를 열심히 닦아나가다 보면 자연 관찰하는 능력이 향상되어 도력(道力)이 붙게 되어 있습니다. 도력이 붙으면 마음 집중하는 힘도 커지게 됩니다. 다시 말해서 사물을 살펴보는 빛의 강도가 높아질 수 있다는 말입니다. 이렇게 하여 자기 성찰이 제 궤도에 오른 사람은 견성의 길에 접어들었다고 할 수 있습니다. 여러분도 자기 성찰의 빛의 강도가 높아져서 그 정도에 까지 이르도록 삼공 닦는 일에 부지런해야 합니다."

"선생님께서는 『선도체험기』에 가아(假我)와 진아(眞我)에 대해서 자주 언급하시는데, 가아와 진아의 차이는 어떻게 구분할 수 있습니까?"

"사욕에 사로잡혀 있는 것이 가아이고 사욕에서 떠난 것이 진아입니다. 사욕에서 떠난다는 것은 마음의 안경에 먼지 하나 끼어 있지 않은 상태를 말합니다. 티 없이 맑은 마음의 눈으로 볼 때 자성도 보이고, 부모미생전본래면목(父母未生前本來面目)도 보이고 무자화두(無字話頭)도 '이 뭐꼬' 화두의 진상도 보이게 됩니다.

다시 말해서 진리의 정체를 직접 보고 느끼고 감지하고 인식한다는 것은 진리 그 자체와 하나가 되는 것을 의미합니다. 몸과 기와 마음이 송두리째 바뀌어버리고 우주와 내가 하나가 되므로 생사와 시공과 시비와 유무를 초월하는 피안의 경지, 열반과 해탈의 경지에서 유유자적하게 되므로 그 사람은 어떠한 것에도 구속받지 않는 대자유를 구가하게 됩니다."

윤회의 끝

1994년 11월 28일 월요일 3~9℃ 구름 많음

＊ 견성은 진리를 보기만 하는 것이고, 성통은 구도자가 진리를 꿰뚫어 진리와 하나가 되는 것을 말한다. 견성한 사람은 간혹 있어도 성통한 사람이 희귀한 것은 보림 과정을 통하여 다생(多生)의 습기(習氣)를 말끔히 닦아내기가 어렵기 때문이다.

＊ 관(觀)이 안정되고 화두가 잡히기 시작했다는 말은 마치 운전자의 시야가 훤히 뚫려서 목표가 저 멀리 내다보이고, 자동차의 변속 레버가 중립에서 5단 기어로 들어가 바야흐로 속도를 내기 시작한 것과 같다. 가속기만 밟으면 차는 일사천리로 목표에 접근할 수 있는 것과 같이 구도자는 이제 수련에 박차만 가하면 한소식 얻게 되는 것을 말한다.

＊ 남에게 착한 일을 한다는 것은 단지 남이 잘 먹고 잘살게 도와주는 것을 의미하는 것은 아니다. 진실로 남에게 착한 일은 하는 것은 그가 생로병사에서 벗어날 수 있는 길을 가르쳐 주어 실천하게 하는 것이다.

＊ 이웃이나 직장에서 앙숙이 진 사람을 만날 때면 누구나 마음이 괴롭고 불편하다. 이때 미운 놈 떡 하나 더 준다고 그를 위해서 무엇을 해줄까를 생각만 하는 것으로도 의외에도 마음이 편안해지는 것을 느낄 수 있을 것이다.

＊ 삼공선도(三功仙道)란 무엇인가? 효도와 처자 부양을 수도의 방해물로 보지 않고 극복해야 할 숙제로 보고, 삭발 출가나 운수 행각으로 자기 앞에 닥친 역경을 피하는 대신 인내심을 갖고 이를 슬기롭게 난관들을 헤쳐나가면서 몸, 기, 마음공부를 동시에 수행해 나가는 것을 말한다.

＊ 고속함정 밑바닥에 이끼나 수초 따위가 붙을 수 없듯이 부지런한 사람에겐 걱정, 근심, 불안, 질병, 번뇌, 망상 따위가 붙을 짬이 없다.

＊ 건강이란 부지런한 사람에게 내리는 하늘의 축복이고, 질병이란 안일(安逸)과 미식(美食)을 추구하는 자에게 내리는 천벌이다.

＊ 수련자들이여! 자명종이 울려 새벽잠에서 눈떴을 때 이불을 박차고 일어나느냐 도로 눕느냐에 수련의 성패가 달려 있음을 명심하라. 쏟아지는 졸음과 나른한 피로로 다시 눕고 싶은 강한 유혹을 물리칠 수 있는 사람만이, 5킬로의 새벽 달리기를 마쳤을 때의 뿌듯한 자신감과 희열을 맛볼 수 있음을 잊지 말라.

＊ 순발력 있는 동작과 날렵한 몸매냐 아니면 거추장스런 비만이냐의 차이는 식욕에 지느냐 식욕을 다스리느냐에 달려 있다. 순간의 식욕을 극복할 수 있는 사람은 건강을 만끽할 수 있지만 그렇지 못한 사람은 비만과 질병의 수렁 속에서 언제까지나 허위적대다가 일생을 마치게 된다.

＊ 사람들은 누구나 흐릿한 업장의 안경을 하나씩 쓰고 있다. 구도자는 그 안경을 통해서 자기 자신의 참모습인 진아(眞我)를 보려고 하지만 처음엔 잘 보이지 않는다. 렌즈에 끼어있는 해묵은 찌든 때와 덕지덕지 앉은 먼지로 흐려져 있기 때문이다. 이 때와 먼지가 번뇌, 망상, 잡념, 근심, 걱정, 기쁨, 두려움, 슬픔, 분노, 탐욕, 증오, 소리, 색깔, 냄새, 맛, 성욕, 피부접촉욕, 명현현상, 빙의령, 접신령 따위들이다. 이러한 때와 먼지를 닦아내는 것이 수도(修道)다.

찌든 때와 켜켜이 앉은 먼지가 깨끗이 닦여졌을 때 비로소 우리는 자기 자신의 참모습, 진아를 보게 된다. 이것이 견성이다. 무수억겁 동안, 지루하게 계속되어 온 생로병사의 굴레에서 벗어나는 순간이다. 시간과 공간 그리고 유무의 속박에서 벗어나 참자유를 맛보는 순간이기도 하다. 시작과 끝도 없는 이유 없는 환희로 온몸이 떨려오는 순간이기도 하다. 그리고 거래(去來)와 생멸(生滅)이 사라지는 순간이다. 천상천하유아독존(天上天下唯我獨存) 삼세개고오당안지(三世皆苦吾當安之)를 구가한 붓다의 심정이 가슴에 와닿는 순간이기도 하다.

1994년 12월 4일 일요일 −7~3℃ 맑은 후 구름

오후 3시. 여섯 명의 수련생들이 내 앞에 앉아서 명상을 하고 있었다. 대주천 수련이 된 지 3년 동안 꾸준히 찾아오는, 모 대기업체의 과장으로 있는 30대 후반의 안정림 씨가 말했다.

"선생님 저는 사람과 사람 사이에 오가는 기운의 파동을 선명하게 느낄 수 있습니다."

"안정림 씨는 3년 동안 우리집에 드나들면서 수련이 꾸준히 향상되어 왔는데 최근에 또 한 단계 뛰어 올랐습니다. 어디 구체적으로 말씀해 보세요."

"저는 최근까지 사람들이 인사나 절을 주고받는 것도 하나의 단순한 예의 정도로만 생각해 왔는데, 꾸준히 관찰을 해 보았더니 결코 의례적인 요식 행위만은 아니라는 것을 알아냈습니다. 선생님을 찾아오는 사람들을 관찰해 보면 어떤 사람은 그냥 꾸벅 인사만 하고 자리에 앉는가 하면 어떤 사람은 꼭 엎드려 큰절을 합니다. 또 큰절을 세 번씩 꼭꼭 하는 사람이 있습니다.

선생님은 어떤 식으로 인사를 하든 일체 상관하지 않습니다. 서서 허리만 굽혀 인사하든 큰절을 한 번 하든 세 번 하든 일체 상관 않으시고 상대가 하는 대로 내버려 두십니다. 그것이 처음에는 좀 어색해 보였는데 지금은 어쩐지 그것이 자연스럽습니다."

"어떤 사람은 제자가 스승에게 꼭 삼배를 해야 된다고 하지만 나는 그렇게 꼭 획일적으로 규제할 필요는 없다고 봅니다. 인사를 주고받는 것은 당사자들의 자유의사에 있지 꼭 규제를 해야 할 성질의 것은 아니기 때문입니다. 스승에게 무조건 세 번의 절을 강요하는 것은 상호 인격을 모독하는 행위입니다. 상대가 존경심을 품고 있는지 없는지는 반드시 절이 오가지 않아도 직감적으로 알아차릴 수 있으니까요."

"그런데, 선생님, 절에는 절대로 공짜가 없다는 것을 기운을 관찰하다가 알아냈습니다. 다시 말해서 절을 하고 절을 받는 순간에 강한 기운이 오가는 것이 제 눈에는 보입니다."

"그거야 그럴 수밖에 없지 않겠습니까? 절을 주고받는 순간에 두 사람이 서로 상대를 거의 무의식적으로 강하게 의식하게 됩니다. 바로 이 순간에 강한 기운이 왕래하게 되는데, 물이 높은 데서 낮은 데로 흐르는 원리에 따라 기운 역시 강한 데서 약한 데로 흐르게 되어 있습니다. 그냥 허리 굽혀 인사하는 것보다 큰절을 할 때 더욱더 강한 기운이 유통되는 것은 당연한 일입니다.

인사는 가장 적은 자본으로 가장 큰 효과를 거두는 행위라는 말이 있습니다만 과연 옳은 말입니다. 비록 원수 사이라고 해도 인사가 오가는 순간만은 얼었던 마음이 녹습니다. 특히 기공부하는 사람들은 체험으로 이것을 느낄 수 있습니다. 기공부를 전연 하지 않는 사람도 착한 마음으로 상대를 의식할 때 그 염원이 전달되는데, 기공부로 운기가 활발한 사람이 상대를 의식할 때 강한 기운이 전달되는 것은 당연한 일입니다.

이때 수련자가 조심할 것은 남이 잘되기를 염원할 때는 보내는 기운이 배가 되지만 남이 잘못되기를 바라는 나쁜 염원을 보낼 때는 상대에게도 피해를 주고 그런 염원을 보낸 사람도 업이 되어 자기 자신을

상하게 한다는 겁니다. 이것을 업의 부메랑 효과라고 합니다. 가는 말
이 고와야 오는 말이 곱다는 우리의 격언 속에 사실은 무한한 진리가
들어 있습니다."

  * 나는 구도자요 하고 외부에 티를 내지 않고 일상생활을 하면서
수도할 수 있는 것이 삼공선도다. 종교적인 제도와 형식과 조직은 외
부의 인정을 필요로 하므로 어쩔 수 없이 가식을 몰고 온다. 그러나 삼
공선도는 애초부터 삭발, 승복, 제복 따위는 필요로 하지 않는다. 남이
나를 인정해 주든 인정해 주지 않든 그런 것은 애당초 관심의 대상이
되지 않는다. 스스로 속으로 밝아지면 그것으로 만족할 뿐 외부에 과
시할 필요는 없다. 입전수수(入廛垂手)한 도인처럼 그저 묵묵히 자기
할일을 충실히 다하면서 인연 있는 이웃이 생로병사의 굴레에서 벗어
날 수 있게 도와주는 뜻있는 생활을 말없이 실천해 갈 뿐이다.

  * 어떤 사람은 깨닫는 순간에 환한 빛을 본다고 한다. 그러나 내가
보기에는 빛도 어둠도 아닌 적광(寂光)이 있을 뿐이다. 광명도 암흑도
아니지만 양자를 다 포용한 것이 적광이다. 적광 속의 텅 빈 공간, 생
사, 시비, 유무가 사라진 허공, 온갖 실체와 허상이 함몰된 진공묘유,
한의 세계, 이것이 무아(無我), 진리, 자성의 진면목이다. 이것을 본 것
을 견성이라고 한다.
  이것을 보고 나서 무한한 충족감, 충일감, 희열, 환희지심, 법열로 온
몸이 충만해 있으면서 그 충만감이 사라지지 않고 언제까지나 지속될

때 성통했다, 해탈했다고 말한다. 그러나 진리를 볼 때만 희열을 느끼고 잠시 뒤에 금방 근심, 걱정, 번뇌 망상에 사로잡힌다면 그것은 한때의 견성일 뿐 진정한 성통이나 해탈은 아니다.

＊ 관찰이란 무엇인가, 집착을 놓는 것이다. 모든 인생고(人生苦)는 집착에서 온다. 관찰은 집착을 놓는 것이므로 인생고에서 벗어나는 것이다.

1994년 12월 26일 월요일 −2∼6℃ 구름조금

오후 3시, 독실한 불자이면서도 일주일에 한 번꼴로 나한테 와서 수련을 지도받은 지가 3년이 넘은 30대 중반의 석주선 씨가 내 앞에서 반가부좌를 틀고 앉아 수련을 하다가 눈을 뜨고 물었다.

"선생님, 불경에도 그렇게 나와 있고 깨달은 선지식이나 선사들도 이 세상 삼라만상, 두두물물이 전부 부처님 아닌 것이 없고 가장 하찮은 중생도 실은 부처님이라고 하는데, 저는 아무리 생각해도 이게 무슨 뜻인지 이해를 할 수 없습니다. 선생님께서 좀 풀어 주실 수 없겠습니까?"

"안개나 서리의 본질은 무엇입니까?"

"물이 아닙니까?"

"물이 틀림없죠?"

"네 틀림없이 근본은 물입니다."

"물이 부처라고 할 때 안개도 부처다라는 말이 성립될 수 있겠습니까?"

"물론입니다."

"그럼 석주선 씨는 무엇으로 구성되어 있습니까?"

"사대가 아닙니까?"

"사대(四大)요?"

"네."

"그럼 사대는 무엇으로 되어 있습니까?"

"사대는 지수화풍(地水火風) 즉, 땅, 물, 불, 바람으로 되어 있습니다."

"그 지수화풍은 진정으로 존재하는 겁니까?"

"그렇지 않습니다."

"그럼 존재하지 않는다는 말인가요?"

"모든 형상은 몽환포영(夢幻泡影) 즉 꿈, 환영, 물거품, 그림자에 지나지 않습니다."

"그럼 석주선 씨의 정체는 있습니까?"

"잘 모르겠습니다. 이론적으로 말하면 없습니다."

"없는 것이 맞습니다. 진리는 없는 것, 텅 비어 아무것도 없는 것입니다. 그러면서도 그 안에서 삼라만상이 다 생성되어 나오는 텅 빈 것입니다. 부처니 여래니 하는 것은 텅 비어 있는 진리 그 자체를 말합니다. 진리는 따지고 보면 무상(無常)입니다. 끊임없이 변하면서도 아무것도 없이 텅 비어 있는 것. 그러면서도 모든 것이 다 들어 있는 것, 그것이 부처고 여래고 무(無)와 공(空)이고 한이고 도(道)이고 진리입니다."

"머리로 생각하면 빤히 알겠는데, 어쩐지 가슴에 와닿지를 않습니다.

그저 막연히 그런 것 같다고만 생각이 될 뿐입니다."

"그러니까 수도(修道)란 알음알이의 차원이 아니라 깨달음의 차원이
죠. 석주선 씨가 그런 의문을 품게 된 것은 그것을 깨달을 때가 멀지
않았다는 증거입니다."

"그럴까요?"

"틀림없습니다."

"불교식으로 마음공부에만 주력하지 마시고 반드시 몸공부와 기공
부를 병행해야 합니다."

"선생님 천도된 빙의령은 어디로 갑니까?"

"인과에 따라 자기 자리를 찾아 가게 됩니다. 가령 업연에 따라 열반계
나 천상(天上)에 태어날 수도 있고 다시 지상에 태어날 수도 있습니다."

"기운과 빙의령하고는 어떤 관계에 있습니까?"

"기운과 영계는 아주 밀접한 관계가 있습니다. 영가들도 일종의 기
운으로 이루어져 있으니까요."

"혹시 도력이 높은 도인에 의해 천도된 빙의령은 좋은 곳에 태어날
수 있을까요?"

"깨달음의 정도와 인과에 달려 있습니다."

"진공묘유(眞空妙有)라고 할 때 진공은 구체적으로 무엇을 말합니까?"

"진공이란 글자 그대로 텅 비어 있는 공간이지만 무상한 에너지의
흐름과 소용돌이로 꽉 차 있습니다. 이것이 삼라만상, 만물만생의 본
질입니다. 『천부경』에서 용변부동본(用變不動本)할 때의 본(本)에 해
당하는 겁니다. 쓰임에 따라 무엇으로도 변할 수 있지만, 본바탕은 변

하지 않는다는 말이죠."

"그 본질이 바로 한, 공, 성(性), 진리, 도(道)라는 거 아닙니까?"

"그렇죠."

"그런데 그 본질은 꼭 변해야만 하나요?"

"변하지 않으면서도 변하는 것이 본질이니까요. 그래서 무상(無常)이 그 본바탕입니다."

"변하는 것, 무상이 도의 본질이라는 것까지는 알겠는데, 왜 어떤 것은 사람이 되고 또 어떤 것은 동물이 되고 또 어떤 것은 식물이 되느냐 그거죠."

"그것은 물이 변해서 안개도 되고, 비도 되고, 얼음도 되고, 눈도 되는 것과 같습니다. 왜 물이 그렇게 여러 가지로 변할까요?"

"기상의 변화 때문인가요?"

"그렇습니다. 기상의 변화, 환경의 변화는 왜 일어난다고 보십니까? 창조주의 뜻에 따라 일어난다고 보십니까? 아니면 시작도 끝도 없이 영원히 지속되는 인과 관계에서 그러한 변화가 일어난다고 보십니까? 우리 구도자는 관찰을 통해서 이것이 인과 때문이라는 것을 알아냅니다. 원인과 결과에 따라 만생만물은 생성 변화 발전 소멸의 과정을 밟게 되는 겁니다. 인간으로 말하면 생로병사의 윤회를 되풀이하는 거죠.

그러나 깨달음을 성취한 사람은 이 인과의 굴레서 벗어나 대자유를 구가할 수 있습니다. 온갖 속박에서 벗어나니까 자연히 갖게 되는 해탈입니다. 그런데 그 속박은 어디서 오겠습니까? 바로 집착에서 옵니다. 집착이 속박을 가져옵니다. 집착은 누가 하는가? 모든 유한한 존재가 합니다. 집착은 모든 유한한 존재의 속성이니까요."

"그렇다면 그 집착이 원인이 되어 만물만생이 생성된다고 보아도 되겠습니까?"

"그렇습니다."

"그렇다면 집착이 사라지면 모든 존재도 사라진다는 말이 되는가요?"

"그렇습니다. 존재가 사라지면 본질로 되돌아간다는 말입니다. 기상의 변화가 원인이 되어 눈, 비, 파도, 안개, 서리 따위가 생성되었다가 그 원인이 사라지면 다시 원래의 물로 되돌아가는 것과 같습니다. 인간도 집착이 원인이 되어 태어났으니까 그 집착이 사라지면 원래의 상태인 만물의 뿌리인 본질로 되돌아갑니다. 그 본질이 바로 피안의 세계입니다.

그렇다면 잘 생각해 보십시오. 가장 하찮은 구더기나 지독한 병균이나 인간이나 나무나 돌이나 물이나 공기나 땅이나 불이나 바람이나 그 본질은 다 같은 거 아니겠습니까? 따라서 가장 하찮은 존재, 가장 미천한 중생에게서 부처를 보아야 한다는 붓다의 말은 진리입니다. 삼라만상은 하나에서 나왔기 때문입니다. 이 본질을 보게 되면 너와 내가 따로 있을 수 있겠습니까? 이 세상 모든 것이 신불(神佛) 아닌 것이 없게 되는 거 아니겠습니까?

구도(求道)란 온갖 속박, 일체의 집착에서 벗어나 그 본질로 돌아가는 과정입니다. 이 본질로 돌아갈 때 일체의 존재는 바로 존재가 아니라는 것을 깨닫게 되는 것이죠. 구도를 통하여 이 본질을 깨달아 다시는 집착이라는 어리석음을 되풀이하지 않게 되는 것을 성통이라고도 하고 해탈이라고도 합니다. 이 구속과 속박 그리고 집착에서 벗어난 사람을 보고 도인, 신선, 하느님, 부처님이라고 우리 조상들은 불러 왔습니다.

　어리석은 사람이 불을 만지다가 그 뜨거운 맛을 본 뒤에 다시 불을 만지는 어리석음을 범하지 않듯이 깨달은 사람은 다시는 집착이라는 불을 만지지 않게 됩니다. 집착 때문에 생로병사의 괴로움을 신물이 나게 겪어온 사람이 다시 그 무명의 소굴 속으로 기어들어갈 수 있겠습니까? 밝아진 사람은 그렇게 될래야 될 수가 없습니다. 죽고 싶지 않은 사람은 태어나지 않으면 됩니다. 태어나지 않으려면 누구나 그 무명(無明)의 소굴, 모태(母胎) 속으로 또 다시 기어들어가는 어리석음을 저지르지 않습니다.”

　“생로병사의 고통에서 벗어나려면 인간으로 다시 태어나지 말라는 말씀인 것 같은데, 그거야 자기 맘대로 되는 것은 아니지 않습니까?”

　“왜요? 생사의 윤회에 다시는 말려들지 않을 만큼 밝아만지면 누구나 다 그렇게 될 수 있습니다. 그 어둠의 소굴, 생로병사의 굴레 속으로 밀려들어 가는 것은 다 그만한 업력(業力)이 있기 때문에 비슷한 업력끼리 끌어당기고 당겨진 결과입니다. 업력은 집착에서 생기는 겁니다. 마음이 밝아져서 집착을 버린 사람이 무엇 때문에 그 어두컴컴한 윤회의 소굴 속으로 빨려 들어가겠습니까? 마음대로 되지 않는 것은 마음을 깨닫지 못했기 때문에 일어나는 현상입니다.

　깨달은 사람은 마음까지도 없어져버렸는데, 맘대로 되고 안 되고가 어디에 있겠습니까? 마음은 존재와 함께 있습니다. 마음이 사라지면 존재도 사라지지 않을 수 없습니다. 얼음덩이를 마음이라고 할 때 그 얼음이 자신의 본질을 깨달으면 이미 얼음덩이가 아닙니다. 얼음덩이가 얼음덩이를 통하여 그 본질을 깨닫듯이 우리는 마음을 통하여 마음의 본질을 깨달을 수 있습니다.

얼음이 자신의 본질을 깨닫고 그 뿌리인 물로 되돌아가듯 우리 구도자는 마음을 통하여 마음의 본질을 깨달아 버리면 마음은 이미 없어집니다. 마음이 없어지면 다시는 생사의 윤회 속에 말려들 꼬투리도 없어져 버립니다. 따라서 마음을 깨달은 사람은 맘대로 되고 안 되고 할 이유조차 없으므로 다시는 유한한 존재로 떨어질 수가 없습니다."

"잡힐 듯 잡힐 듯하면서도 안타깝게도 손아귀 속에 들어오지 않는 미꾸라지와 씨름을 벌이는 기분입니다."

"그 정도면 됐습니다. 그럼 오늘 공부는 이만 합시다."

〈28권〉

무심한 구도자

단기 4327(1994)년 12월 6일 화요일 −2~8℃ 맑은 후 흐림

오후 4시. 우리집의 방수 공사를 책임 맡은 유승원 사장이 조수 한 사람을 데리고 와서 한 시간 동안 일을 마치고 돌아갔다. 그는 이미 두 달 전에 공사 대금을 전액 다 받아 갔는데도 그 뒤에 비가 많이 오면 서재 한 귀퉁이가 샌다는 말을 듣고 벼르고 벼르다가 수원에서 이곳까지 차를 몰고 와서 끝까지 자기 책임을 다하고 돌아갔다. 하도 고마워서 나는 약간의 선물과 함께 내 저서 중에서 비교적 많이 알려진 『다물』 한 권을 학교 다니는 아들에게 주라고 기념으로 선물했다.

우리 부부는 맞벌이를 한 덕분에 결혼한 지 4년 후에 조그마한 단독 주택을 인천시 주안동에 처음으로 마련할 수 있었다. 그때 이후 26년 동안 이사를 다니면서도 늘 집은 한 채 쓰고 살아 왔는데, 집을 보수하고 관리 유지하다가 보면 수많은 업자들과 상대하지 않을 수 없었다. 그 수많은 업자들을 상대해오는 동안 한 가지 법칙을 발견했다. 어떠한 일이 있어도 공사가 끝나고 하자(흠)가 없다는 것이 완전히 입증될 때까지는 잔금을 치르지 말아야 한다는 것이었다. 그러나 나는 번번이

이 원칙을 지키지 못했었다.

"그럼 공사 대금을 완불해도 뒤에 하자가 생기면 언제든지 와서 보수해 주는 겁니까?"

"그럼요. 하늘이 두 쪽이 나는 한이 있더라도 하자 공사는 꼭 책임지고 해드리겠습니다."

"말들은 이렇게 하지만 막상 연락을 하면 차일피일 미루다가 요행, 한두 번 마지못해 와서 공사를 하는 척하다가 일을 마무리짓지 않고 말더라구요. 어디 한두 번 당해 봤어야죠."

"한 번만 더 믿어 보십시오. 이번엔 절대로 에이에스를 책임지겠습니다."

"그러지 말고 한 백만 원만 남겨 놓읍시다."

"그렇게 되면 저는 인부들에게 맞아 죽습니다. 사정 좀 봐 주십시오."

물론 엄살이라는 것을 알고 있었지만 오죽 사정이 급하면 저렇게까지 나올까 하고 그에게 슬그머니 동정심이 일다가 보면 끝내 그의 요구대로 공사대금을 완불해 주고 만다. 이렇게 해서 대금을 청산하고 나서도 방수 공사가 부실해서 비가 새다든가 하수도 공사가 잘못된 것이 나중에 발견되어 전화 연락을 해도 오지 않는 수가 있다.

할 수 없이 업자의 집에 찾아가 보면 대개가 찾기도 어려운 달동네 무허가 판자촌인 경우가 대부분이었다. 물론 집주인 내외는 외출중이었다. 그들의 가난한 살림살이에 눈시울이 뜨거워진 나는 하자공사를 단념하는 수밖에 없었다. 이런 식으로 나는 공사를 시킬 때마다 피해를 당하곤 해 왔다.

그러나 이번에는 달랐다. 50대 초반의 유승원 사장은 이미 공사대금을 완불했는데도 끝까지 찾아 와서 공사를 마무리지었던 것이다. 지은지 20년이나 되는 낡은 집이어서 그런지 그동안 방수공사를 여러 번 했건만 비는 여전히 새었다. 숱한 방수업자들이 손을 들고 말았었다.

"집을 완전히 개조하기 전에는 별수 없겠습니다. 개조하시느니 아예 헐어버리고 새로 짓는 쪽이 훨씬 나을 겁니다" 하고 어떤 업자는 말했다.

"그럴 형편은 안 되는데요."

"그럼 그냥 그럭저럭 사시다가 이 담에 돈 버신 뒤에 아주 헐어버리고 새로 빌딩을 올리도록 하세요. 워낙 집이 낡아서 덧들이기 시작하면 나중엔 걷잡을 수 없게 됩니다."

이런 식으로 11년을 미루어 오다가 유승원 사장을 만나게 되었다. 그는 내 사정 얘기를 듣고는 공사를 자청했다. 어떠한 일이 있어도 방수 공사를 완벽하게 끝내놓고 말겠다는 것이었다.

"30년 동안 방수 공사만 해왔는데요. 아직 한 번도 실패해 본 일이 없습니다. 물론 그중에 어려운 공사도 있었지만 끝내 해결해 놓고 말았습니다. 저희는 방수액까지도 자체 개발해서 특허까지 따놓았습니다."

첫인상부터가 후덕하고 믿음직스러웠다.

"정말 자신 있겠습니까. 지금까지 하도 많은 업자들이 공사를 맡았다가 번번이 실패를 해서 기대를 안 하고 있었는데."

"일이 서툴러서 그랬죠. 공사를 하면서 하나하나 문제점을 따져나가다 보면 꼭 원인은 밝혀지게 되어 있습니다. 공사를 끝내고 비올 때까지 기다렸다가 새지 않으면 그때 공사 대금을 받겠습니다."

"그럼 어디 한번 맡아 해보세요. 나는 이 집에 이사온 지 11년째인데 작년에 보일러 공사, 상수도 하수도 공사까지 다 새로 해서 이제 아무 불편 없이 살만하게 됐는데, 단지 문제는 방수 공사였습니다. 이것만 해결되면 이 집은 살기에 조금도 불편하지 않겠는데."

"염려마세요."

이렇게 해서 착수된 공사였다. 그는 이층 슬라브 지붕을 면밀히 관찰해보고 곧 공사를 마쳤는데도 비는 여전히 새었고 그 뒤 세 번이나 더 보수 공사를 했지만 마찬가지였다. 그러자 이번에는 이층 슬라브 전체를 아예 완전히 싸발랐다. 그리고 나서는 제법 비가 많이 왔는데도 새지 않았다.

나는 드디어 성공했다고 생각하고 그에게 전화를 걸었다. 사실 그동안 예상외로 공사를 오래 끌게 되어 애초에 예정했던 공사 대금보다도 더 많은 비용이 들었던 것을 나는 알고 있었으므로 한시 바삐 공사 대금을 완불해 주고 싶었던 것이다. 공사 대금을 완불한 뒤 며칠 지나서 밤새도록 큰비가 온 일이 있었는데, 새벽에 일어나보니 새던 자리가 또 축축히 젖어오기 시작했다. 공사대금을 완불할 때 하자 공사를 해주기로 약속을 했으므로 그에게 전화를 걸었다.

"그거 참 이상하네요. 슬라브 전체를 완전히 싸발랐는데도 비가 새니 그거 참 귀신이 곡할 노릇이네요. 좌우간 비 그치면 곧 올라가겠습니다. 우선 원인을 알아야 다음 공사를 할 테니까요. 방수 일을 30년 했지만 두 번 이상 공사한 일이 없었는데 참 별일입니다."

그는 약속대로 비 그친 뒤에 올라왔다. 무려 한 시간이나 집 전체를 살살이 살펴보고 나서 그는 말했다.

"비가 오고도 금방은 새지 않죠?"

"그러니까 지난번에 공사 대금을 완불하지 않았습니까? 이번에 보니까 한 열 시간 정도 지난 뒤에나 축축히 젖어 들더군요."

"그럴 겁니다."

"그럼 비가 새는 이유를 알아내셨습니까?"

"지붕이 문제가 아니고 이층 방 동쪽 바깥벽이 문제였습니다."

"그래요? 그럼 벽에 방수가 덜되었다는 말인가요?"

"처음에 집을 지을 때부터 그곳에 방수가 잘 안되었던 것 같습니다. 그러니까 벽이 축축히 젖어 있죠. 벽이 그 정도로 젖었으면 이층 방 안 벽이 젖었어야 하는데 전혀 젖어 있지 않거든요."

"어떻게 그럴 수가 있을까요?"

"그건 이층 벽으로 스며든 빗물이 안벽으로 젖어 들지 않고 모세혈관처럼 벽 내부를 타고 흘러내려 아래층 서재 벽으로 먹어든 것이죠. 그러니까 비가 아무리 많이 퍼부어도 빗물이 벽 안쪽 콘크리트를 타고 먹어들어오는 시간이 있으니까 열 시간 이후에나 서재가 젖어 들어오는 거죠."

"그렇군요. 역시 유 사장님은 30년 동안이나 한 가지 일에 종사해 오신 분이라 다르시군요."

"염려 마세요. 원인이 밝혀졌으니까. 이제 한 번만 더 오면 공사는 완전히 마무리짓게 됩니다."

"제발 좀 그렇게 됐으면 앓던 이 빠진 듯 시원하겠습니다."

"그 후 한 달 만에 그는 약속대로 찾아와서 공사를 완전히 끝내놓은 것이다.

"그동안 숱한 업자들을 상대해 왔지만 공사 대금 완불받고도 이렇게 끝까지 책임을 지고 일을 끝내주시는 분은 오늘 처음 만났습니다. 정말 고맙습니다."

"아아 그거야 당연히 그렇게 해드려야죠. 그게 저희들이 마땅히 해야 할 일인데요."

유승원 사장 일행을 떠나보낸 뒤 나는 한동안 흥분을 삭일 수가 없었다. 살다가 보면 이렇게 장인(匠人) 정신에 투철한 전문 직업인도 만날 수 있구나 하는 감회에서 나는 오랫동안 깨어날 수가 없었다. 고등학교나 나왔을까? 그에게서는 처음부터 지식인 냄새 따위는 풍기지도 않았지만 맡은 일을 다소 손해를 보더라도 끝까지 수행하는 책임감이 살아 있었다.

세상이 온통 성수대교, 삼풍백화점 붕괴사건으로 떠들썩하고 날림공사 한 업자들에게 비난의 눈초리가 쏠리고 있을 때 그는 오직 무소의 뿔처럼 한눈팔지 않고 자기 갈 길을 묵묵히 그리고 당당하게 걸어가고 있는 것이었다. 그에게서는 구도(求道)니 진리니 하는 말은 애당초 가당치도 않았다. 그러나 그는 붓다의 제자 주리반특다나 경허 선사의 제자 수월 스님처럼 말없이 자기 할일을 충실히 해 나가고 있었다. 그는 구도를 자처하고 나선 사람은 아니건만 무심히 도를 실천하고 있었다.

174

영원불변한 진리는 무엇인가

1994년 12월 26일 월요일 −2∼6℃ 구름 조금

과연 '나'라는 것은 우주 속에 존재하는가 하는 질문은 바다에 '파도'는 존재하는가 하는 질문과 같다. 파도는 바닷물의 일시적인 변형이지 바닷물과는 다른 특유의 물질은 아니다. 파도의 본질은 물인 것과 같이 '나'의 본질은 공허다. '나'는 공허의 한 변형으로 일시적으로 존재할 뿐 '나'라고 하는 고유한 특성이 있는 것은 아니다. 파도가 사실은 바닷물이라는 실상을 깨닫는 과정이 구도인 것과 같이 '나'는 공허라는 것, 다시 말해서 유아(有我)에서 무아(無我)를 깨닫는 과정이 구도(求道)이다. 유아가 무아를 터득할 때 구도자는 비로소 대자유를 회복한다.

고(苦)란 '나'를 고집하는 데서 오는데, 유아가 실은 무아임을 깨달을 때 고(苦)는 빛을 쏘인 어둠처럼 가뭇없이 사라진다. 따라서 고(苦)란 나를 고집하는 인간이 스스로 만든 것이다. 만들지 않은 것은 존재할 수 없다. 가아(假我)가 고(苦)의 뿌리이므로 가아에서 벗어나면 고(苦)에서도 벗어나게 된다. 이 가아에서 벗어나는 순간 일체는 하나다. 너와 내가 따로 없다. 다만 한순간만이라도 이 진리를 깨닫는다면 그 사람의 인생은 밑뿌리부터 변해버릴 수밖에 없다.

'나'와 '내 것'이 없어질 때 전체는 내 것이 된다. 공허는 무엇인가? 삼라만상이 성주괴공(成住壞空)하는 무상한 에너지의 파동이다. 영원불변의 진리는 무엇인가? 그것은 영원불변을 거부하는 무상이다. 무상만이 영원불멸하는 진리다.

단기 4328(1995)년 1월 2일 월요일 -6~3℃ 구름 조금

오후 2시. 독자와 전화 대담.

"김태영 선생님 맞습니까?"

"네 맞습니다. 어디에 사는 누구신데 무슨 일로 그러시는지요?"

"저는 부산에 사는 강혜주라는 여대생인데예. 『선도체험기』를 25권까지 다 읽은 독자입니다. 저는 원래 명상을 좋아하는 사람입니다. 이 책을 읽어보이까네, 명상에 참 도움이 많이 되는 것 같습니다."

"그래요. 다행이군요."

"명상에 깊이 몰입하다가 보면 어느 한순간에 이 세상이 온통 다 사라져버리고 저 자신마저도 증발되어버리는 것을 실감하는 때가 있는데, 선생님도 그런 경험을 갖고 계십니까?"

"물론 갖고 있습니다. 관찰이나 화두가 잡히기 시작할 때면 누구나 경험하는 일입니다. 그런데 강혜주 양은 왜 그런 질문을 하시는 거죠?"

"선생님께서는 등산, 달리기, 도인체조, 단전호흡, 오행생식을 자꾸만 강조하시는데 제가 보기에는 그런 거 다 필요 없다고 봅니다. 그냥 명상만 하면 다 되는데 무엇 때문에 그렇게 어려운 일을 사서 하려고 하는지 그 이유를 모르겠습니다."

"그런 말을 하시는 것을 보니 『선도체험기』를 25권까지 읽으면서도 그 책이 주장하는 핵심은 놓치고 말았군요. 편리와 안일만을 추구하는 엑스 세대의 주장 같기도 한데, 구도에서는 그러한 인스턴트 방식이 통하지 않는다는 것을 아셔야 합니다. 비록 명상을 통해서 진리를 깨달았다고 해도 몸공부와 기공부가 수반되지 않는 한 머리로만 깨닫게 됩니다. 그건 위험천만하기 짝이 없습니다. 다른 일상생활은 몰라도 구도생활만은 첨단 과학인 기계나 컴퓨터를 이용할 수 없다는 것을 알아야 합니다. 삼공선도는 몸, 기, 마음공부를 기본으로 삼는데, 그것을 거부한다면 삼공선도라고 할 수 없습니다."

"그래도 모로 가도 서울만 가면 되는 거 아닐까요?"

"명상만을 그렇게 좋아하신다면 명상 센터를 찾으시는 것이 좋지 않을까요? 삼공선도는 편리와 안일을 추구하는 사람에게는 어울리지 않습니다. 몸을 움직이기 싫어하는 사람은 삼공선도를 실천할 수 없습니다. 육체운동이 별로 필요 없는 명상이나 참선 쪽으로 찾아가세요. 그런 곳을 찾아가면 강혜주 씨와 의기투합하는 사람들을 만날 수 있을 것입니다. 그럼 이만 통화를 끝내는 것이 좋겠습니다."

"선생님 잠깐만요. 하고 싶은 말이 더 있는데요."

"어쨌든지, 삼공선도는 몸을 움직이기 싫어하는 사람에겐 전혀 어울리지 않는 심신수련 방법입니다. 강혜주 양과는 더이상 말해 보았자 서로 입만 아플 건데요."

"그래도 한 가지만 더 말씀드렸으면 합니다."

"그럼 어서 말씀하세요."

"제 친구 중에 『선도체험기』를 열심히 읽고 등산, 달리기, 도인체조, 단전호흡, 오행생식에 아예 푹 빠져 있는 아이가 하나 있는데요. 제가 보기에는 아무래도 약간 돌아버린 것 같습니다. 그 힘든 등산과 달리기를 밥 먹듯이 꾸준히 실천하는 것을 보면 불쌍한 생각이 듭니다. 회식이 있을 때도 꼭 날것만을 고집하는 것을 보면 저래 가지고 무슨 재미로 이 세상을 사노 하는 한심한 생각이 듭니다. 그건 선생님이 멀쩡한 젊은 사람 하나 망쳐놓은 것 아닙니까?"

"게으르고 놀기 좋아하는 베짱이가 겨울을 나기 위해 열심히 일하는 개미를 보고 불쌍하다고 생각하는 격이군요. 베짱이가 되든 개미가 되든 선택은 자유입니다. 물론 강혜주 양은 베짱이 쪽을 선택하겠죠?"

"……??"

＊ 수련의 근본 동력은 구도를 향한 불요불굴의 인내력과 지구력에서 나온다. 그런데 이것은 강인한 체력이 없으면 안 된다. 등산, 달리기, 도인체조, 단전호흡을 거르지 않고 실천하는 사람은 자연 지구력과 인내력을 기르게 되는데 이것은 곧 마음공부이기도 하다. 끈질긴 인내력과 강인한 지구력을 가진 사람은 함부로 탐욕을 부리거나 성을 내거나 어리석은 판단을 내리지 않는다. 또 단전호흡을 통하여 기공부가 향상되면 몸이 정화되고 뒤이어 마음도 정화된다. 따라서 몸, 기, 마음공부는 언제나 상부상조하면서 붙어 다니게 마련이다.

＊ 파도의 포말(泡沫)은 삼라만상에 비유할 수 있다. 눈에 잘 띄는 포말 뒤에는 눈에 잘 들어오지도 않는 거대한 대양(大洋)이 있듯, 삼라만상 뒤에는 무한대의 공허(空虛)가 있다. 삼라만상은 공허의 포말이

다. 어떤 원인에 의해 생겨난 포말은 시간과 공간의 제한을 받아 잠시 뒤에는 대양으로 돌아가듯 삼라만상은 공허로 돌아간다.

＊ 사물을 피상적으로 보는 사람은 포말만 본다. 그러나 사물을 통찰하는 사람은 포말도 보고 그 포말이 일어나는 근본인 대양의 움직임까지도 꿰뚫어 본다. 이 대양을 통찰할 수 있는 사람이 대양의 주인이듯 공허를 성찰할 수 있는 사람이 우주의 주인이다.

＊ 중생들은 신로심불로(身老心不老)를 한탄하지만 세 가지 공부를 하는 사람은 적어도 육체를 쓰고 살아 있는 동안 신불로심불로(身不老心不老)를 유지할 수 있다.

＊ 구도(求道)를 구실로 부모와 처자식을 저버리는 무책임한 짓은 하지 말아야 한다. 부모에게 효도하고 처자식을 제대로 돌보는 것 역시 수도(修道)의 요체이다.

＊ 구도(求道)는 내 마음 나도 몰라라 하고 비련(悲戀)의 노래 따위나 읊조리는 것이 아니고 내 마음의 고삐는 내가 확실히 거머쥘 줄 아는 것을 말한다.

맞벌이부부

오후 3시, 수련생 양준식 씨와의 대화.

"선생님 저는 요즘 직장에서 동료에게 중상모략을 당해서 심한 궁지에 몰려 있습니다. 그전 같으면 벌써 반격을 가했을 텐데, 수련을 시작하고부터는 그렇게 해서는 안 된다는 자각이 일어서 지금은 참고 있는데요. 날이 갈수록 저에게 불리해져서 이제는 정말 어쩔 수 없는 궁지에 몰리게 되었습니다.

끝까지 참자니 속에서 부화가 부글부글 끓어오르고 한방 터뜨리자니 상대와 똑같은 사람이 될 것 같고 어떻게 처신을 해야 좋을지 모르겠습니다. 친구들은 지금처럼 그렇게 가만히 놓아두면 저에게 점점 더 불리해질 것이라고 말합니다. 어떻게 처신을 했으면 좋겠는지 정말 난감합니다."

"이왕 얘기를 꺼냈으면 좀 구체적으로 말을 해야지 그렇게 추상적으로 빙빙 돌려서 말하면 상황을 올바르게 판단할 수 있겠습니까?"

"사건의 발단은 이렇습니다. 저는 M그룹 홍보부에서 지금까지 계장으로 일하고 있다가 얼마 전에 과장으로 진급을 했습니다. 그런데, 사실은 저보다 회사 입사 선배이고 나이도 세 살이나 더 먹은 직원이 똑같은 계장으로 같은 부에 근무하고 있었는데요. 어떻게 하다 보니 이번에 그 선배를 누르고 제가 먼저 과장이 되었습니다. 그러자 진급을 잔뜩 기대했던 그 동료가 뒤에서 저를 헐뜯기 시작한 겁니다."

"뭐라고 헐뜯었는데요?"

"제가 이번 진급 발령이 있기 전에 하지도 않은 진급 운동을 했다는 겁니다. 그리고 과거에 있었던 사소한 실수를 침소봉대하여 무자격자가 진급이 되었다고 중상모략을 하고 돌아다니고 있습니다."

"그런 거야 문제될 것이 없지 않습니까. 진급사정위원회에 눈먼 사람들이 앉아 있지 않은 이상 그렇게 엉성하게 진급을 시키지는 않았을 테니까요. 그런 것은 진급한 사람보다도 진급을 시킨 사람들의 명예와 권위에 관한 문제니까 걱정할 거 없습니다. 사필귀정(事必歸正)이라고 시간이 흐르면 진실은 저절로 밝혀질 텐데 무엇이 걱정입니까? 더구나 요즘은 정부에서도 연공서열보다는 능력 있는 사람을 발탁하는 것이 새로운 추세인데, 그 정도의 반발은 일시적인 현상일 테니까 지켜보고 있노라면 저절로 사그러들 겁니다. 양준식 씨는 가만히 있어도 진급사정위원회 같은 데서 다 알아서 처리할 겁니다."

"저도 그런 생각을 안 해 본 것이 아닌데요. 딱 한 가지 걸리는 것이 있습니다."

"그게 뭔데요."

"제가 지금 박사 학위과정을 밟고 있거든요. 사실 지금까지 업무에 지장이 없는 한 회사에서도 눈감아 주어온 일인데, 이번에 그 친구가 이것을 들고 나왔습니다. 거의 사문화(死文化)되어 있는 사규(社規)에는 직장이나 박사과정 중 어느 한쪽을 택해야 한다고 규정되어 있는데 지금까지 많은 직원들이 박사과정을 밟아 왔지만 이것이 문제가 된 일은 없었거든요.

그런데 이번에 바로 그 진급에 누락된 동료가 이 사규를 들먹이기 시작했습니다. 악법도 법은 법이라고 상대가 하도 시끄럽게 들먹이니까 인사부에서도 이 문제를 곧 인사사정회의에 회부할 모양입니다. 그런데 지금 가만히 돌아가는 분위기를 보니까 저 한 사람 때문에 사규가 개정될 것 같지는 않고 까딱하면 양자택일을 해야 할 것 같습니다."

"그러고 보니까 그게 바로 양준식 씨의 아킬레스건이군요. 그런데 이제 보니 양준식 씨가 앞을 내다보는 눈이 좀 짧았어요. 진급이 될 듯싶으면 미리 그 선배 직원을 찾아가 양해를 구하고 좋은 인간관계를 유지할 수 있도록 선수를 썼어야 하는 건데, 이제 너무 늦었군요."

"제가 진급될 것을 미리 알았더라면 그렇게 했을 텐데. 저 역시도 선배를 제치고 진급이 되리라고는 꿈에도 생각지도 못했거든요."

"진급이 된 직후에라도 그 선배를 찾아가서 그런 불평불만이 튀어나오지 않도록 사전에 조치를 취했어야 하는데, 이제는 후회막급이군요."

"사태가 이렇게 될 줄 알았으면 진작 그렇게 나왔을 텐데. 이렇게까지 될 줄은 미처 생각지도 못했죠. 제가 한발 늦었습니다."

"한발 늦은 건 고사하고 도리어 상대방에게 반격까지 가할 빌미를 주었으니 상황판단을 잘못한 것이죠."

"제가 결정적인 실수를 저질렀습니다. 선생님의 말씀대로 역지사지 방하착만 제대로 했었더라면 그런 일은 없었을 텐데."

"그건 죽은 아들 불알 만지기이고 이젠 앞일이나 잘 처리해야죠."

"직장에 그냥 다니려면 박사학위 과정을 포기해야 하는데 그러자니 지금까지 공부해 온 것이 아깝고 그렇다고 직장을 그만두자니 요즘 같은 취직난 시대에 선뜻 그렇게 할 수도 없고, 어떻게 해야 좋을지 저는 그야말로 진퇴양난입니다."

"양준식 씨가 당장 직장을 그만두면 생계가 곤란할 지경입니까?"

"당장 생계가 위협받을 정도는 아닙니다. 집사람이 직장엘 다니고 있거든요."

"아 그래요. 무슨 직장인데요."

"고등학교 교사로 일하고 있습니다."

"그러고 보니 맞벌이부부군요. 자녀는 몇이나 됩니까?"

"이제 다섯 살 난 아들이 하나 있습니다."

"그럼 양준식 씨는 박사 과정을 마치고 교수가 되는 것이 꿈인가요?"

"아무래도 그쪽이 취향에 맞을 것 같습니다."

"그렇다면 열쇠는 부인에게 달려 있습니다."

"그럴까요?"

"그렇지 않으면 양준식 씨가 2년 동안 박사 학위과정 밟는 동안에 생계를 도와줄 후원자라도 있습니까?"

"그런 사람은 없습니다. 부모님은 연로하셔서 이젠 경제 능력이 없구요. 그렇다고 경제적으로 도와줄 친척이나 형제가 있는 것도 아닙니다. 선생님께서는 맞벌이부부로도 저에게는 인생의 선배시니까 이런 때 좋은 충고를 해 주시기 바랍니다."

"역시 양준식 씨가 대학교수가 되느냐 못되느냐 하는 것은 전적으로 부인의 의사에 달려 있습니다. 부부가 맞벌이를 시작한 것은 한쪽만의 수입으로는 생계가 충분치 못하기 때문입니다. 이때 한쪽이 직장을 그만둔다면 수입이 절반으로 줄어들고 대학원 등록비까지 감당해야 되니까 양준식 씨의 경우 전적으로 부인에게 큰 경제적 부담이 넘어가게 됩니다. 물론 박사학위를 마칠 때까지라고는 하겠지만 박사 논문이 통과된 뒤에도 최소한 전임강사가 되기까지는 한 사람의 대학교수로서의 생계가 보장된 직업인이라고 할 수는 없습니다.

그때까지 얼마나 시간이 걸릴지 모르는데 부인이 그것을 감당할 의사가 있느냐 그겁니다. 나 역시도 신문사에 다니면서 지금의 양준식 씨와 비슷한 나이였을 때 대학원 코스만 마치면 대학교수가 될 수 있다는 제의를 받은 일이 있었습니다. 그때 아내는 어떻게든지 서울에 번듯한 주택을 한 채 마련할 자금을 저축하려고 혈안이 되어 구두쇠 작전을 펴고 있었는데, 내가 대학원을 마치고 교수가 되는 것이 어떠냐고 의향을 떠보았습니다.

그때 신문사의 정년퇴직 연령은 55세였고 대학교수 정년은 65세였으니까 적어도 10년은 더 일할 수 있다고 미끼를 던졌는데도 아내는 단호히 거절했습니다. 어떠한 이유로든 남편이 아내의 등골 빼먹는 짓은 용납할 수 없다는 것이었습니다. 할 수 없이 나는 영문학 교수가 될 수 있는 절호의 기회를 포기할 수밖에 없었습니다. 그때 나와 똑같은 제의를 받고 대학원에 들어간 직장 동료는 그 뒤 대학교수가 되어 모 지방 대학에 발령을 받았는데, 그 말을 하자 아내는 그때 자기가 대학원에 가게 할 걸 그랬다고 후회를 했습니다.

그때는 돈 모으는 데만 눈이 어두워서 정년이 10년이나 연장된다는 것은 대수롭게 생각지 않았다는 것이었습니다. 후회막급이었지만 어쩔 수 없는 일이었습니다. 그러나 지금 와서 곰곰이 생각해 보면 그때 대학교수가 안 된 것이 반드시 잘못된 것만은 아니라는 생각이 듭니다. 어쩌면 그때 이미 내 인생행로는 결정되어 있었던 것이 아니었나 하는 생각이 듭니다. 내가 왜 이런 말을 양준식 씨에게 하는고 하니 인생의 한 선배로서 양준식 씨의 부인이 박사학위 코스를 반대하더라도 너무 실망할 필요는 없다는 것을 일러주기 위해서입니다."

"그런데, 선생님 제 집사람은 아무래도 반대할 것 같습니다."

"왜요."

"저하고 사이가 별로 좋지 않거든요."

"아니 그게 무슨 소립니까. 왜 남편이 아내의 환심을 사지 못하고 있다는 말입니까?"

"어쩌다 보니 결국은 그렇게 됐습니다."

"그렇다면 양준식 씨는 주변 사람들과의 인간관계에 무언가 근본적인 결함이 있는 것 아닙니까? 직장 동료와도 그렇고 가장 가까운 인생의 반려인 아내와도 사이가 좋지 않다면 구도자답지 않은데요. 도대체 그 이유가 무엇입니까?"

"따지고 보면 별것도 아닌 일상생활의 사소한 의견충돌이랄까 마찰 같은 것이 증폭되어 사이가 좀 벌어져 있는 상태입니다."

"구체적으로 말해서 어떤 일에 마찰을 빚습니까?"

"집사람은 한 집안의 가장으로서는 도저히 할 수 없는 거북한 일을 하라고 시킵니다. 가령 자기가 바쁘고 피곤하다고 해서 이불을 펴고

185

개라든가, 어떤 때는 설거지를 시키는가 하면 빨래나 청소까지 시키든 가 사내대장부로서는 도저히 할 수 없는 일을 시킵니다. 이것뿐이라면 또 모르겠는데 어떤 때는 밥도 짓게 하고 요리도 만들게 합니다. 집안 청소 정도라면 모르겠는데 여자들이나 하는 일을 시키니 속에서 열불 이 치밀어 오릅니다.

그래서 시키는 일을 안 하면 아내를 직장에 내보내는 주제에 가장 대접만 받으려고 한다면서, 요즘 맞벌이부부들은 부엌일도 세탁도 청 소도 반반씩 나누어 한다면서 제 자존심까지 건드립니다. 사내 대접받 으려면 자기 아내 직장에 내보내지 않을 만큼 돈을 듬뿍 벌어오라는 겁니다. 아이 낳기 전까지도 그렇게 심하지 않았는데 아이 하나 낳고 나서는 너무도 기세등등하여 남편을 아예 핫바지 취급하는 것 같아서 기분이 보통 상하는 것이 아닙니다."

"결국은 그 놈의 자존심 때문에 주변 사람들과 불화를 빚고 있군요. 자존심 때문에 아내와도 직장 동료와도 불화를 빚는다면 어디 구도자 라고 할 수 있겠습니까? 애당초 구도 따위는 염두에도 없는 보통 중생 들 하고 다른 점이 무엇입니까?

일단 결혼을 하여 맞벌이부부가 되어 생계비를 반반씩 부담하기로 한 이상 집안일은 마땅히 공평히 나누어서 해야 합니다. 공평한 눈으 로 보면 양준식 씨 부인의 태도가 백번 옳다고 봅니다. 남존여비 사상 은 과거에는 우세했을지 모르지만 지금은 아닙니다. 시대가 바뀌었습 니다. 양준식 씨는 지금부터라도 그 되지 못한 남성우위 사상에서 과 감하게 탈피해야 합니다. 역지사지 방하착 관법을 일상생활화 해야 하고 구도자답지 못한 시대착오적인 전통사상에서도 벗어나야 합니다.

근거 없는 자존심 따위에 흔들리지 말고 그것을 적절히 제어하고 통제하는 지혜를 구사하도록 하세요. 부부는 주종관계가 아닙니다. 하나의 인격 대 인격의 화합입니다. 어느 한쪽이 부당하게 자존심을 내세우면 화합은 깨어지게 되어 있습니다. 지금 양준식 씨가 부인에게서 남편 대접을 제대로 못 받는 것은 상대에게 책임이 있는 것이 아니라 전적으로 양준식 씨 자신에게 책임이 있습니다."

"그렇다면 선생님도 부엌에서 설거지도 하시고 빨래도 하시고 이불도 개고 하십니까?"

"당연한 일이죠. 상대가 하루 종일 직장에서 시달려 몹시 피곤한 기색이 보이면 지체 없이 부엌일도 세탁도 청소도 가리지 않고 합니다."

"그거 정말입니까?"

"그럼요. 정말이지 않잖구요. 그럼 내가 후배 앞에서 거짓말을 하겠습니까?"

"아니 뭐 그렇진 않습니다만, 선생님도 그 연세에 설거지 같은 집안일을 하신다니 믿어지지가 않아서 그럽니다."

"잘못된 자존심, 쓸데없는 남성우위 사상을 버리고 집안일에 협조적으로 나올 때 진짜 남편 대접을 받는다는 것을 알아야 합니다. 직장에서도 마찬가지입니다. 내가 이익을 취할 때 손해를 입을 사람은 없는가 항상 주변을 살펴볼 수만 있었더라도 직장 동료에게 그런 대접을 받지 않았을 겁니다. 아내도 직장 동료도 나 자신이 아닌 남입니다. 남을 위한 것이 정말 나를 위하는 길이라는 신조를 실천에 옮길 때 주변

187

사람들과의 진정한 화합은 이루어집니다. 물론 무수억겁(無數億怯)의 생(生)을 살아오면서 쌓이고 쌓인 습기(習氣)를 일시에 무너뜨린다는 것은 힘겨운 일이겠지요.

그러나 구도자는 어차피 타고 넘어야 할 고비입니다. 깨달음은 누가 가져다주는 것이 아니라 이러한 작은 깨달음이 쌓이고 쌓여서 마침내 큰 깨달음으로 이어지는 겁니다. 새벽에 눈만 뜨면 밀어닥치는 일상생활 하나하나가 다 수행(修行)의 연속입니다. 일상생활의 어느 한 대목도 소홀하게 적당히 어물어물 넘겨버린다면 그것이 축적되어 나중에는 반드시 큰 걸림돌로 작용하게 됩니다. 지금 양준식 씨가 겪고 있는 어려움이 바로 그런 겁니다. 평소에 준비를 하지 않고 게으른 사람은 결정적인 순간에 꼭 쓰라린 실패의 쓴 잔을 맛보게 됩니다. 유비무환(有備無患)입니다."

"결국 박사 학위 코스는 포기해야 되겠죠?"

"되든 안 되든 부인에게 한번 부딪쳐 보세요. 거절당할 각오를 단단히 했다면 거절을 당해도 마음 상할 일은 없을 겁니다. 거절을 당하면 아직 때가 아니구나 하고 후퇴를 하고 다음 기회를 준비하든가 인생의 방향을 다른 쪽으로 틀던가 하면 됩니다. 양준식 씨가 지금 당장 해야 할 일은 어떠한 일이 있어도 주변 사람들에게 이득은 주지 못할망정 폐를 끼치는 일은 없어야 한다는 겁니다.

그것이 습관화되면 그다음 단계로 어떻게 하면 주변 사람들에게 이익이 되는 일을 할 수 있을까 늘 궁리하다가 보면 자기가 하려고 하는 일도 순풍에 돛 단 듯이 술술 잘 풀려나가게 될 것입니다. 일이 잘되지 않는 것은 얼핏 보기에는 남의 탓 같지만 냉정하게 객관적으로 살펴보면 언제나 자업자득(自業自得)이요 자작자수(自作自受)라는 것을 알게 됩니다.

부인에게 일언지하에 거절을 당하더라도 실망하지 말고 다음 기회를 만들어 보세요. 대인관계에 있어서도 한번 형성된 고정관념이 완전히 바뀌려면 상당한 시일을 필요로 합니다. 분위기가 전적으로 양준식 씨에게 유리하다고 판단되었을 때 다시 한번 도전을 해보든가."

"선생님 얘기를 듣고 있자니까 대학교수되는 것보다 더 소중한 인생살이의 진실을 알게 된 것 같습니다. 『선도체험기』에서 남을 위하는 것이 진정으로 나를 위하는 것이라는 말을 읽었을 때는 그저 그런 말도 있구나 했는데, 사실은 그 말이 저에게 꼭 들어맞는 핵심 좌우명이라는 것을 알게 된 것이 더 소중한 수확입니다."

"그렇다면 내가 한참 떠든 보람이 있는데요. 어디 한번 지켜봅시다. 오늘 이 시간 이후 양준식 씨의 생활태도가 어떻게 바뀌는가?"

"꼭 바뀔 것 같습니다."

"물론 그렇게 되기를 바랍니다. 언행(言行)이 일치한다면 그 사람은 이미 도인의 길에 들어선 겁니다."

1995년 1월 5일 목요일 -5~0℃ 한때 눈 조금

사람에게 있어서 가장 값진 일은 무엇인가? 생로병사에서 벗어나는 일이다. 그런데 어떻게 되어 사람들은 이 세상의 부귀영화를 위해 그렇게도 필사적인가. 그것은 아직 생로병사가 무엇인지 잘 모르기 때문일까. 부귀영화가 다 부질없는 일이라는 것을 깨닫기 전의 예비 과정이어서 그럴까?

일류 대학을 졸업하고 일류 직장에 취직하여 사장이 되고 회장이 된다 한들, 최첨단 과학자가 되어 세계적인 명성을 얻었다 한들, 초강대국 대통령이 되어 지구촌의 운명을 좌지우지한다 한들, 초특급 스타가 되어 민중의 우상이 된다 한들, 세계에서 제일 돈 많은 부자가 된다 한들 어느 누구도 생자필멸의 도리를 거역할 장사는 없다. 죽은 다음에 자기가 만든 인과의 덩어리가 정자와 난자가 되어 여자의 모태 속으로 기어들어 간다면 어김없이 생로병사의 소용돌이에 또다시 휘말리지 않을 수 없다.

중생들이여! 지루하게 되풀이되어온 생로병사의 윤회가 지겹지도 않은가.

구도자들이여! 수련 중 졸음이 오면 관을 통하여 그 졸음을 장악하라. 아픔이 엄습해오면 그 아픔에 휘말리지 말고 그것을 휘어잡으라.

이 세상의 아내와 남편들이여! 외도하는 남편, 바람피우는 아내를 불쌍한 눈으로 바라볼 수 있어야 도의 경지에 올라섰다고 할 수 있음을 명심하라. 더불어 화내고 질투하고, 속 썩이고 싸우고 갈라선다면 아무 의미도 없다. 그런 일은 남들에 의해 얼마든지 되풀이될 수 있으니까. 그 악순환의 고리를 끊고 그것을 초월해서 그 위에 앉아 굽어 볼 수 있어야 한다.

혐오감에 발 묶인 여자

＊ 구도자는 자신의 육체를 통하여 '나'라는 존재의 정체를 알게 되고 나를 관찰함으로써 무상과 무아(無我)를 깨달아 진리에 도달한다.

＊ 선도인은 기공부를 통하여 기를 느끼고, 기를 통하여 마음을 알고, 마음을 깨달아 도(道)에 이른다.

1995년 1월 10일 화요일눈 조금

오후 3시. 사십대 초반의 손인혜라는 주부 수련자가 찾아와서 말했다.

"선생님, 저는 결혼할 때 부모가 물려준 재산이 있어서 지금껏 비교적 여유있는 생활을 할 수 있었습니다. 특히 소녀적부터 저는 종교적인 성향이 짙어서 기독교, 불교, 신흥 종교, 유사 종교, 사이비 종교에 이르기까지 발을 들여놓지 않는 데가 없습니다. 그렇게 많은 종교를 몸으로 겪으면서도 결국엔 어딘가 흡족하지 않은 빈 구석이 있어서 깊이 몰입하지를 못하고 한때는 제법 깊숙이 빠져들었다가도 다시 제 발로 빠져 나오곤 했습니다. 그런데 작년 초여름에 우연히 『선도체험기』를 책방에서 구하여 읽기 시작하면서 그렇게도 많은 종교 속에서 구하지 못했던 것이 무엇인가 하는 것을 알게 되었습니다."

"그것이 무엇이었는데요?"

"결론부터 말씀드리자면 몸공부와 기공부가 기성 종교에서는 대부분은 빠져있었다는 것이었습니다. 일부 사이비 종교에서는 기공부를 시키기는 하는데 몸공부가 수반되지 않는 기공이었어요. 그것도 돈벌이에 급급한 인상이 너무나도 짙었어요. 좌우간 저는 그렇게도 무더웠던 지난여름의 긴긴 해를 『선도체험기』 덕분에 저도 모르는 사이에 넘겨버리고 말았습니다.

특히 15권 이후에서 선생님께서 강조하시는 몸, 기, 마음공부를 해보니까 날이 갈수록 그 효과가 확실해졌습니다. 이제는 의심할래야 의심할 수조차 없게 되었습니다. 저는 이제야 제가 가야 할 길을 확실히 알게 되었습니다. 선생님께서 저를 좀 집중적으로 지도해 주신다면 저는 제가 가지고 있는 재산을 전부 바쳐서라도 삼공선도를 보급하는 데 제 여생을 바칠 작정입니다."

"그렇습니까? 귀중한 재산을 그렇게 뜻있는 일에 쓰시겠다니 정말 반가운 일이군요. 그럼 부군께서도 그 일에 찬성하시던가요?"

"저는 독신입니다. 아무도 간섭할 사람이 없습니다."

"아니, 그럼 결혼을 하신 일도 없었다는 말씀인가요?"

"아니죠. 결혼을 한 일은 있습니다만 제가 남편이 싫어서 이혼을 했습니다."

"자녀분은 없습니까?"

"열 살 난 딸이 하나 있기는 한데 제가 키우고 있습니다."

"그럼 부군과는 언제 이혼을 하셨는데요?"

"5년 됐습니다."

"왜요?"

"그냥 싫어서 그랬습니다."

"그래도 싫은 이유가 있었을 꺼 아닙니까?"

"무역을 한답시고 전 세계를 무대로 돌아다니는데 한번 출장을 나가면 보통 6개월 이상씩 걸립니다."

"그렇다면 남편이 집을 너무 많이 비우는 것이 불만이었던가요?"

"아니, 뭐 반드시 그렇지는 않습니다. 저는 절대로 독수공방 지키는 것에 불만을 품는 그런 종류의 여자는 아닙니다. 이성(異性)을 탐하거나 그리워하는 그런 여자는 아니라는 말씀입니다."

"그렇다면 자식까지 있는 처지에 왜 이혼을 하셨습니까?"

"그냥 싫어서였습니다. 한번 외국에 나갔다가 들어오면 그 남자가 옆에 오는 것이 무조건 싫었습니다."

"무조건 싫다니요?"

"그 사람의 몸에서 온갖 불결한 냄새가 요동을 쳐서 도저히 옆에 가까이할 수 없었습니다. 창녀의 불결한 살내음, 찌든 술 냄새, 담배 냄새가 싫었습니다. 구역질이 나서 도저히 가까이 있을 수가 없을 정도였습니다."

"사회적인 통념으로는 해외 활동을 많이 하는 남자들은 그만한 일은 흔히 있는 것이 아닙니까?"

"남들은 어떤지 모르지만 저는 도저히 참을 수 없었습니다."

"혹시 손인혜 씨는 지나친 결벽증이 있는 것이 아닙니까?"

"글쎄요. 이런 것이 결벽증인지는 모르지만 저는 도저히 그 사람과는 같이 살 수 없다는 결론을 내렸습니다."

"혹시 남편이 다른 여자를 사랑하여 딴살림을 차린 것 같지는 않았습니까?"

"그런 것 같지는 않았습니다."

"그렇다면 주위에서도 말이 많았겠는데요?"

"물론입니다. 형제들과 친척들이며 부모들이 전부 제 이혼을 반대했지만 저는 한번 결심했다 하면 무슨 일이 있어도 관철하고야 맙니다."

"상대방의 태도는 어땠습니까?"

"물론 극구 반대했었죠."

"그런데 어떻게 이혼이 성립됐습니까?"

"일단 이혼을 하기로 작정을 하고 온갖 궁리를 다 해보았습니다. 장시간을 두고 머리를 굴려보니 좋은 꾀가 떠오르더군요."

"어떤 꾀였습니까?"

"꾀병을 앓기로 했습니다."

"꾀병이라면 아무래도 들통이 나는 것이 아닙니까?"

"아닙니다. 이왕에 꾀병을 하기로 작정한 이상 정말 누가 보아도 인정할 정도의 중병을 가장하기로 했습니다."

"쉬운 일이 아니었을 텐데요."

"쉬운 일이 아니었죠. 그러니까 도전해 볼만했습니다."

"어떻게요?"

"꾀병을 앓기로 작정을 한 이상 정말 누가 보아도 결혼생활을 계속할 수 없을 만큼 중병을 앓으면 됩니다."

"중병을 누구나 그렇게 쉽게 가장할 수 있을까요?"

"남들은 어떨지 몰라도 저는 관철할 자신이 있었습니다."

이야기는 자꾸만 이상한 방향으로 전개되어 나갔다.

"어떻게 그걸 관철하셨습니까?"

"무조건 굶기로 했습니다."

"아니 그럼 병을 가장하기 위해서 일부러 단식을 했다는 말씀입니까?"

"네, 저는 단식에는 자신이 있습니다. 『선도체험기』에도 단식 이야기가 나오더군요. 저도 처녀 때 하도 몸이 뚱뚱해져서 21일간 단식원에 들어가 단식을 해 본 경험이 있습니다. 그때 단식에 대해서 공부도 하고 책도 읽고 하여 어느 정도 단식에 대한 지식을 갖고 있었는데요. 사람은 물만 먹고도 백 일 동안 살 수 있다고 합니다. 최근에 신문에 보니까 어떤 사람은 2백 일 동안이나 단식을 하였다고 하더군요.

내과 의사로 개업 중인 고교 동창생이 있었는데, 그 애와 짜고 에이즈에 걸렸다는 진단서를 만들어 가지고는 남편과 담판을 벌였습니다. 한 달간이나 단식을 하여 몸은 장작개비처럼 바싹 말랐는데, 에이즈라는 불치병에 걸렸다는 진단서를 내보이니까 남편은 당장 얼굴색이 달라지면서 금방 이혼 서류에 도장을 찍어주더군요."

"그렇다면 에이즈에 걸린 아내에게 딸을 맡겨놓고 남편은 이혼을 했다는 말입니까?"

"아이만은 어떠한 일이 있어도 제가 기르고 싶어서 또 한 번 결단을 내렸습니다."

"어떤 결단을 말입니까?"

"법적으로 이혼이 완전히 성립된 뒤에 저는 단식을 풀었습니다. 남편에게 그동안 저에게 일어났던 일을 사실대로 털어놓고 딸은 제가 키우겠다고 했습니다."

"그랬더니 뭐라고 하던가요?"

"그렇게까지 자기가 싫더냐고 다소 원망하는 눈빛이었지만 이미 다 저질러진 일이니 어떻게 하겠습니까. 아이는 제가 기르기로 했죠."

"그럼 지금도 전 남편은 혼자 있습니까?"

"속았다는 것을 알고도 제 마음이 다시 돌아서기를 기다리는지 아직 혼자 있습니다. 명절 땐 딸에게 선물도 하고 지금도 기회만 있으면 다시 합치자고 간청을 하지만 저는 그 사람만 보면 송충이처럼 징그럽습니다."

"아니 그렇다면 뭣 때문에 결혼을 했습니까?"

"그때는 처녀 때라 나이는 자꾸 먹어 삼십이 넘을 때였고 부모들이 하도 성화를 하는 바람에 얼떨결에 결혼을 했는데 지내놓고 보니 그게 아니었습니다."

"그래도 한때 남편이었고 딸까지 있는 사람을 그렇게 싫어하는 마음을 그대로 갖고 어떻게 도를 닦겠다고 하십니까?"

"아니 선생님! 그럼 싫은 사람하고 이혼한 여자는 도를 닦을 자격도 없다는 말씀인가요?"

"아니죠. 그런 말이 아닙니다. 바로 사람을 싫어하는 마음이 있기 때문에 그것을 극복하기 위해서라도 수도를 해야 할 이유는 될 수 있습니다. 그러나 앞으로도 지도자가 되어 삼공선도를 세상에 널리 보급할 목표를 가지고 계시다면 우선 누구를 싫어하는 마음은 극복이 되어야 하지 않을까요? 삼공선도에서 마음공부를 하는 목적은 희구애노탐염(喜懼哀怒貪厭) 즉 기쁨, 두려움, 슬픔, 노여움, 탐욕, 혐오감에서 벗어나자는 겁니다.

이것을 지감(止感)이라고 합니다. 손인혜 씨는 바로 혐오감에 발이 묶여 있습니다. 지금까지 얘기를 자세히 들어보니 손인혜 씨는 결혼은 했지만 싫은 남편과 이혼한 것을 자랑스러운 일처럼 알고 계시는 것 같은데, 제가 보기에는 결코 자랑스러운 일이 못 됩니다."

"그럼 어떤 것이 자랑스러운 일일까요?"

"손인혜 씨가 난데없이 별로 뚜렷한 이유도 없는데 남편이 송충이처럼 싫어졌다면 냉정한 관찰을 통하여 그 원인을 밝혀냈어야 합니다. 남편이 싫어진 것은 남편에게 원인이 있는 것처럼 지금까지 손인혜 씨는 알고 있는 것 같은데, 실은 그렇지 않습니다. 싫어진 것은 상대에게 원인이 있는 것이 아니라 바로 손인혜 씨 자신 속에 원인이 있었던 것입니다. 이것을 깨달았어야 했습니다. 자기 성찰을 통하여 이것을 깨달아 자신의 성품을 한 단계 진화시켰어야 했습니다.

남편이 갑자기 싫어진 것은 자기반성을 통하여 그 감정에서 벗어나라는 주문이었고 숙제였는데, 손인혜 씨는 이것을 미처 눈치채지 못하고 멀쩡한 남편에게 이혼의 쓴잔을 맛보게 하여 공연히 업(業)만 하나 더 보탰을 뿐입니다. 결혼은 자고로 인륜지대사(人倫之大事)라고 하지 않습니까? 어린애 장난이 결코 아닙니다. 장난을 하는 아이들은 주었던 것을 금방 도루 물리기도 하지만 어른의 결혼은 그렇지 않습니다."

내가 이렇게 나오자 손인혜 씨의 안색이 달라졌다. 지금까지 어딘가 의기양양했던 태도가 약간 위축되는 것 같았다.

"그렇다면 선생님은 제가 송충이처럼 싫은 남편을 다시 맞이하라는 말씀인가요?"

"왜 그런 말씀을 하십니까? 나는 누구보고 이래라 저래라 말할 자격도 권리도 없는 사람입니다. 사람은 누구나 자기 인생행로를 선택할 권리를 가지고 있습니다. 어떤 선택을 하든 그것은 각자의 재량권에 속하는 일입니다. 단지 내가 말하고 싶은 것은 남을 지도할 위치에 선사람은 까닭 없이 사람을 싫어하는 혐오감에서는 벗어나야 한다는 겁니다. 지도자가 갖추어야 할 성품 중에서 가장 중요한 것은 사람을 편애하거나 혐오하지 않는 겁니다. 이 두 감정에서 벗어나지 못한 사람이 지도자가 될 경우 온갖 부조리와 잡음이 일기 쉽습니다.

편애와 혐오는 새로운 업을 만드는 중요한 구실을 합니다. 그것뿐만 아니라 구도자는 마땅히 혐오감에서 벗어나야 수련이 제대로 이루어진다는 것을 말했을 뿐입니다. 남을 편애하면 시기와 질투를 반드시 불러오게 되고 이것은 온갖 불평불만의 원천이 됩니다. 또 남을 혐오하면 원망과 증오심을 사방에 심어놓게 됩니다. 구도는 지금까지 지어온 업에서 벗어나자는 것인데, 새로운 업을 자꾸만 쌓는다면 이것은 수행에 역행하는 것밖에는 되지 않습니다.

사람이 이 세상을 살아가는 데 누구나 기본적으로 꼭 지켜야 할 다섯 가지 계율, 다시 말해서 살생하지 말고, 도둑질하지 말고, 간음하지 말고, 거짓말하지 말고, 흡연과 주색잡기에 빠지지 말라는 것은 남의 원망을 사지 않고 새로운 악업(惡業)을 짓지 않기 위해서입니다. 그래서 계율을 어기는 사람은 떳떳하지 못하고 수행도 되지 않습니다.

나는 단지 혐오감만은 어떠한 경우에라도 구도자가 기필코 벗어나야 할 악덕 중의 하나라는 것을 강조하고 싶을 뿐입니다. 현대의 물질주의적 서구문명은 자기감정을 솔직하게 발산하는 것이 휴머니즘인 양 선전하고 있지만 우리 구도자는 자기감정을 객관적으로 살펴보는 것을 잊지 않습니다. 그것이 개인 욕망의 발로라면 마땅히 그러한 감정에서 벗어나야 합니다."

"그렇다면 선생님 저는 어떻게 했으면 좋겠습니까? 그 사람을 다시 맞아들여야 하겠습니까?"

"그것 역시 스스로 알아서 선택하실 일입니다. 나는 단지 구도자가 걸어야 할 기준을 제시했을 뿐입니다. 손인혜 씨는 구도자라면 누구나 통과해야 할 어렵고 힘든 혐오감의 족쇄에 묶여있습니다. 여기서 벗어나야 시원한 전망이 트일 겁니다."

"무슨 말씀인지 대강 짐작은 하겠습니다."

빙의령이 목을 누른다

1995년 1월 17일 화요일 -6~3℃ 흐린 후 맑음

아침 일곱 시 라디오 뉴스에서는 일본 관서지방에 대지진이 일어나 도시 기반 전체가 다 무너져 막대한 인명 및 재산 피해가 일어났다고 보도하고 있다. 하루 종일 온갖 매스컴들이 이 뉴스로 꽉 차 있다. 이웃 나라의 불행이 이웃의 불행인 지구촌 시대에 우리는 살고 있다. 천재(天災)나 인재(人災)나 인과응보의 법칙에서는 한 치의 오차도 있을 수 없다.

과연 일본은 이런 불행을 당해야만 할 일을 저질렀을까? 냉정하게 통찰해 봄직한 일이다. 남을 위하는 일은 곧 나를 위하는 길이고 남을 해치는 일은 곧 나를 해치는 일이라는 이치엔 예외가 있을 수 없다. 그렇다면 일본인들은 이웃 나라를 해친 응보를 받는 것이 아닐까? 남에게 해악을 끼쳤으면 마땅히 반성하고 새로 거듭나야 한다. 이웃 나라 국민으로서 타산지석(他山之石)으로 삼아야 할 일이다.

12시 전화 한 통이 걸려왔다.

"선생님 저는 선생님의 독자입니다. 제가 아무래도 빙의가 된 것 같습니다. 좀 살려주십시오."

"빙의가 되었다고 그렇게 무조건 전화만 걸면 됩니까? 도대체 전화

거는 사람은 누구고 나를 어떻게 알고 전화를 걸었는지 차근차근 말을
해주어야 하지 않겠습니까? 독자라고만 하면 다 되는 줄 아는 모양인
데 내 독자가 어디 한두 사람입니까? 아무리 급하시더라도 전화에 대
한 기본 예의는 지킬 줄 알아야죠. 다급한 길일수록 돌아가랬다고 좀
침착하게 자초지종을 말씀해 보세요."

"너무 다급해서 죄송하게 됐습니다."

"독자라고 했는데, 무슨 책을 읽었습니까?"

"『선도체험기』를 읽었습니다."

"『선도체험기』가 지금 26권까지 나갔는데 몇 권이나 읽었습니까?"

"1, 2, 3권은 우리 동네 도서관에서 읽었고 25권은 책방에서 서서 대
충 읽었습니다."

"그렇게 읽어가지고는 내 독자라고 할 수 없겠는데요. 『선도체험기』
는 그런 식으로 읽을 것이 아니라 1권에서 26권까지 차분하게 정독(精
讀)을 하고 나서 의문이 있으면 그때 가서 전화를 하도록 하세요. 전화
이만 끊도록 하겠어요."

"선생님, 잠깐만요. 사실 저는 M공과대학 1학년에 다니는 학생인데
요. 며칠 전에 어떤 사이비 종교단체의 제사에 참가했는데 갑자기 머
리가 깨지는 것처럼 아프고 가슴이 답답해져서 숨을 제대로 쉬지 못할
정도로 고통이 심합니다. 저는 이것이 무엇 때문인지 몰라서 어쩔 줄
모르고 전전긍긍하다가 책방에서 우연히 『선도체험기』 25권이 눈에
띄기에 대강 훑어보니 빙의령 얘기가 나와서 아무래도 빙의가 된 것
같아서 전화를 걸었습니다."

"어쨌든 간에 『선도체험기』를 1권에서 26권까지 차근차근 다 읽고 나서 의문이 일면 그때에 전화를 다시 거세요."

"네 선생님 그러겠습니다. 그렇게만 해도 빙의령이 나갈까요?"

"빙의령에 대한 의문은 거의 다 책에 설명해 놓았으니까 『선도체험기』를 다 읽기 전에는 다시는 전화하지 마세요."

"네 알겠습니다."

"그 후 한 시간쯤 뒤에 다시 전화가 걸려왔다."

"선생님, 아까 전화 걸었던 학생인데요."

"왜 또 전화 걸었어요. 26권까지 다 읽은 다음에 전화하라고 하지 않았어요?"

"너무 다급해서 그럽니다."

"아무리 다급해도 우물에 가서 숭늉 달라고 할 수는 없어요. 모든 일에는 순서가 있는 법이에요. 털도 안 뽑고 그냥 먹으려고 하면 됩니까."

"그건 알겠는데요. 선생님, 『선도체험기』를 읽으려고만 하면 빙의령이 달려들어 제 목을 꽉 조입니다. 흑흑흑…… 선생님 좀 살려주십시오. 엉엉엉……"

"아니 사내대장부가 그만 일로 일면식도 없는 사람에게 전화를 걸어 엉엉 울면 어떻게 하겠다는 거예요. 위급한 때일수록 정신을 바짝 차려야지. 이것이 다 시험이고, 내가 타고 넘어야 할 장애물이다 생각하고 정신을 바짝 차려야 해결의 실마리가 보이지. 그렇게 울기나 한다고 됩니까? 호랑이한테 물려가도 정신만 똑바로 차리고 있으면 살길이 열린다고 하지 않았어요?

도대체 전화로 어떻게 해달라는 거예요. 학생은 지금 나한테서 도움을 받으려고 해도 『선도체험기』를 다 읽지 않았기 때문에 공감대가 이루어져 있지 않아서 대화가 통하지 않아요. 빙의령이 목을 누른다고 해서 금방 포기할 것이 아니라 어떻게 하든지 읽어내야 합니다. 포기하면 빙의령에게 지는 거예요."

"너무 다급해서 그러는데요. 이런 때 무당이나, 안수 기도하는 목사나, 초능력자를 찾아가도 되겠습니까?"

"『선도체험기』 구입할 돈도 없어서 도서관이나 책방에 서서 읽는 처지에 적지 않는 돈이 드는 그런 일을 할 수 있겠습니까? 자기 속에 있는 우물을 팔 생각을 해야지 남의 우물물을 사 먹을 생각은 하지 않는 것이 좋아요."

"그게 무슨 말씀인지 이해가 가지 않습니다."

"『선도체험기』를 다 읽었더라면 그런 소리가 나오지 않았을 꺼예요. 좌우간 나도 이런 일로 길게 얘기할 시간이 없으니 이제 전화 끊도록 해요. 부탁인데 『선도체험기』 다 읽기 전에는 다시 전화하지 말아요. 알겠어요."

"네."

그 후 이 학생에게서는 전화가 다시 걸려 오지 않았다.

『선도체험기』를 1권에서 26권까지 다 읽어온 독자라면 이렇게 다급할 때 어떻게 해야 된다는 것을 다 알고 있을 것이다. 그러나 참고삼아 다시 한번 응급조치를 설명해 보겠다.

첫째, 빙의가 되었다는 것을 알고 나면 제일 먼저 빙의 사실 자체에 마음을 집중해야 한다. 가벼운 빙의령이라면 마음만 집중을 해도 곧 천도되어 나간다. 그러나 아무리 마음을 집중해도 끄떡도 하지 않을 때가 있다.

머리에 큰 보자기를 덮어씌운 것 같고 가슴이 바싹바싹 조여들어 올 때도 있다. 또 조금 전에 학생이 호소해 온 것처럼 목을 눌러올 때도 있다. 원한이 천추에 사무친 빙의령이 들어왔을 때 이런 일이 일어난다. 어찌되었든지 간에 모두가 다 자신의 인과 때문이라는 것을 자각하고 침착하게 대응해야 한다. 빙의령 때문에 목숨을 잃는 일은 좀처럼 없으니 계속 빙의령에게 마음을 집중해 주기 바란다.

둘째, 아무리 마음을 집중하여 관찰을 했는데도 전연 효과가 없고 고통이 점점 더 심해 온다면 '한기운, 한마음, 한누리'를 속으로 크게 암송해 주기 바란다. 한 시간이고 두 시간이고 끈질기게 이것을 암송하고 있으면 어지간한 빙의령은 떠나게 되어 있다.

셋째, '한기운, 한마음, 한누리'를 제아무리 암송을 해도 전연 소식이 없을 때는 어떻게 할까? 이럴 때는 『천부경』을 암송하기 바란다.

넷째, 『천부경』을 아무리 암송해도 전연 효험이 없을 때는 『삼일신고』를 암송하기 바란다. 웬만한 빙의령이면 이 정도에서 거의 다 떠나게 될 것이다.

다섯째, 『삼일신고』를 아무리 외워도 듣지 않는다면 어떻게 할까? 그런 때는 불교에서 이용하는 『신묘장구대다라니경』을 외워주기 바란다. 이것을 밤낮으로 21일간 암송하면 어지간한 빙의령은 떠나게 되어 있다고 한다.

여섯째, 『다라니경』을 외워도 안들을 때는 중국 기공에서 하는 방식을 이용해 보기 바란다. 양발을 어깨 넓이로 벌리고 똑바로 일어서서 '빙의령(憑依靈) 입지(入地)'를 외우면서 발꿈치를 들었다 놓았다 한다. 이것을 끈질기게 해보기 바란다.

일곱째, 이것까지도 듣지 않을 때는 어떻게 해야 할까? 구도자는 자신의 수련을 지도하고 가르치는 스승이나 선배의 모습을 마음속에 떠올리기 바란다. 대주천 수련이 된 사람에게는 확실한 효과를 볼 수 있을 것이다.

이렇게까지 했는데도 전연 먹혀 들지 않을 때는 어떻게 할까? 그런 때는 역부족(力不足)이니 들어온 빙의령이 원한을 다 풀 때까지 계속 관찰하는 도리밖에 없다. 수도(修道)는 근본적으로 끈질긴 인내력, 강인한 지구력, 불요불굴의 극기심이 성패를 좌우한다. 세불리(勢不利)할 때는 일시적인 후퇴를 하는 한이 있더라도 기운이 회복되면 지치지 말고 언제까지나 다시 도전한다는 각오로 임해야 한다.

제아무리 끈질긴 빙의령이라 해도 이러한 인내력과 지구력 앞에서는 결국 손을 들게 될 것이다. 이렇게 해서 끝까지 자기 힘으로 빙의령을 천도시키고 났을 때 구도자는 그야말로 뿌듯한 자부심과 희열을 맛보게 될 것이다. 그와 동시에 수련은 한 단계 높아지게 된다.

이 사람 저 사람에게 전화를 걸어 도움을 호소하는 것은 결코 바람직스러운 일이 아니다. 자기 능력으로 해결해 보겠다는 투철한 자립정신을 갖는 것이 무엇보다도 중요하다. 건강, 행복, 깨달음은 남이 가져다 주는 것이 아니고 스스로 쟁취하는 것임을 알아야 한다. 두드리는 자에게 문은 열릴 것이고 하늘은 스스로 돕는 자를 돕는다. 역부족이라고 해서 절망할 필요는 없다. 그럴 때는 잠시 힘을 가다듬고 재기의 기회를 엿보아야 한다. 불요불굴의 극기력만 발휘할 수 있으면 극복하지 못할 난관은 없다.

〈29권〉

운명과 자유의지에 관한 토론

1995년 2월 13일 월요일 −2~4℃ 맑음

오후 3시. 다섯 명의 수련생이 명상을 하다가 논쟁이 벌어졌다. 운명과 자유의지에 대한 토론이었다.

"어떤 사람은 종이 한 장을 떨어뜨리는 것도 전생의 인과로 예정되었다고 합니다. 그렇다면 이 세상에 태어난 인간은 자유의지를 구사해 볼 여유가 전연 없다는 얘기가 아닙니까? 선생님께서는 어떻게 생각하십니까?"

"우리가 이 세상에 태어난 것은 그만한 인과가 있었기 때문입니다. 이 경우 운명이란 인과를 말합니다. 대학교 1학년을 수료한 학생은 2학년으로 진급을 하는 것과 같이 우리 인생도 한 생을 마치면 학생이 진급을 하듯 다음 생으로 넘어가게 됩니다. 그 학생이 1학년을 수료했다는 것과 다음 학년에는 2학년 수업을 받아야 한다는 것은 인과이기도 하고 운명이기도 합니다.

2학년에 진급한 학생은 대체로 어떠한 공부를 해야 3학년에 진급할 수 있다는 대략적인 예정이 이미 짜여져 있는 것과 같이 인생도 전생의 인과에 따라 금생에 살아가야 할 대체적인 인생 노정은 정해져 있게 마련입니다. 그렇게 정해져 있다고 해서 그 학생이 2학년에 진급을 하고도 전연 공부를 하지 않고 빈들거리고 놀기만 한다면 어떻게 되겠습니까? 유급이 아니면 퇴학을 당하여 다른 학교로 전학을 하든가 아니면 학업을 아예 그만 두고 직업 전선에 뛰어드는 수밖에 없습니다.

2학년에 진급한 학생이 어떤 길을 가야 할 것인가는 전적으로 그 학생의 노력 여하에 달려 있다고 해도 과언이 아닙니다. 우리 인생도 그와 같다고 생각하면 큰 차이가 없습니다. 인생을 착하고 성실하게 사느냐 모질고 불성실하게 사느냐 하는 것은 1학년에서 2학년으로 진급한 학생이 공부를 열심히 하느냐 농땡이를 치느냐 하는 것과 같습니다."

"한 가지 질문이 있습니다."

"말씀하십시오."

"운명과 자유의지에 대한 얘기가 아니고 전연 다른 질문인데도 괜찮겠습니까?"

"괜찮구말구요. 무슨 질문이든지 좋습니다. 다만 수련에 관한 것이라면 환영입니다."

"수련에 관한 질문입니다."

"좋습니다. 무슨 질문입니까?"

"선생님 이유 없이 평소보다 잠이 많이 온다든가, 쉽게 피곤해진다든가 하는 것은 무엇 때문입니까?"

"명현반응 때문입니다. 선도 수련자는 언제나 기운이 먼저 바뀌고 나서 뒤따라 그 새로운 조건에 부응하기 위해서 몸이 바뀌게 되어 있습니다. 국가로 말하면 경제발전이 먼저 있은 뒤에 그 변해진 환경에 맞추어 기존 가치체계가 무너지고 새로운 가치체계가 구축되어 가느라고 심한 진통을 겪는 것과 같다고 보면 됩니다."

"그러한 변화를 가장 슬기롭게 극복하려면 어떻게 하는 것이 좋겠습니까?"

"냉정하고 객관적으로 자기 자신을 관찰하여 보고 있노라면 자연히 지혜가 떠오르게 되어 있습니다. 그렇게 해야 어떠한 역경 속에서라도 제 발로 홀로 서서 헤쳐나갈 수 있습니다."

"관(觀)을 할 때는 진아(眞我)와 가아(假我)가 있다고 하는데, 어떤 것이 가아고 어떤 것이 진아입니까?"

"어떤 일이 있어도 마음이 흔들리지 않고 여여(如如)하게 사물을 바라볼 수 있는 것이 진아고 항상 마음이 흔들리고 불안에 떠는 것이 가아입니다. 좀더 구체적으로 말하면 기쁨, 두려움, 슬픔, 노여움, 탐욕, 미움, 어리석음, 질투 따위의 감정에 흔들리는 것이 가아(假我)고 이러한 감정들에 지배당하지 않는 것이 진아(眞我)입니다.

구도자가 관찰을 한다는 것은 진아가 가아를 지켜보는 것을 말합니다. 어떤 수련자는 비몽사몽간에 해외 근무하는 남편이 집채처럼 확대되어 덮쳐오는 장면을 보았는데 왜 그러냐고 묻습니다. 감정이 정리되지 않기 때문에 일어나는 현상입니다. 이것을 보고 흔히 가위 눌린다고 합니다. 남편에 대한 그리움이 사무치면 감정이 한곳에 치우쳐서 균형을 잃게 되니까 그러한 현상이 일어나게 됩니다.

따라서 구도자는 지나친 그리움이나 동경심에서도 벗어나야 합니다.

관(觀)이란 이처럼 균형잡혀 있지 않는 감정에 휩싸여 있는 가아를 진아가 지켜보고 살펴보는 것을 말합니다. 그리하여 스스로 원인을 알아내어 빗나가는 가아를 바로잡아 가아가 진아 쪽으로 끌려오도록 유도합니다."

1995년 2월 16일 목요일 −6~4℃ 구름 조금

한 수련생이 물었다.

"선생님께서는 장기이식을 어떻게 생각하십니까?"

"진정한 헌신과 봉사 정신으로 자신의 장기를 남을 위하여 떼어주는 것은 훌륭한 일이라고 생각합니다. 그런 사람은 남을 위하는 것이 진정으로 자기 자신을 위한 것이라는 진리를 깨닫고 있다고 보기 때문입니다."

"그런데도 『선도체험기』를 읽어보면 선생님께서는 장기이식에 대해서 좀 회의적인 생각을 가지고 계신 것 같아서 물어보았습니다."

"그건 오해입니다. 의사의 말만 믿고 자신의 장기 하나를 선뜻 남에게 떼어주고는 두고두고 후회하는 사람을 보았습니다. 사람에게는 누구나 신장(腎臟)이 두 개씩 있는데 그중 하나를 떼어내도 아무런 지장이 없다는 의사의 말을 곧이곧대로 믿고는 그대로 실천을 했는데, 막상 신장 하나를 떼어주고 나니 그전과는 달리 몸이 쉽게 피곤해지고 잔병치레를 하게 되자, 의사 말만 믿은 자신의 어리석음을 두고두고 자책하는 경우가 있습니다.

신장을 이식받은 사람은 그 당시에는 매우 고마워했지만, 시간이 흐르면서 만나도 별로 반가워하지도 않고 혹시 돈이나 꾸어달라지 않나 하고 전전긍긍 하는 눈치가 완연하다면서 그럴 줄 알았으면 신장을 그렇게 선뜻 떼어주지 않는 건데 하고 후회하더군요. 이런 식의 장기 이식은 차라리 안 하는 것만 못합니다. 장기를 주고받은 사람이 피를 나눈 형제 이상으로 다정해지기는커녕 서로 원수가 되어버린다면 이 것처럼 불행한 일이 어디 있겠습니까?

나는 이런 식의 장기이식은 권장할 만한 것이 못 된다고 봅니다. 장 기를 이식해 줄 사람은 사전에 정확한 정보를 알고 있어야 합니다. 신 장 하나를 떼어주어도 아무렇지도 않다는 의사의 말은 전적으로 믿을 수 없습니다. 사람에게는 눈도 둘, 귀도 둘, 팔도 둘, 다리도 둘이 있을 필요가 있어서 있는 것과 같이 폐장도 신장도 두 개가 있을 만한 이유 가 있어서 거기 있는 겁니다.

하긴 눈 한쪽이 멀어도 비록 불완전하고 불편하기는 하지만 볼 수는 있습니다. 귀가 하나 멀어도 마찬가지입니다. 팔이나 다리가 하나 잘 려 나가도 역시 같습니다. 폐나 신장은 눈에 보이지 않지만 그중 하나 를 잘라내면 눈이나 귀, 팔이나 다리를 하나 잘라낸 것과 같이 불편하 다는 것을 알아야 합니다.

그러한 사실을 충분히 알고도 그야말로 희생과 봉사 정신으로 남에 게 신장 하나를 떼어 주었다면 후회 따위는 있을 수 없습니다. 그러나 신장 하나를 떼어내도 아무렇지도 않다는 의사의 말만 믿고 떼어주는 것은 반드시 후회를 낳게 된다는 말입니다. 의사의 말대로 신장 하나 를 떼어내도 아무렇지 않은 것이 아닙니다. 의사의 말에 속지 말아야 합니다.

남에게 신장 하나를 떼어줄 때는 눈 하나를 빼어 주는 것과 같은 불편과 희생을 감수할 각오가 서 있어야 합니다. 이것을 충분히 각오한 뒤에 신장 하나를 떼어주는 것은 얼마든지 권장할 만한 일입니다. 알고 떼어주는 것과 모르고 떼어주는 것 사이에는 큰 차이가 있습니다. 불편과 희생을 충분히 각오한 사람은 어떤 어려움이 닥쳐와도 후회 따위는 하지 않을 것이기 때문입니다."

"잘 알겠습니다. 그럼 죽은 뒤에 장기를 기증하는 것은 어떻게 생각하십니까?"

"그거야 어떻게 생각하고 말고 할 것이 있겠습니까? 시해선(尸解仙)을 할 수 있는 도인이 아닌 한 누구나 숨이 끊어지는 순간 육체는 부패가 시작되어 결국은 흙으로 돌아가는 거 아닙니까. 어차피 없어질 시신을 남을 위해 쓰게 하는 것은 좋은 일이죠."

"잘 알겠습니다. 한 가지 더 질문해도 되겠습니까?"

"어서 하십시오."

"선생님께서는 그 전에는 『선도체험기』를 다 읽고 담배를 끊고 기를 느끼는 사람은 누구나 직접 수련 지도를 해 주셨는데, 최근에는 거기에 오행생식을 하는 사람이라야 한다는 새로운 조건을 하나 더 추가하셨는데 꼭 그래야만 하는지요?"

"그렇습니다."

"일반 독자들도 충분히 알아들 수 있게 설명을 좀 해 주시겠습니까?"

"대학에서는 아무나 다 학생으로 받아들이지는 않습니다. 입학시험을 쳐서 일정한 자격과 실력을 갖춘 사람에 한해서 입학을 허용합니다. 기업체에서도 지원한다고 해서 아무나 다 직원으로 채용하지는 않습니다. 반드시 입사시험을 치러서 일정한 기준에 도달한 사람에 한해서 입사를 허용합니다. 그와 마찬가지로 나는 나한테 직접 찾아 와서 수련을 지도받겠다는 사람에게 일정한 조건을 설정했습니다. 오행생식은 그중의 하나입니다.

어떤 사람은 이 세상을 먹는 재미로 산다고 합니다. 또 어떤 사람은 진리를 깨닫기 위해서 이 세상을 산다고 합니다. 자기 자신의 실체를 깨닫기 위해서는 먹는 재미 따위는 희생시킬 수도 있다는 사람은 없는 것 같지만 사실은 그렇지 않습니다. 먹기 위해서 사는 것이 아니고 진리를 깨닫기 위해 사는 사람은 음식의 맛 따위에 구애받지 않습니다. 더구나 진리를 깨닫는 공부를 하는데 익은 음식보다 날 음식이 6배나 더 영양가가 있다는 것을 알고는 서슴지 않고 생식을 택할 수 있는 사람이라면 나는 기꺼이 가르쳐볼 만하다고 판단했습니다."

"성철 스님은 자기를 만나겠다는 사람은 무조건 3천배를 해야 한다고 하여 박정희 대통령까지도 삼천배를 하다가 지쳐서 끝내 만나지 못했다고 합니다만, 선생님께서 내거신 조건은 어떻게 보면 그보다 더 심하다는 말이 들립니다."

"그래도 할 수 없습니다. 나를 찾는 사람은 대체로 40대 이쪽저쪽입니다. 그런데 나는 올해 나이가 64세입니다. 60대가 하는 일을 40대가 못 한대서야 말이 됩니까? 내가 일상생활화 하는 일을 따라하지 못하는 사람을 어떻게 가르칠 수 있겠습니까? 이것은 근본적으로 가르침을 받겠다는 사람과 가르침을 주겠다는 사람 사이의 문제니까 제삼자가

중간에 끼어들어 왈가왈부할 꼬투리가 될 수도 없습니다. 나는 내가
설정한 기준에 도달한 사람은 남녀노소 국적을 가리지 않고 공평하게
대합니다."

난시(亂視)가 없어졌다

1995년 2월 21일 화요일 -3~7℃ 구름 조금

40대 중반의 양미애라는 여성 수련생이 와서 물었다.

"선생님 저는 초등학교 학생들에게 피아노를 그룹 지도하고 있습니다. 최근까지도 난시 때문에 무척 고생을 했었는데, 며칠 전부터 갑자기 난시 증세가 없어져서 안경을 벗었습니다. 아무리 생각해도 그 이유를 알 수가 없습니다. 짚이는 것이 있기는 합니다만."

"그 짚이는 것이 무엇인데요?"

"그건 제가 『선도체험기』를 읽고 한 달 전부터 선생님한테 찾아와서 직접 지도를 받으면서 오행생식을 하고 등산과 달리기, 도인체조를 한 것밖에 없거든요. 그게 난시를 고칠 수 있을까요?"

"있구말구요. 양미애 씨는 우리집에 온 지 한 달 동안에 난시만 없어진 것이 아니고 그 밖에도 많은 변화가 있지 않았습니까?"

"있었구말구요. 그전에는 뚜렷한 병명도 없이 몸이 무겁고 불편해서 피아노 지도도 간신히 할 정도였는데, 요즘은 몸에 활기가 넘칩니다. 아마 선생님한테서 기운을 받아서 그런 것 같습니다."

"나한테서 기운을 받는다기보다는 하늘의 기운을 나를 통해서 받았다는 말이 더 정확합니다. 단지 아직 수련 단계가 낮아서 하늘 기운을 직접 받아서 소화할 수 없는 사람들을 위해서 나는 잠정적으로 유모와 같은 역할을 할 뿐입니다. 음식을 직접 소화 흡수할 능력이 없는 유아에게 젖을 먹이는 것과 비슷하다고 할까? 이제 수련이 좀더 진전되면 혼자서도 능히 하늘 기운을 받아 들여서 스스로 운영할 수 있게 됩니다.

나는 그렇게 되기까지 징검다리 역할을 할 뿐입니다. 양미애 씨가 그렇게 건강을 되찾게 된 것은 하늘 기운을 받아들일 수 있도록 체질이 바뀌었기 때문입니다. 하늘 기운을 받아들일 수 있는 사람은 어떠한 고질병에서든지 벗어날 수 있습니다.

암, 당뇨, 고혈압 같은 난치병도 운기(運氣)만 할 수 있으면 얼마든지 고칠 수 있습니다. 거기다가 오행생식까지 할 수 있다면 금상첨화가 될 것입니다. 양미애 씨는 체질적으로 간담이 약합니다. 간담이 약한 체질에 알맞는 생식을 하니까 간담이 관장하는 눈병도 자연 치유된 겁니다. 이상할 것은 하나도 없습니다."

"모두가 다 선생님 덕분입니다."

"내 덕이 아니라 하늘 기운 덕이지요."

"『선도체험기』를 읽지 못했더라면 이렇게 좋은 방법이 있다는 것을 어떻게 알았겠습니까?"

"인연이 닿으니까 『선도체험기』를 읽게 되었습니다."

"저는 책방에서 『선도체험기』를 보자마자 확 끌려서 읽자마자 푹 빠져 버렸는데 지금 와서 생각해 보니 그때부터 저는 이미 책에서 기운을 받고 있었던 것 같습니다. 몸이 덜덜 떨리면서 기운이 들어 왔거든요. 물론 여기 와서 받는 기운과는 비교가 안 될 정도로 약하기는 하지만 말입니다. 선생님, 이런 질문해도 좋을지 모르겠습니다."

"무슨 질문인데 그러십니까? 어서 말씀해 보십시오."

"정말 말해도 괜찮겠어요?"

"괜찮구말구요. 어서 말씀하세요."

"저는요 선생님, 얼마 전에 신문에서도 말썽이 있었던 모 신흥종교 계통의 기독교 교회에 나갔었거든요. 부모님이 그 교회의 열성 신도시니까 저는 태어나자마자 유아 세례를 받은 모태 교인이었습니다. 그 교회에서 보면 가끔 가다가 기도 중에 몸이 부들부들 떨리고 방언을 하면서 성신을 받았다는 신도들이 가끔 있었거든요. 교회에서는 경사 났다고 큰 축하 예배를 하곤 했었는데요. 저는 지금 제가 겪고 있는 일이 성신이나 성령을 받은 일과 어떻게 다른지 혹시 그와 비슷한 것은 아닌지 궁금해서 그럽니다."

"표현만 다를 뿐이지 하늘 기운을 받는 것은 그거나 이거나 마찬가지입니다. 하늘 기운은 지극정성으로 하느님에게 기도를 해서도 받을 수 있고, 지금 양미애 씨처럼 선도수련을 통해서도 받을 수 있습니다. 하늘 기운이라는 것은 종교를 초월합니다."

"그런데 선생님 저는 교회 생활을 45년이나 했는데 그때엔 아무렇지도 않다가 왜 선생님의 『선도체험기』를 읽고 수련을 하고 나서야 하늘 기운을 받게 되었는지 그게 아무래도 이해가 가지 않습니다."

"진리 즉 하느님은 하난데 그곳에 이르는 길은 천 갈래 만 갈래로 갈라져 있을 수 있습니다. 사람은 인과에 따라 각각 자기가 갈 길이 있습니다. 양미애 씨처럼 태어나자마자 부모 때문에 길을 잘못 든 경우도 있습니다. 어떻습니까? 양미애 씨는 요즘도 그 교회에 나갑니까?"

"아뇨. 지금은 나가지 않습니다. 어쩐지 얼마 전부터 그 교회에는 나가고 싶은 생각이 없어졌습니다. 물론 사회에 물의를 일으킨 것도 그 한 원인이 되었지만 지금 곰곰이 생각해 보면 그 교회는 처음부터 제 생리에 맞지 않았던 것 같습니다. 아무래도 제 성격엔 선도가 어울리는 것 같습니다."

"하긴 사람은 백인백색이니까 인연 따라 자기 갈 길을 찾아 가는 겁니다. 부모님께서 뭐라고 안 하시나요?"

"아버님은 이미 타계하셨고 어머님은 출가외인인 다 큰 딸인 절보고 이래라 저래라 간섭할 처지가 아닙니다. 이젠 누가 뭐라고 해도 제 갈 길을 독자적으로 갈 작정입니다. 이 길을 찾는데 45년이라는 세월이 흘렀습니다."

"그건 나보다 훨씬 빠른 편입니다."

"선생님두 그렇습니까?"

"그렇구말구요. 양미애 씨는 45년 만에 제 갈 길을 찾았지만 나는 54년 만에 그 길을 찾았으니까요. 기독교를 통해서든 선도를 통해서든 불교를 통해서든 마지막 종착점은 진리 즉 하느님이고, 본래면목(本來面目)입니다."

"그렇지만 선생님, 45년 동안이나 헛수고를 했다고 생각하면 억울한 생각도 듭니다. 저는 한때 그 교회에 제 몸과 마음을 전부 다 바치다시피 했었거든요."

"그 억울하다는 생각은 마땅히 바꾸어야 합니다. 양미애 씨에게는 그럴 만한 인과가 있어서 그렇게 되었을 뿐입니다. 그것은 억울해할

것이 아니라 양미애 씨만이 갖는 소중한 체험이고 자산이라고 보아야
합니다. 또한 그것은 오늘의 양미애 씨를 있게 한 바탕입니다. 그런 걸
생각하면 억울해하기 전에 감사해야 합니다. 왜 성경에도 범사에 감사
하라는 말이 있지 않습니까? 이미 돌이킬 수 없는 지난 일을 가지고 억
울해하느냐 고마워하느냐 하는 것은 양미애 씨의 앞날을 어둡게 하느
냐 밝게 하느냐를 결정한다는 것을 알아야 합니다.

어느 쪽을 택하느냐는 지혜의 몫입니다. 구도는 지혜에 눈뜨기 위해
서 하는 겁니다. 똑같은 과거지사를 놓고도 지혜로운 사람은 장래를
위해서 유익하게 이용할 줄 알고 지혜롭지 못한 사람은 자신에게 해를
자초합니다. 똑같은 물을 마시고도 독사는 독을 만들고 젖소는 우유를
만드는 것과 같습니다. 독사가 되느냐 젖소가 되느냐 하는 것은 순전
히 마음먹기에 달려 있습니다."

"그 말씀을 들으니까 더욱더 기운이 많이 들어옵니다. 그렇지 않아도
저는 요즘 학생들과 학부형들한테서 점점 더 환영을 받고 있습니다. 저
한테서 배우는 아이들이 성적이 자꾸만 더 올라간다고 합니다. 그 소문
이 퍼져서 교습생들이 날이 갈수록 많이 모여들고 있습니다. 학생들과
학부형들이 그러는데요. 저한테서 좋은 기운이 나온다고 합니다."

"그래요? 이상한 일이군요. 학생들이나 학부형들이 기운이 무엇인지
어떻게 안단 말입니까?"

"그냥 본능적으로 저한테서 나오는 기운을 느끼는 모양입니다. 감기
에 잔뜩 걸렸던 아이도 저한테 와서 한두 시간 수업 받으면 금방 나아
버린다고 야단들입니다. 그리고 우울했던 아이들도 저한테 오면 금방

명랑해진다고 합니다. 아이들한테서 그런 말을 듣고 엄마들이 따라와서 직접 겪어보고는 사실이라는 것을 확인하고는 전부 저를 좋아하고 따릅니다."

"양미애 씨가 그런 찬사를 주위로부터 듣고도 교만해지지 않는다면 앞으로 큰일을 하겠습니다. 이런 때일수록 자중하시고 찬사에 놀아나지만 않으면 더욱 큰 기운을 받게 될 겁니다. 다시 말해서 큰 그릇이 되라는 말입니다."

"선생님 그 말씀 깊이 명심하겠습니다."

"내가 보기에는 양미애 씨는 틀림없이 큰 그릇이 될 것입니다. 왜 이런 말이 있지 않습니까? 되지 못한 송아지 엉덩이에 뿔난다는 속담 말입니다. 초능력을 잘못 이용하면 엉덩이에 난 뿔이 됩니다. 나는 지난날 수련 도중에 나온 초능력에 놀아난 사람을 숱하게 보아 왔습니다. 십중팔구는 소위 '의통(醫通)'이 열려 기공치료 능력이 나타나면 돈벌이 할 궁리부터 하게 됩니다. 이것이 곧 파멸의 시작입니다.

양미애 씨가 소속되어 있던 그 교회의 교주도 바로 이런 경우입니다. 그 교주는 이른바 '신유(神癒)'와 '예지능력'을 겨우 신흥 종교를 만들고 자신을 우상화하고 거대한 부(富)를 축적하는 데 이용하여 사회에 큰 물의를 빚고 있습니다. 초능력에 집착하거나 그것을 사욕을 채우는 데 이용하면 그런 결과를 가져옵니다. 그 교주 역시 처음에는 지금 양미애 씨가 겪고 있는 것과 같은 초능력에서 발단이 된 겁니다."

"그럼 선생님 제 경우는 앞으로 구체적으로 어떻게 처신해야 할까요?"

"아까도 말했지만 우선 주변 사람들의 찬사에 놀아나지 말고 그 초능력을 추호라도 이기적인 목적에 이용하지 말아야 합니다. 그래야 더욱더 큰 재목으로 성장할 수 있습니다. 조금이라도 빗나가면 초능력이야말로 수련에 최대의 장애가 된다는 것을 알아야 합니다. 장애만 될 뿐만 아니라 그 사람의 인생 자체를 파멸시킵니다.

두 번째로 조심할 일은 초능력을 하찮은 일로 치부하라는 겁니다. 이것을 선종(禪宗)에서는 말변지사(末邊之事)라고 합니다. 그렇게 하려면 초능력에 들뜰 것이 아니라 그것을 냉정하게 관찰하십시오. 그래야만 초능력에 현혹되거나 사로잡히거나 집착하지 않고 그것을 극복할 수 있습니다. 초능력이 나타나는 것은 구도자에게는 누구에게나 오는 하나의 수련 과정의 부산물이라고 보아야 합니다. 초능력은 있어도 좋고 없어도 좋다고 생각하고 추호도 그것에 구애당하지 말아야 합니다.

내 문하생 중에 이런 사람이 있습니다. 열 살짜리 딸 하나를 데리고 독신으로 사는 중년 여성인데, 포항에 살면서도 일주일에 꼭 한두 번씩 찾아와서 수련을 하고 돌아가곤 합니다. 그렇게 지극정성을 다해서 그런지 수련이 그야말로 일취월장(日就月將), 눈부시게 향상되고 있습니다.

가령 어떤 사람이 돈을 꾸고는 갚을 능력이 있는데도 차일피일 갚기를 않고 애를 먹여서 괘씸하게 생각만 해도 그 사람은 금방 교통사고를 당하든가 금전상의 큰 손실을 당하곤 한다고 합니다. 그와 반대로 어떤 사람에게 호감을 갖고 잘되기를 염원하면 이상하게도 꼬이던 일도 술술 잘 풀려나간다고 합니다. 그래서 어떤 일이 있어도 남을 미워하거나 원망하지 않으려고 애를 쓴다고 합니다.

이것이 다 자신을 공부시키려는 하늘의 섭리로 알고 매사에 조심하고 자제한다고 합니다. 그랬더니 이번에는 웬만한 고질병에 걸린 사람도 그분 옆에 머물러 있으면 감쪽같이 낫는다고 합니다. 이 소문은 한 입 건너 두 입 건너 친지들 사이에서 퍼져 나갔습니다. 하루는 전에 알고 지내던 동년배 중년 여인이 찾아 왔습니다. 위암인데 하도 중증이어서 수술을 해도 성공률이 반반이라는 병원 진단이 내렸다고 합니다.

그 여자는 사흘 동안을 찾아 와서 장시간 놀다가 돌아간 일밖에 없는데도 갑자기 위암 증세가 감쪽같이 사라졌다는 겁니다. 하도 이상해서 병원에 가서 정밀 진단을 해 보았더니 담당 의사도 고개를 갸웃거리면서 위암 증상이 다 없어졌다는 겁니다. 위암 환자였던 그 여자는 기운이 펄펄 살아나서 영문을 모르고 며칠을 지내고 있었는데 하루는 비몽사몽간에 선녀가 나타나서 위암이 나은 것은 사흘 동안 같이 지낸 그 여자의 덕분이니 지체 말고 인사를 차려야 한다고 말하고는 사라졌답니다.

그때야 정신을 번쩍 차리고는 수술비용으로 예금해 놓았던 돈에다가 친척에게서 약간 더 보태서 5백만 원의 돈을 장만하여 그 여자에게 찾아갔습니다. 3천만 원짜리 전세 집에 살고 있는 그 여자로서는 큰돈이 아닐 수 없었습니다. 전후 사정을 얘기하고는 진작 고마움을 표시해야 하는데 늦은 것을 사과하고는 그 봉투를 내밀었습니다. 뜻하지 않은 봉투를 받은 그 여자는 상품권이나 몇 장 들어 있겠지 하고는 무심코 그 안에 든 것을 꺼내보고는 깜짝 놀랐습니다. 그것은 5백만 원짜리 자기앞수표였던 겁니다.

222

수표를 본 순간 그 여자는 그것을 받는 대신 잠시 눈을 감고 생각을 가다듬었습니다. '아하 이렇게 사람을 시험하는 수도 있구나' 하는 느낌이 펀뜩 들었습니다. 그 순간 그 여자는 지체 없이 봉투를 돌려주면서 '나는 당신과 사흘 동안 같이 시간을 보냈을 뿐 아무 일도 한 일이 없는데 무엇 때문에 이렇게 큰돈을 받아야 합니까? 도루 넣으세요' 하고 완강히 거절했습니다. 그러자 그 여자는 꿈 생각이 나서 '그런 말씀 하지 마세요. 저는 다 알고 있어요. 그때 사흘 동안 댁에 와서 같이 있는 동안에 제 고질병을 저도 모르게 치료해 준 것을 나는 다 알고 있습니다. 그러니 어서 받으세요. 혹시 돈이 너무 적어서 그러시는 거 아니세요? 그러나 제 형편으로는 더이상 장만할 능력이 없습니다. 그러니 어서 받으세요' 했습니다.

그러자 그 여자는 '돈이 적어서가 아니라 너무 많아서 기가 찰 정도입니다. 돈이 많고 적고가 문제가 아니라 이런 일에 돈을 받기 시작하면 나는 미구에 파멸을 겪게 됩니다. 댁은 내가 파멸당하는 것을 보고 싶습니까?'

'별말씀을 다 하시네요.'

'그렇담 어서 그 돈 거두세요' 하고 두말하지 못하게 했다고 합니다. 크게 도(道)를 이룰 재목이라면 적어도 이 정도는 되어야 합니다."

"무슨 말씀인지 이제는 잘 알겠습니다. 저 역시 그분 못지않은 사람이 되도록 힘껏 노력하겠습니다. 선생님, 좋은 말씀 들려 주셔서 정말 감사합니다. 그런데 선생님 한 가지 의문이 있습니다."

"뭡니까?"

"어떻게 돼서 암 환자와 같이 있기만 했는데도 병이 나을 수 있는지 제 둔한 머리로는 도저히 이해를 할 수 없는데요. 선생님께서 좀 알아 듣게 설명해 주셨으면 합니다."

"만병의 근원은 육장육부의 음양 한열 허실의 균형이 깨어진 데서 발생합니다. 일단 균형이 깨어진 채 장기간 시정이 되지 않으면 그 부분에 병기(病氣)가 모이게 되어 있습니다. 음습하고 불결한 곳에 파리와 같은 해충이 모여들듯이 병균이나 암세포가 모여들게 마련입니다. 이것이 병을 유발합니다. 그러니까 병을 일으키는 기운이 쌓여서 병균도 되고 암세포를 만들기도 합니다. 그러다가 음습하고 공기 유통도 잘 안되는 곳에 환한 햇볕이 들어오고 신선한 공기가 유통이 되면 온갖 해충들이 도망쳐 버리듯이, 하늘 기운이 강하게 흐르는 사람과 함께 있으면 그 음습하고 불결한 병기가 흩어져 버리게 되고, 그 자리에 신선한 하늘 기운으로 채워지게 됩니다.

병기는 일종의 사기(邪氣)입니다. 사기는 어둠과도 같습니다. 광명이 비치면 어둠은 순식간에 사라지는 것과 같은 이치입니다. 그래서 의통이 열린 사람은 환자를 쳐다보기만 해도 병이 낫습니다. 어떤 기공치료사(氣功治療士)는 환자의 환부를 만지거나 비벼주는데 이것은 아주 낮은 수준입니다. 강력한 하늘 기운을 운용하는 사람은 환자를 의식만 해도 병이 물러갑니다.

기독교에서는 하늘 기운이 몸속에 흐르는 것을 성령이 내렸다고 합니다. 수련을 통해서 하늘 기운을 운용할 수 있는 사람은 자기 자신의 온갖 난치병도 고칠 수 있고 한 걸음 더 나아가서 남의 고질병까지도

224

고칠 수 있습니다. 하늘 기운은 늙은이를 젊게 할 수도 있고 센머리를 검게 할 수도 있으며 늙어서 빠져나간 이가 새로 돋아나게도 합니다."

"누구나 다 그렇게 될 수 있습니까?"

"물론입니다. 그렇게 되려고 부단히 노력하는 사람 치고 그렇게 되지 않는 사람은 없습니다. 단지 인과와 업장에 따라 시간이 많이 걸리고 적게 걸리는 차이가 있을 뿐입니다."

"그렇게 되려고 부단히 노력하는 사람이란 구체적으로 어떤 사람을 말합니까?"

"그것은 두말할 것도 없이 몸공부, 기공부, 마음공부를 일상생활화하는 사람을 말합니다. 이 세 가지 공부를 통해서만이 완전한 깨달음에 도달할 수 있습니다."

"이제 알겠습니다. 선생님께서는 바로 그것을 독자들에게 알리기 위해서 『선도체험기』를 벌써 29권째나 쓰신 거로군요."

"잘 알고 계시군요."

1995년 3월 4일 토요일 −1∼4℃ 흐림

허심탄회하게 마음을 비운 사람은 언제나 겸손하다. 겸손한 사람은 얼마든지 발전할 수 있다. 허리를 굽히고 산을 오르는 사람은 얼마든지 더 높이 오를 수 있는 것과 같다. 그러나 거만한 사람은 더이상 발전의 여지가 없다. 거만한 사람은 대체로 배를 앞으로 내밀고 몸을 뒤로 재치는 버릇이 있다. 이런 사람은 속에 내용물이 잔뜩 들어 있어서 더이상 다른 것을 수용할 수 없는 그릇과 같다. 아무리 새것을 담아도 그대로 흘러넘치고 만다. 이런 자세로는 산을 내려 올 수는 있어도 오를 수는 없다. 개인도 단체도 국가도 거만을 떨기 시작하면 이미 사양 길에 접어든 것으로 봐야 한다.

구도자는 언제나 오만과 게으름과 타성에 빠지지 않도록 조심해야 한다. 일단 이 함정에 빠진 사람은 스스로의 힘으로 그 안에서 빠져 나오기는 쉽지 않다. 구도자가 선방 생활에 안주하기 시작하면 그 타성에서 벗어나기 어렵다. 선방 생활은 방편일 뿐 목적이 될 수는 없는 것이다. 견성해탈에 전력투구해야지 선방 생활 그 자체에 안주해서는 견성은 요원하다.

어떤 사람의 마음공부의 상태를 알아보고 싶으면 그 사람의 몸을 관찰하면 된다. 그 사람의 현재의 몸의 상태가 바로 그 사람의 마음을 그대로 반영하고 있기 때문이다. 배가 나오고 몸이 비대해 있으면 그 사람은 나태와 타성에 빠져 있는 것이다. 그 대신 몸이 날렵하고 군살이 없고 눈에서 광채가 나면 그 사람의 마음은 깨달음을 향해 일취월장하고 있음을 드러내고 있는 것이다.

* 몸이 건전하면 마음도 건전하고, 몸이 강인하면 마음도 강인하다.

* 몸공부는 곧 마음공부다. 몸이 단련되면 마음도 단련되기 때문이다.

* 쇳덩이를 가만히 방치해 두면 녹밖에 쓰는 것이 없다. 쇳덩이를 불 속에 넣어 달구었다가 두드리고 나서 물에 불리는 것을 단련이라고

한다. 쇠는 단련을 하면 할수록 강인해진다. 신검(神劍)이란 도공(刀工)이 목욕재개하고 지극정성을 다하여 수천 번 아니 수만 번 단련을 한 것이다. 단련을 하는 동안 도공의 혼이 검 속에 까지 배어들어 신비한 능력을 발휘하는 것을 신검이라고 한다. 하찮은 쇠붙이도 정성을 다하면 이렇거늘, 만물의 영장이라는 인간이 스스로를 단련하면 깨달음을 얻어 신인(神人)도 되고 성인이 될 수 있는 것은 너무나도 당연한 일이 아니겠는가?

＊ 수행자가 몸을 단련하는 것은 실은 마음을 단련하는 것이다.

자기 자신과 상의해 가면서

오후 3시. 30대 중반의 남영식이라는 남자 수련생이 물었다.

"선생님, 안 하던 조깅을 요즘 새벽마다 하니까 옛날에 아팠던 척추에 통증이 오는데 이럴 때는 어떻게 하죠?"

"통증 때문에 조깅을 할 수 없으면 속보를 해 보았습니까?"

"속보를 해 보니까 통증은 덜 했습니다."

"견딜 만하면 속보를 당분간 해 보세요. 그러다가 안정이 되면 다시 조깅을 해 보세요. 괜찮으면 그대로 조깅을 하고 그렇지 않고 계속 통증이 오면 다시 속보를 계속하세요. 한동안 속보를 하다가 안정이 되면 다시 달리기를 해 보고 그래도 괜찮으면 그대로 달리기를 하십시오. 이렇게 언제나 자기 자신의 몸과 상의해 가면서 몸공부를 해 나가면 됩니다. 수련은 언제나 물 흐름처럼 유연해야 합니다. 무리하면 병을 얻게 되는 수도 있습니다. 물질에만 욕심을 부리지 말아야 되는 것이 아닙니다. 무슨 일에든지 욕심은 금물입니다. 물론 수련에도 욕심을 부리면 오히려 역작용이 일어날 수 있습니다.

수련을 하다가 헛소리를 하든가, 헛것을 보고 이상한 소리를 하는 사람은 거의가 다 지나친 욕심 때문에 영계의 저급령에게 접신이 되어서 그렇습니다. 사이비 교주, 점쟁이, 무당, 차력사, 초능력자들 중에 그런 사람이 많습니다. 이렇게 되면 혹 떼러갔다가 혹 하나 더 붙이는 것밖에는 되지 않습니다. 이것도 모르고 이상한 초능력을 발휘하는 사람을 하늘처럼 떠받드는 것은, 떠받들리는 사람이나 떠받드는 사람이나 다 같이 불행해진다는 것을 깊이 명심해야 합니다. 그러니까 절대로 무리하지 말고 수련에 욕심을 내지도 말아야 합니다."

"거기까지는 충분히 알겠는데요. 그럼 욕심을 내지 않으려면 어떻게 해야 됩니까?"

"그야 욕심을 내지 않으면 되는 거 아닙니까?"

"그것도 잘 알고는 있습니다만 어떤 때는 저 자신도 모르게 욕심을 낼 때가 있거든요. 선생님께서는 일상생활을 하다가 화를 낸다든가 신경질을 부리는 것도 근본 원인은 욕심에서 나온다고 말씀하시지 않았습니까?"

"그랬죠. 당연한 일이 아닙니까?"

"그런데 선생님 저는 저 자신도 모르게 불쑥불쑥 화가 나고 신경질이 날 때가 있거든요. 언제나 소 잃고 외양간 고친다는 격으로 일을 저질러 놓은 뒤에야 잘못을 깨닫게 됩니다. 오늘 아침에도 저는 대수롭지 않은 일로 아내와 언쟁을 벌이다가 신경질을 내고 말았습니다. 그러자 아내의 말이 3년이나 도를 닦았다는 사람이 대수롭지 않은 일에 신경질 부리는 버릇은 조금도 나아지지 않았으니 어떻게 된 거냐는 겁니다. 아무리 도를 닦으면 뭘 하느냐는 거예요. 그만 일에 신경질을 부린다면 평범한 중생들과 다른 점이 무엇이냐는 겁니다. 구도자쯤 되면 그런 일에도 대범해야 되는 게 아니냐는 겁니다."

"그런 충고를 듣고 나서 기분이 어땠습니까?"

"제 양심을 찌르는 비수와 같은 섬뜩함을 느꼈습니다."

"솔직해서 좋습니다. 그 전에 수련을 하지 않을 때도 그런 느낌이 들었습니까?"

"아뇨. 그전에는 아내의 입에서 어떻게 감히 그런 말이 나옵니까?"

"그렇다면 그전에는 남편의 권위로 부인을 눌렀다는 말입니까?"

"그 말씀이 맞습니다."

"부인이 남편한테 맘 놓고 그런 비수(匕首)를 들이댈 수 있을 정도라면 그래도 그동안에 수련이 많이 된 겁니다. 부인의 충고를 허심탄회하게 받아들일 수 있을 정도로 마음이 넓어졌다면 그동안 상당한 마음공부가 된 거죠. 언제나 가장 가까이서 가차 없이 자신의 약점을 지적해 주는 사람이 진정한 스승입니다. 부인이 아니라면 누가 그런 충고를 해 주겠습니까? 부모님은 생존하십니까?"

"두 분 다 돌아가셨습니다."

"그렇다면 부인 이외에는 친구밖에 그런 충고를 해 줄 사람이 없는데, 친구는 노상 같이 사는 것이 아니지 않습니까. 그러나 남영식 씨를 가장 가까이서 객관적으로 관찰할 수 있는 사람은 부인밖에는 없습니다. 그 충고를 따르는 수밖에 더 있겠습니까?"

"제가 알고 싶은 것은 어떻게 하면 아내의 입에서 그런 충고가 나오지 않을 수 있을 만큼 수련이 높아질 수 있느냐 하는 겁니다."

"그건 아주 쉽습니다. 지금 당장이라도 맘만 먹는다면 실천할 수 있습니다."

"그게 뭔데요?"

"부인과 똑같은 객관적이고 냉정한 관찰의 눈을 뜨고 하루 24시간 끊임없이 자기 자신을 관찰하는 겁니다. 그러한 관찰의 눈이 남영식 씨를 잠시도 쉬지 않고 지켜보고 있었더라면 부인에게 신경질을 내기 전에 능히 제동을 걸 수 있었을 겁니다."

"사실은 제 깐에는 늘 관찰을 한다고 하기는 하면서도 결정적인 순간에는 깜빡합니다."

"그것을 알았으면 다음에는 똑같은 실수를 되풀이하지 않으면 되겠네요."

"그런데 사실은 그게 잘되지 않습니다."

"방심과 방일 때문입니다. 그런 때는 그 방심과 방일까지도 관찰해야 합니다. 열 번 찍어 안 넘어가는 나무 없다는 말 그대로 지속적인 관찰만이 지혜의 눈을 뜨게 합니다. 세상 모든 일이 다 그렇지만 관찰 역시 꾸준한 인내력과 끈질긴 지구력으로 밀고 나가다가 보면 실수로 깜빡하는 빈도도 차츰 줄어들게 될 것이고 드디어 관찰이 손에 잡힐 때가 반드시 오게 되어 있습니다.

이때는 명상을 해도 금방 삼매지경에 들 수 있습니다. 운기가 될 때의 수련자는 하늘 기운과의 가장 활발한 교류가 이루어지는 순간입니다. 이때는 어떠한 사기(邪氣)도 빙의령도 접신령도 범접하지 못합니다. 무아(無我)의 경지, 신인(神人)과 우아(宇我)가 일치를 이루는 순간이기도 합니다. 수련자는 이렇게 함으로써 차츰차츰 자신의 본래면목의 영역을 넓혀 나갈 수 있습니다."

병이 말끔히 나았다

1995년 3월 13일 월요일 0~11℃ 맑음

오후 3시. 독자 전화.

"선생님 안녕하십니까? 전화로나마 이렇게 만나게 되어 정말 반갑습니다. 선생님께 제 얘기 좀 해도 되겠습니까?"

"네, 좋습니다. 될수록 간단명료하게 말씀해 주셨으면 좋겠습니다."

"네, 무슨 말씀인지 잘 알겠습니다. 선생님께서는 독자들한테서 어지간히 시달림을 받으실 겁니다. 저 같은 독자도 물론 포함해서 하는 말입니다만."

"어서 본론으로 들어가시기 바랍니다."

"선생님 저는 양평에 사는 젊은 주부입니다. 선생님의 책을 읽고 너무너무 감사해서 그 고마움의 만분의 일이라도 전화상으로나마 말씀드리려고 실례를 무릅쓰고 이렇게 전화를 걸었습니다."

"무슨 책을 읽으셨습니까?"

"『선도체험기』를 4권까지 읽었습니다. 저는 원래 처녀 적부터 원인 모르게 몸이 약하고 산후조리도 시원치 않아서 무척 고생을 했습니다. 항상 몸이 오싹오싹 한 것이 심한 몸살을 앓는 것 같고 기운이 없고 현기증이 나고 그래서 병원에 가 보아도 아무 이상이 없다면서 심인성 질병 같다고만 말하고 가루약만 지어 주었습니다. 먹어보았자 아무 효과도 없을 것 같아 아예 약은 먹지도 않았습니다. 그 전에도 병원 약 먹고 위장만 나빠진 경험이 있었기 때문에 신뢰가 가지 않았습니다. 한의원에 가서 약을 지어다 먹어도 역시 별 효험이 없었습니다.

시어머니가 하도 성화를 하시는 바람에 용하다는 무당을 찾아가 보았더니 절보고 신기가 있다면서 무당이 되든가 아니면 굿을 크게 해야 된다고 하였습니다. 하지만 저는 어쩐지 무당의 말을 따르기는 싫었습니다. 그래서 차일피일 하고 있는데, 우리 마을에 사는 남자 친척 한 분이 『선도체험기』를 네 권을 가져다주면서 꼭 읽어보라고 하는 거예요. 이 책을 읽으면 몸이 좋아질지도 모르니 꼭 읽으라는 거예요.”

“그 남자분은 나를 개인적으로 안다고 하던가요?”

“아뇨. 그분도 누구한테서 읽어보라는 말을 듣고 읽어보니 여러 가지로 좋은 점이 많더라고 하면서 이 책을 읽으면 몸이 좋아질지도 모른다고 하는 거예요. 그 남자분이 돌아간 뒤에 저는 무슨 책이길래 그럴까 하고 『선도체험기』 1권을 이리 뒤적 저리 뒤적 해보다가 첫 장부터 읽어나가기 시작했습니다. 그런데 선생님 참으로 이상한 일이 벌어졌어요.”

“이상한 일이라뇨?”

“책장을 넘길수록 읽는 속도가 점점 빨라지면서 저 자신도 모르게 제 몸이 사시나무처럼 부들부들 떨리는 거예요. 그러면서 책에서 이상하게도 시원하고도 상쾌한 기운이 제 몸속으로 스며들면서 아랫배 쪽부터 조금씩 조금씩 달아오르는 거예요. 그리고는 기분이 너무나도 황홀한 거 있죠. 마치 하늘에 붕 떠오른 것 같았어요. 책에서 가르치는 대로 방안에 조용히 앉아서 단전호흡을 하고 있으면 이상하게 제 몸이 자꾸만 천장으로 떠오르는 것 같았습니다.

맘만 먹는다면 당장 제 몸이 위로 붕 떠오를 것 같은데 막상 떠올라 보려고 하니까 그렇게 되면 집안에 난리소동이 일어날 것 같아서 그렇게 할 수도 없었습니다. 그렇지 않아도 신기가 있다는 말을 무당한테서 듣고 있는 판인데 그런 일까지 일어난다면 저는 점점 더 이상한 여자가 될 꺼 아닙니까. 저는 어떤 일이 있어도 남의 구경거리가 되는 것은 질색이었거든요. 그래서 위로 떠오르지 못하게 제 몸을 방바닥에 고정시키려고 무릎에 홑이불을 덮고 남편이 운동할 때 쓰는 아령을 홑이불 자락에 몇 개 지질러놓아 절대로 위로 떠오르지 않게 했습니다. 이렇게 며칠이 지나니까 괜찮더라구요.

이렇게 하면서 어느덧 두 권째를 읽으면서부터 아프던 몸이 점점 가벼워지기 시작하더니 네 권째를 다 읽고 나니까 제 몸에서 모든 병이 말끔히 달아나 버렸습니다. 식구들에게 이런 말을 하니까 아무도 믿어주지 않는 거예요. 오히려 그런 말 하는 절보고 머리가 약간 돌지 않았느냐고 뒤에서 쑤군쑤군하는 거예요. 제 말을 꼭 믿어줄 줄만 알았던 남편도 친정어머니도 저를 이상한 눈으로 쳐다보기만 하는 거예요.

저는 이 놀라운 일을 누구한테 발설을 할 수도 없었습니다. 그런데 무슨 소식을 들었는지 저한테 『선도체험기』를 읽으라고 권했던 분이 찾아왔기에 그 얘기를 했더니 그분만은 어느 정도 이해해 주는 눈치이기는 한데, 자기는 병이 약간 나을 줄 알았지 그렇게 말끔히 나을 줄은 상상도 하지 못했다는 거예요. 그래서 저의 이러한 심정을 이해해 주실 분은 이 책을 쓰신 김 선생님밖에는 없다는 생각이 들어서 출판사에 전화를 걸어 선생님 댁 전화번호를 알아가지고 지금 전화를 드리는 거예요. 선생님 이 고마움을 어떻게 표현해야 좋을지 모르겠습니다. 선생님 정말 고맙습니다."

"별말씀을 다 하십니다. 다 그럴 만한 인과가 있어서 그렇게 된 겁니다."

"그래도 이 책이 아니었더라면 제가 어떻게 병이 나을 수 있겠습니까? 선생님과 이렇게 전화로 대화를 나누는데도 기운이 파도처럼 확확 밀려오고 있습니다."

"기 감각이 대단히 예민하시군요."

"전에 혹시 도장에 나가서 단전호흡을 해 본 일은 없었습니까."

"그런 일은 전연 없었습니다. 단전호흡은 이 책을 읽으면서 처음으로 알았습니다."

"그렇다면 전생에서부터 수련을 많이 쌓은 것 같습니다."

"그렇습니까. 그런데 선생님 다른 사람도 이런 일이 있었습니까?"

"그런 실례가 가끔 가다가 있었습니다. 그런 때 이 책은 하늘 기운을 독자에게 전달해 주는 매개체 역할을 하는 거죠."

"그래서 책만 읽는데도 기운이 그렇게 많이 들어오는군요."

"그렇습니다."

"그렇다면 그 책을 쓰신 선생님도 독자와 하늘 기운 사이에서 기운을 책을 통하여 독자에게 전달해 주시는 역할을 하시는 건가요?"

"그렇다고 할 수 있죠."

"선생님, 그럼 저는 앞으로 어떻게 하면 좋겠습니까?"

"어떻게 하긴요. 이제 겨우 네 권을 읽었으니까 지금까지 나온 책을 28권까지 다 읽으셔야죠."

"그렇게 되면 앞으로 더 많은 기운을 책에서 받게 되겠네요."

"그럴 겁니다."

"그런데 왜 저한테 책을 권하신 그분은 저만큼 책에서 기운을 받지 못하는지요?"

"그거야 사람이란 백인백색이요 천차만별이 아닙니까? 똑같은 사람이 어디에 있겠습니까? 약수터에 가보면 들고온 그릇의 크기와 용량이 사람마다 제각각 다른 것과 마찬가지입니다. 다만 지금까지 댁에서 하신 얘기를 들어보면 보통 사람보다는 그릇이 좀 큰 것 같습니다."

"선생님 정말 감사합니다."

"감사하긴요."

"그래도 선생님께서는 저를 제일 잘 알아주십니다. 정말 고맙습니다. 그런데 선생님 어떻게 하면 선생님을 좀 만나 뵙고 직접 좀 지도를 받을 수 있겠습니까?"

"혹시 담배는 피우시지 않습니까?"

"그럼요. 여자가 어떻게 담배를 피웁니까?"

"요즘은 여자도 담배 피우고 술 마시는 사람 많습니다. 기운은 이미 느끼고 계시다니까 책은 계속 읽어나가다가 8, 9, 10권에는 오행생식 얘기가 집중적으로 나옵니다. 그걸 다 읽고 나서 나도 오행생식을 좀 해 보아야겠다는 결심이 서면 그때 찾아오세요."

"오행생식이 뭔데요?"

"그런 게 있습니다."

"어떤 건데요."

"익은 음식 대신에 날 음식을 먹는 것을 말합니다."

"사람이 어떻게 날 것을 먹고 살 수 있죠?"

"살 수 있으니까 걱정 마세요. 좌우간에 8, 9, 10권까지 읽고 나서 얘기를 나누어야 되겠습니다. 지금은 대화가 되지 않습니다."

"그런데 선생님 양평은 촌이 되어놔서 그런지 책방에 가도 『선도체험기』를 구할 수 없습니다. 어떻게 하면 되죠?"

"그럼 선금을 좀 주고서라도 책방에서 주문을 하십시오. 늦어도 2, 3일 안이면 구할 수 있을 겁니다."

"선생님 고맙습니다. 그럼 그때 가서 다시 전화드리겠습니다."

"그렇게 하십시오."

"선생님 정말 고맙습니다. 선생님은 제 생명의 은인입니다."

"그만하면 됐습니다. 어서 책이나 더 읽으시고 책에서 가르친 대로 열심히 수련을 하세요."

"네 잘 알겠습니다. 그럼 안녕히 계십시오."

관이 잡혀 있지 않았다

1995년 3월 22일 수요일 7~15℃ 구름 많음

오후 3시. 40대 초엽의 윤병석이라는 남자 수련생이 와서 물었다.

"선생님, 선종(禪宗)에서 교과서처럼 여기고 있는 『전등록』이라는 책을 보면 스승과 제자가 선문답을 나누다가 다만 한순간에 문득 대오 각성하여 견성한다는 얘기가 대부분인데, 그게 실제로 있을 수 있는 일입니까?"

"있을 수 있는 일입니다. 그러나 있을 수 없는 일이기도 합니다."

"제가 왜 이런 말씀을 드리는고 하니 지금도 불교의 선방에 가보면 화두를 하나씩 스승에게서 배정받아 가지고 10년 20년을 그것만 파고드는 비구승들이 대부분이거든요. 그런데도 깨달았다는 사람은 찾아보기 어렵습니다. 저는 일전에 20년 동안 참선만 했다는 친척인 비구승을 만나 본 일이 있는데, 대화를 나누어 보니 아직 멀었구나 하는 생각이 들더라고요."

"무슨 말을 들었습니까?"

"고작 한다는 소리가 어떤 도반(道伴)이 자신의 과거를 들추고 돌아다니는 통에 심기가 불편하다는 겁니다. 아니 선생님 생각해 보십시오. 20년 도를 닦고 나서도 겨우 그 정도의 일로 마음이 쓰인다면 뭔가 단단히 잘못된 거 아닙니까. 도대체 남이 자기의 과거를 들추면 어떻고 들추지 않으면 어떻습니까. 그런 것을 가지고 신경을 쓴다면 일반 중생들과 다른 점이 무엇이겠습니까?"

"옳은 말씀입니다. 윤병석 씨는 나한테 와서 수련받기 시작한 지 얼마나 됐습니까?"

"재작년 8월부터 선생님을 찾기 시작했으니까 2년이 되어 갑니다."

"그렇다면 20년 참선한 사람보다 2년 선도수련한 윤병석 씨가 마음 공부에서는 훨씬 윗길입니다. 20년 참선한 비구승을 굽어볼 수 있을 정도로 '관찰이 잡혀있다'는 것이 내 눈에 확연히 분별이 됩니다. 20년 쯤 참선을 했으면 남이 뒤에서 내 말을 어떻게 말하든 그런 것에 구애 받을 정도는 벌써 지났어야 합니다. 20년 참선을 하고도 겨우 그 정도 에서 맴돌고 있다면 그 비구승의 수련 방법에 근본적인 잘못이 있다고 보아야 하겠습니다."

"선생님 무엇에 근본적인 잘못이 있습니까?"

"우선 관(觀)이 잡혀 있지 않는데요. 관이 잡혀 있지 않다는 것을 어떻게 알 수 있느냐 하면 누가 자신의 과거사를 가지고 왈가왈부 했다고 해서 마음이 상했다는 것으로 알 수 있습니다. 관이 잡힌 사람은 그런 것은 관심거리도 되지 않습니다. 관심을 가져 보았자 아무 이득도 없다는 것을 관찰을 통해서 깨닫고 있을 것이기 때문입니다. 그 비구승에게 만약에 관법이 잡혀 있었더라면 20년씩 참선을 하고도 겨우 그 수준에 머물러 있지는 않았을 겁니다.

내가 보기에는 그 비구승은 선방 생활에 너무 익숙해져서 자기도 모르는 사이에 관성과 타성에 빠져 있는 것 같습니다. 이것을 매너리즘

239

이라고 말하죠. 생명력의 진화가 정지되어버린 상태를 말합니다. 만약에 그 비구승에게 관이 잡혀 있었더라면 재빨리 그것을 알아차리고 무슨 적극적인 대책을 강구했을 텐데, 그렇지 못하고 이럭저럭 선방 생활을 20년이나 끌어온 것을 보니 그렇게밖에는 보이지 않는데요."

"선생님 이것은 구도자가 한순간에 크게 깨달아 보겠다는 '전등록식' 사고방식에 젖어 있기 때문이 아닐까요?"

"그것도 일리 있는 말입니다. 차곡차곡 기초부터 단단히 쌓아 올라갈 생각은 않고 배정받은 화두에만 매어달려 어느 한순간에 눈앞이 번쩍 하면서 크게 진리를 깨달아보겠다는 헛된 욕심 때문일 수도 있습니다. 티끌 모아 태산이라고 끈질긴 노력으로 돈을 버는 것이 아니고 이럭저럭 지내다가 한순간에 일확천금하겠다는 것과 같습니다. 건강한 몸으로 기운을 타고 화두를 잡았더라면 벌써 견성했을 겁니다. 그런데 얘기를 듣고 보니 그 구도승은 그 어느 것 하나도 포착하지 못했습니다."

"저도 그렇게 생각합니다. 그 구도승은 제 사촌뻘 되는 사람이어서 비슷한 길을 걷고 있는 저에게는 관심이 가지 않을 수 없습니다. 20대에 삭발 출가한 사람이 40대가 되도록 맨날 그 타령이니 제가 보기에도 안타깝기 그지없습니다. 그런데 정작 본인은 아무렇지도 않은 것 같습니다. 선생님께서는 언제나 몸, 기, 마음공부를 주장하시는데 그 친구는 기공부는 전연 하지 않습니다."

"그거야 원래 선방에서는 기공부를 못하게 하니까 당연한 일이 아닙니까?"

"그래도 요즘은 남모르게 기공부하는 구도승들이 많다고 합니다. 기존 수련 방식에 대한 근본적인 반성의 기미가 아닌가 생각됩니다. 또 이뭐꼬 화두만 10년 20년 잡고 있어 보았자 발전이 없으니까 요즘은 남방 불교의 위빠사나 관법이 많이 이용되고 있다고 합니다. 더구나 놀라운 일은 선생님께서 쓰신 『선도체험기』가 요즘은 선방에서도 읽히고 있다고 합니다. 선방뿐만 아니라 사찰의 요사채 같은 데서도 발견된다고 합니다. 요즘은 선생님한테도 찾아오는 비구승들이 있다면서요."

"있구말구요. 날이 갈수록 찾아오는 수효가 늘어나고 있습니다."

"그래서 말씀인데요. 작년 연말에 말입니다. 그 사촌 비구승이 집에 잠시 다니려 나왔기에 『선도체험기』를 25권까지 구입해서 다음에 나올 때까지 읽고 나오라고 했더니 꼭 그러겠다고 약속을 했는데, 며칠 전에 나왔길래 다 읽었느냐고 물어보니까 선방에 갔더니 어떤 도우가 자꾸만 탐을 내기에 그냥 주어버렸다고 합니다. 그 말을 듣는 순간 저는 가슴이 철렁 내려앉을 정도로 충격을 받았습니다. 어떻게 저와의 약속을 그렇게 헌신짝 버리듯 할 수 있는지 정말 실망이 이만 저만이 아닙니다."

"아직은 읽을 때가 아니어서 그랬겠죠. 책이란 언제나 임자를 따르게 되어 있습니다. 그 책을 탐냈다는 도우야말로 읽을 때가 된 겁니다. 어쨌든 바른 임자를 찾아갔으니 다행한 일이 아닐까요?"

"그렇게라도 위안을 삼아야지 어떻게 하겠습니까? 그래서 왜 남의 성의는 생각지 않고 나와의 약속을 어겨가면서까지 스물다섯 권이나 되는 책을 읽지도 않고 그렇게 선뜻 남에게 넘겨 줄 수 있느냐고 물었더니, 자기를 가르친 어느 스승이 말하기를 몸에 남이 탐을 낼만한 물건은 지니지 말아야 한다고 말했답니다. 자기는 그 스승의 말을 따랐을 뿐이라는 겁니다."

"그 말은 아직 그 책을 읽을 마음이 없던 차에 남이 달라니까 주어버린 것에 대한 변명에 지나지 않습니다. 만약에 읽고 싶었다면 누가 달라고 졸라도 자기부터 읽고 나서 남에게 주어도 늦지 않습니다. 그 책은 구도자에게는 목적지를 찾아갈 수 있는 하나의 약도이기도 한데, 그것을 남에게 넘겨 준 것은 아직 그 약도에서 가르친 목적지에 찾아갈 마음이 없었기 때문입니다. 그렇다고 해서 너무 실망하실 필요는 없습니다.

그 책을 가져간 구도승이 읽고 수련이 그야말로 일취월장하여 큰 발전을 이룩한다면 반드시 그 사촌 구도승도 관심을 갖게 되고 다시 읽게 될지도 모릅니다. 내가 『다물』이라는 장편소설을 썼을 때 내 아들아이는 읽지 않았습니다. 그러나 친구들이 읽고 나서 화제에 올리자 그때 비로소 읽었습니다."

"결국 그렇게 되기를 바랄 수밖에 없겠군요. 다음번에 나올 때는 오행생식을 하도록 권해 볼까 합니다. 지난번에 나왔을 때 그 얘기를 했더니 선방에서도 생식을 하는 비구승이 간혹 있다고 합니다. 밥을 먹을 때보다 졸음이 확실히 덜 오고 머리가 맑다고 하면서 관심을 보이더군요. 그런데 『선도체험기』를 읽지 않아 놔서 데려오기가 좀 미안해서 그럽니다."

"괜찮습니다. 오행생식을 하겠다면 데려오십시오. 오행생식을 하겠다는 결심을 하는 것 자체도 보통 사람이 할 수 있는 것이 아닙니다.

우선 맛의 세계를 떠날 수 있다는 것은 수련이 한 차원 높아진 것을 말하니까요."

"선생님 고맙습니다. 그럼 다음엔 꼭 데려오겠습니다."

선도수련 2년 한 사람이 20년 참선한 구도승을 걱정하고 이끌 수 있다는 엄연한 현실에 나는 마음이 자꾸만 쏠렸다. 윤병석 씨가 사촌인 구도승을 위해 그렇게 정성을 쏟는 한 언젠가는 그를 자기 반열에 끌어 올릴 수 있을 것이다. 어느덧 윤병석 씨는 자기도 모르는 사이에 상구보리(上求菩提)하여 하화중생(下化衆生)하는 위치에 올라 있는 것이 대견스럽기 짝이 없었다.

책 읽고 인생 바뀐 사연

1995년 3월 23일 목요일 6~13℃ 구름 많음

오후 3시. 8명의 수련생들이 내 앞에 앉아서 수련을 하고 있었다. 35세쯤 된 오계남이라는 주부 수련생이 말했다.

"선생님 저는 『선도체험기』를 읽지 못했더라면 미쳤거나 자살을 했거나 둘 중에 하나를 택했을 텐데 이 책 때문에 이렇게 멀쩡하게 살아서 선생님을 찾아뵙게 된 것이 정말 꿈만 같습니다."

얼굴 생김새라든가 몸매가 5년 전까지 선도를 통해서 알게 되었던 민소영 씨와 흡사했다.

"그렇게까지 절박한 사정이 있었습니까?"

"둘째 아이를 낳고 나서 산후 조리가 잘못되어 몸이 불편하자 저는 다섯 살 난 딸애를 구박했습니다. 몸이 아프니까 자꾸만 스트레스가 쌓였는데 딸애라도 구박하지 않으면 그것을 해소할 길이 없었습니다. 게다가 설상가상으로 가까운 친척의 재정보증을 서주었다가 그분이 대형 사고를 내는 바람에 우리가 쓰고 살던 집까지 날리게 되었는데도 그 사람은 미안한 표정 하나 보이지 않았습니다. 하도 가증스러워서 소리 나지 않는 총이라도 있으면 쏘아 죽이고 싶을 정도였습니다. 작년은 제 생애 최악의 해였는가 하면 최선의 해였는지도 모릅니다."

"최선의 해라뇨. 그만큼 좋은 일도 있었단 말씀입니까?"

"네 있었습니다. 죽음과 삶이 맞물려 돌아가듯이 최악과 최선도 서로 맞물려 돌아가는 것 같은 느낌이 듭니다."

"그렇습니까. 어디 좀 차근차근 말씀해 보세요."

"하도 마음이 괴로워서 기분이나 좀 전환시켜보려고 시내에 나갔다가 책방에 들러서 건성으로 이 책 저 책 뒤적여보는데, 어쩐지『선도체험기』가 확 눈에 들어오는 거예요. 그 책을 빼어 들고 머리말을 읽으면서부터 저는 서서히 그 책에 빨려 들어갔습니다. 저는 숱한 고객들이 드나드는 책방에서 염치도 없이 쪼그리고 앉아서 책에 몰두해 있었습니다.

책방 주인이 통행에 방해가 되니 좀 일어나 달라는 소리를 듣고 나서야 제 정신을 차렸습니다. 몇 시간을 책에 빠져 있었는지, 어느덧 책 한 권을 거의 다 읽어 가고 있었습니다. 그래서 수중에 있던 돈을 몽땅 털어내어 책방에 있던『선도체험기』를 모조리 다 구입했습니다. 그때는『선도체험기』가 24권까지 나왔을 땐데 중간에 빠진 것이 많아서 전부 열다섯 권밖에는 안 되었습니다. 나머지는 책방 주인에게 주문을 하고는 그것을 가지고 집에 와서 거의 침식을 잊다시피 읽기 시작했습니다.

책을 읽는 동안에 진동도 일으키고 호흡도 되고 기도 느꼈습니다. 그리고는 저의 지난 생활이 얼마나 잘못되었었나를 깨닫기 시작했습니다. 아무 죄도 없는 딸애를 구박한 것이 얼마나 뼈에 사무치게 후회가 되었는지 모릅니다. 딸애는 에미라는 것이 하도 구박만 하니까 언제나 내 눈치만 살피는 데 이골이 나 있었습니다. 제 기분이 좀 좋지 않다고 생각되면 어느새 없어져 버립니다. 모녀간에 다정한 말 한마디 나누는 일이 없었으니 딸애에게는 친에미라는 것이 계모보다도 못했을 겁니다.

이런 자각이 있자 딸애가 불쌍한 생각이 들어서 하염없이 눈물을 흘렸습니다. 에미 노릇을 제대로 못한 저 자신이 얼마나 한심했는지 모릅니다. 저는 딸애를 불러들여 끌어안고 꺼이꺼이 울었습니다. 딸애는 무슨 영문인지 몰라 두 눈이 호동그래졌지만 곧 제 진심이 직감적으로 통했던지 금방 명랑해졌습니다.

그렇게 밉고 원망스러웠던 보증서준 친척도 다시 보게 되었습니다. 그 사람을 미워하고 원망하면 할수록 제 심성만 거칠어진다는 것을 깨닫게 되었습니다. 지금까지는 모든 잘못을 그 친척에게만 덮어씌웠었는데, 사실은 그런 불상사가 일어난 근본 원인은 저 자신에게 있었다는 자각이 일었습니다. 원인 없는 결과는 절대로 없다는 진리를 알고 나서는 이렇게 된 것이 전생에 있었던 인과응보라는 것을 알게 되었습니다. 남의 탓이 아니라 곧 내 탓이라는 것을 깨닫고 나니 누구를 원망할 꼬투리가 없어졌습니다.

그러자 그렇게 지옥처럼 괴로웠던 제 마음이 평안하게 가라앉기 시작하는 것이었습니다. 이렇게 제 마음이 바뀌면서 집안에는 오래간만에 화기애애한 분위기가 감돌게 되었습니다. 집안이 화목해지자 그때까지 꼬이고 막히기만 하던 남편의 사업도 기를 펴기 시작했습니다. 마음의 스위치를 온(on)으로 하느냐 오프(off)로 하느냐에 따라 지옥문과 천당문이 열리기도 하고 닫히기도 한다는 진리를 깨닫게 되었습니다. 선생님, 제가 드리는 얘기에는 하나도 거짓이 없습니다."

"누가 거짓이 있다고 했습니까? 오계남 씨가 나한테 일부러 찾아와서 아무 이득도 없이 거짓말을 할 이유가 없지 않습니까? 그 얘기를 들으니까 정말 글 쓴 보람을 느끼게 되는군요. 마음은 그렇게 평온을 찾았는데 몸은 어떻습니까?"

"몸도 그전에다 대면 많이 좋아졌습니다. 처음에는 『선도체험기』를 읽으면서 선생님께서 등산하시는 얘기며 도인체조하시고 달리기하시는 얘기가 그저 그럴 수도 있겠거니 하고 남의 얘기로 알고 읽기만 했었는데, 20권을 읽으면서부터는 등산, 달리기, 도인체조는 단전호흡 못지않게 수련자들이 일상생활화 해야 된다는 것을 알게 되었습니다. 그전까지는 등산이니 달리기 같은 것은 해 본 일도 없었거든요.

그래서 시간이 나면 딸애하고 뒷산에도 올라가 보고, 걸을 때는 일부러 빨리 걸어도 보았습니다. 될수록 차량을 이용하지 않고 걷는 쪽을 택했습니다. 어떤 때는 아침에 일어나면 얼굴이 퉁퉁 부어오르는 수가 있었는데, 그때마다 한 시간쯤 달리기를 하여 땀을 흠뻑 흘리고 나면 거짓말같이 얼굴의 부기가 말끔히 빠지고 볼이 홀쭉해지고 눈에는 쌍꺼풀까지 지는 것을 알게 되었습니다. 몸도 새털처럼 가벼워지고 쓸데없는 군살도 다 빠져버리는 거예요. 건강이란 스스로 가꾸기에 달려 있더군요.

『선도체험기』에서 가르친 대로 일주일에 한 번 적어도 다섯 시간 이상씩 등산을 하고, 등산 안 하는 날은 매일 아침 한 시간씩 달리기를 하고 오후에 도인체조도 30분씩 해보니까 몸에 활기를 느끼고 모든 일에 강한 자신감을 갖게 되었습니다."

"오계남 씨의 얘기를 듣자니까 『선도체험기』에서 내가 독자들에게 전하고자 한 메시지는 전부 다 스스로 소화하신 것 같습니다. 새삼스레 나를 찾아올 필요도 없겠는데, 무엇 때문에 오셨습니까?"

"사실은 저도 김 선생님한테서 오행생식을 처방받고 싶어서 왔습니다. 이것만 일상생활화 하면 『선도체험기』에서 가르친 것은 전부 다 실천하는 것이 되는 것 아니겠습니까. 그런데 오늘 막상 선생님 앞에 앉아보니 그렇게 마음먹었던 저 자신이 얼마나 초라했었나 하는 것을 새로이 알게 되었습니다."

"왜 그런 생각을 가지게 됐습니까?"

"저는 솔직히 말씀드려서 『선도체험기』를 읽으면서 책에서 강한 기운을 느꼈었지만 그 책을 직접 쓰신 선생님 앞에 직접 이렇게 앉아보니까 책에서 느낀 것과는 비교도 안 되는 강한 기운이 마치 파도처럼 장중하고 시원하게 제 몸속을 꿰뚫고 밀려들어옵니다. 한 시간 동안 선생님 앞에 앉아있는 동안에 제 인당에서 강력한 기운이 소용돌이치면서 엄청난 변화와 혁신이 일어나는 것을 알 수 있습니다. 환골탈태하는 놀라운 변화를 느낄 수 있습니다. 그리고 백회도 욱신욱신하더니 돈짝만한 구멍이 펑 뚫리면서 하늘 기운이 힘차게 폭포처럼 쏟아져 들어오고 있습니다. 선생님 이래도 괜찮은지 모르겠습니다."

"괜찮고말고요. 조금도 걱정할 것 없습니다. 수련이 잘되느라고 그런 겁니다."

"정말 그렇다면야 얼마나 좋은 일입니까? 저 말고도 이런 경험을 한 분들이 전에도 있었나요?"

"그렇구말구요. 다 때가 되고 인연이 되어서 그렇습니다. 오계남 씨는 오늘 이후로 수련에 획기적인 변화가 올 겁니다."

"그 말씀을 들으니 안심이 됩니다. 현장에 와서 겪어 보니 제가 지금까지 해온 수련은 우물 안 개구리 정도에 지나지 않았다는 것을 절실히 알 것 같습니다. 제 깐에는 수련이 혼자서 다 된 것으로 알고 있었는데, 이제 보니 그게 큰 착각이었습니다. 갈수록 첩첩산중이라더니 그 말이 맞는 것 같습니다."

"어쨌든 오계남 씨는 순전히 혼자 힘으로 선도의 초기의 문턱을 넘어섰습니다. 남의 도움을 안 받고 그 정도로 수련을 쌓을 수 있다는 것도 보통 일이 아닙니다."

"선생님, 그럼 저는 어느 단계에 와 있습니까?"

"선도 수련과정을 10단계로 본다면 이제 두 번째 단계에 올라왔습니다."

"그럼 아직도 여덟 단계나 남아 있다는 말씀인가요?"

"그렇습니다."

"그럼 선생님 세 번째 단계는 뭐죠?"

"대주천입니다."

"언제쯤이면 저도 대주천 수련을 받을 수 있겠습니까?"

"그거야 앞으로 지켜보아야죠. 나는 오계남 씨를 오늘 처음 만났습니다. 아직은 좀더 두고 지켜보아야 알 수 있습니다."

"얼마나요?"

"앞으로 적어도 열 번쯤 우리집에 오시게 되면 그동안에 무슨 변화가 반드시 일어나게 될 겁니다. 그걸 보고 다음 단계의 수련 방법이 결정됩니다."

"좀더 빨리는 안 될까요?"

"김치, 장, 술 같은 음식을 담그면 반드시 숙성기간이 필요합니다. 임신을 하면 누구에게나 회임기간이 필요합니다. 그와 같이 수련도 숙성 또는 회임기간이 필요합니다. 너무 성급하게 다그치면 설익게 되고 미숙아가 되기 쉽습니다. 숙성기간을 채우지 못한 수련생은 설익은 농작물처럼 쓸모없는 쭉정이가 되기 십상입니다. 조심해야 합니다."

"무슨 뜻인지 잘 알겠습니다."

"선도를 시작하고부터 그렇게 마음이 180도로 바뀌어버리는 사람이 가끔 나타나는데 도대체 그 원인이 어디에 있다고 선생님께서는 보십니까?"

윤형식이라는 중년 남자 수련생이 물었다.

"하늘 기운 때문입니다."

"하늘 기운이라면 우주에 편만해 있는 생체에너지 말씀인가요?"

"맞습니다. 하늘 기운은 늙은이를 젊게도 만들고 검은머리를 희게도 만들고 난치병을 낮게도 합니다. 선도에서는 수행자들이 호흡을 통해서 조직적으로 하늘 기운을 체내에 받아들여 순환시킵니다. 이렇게 천기(天氣)가 순환하는 동안에 우리 몸속에 잠재해 있는 온갖 나쁜 기운, 병기(病氣), 탁기(濁氣), 사기(邪氣)들이 밖으로 빠져나오면서 마음도 성격도 몸도 바뀌게 되어 있습니다."

"다른 종교 같은 데서도 이런 현상이 일어날 수 있습니까?"

"기독교에서 말하는 성령이니 성신이니 하는 것이 바로 하늘 기운입니다. 기운의 성질은 똑같습니다. 그러나 그것을 보는 시각은 선도와 기독교가 크게 다릅니다. 기독교에서는 특별히 은총을 입은 신도에게만 하느님이 친히 내리는 것으로 알고 있지만 선도에서는 그렇지 않습니다. 몸, 기, 마음공부를 착실히 하는 사람은 어디에나 있는 하늘 기운을 스스로 받아들일 수 있는 체질로 바뀌어버리게 된다고 보고 있습니다.

하느님이 하늘 높은 곳에 따로 좌정하고 인간사를 일일이 굽어 살펴보시다가 신앙심 많고 열심히 기도 잘하는 신도에게 특별히 내려주는 은총이 아니라, 우리들 자신에게 본래 있는 능력을 스스로 개발하여 하느님과 같은 차원으로 서서히 바뀌어 가는 동안에 하늘 기운을 받게 된다고 봅니다. 따라서 은총 같은 것이 외부의 절대자에게서 우리에게 주어지는 것이 아니고 노력 여하에 따라 우리 자신이 스스로 하느님으로 변해가는 겁니다.

인간은 본래 누구나 다 하느님인데 개아(個我)와 욕심에 가려서 그것을 모르고 있다가 그것이 서서히 수련을 통해서 걷히면서 본래의 자기 모습인 하느님이나 부처님으로 되돌아가는 겁니다. 따라서 하늘 기운을 느낀다는 것은 우리 인간이 욕심 때문에 묶여있던 생로병사의 윤회의 사슬에서 벗어날 수 있다는 자신감을 처음으로 갖게 되는 계기이기도 합니다."

"그렇다면 선생님, 우리가 하늘 기운을 더 많이 우리 몸에 순환시키면 시킬수록 깨달음을 얻는 과정도 짧아질 수 있다는 말씀인가요?"

"그렇다고 할 수 있습니다."

"하늘 기운을 우리 몸속에 더 많이 순환시킬 수 있는 비결은 무엇입니까?"

"그것은 매우 간단합니다. 이기적인 생활에서 벗어나 이타적인 생활로 얼마나 빨리 변화하느냐에 달려 있습니다. 나 자신만을 위하는 삶은 파멸을 가져오지만 남을 위하는 생활만이 진리에 한발이라도 더 접근할 수 있습니다. 이것이 체질화되어 있는 사람일수록 더 많은 하늘 기운을 받아들일 수 있습니다. 그러나 이렇게 되기까지는 숱한 난관을 통과해야 합니다. 기도, 명상, 믿음, 참선, 십일조, 헌납 따위만으로는 안 됩니다.

물론 이런 것들도 중요하긴 하지만 마음공부의 바탕이 되는 몸공부와 기공부도 마음공부 못지않게 중요합니다. 몸, 기, 마음은 셋이되 하나입니다. 따라서 이 셋 중에서 어느 하나만 소홀히 해도 올바른 공부가 될 수 없습니다. 비결은 마음공부와 함께 기공부와 몸공부를 반드시 함께하는 겁니다."

도인 같은 소리

1995년 4월 15일 토요일 8~20℃ 맑은 후 흐림

＊ 성실, 근면, 정직, 인내, 극기, 지구력은 평온한 마음에서 나온다. 편안한 마음이야말로 지혜의 정화(精華)다.

＊ 몸이 건강하고 마음이 평온한 사람에게만 진리는 보인다. 물결이 고요히 가라앉아야 물밑이 환히 들여다보이듯이.

＊ 진리의 출발점은 바로 '나'다. '나'야말로 인과라고 하는 섭리가 배정해 준 숙제이다. 바로 '나'를 제대로 관찰함으로써 우리는 우주 전체의 진리에 접근할 수 있다.

1995년 4월 16일 일요일 10~18℃ 가끔 흐림

새벽 등산을 마치고 아내와 함께 차로 귀가 중이었다. 양재대로에서 선릉로로 접어드는 교차로에서 좌회전 신호를 기다리고 있다가 평지니까 괜찮겠지 하고 밟고 있던 브레이크를 약간 놓으니까 차가 15센티 정도 뒤로 물러나자 나는 황급히 브레이크를 밟았다. 이때 역시 좌회전 신호를 기다리고 있던 옆 차의 운전자가 뒤를 보라고 신호를 보내고 있었다. 무슨 일인가 하고 뒤를 살피려 하는데, 운전석 차문을 두드리는 소리가 났다. 사이드 브레이크를 올리고 문을 열고 내다보니 대학교 1, 2년생쯤 되어 보이는 젊은이가 대뜸 고함을 질렀다.

"이것 보세요. 이번 법이 어디 있어요. 차가 뒤로 밀려서 내 앞 범퍼와 부딪혔단 말입니다."

나는 엉겹결에,

"그래요?"

"거짓말인가 빨리 나와서 보란 말예요."

나는 두말 않고 나와서 뒤쪽을 살펴보았다. 과연 내차가 뒤차 앞 범퍼와 붙어있었다.

"내차가 뒤로 조금 밀린 것은 분명 내 잘못이지만 그쪽 차도 너무 바싹 뒤따라 왔군요."

내가 이렇게 말하자 젊은이는,

"바싹 뒤에 따라왔다고요? 이만큼이나 거리가 있었는데요."

이렇게 말하면서 젊은이는 양손을 1미터쯤 벌려 보였다.

"그게 안전거리가 됩니까?"

정차시의 차간 안전거리는 최소한 운전석에서 뒤 범퍼의 번호판이 보이는 거리인 5미터는 되어야 한다. 운전 시험장에서도 등판 주행시 일시 정지했다가 출발할 때는 30센티 뒤로 밀리는 것은 점수를 깎지 않는다. 기세등등했던 젊은이는 더이상 할 말이 없는지 나하고는 더 말을 하지 않고 무엇에 화풀이라도 하듯이 내 차 앞쪽으로 와서 조수석에 앉아 있던 아내 쪽을 향해,

"남의 차를 이렇게 받아놓고도 뭘 잘했다고 그러지? 도대체 이따위 법

이 어디 있어? 에이 쌍 오늘 재수가 없으려니까 별게 다 속을 썩이네."

엉뚱하게 화살이 자기에게 쏠리는 것을 본 아내는 자기 아들보다도 한참 아래인 청년이 너무나 안하무인격이라 여겼던지,

"안전거리 확보 안 한 게 누군데 시비를 거는 거야. 누가 그렇게 바싹 남의 차를 뒤 따라오라고 했나. 똥싼 놈이 큰소리치는 격 아냐?"

좀처럼 화를 내지 않는 성격인 아내도 성깔을 돋우었다.

"뭐 어쩌구 어째, 이 쌍 나오란 말야! 나와!"

"야 넌 에미애비도 없냐. 어디서 대가리에 피도 안 마른 것이 어른한테 함부로 반말이야!"

이렇게 젊은이와 아내 사이에 험구가 오가는 사이에 좌회전 신호가 떨어졌다.

"여보게 젊은이 자네는 왜 엉뚱한 제 3자와 말다툼인가. 이 차의 운전자는 엄연히 나고 내가 미안하게 됐다는데 왜 그러나? 우리 때문에 뒤차들이 밀리고 있지 않은가."

뒤차들이 빵빵거리고 있었다. 그러나 아내와 청년의 말다툼은 아랑곳없이 고조되고 있었다. 청년은 내 말은 안중에도 없는 듯 아내와의 언쟁에만 열중하고 있었다. 두 번째 좌회전 신호가 떨어졌다.

"뒤차들이 밀리니까 이러지 말고 우선 차를 저 앞으로 빼도록 하지" 하고 내가 차에 오르려고 하자 젊은이는 내 손을 꽉 잡고 꼼짝을 못하게 하고는 여전히 아내와의 언쟁에 열중하고 있었다. 내 손을 꽉 잡은 청년의 몸이 사시나무 떨 듯했다 얼굴은 창백하여 완전히 이성을 잃고 당장 살인이라도 저지를 기세였다. 이때 나이 지긋한 중년이 뒤

차에서 내려왔다.

"여봐 젊은 친구! 자네 너무 하지 않나. 자넨 위아래도 없나. 어디서 자기 어머니뻘 되는 분한테 함부로 반말에 욕지거리까지 하고 그러나. 별 것도 아닌 접촉사고를 가지고, 밀리는 뒤차를 생각해야 될 거 아닌가?"

"뭐야. 당신은 또 뭐야. 제3자가 왜 끼어들어?"

"뭐라고! 제삼자? 자네 때문에 갈 길을 못 가고 있는데, 내가 어떻게 제삼잔가. 피해자지."

이렇게 하여 청년과 아내의 언쟁은 '제삼자'와 청년의 언쟁으로 비화하여 열전을 거듭하고 있었다. 이러는 사이에 벌써 좌회전 신호가 네 번이나 바뀌었다. 나는 할 수 없이 그 제삼자에게 간청을 하듯 했다.

"제발 들어가 주시기 바랍니다. 이 차의 운전자는 접니다. 어디까지나 저하고 이 청년하고 해결할 문제니까 그냥 들어가 주시기 바랍니다."

"어디 그냥 들어가게 됐습니까? 아무리 막돼먹은 세상이라도 어디서 새파란 놈이 자기 어머니뻘 되는 분한테 반말에 욕지거리를 할 수 있단 말입니까? 말이나 되는 일입니까?"

"좌우간 이젠 들어가 주십시오. 제가 알아서 처리하겠습니다."

청년도 세 불리함을 의식했는지 등등하던 기세가 약간 누그러졌다. 가장 긴급한 일은 막힌 교통을 소통시키는 것이었다.

"자자 이제 그만합시다. 그럼 청년이 원하는 것이 무엇입니까?"

하고 내가 묻자,

"원하는 것은 아무것도 없습니다. 앞 범퍼가 닿기는 했지만 그것으로 차가 손상된 것은 아니니까요."

"그럼 어쨌든 내가 미안하게 됐으니 그만 올라탑시다."

"네 알겠습니다."

마침 다섯 번째로 좌회전 신호가 떨어졌다. 젊은이가 차에 오르는 것을 본 나도 재빨리 차에 올라 시동을 걸었다. 좌회전을 한 우리 차가 한참 달리는 동안 아무 말도 없던 아내가 입을 열었다.

"당신은 어떻게 그렇게 처음부터 끝까지 침착할 수 있었죠?"

"그런 때는 잘잘못을 따지기 앞서 교통이 막혀 뒤에 밀리는 차들에게 불편을 주지 않는 것이 제일 급선무라구요."

"그전 같으면 그런 때 그 애한테 언성을 높였을 거 아니예요?"

"그전은 그전이고 지금은 지금이지. 만물은 변하게 되어 있는 거 몰라요. 제행무상(諸行無常) 말요."

"당신 정말 도인 같은 소리 하시네요."

"그래요? 그 말 듣기 싫지 않은데. 얼마 전까지만 해도 도 닦는다는 사람이 신경질만 잘 낸다고 핀잔이더니."

"그때는 그랬는데, 오늘은 영 딴사람이예요."

"허허허 오래간만에 마누라한테 칭찬 한번 들어보네 그려."

기분이 나쁘지 않았다.

"그런데 왜 당신은 당신답지 않게 젊은 애와 언쟁을 벌였소. 못 들은 척했으면 그냥 그것으로 끝나는 건데."

"아니 자식보다도 한참 더 어린놈이 그렇게 반말에 쌍소리를 하는데 어떻게 가만히 있을 수 있겠어요. 당신은 자존심도 없어요."

"자존심 내세우는 것도 때와 장소를 가려야지. 철없는 어린애를 상대로 무슨 자존심을 내세운단 말요. 나보다 남들을 먼저 생각해야지."

"그럴 때는 안전거리 확보하지 않은 뒤차가 무조건 책임이 있는 거 아니예요?"

"뒤차의 잘못도 있지만 정차 시에 조금이라도 뒤로 밀린 나도 잘한 것은 없지 뭐."

"비탈길에 정지했다 떠날 때도 30센티 뒤로 밀리는 것은 괜찮다면서요?"

"그건 그렇지만 평지나 다름없는데도 조금이라도 뒤로 밀린다는 것은 내 실수지 뭐. 어쨌든 내가 조금이라도 뒤로 밀리지 않았더라면 그런 일은 없었을 거 아뇨?"

"접촉 사고 때는 무조건 큰소리치는 사람이 이긴다는데 당신은 그런 식으로 양보하면 잘못도 없이 번번이 지겠어요."

"져도 마음 편한 쪽을 택할 거요. 남에게 유익한 일은 못해줄망정 나로 인해서 남에게 조금이라도 피해를 준다면 그건 안될 일이죠."

"이기고도 마음이 찜찜한 것보다는 지고도 마음 편한 쪽을 택한단 말이죠?"

"맞았어요."

"그럼 맨날 손해만 보겠네요."

"그렇지 않아요. 그렇게 마음을 넉넉하게 가지면 좋은 기운들이 모여서 늘 그 사람을 감싸주게 되어 있어요."

"어쩐지 아까도 그 젊은 애 말예요. 당신한테는 하나도 대들지 않고 나하고 뒤차에서 내린 사람에게만 악착같이 대들더라고요."

"그것 봐요. 내 말이 거짓말인가."

이런 얘기들이 오가는 사이에 차는 어느덧 집 앞에 도착했다.

나의 교단생활과 선도체험

이원보

신선놀음에 도끼 자루 썩는 줄 모른다는 말이 있다. 나야말로 날마다 꽃덤불 같은 학생들 무리 속에 묻혀서 그들을 가르치고 스스로도 공부하면서 세상 모르고 세월 모르고 지내오다가, 가르치는 일은 이제 '그만!' 하는 정지 신호에 걸렸다.

그러나 나는 행진이 끝난 것이 아니다. 이제부터는 자리를 자연의 품과 대중의 삶 속에 옮기어 '참나'를 찾아 스스로를 닦고 깨달음을 여는 공부를 본격화해야겠다. 이렇게 다짐하는 나의 색다른 인생 마당을 여기에 털어놓아 볼까 한다.

〈첫째 마당〉 무지와 미망, 시행착오

가난한 농민의 아들로 태어나 수원 농림중학교를 나온 이 소년은 학비가 제일 적게 드는 서울의 사범대학에 입학했으나(1950. 6. 6) 개강두 주일 만에 6·25전쟁으로 청운의 꿈은 산산이 흩어졌다. 나라의 부름에 따라 철모 쓰고 총대 멘 군인이 되었으나 전쟁의 의미에 대한 회의와 군 조직 속에서의 자아 상실감으로 갈등이 심화되어 갔다.

3년째 되던 해부터는 "동기 입학생들은 이미 졸업반이 되어 사회 진출을 준비하고 있는데, 나만이 낙오되어 이젠 1학년에 복귀할 가망조차 아주 멀어지나 보다" 해서 거의 미칠 지경으로 열병을 앓게 된 이 쓸모없는 병정은 마침내 '전환 반응, 적응 실패'라는 정신과 군의관의 진단을 받고 제대하게 되어, 중단되었던 학업을 마치고 교직에 발을 들여놓게 되었다(1957. 4. 8).

늦깎이(29세)로 등장한 햇병아리 교사가 첫 일자리였던 창덕여중을 거쳐 삼선고교, 선린상고, 서울고교에 몸을 굴리면서 중견 교사로 접어든 나는 오로지 학생들을 상대하는 것에만 재미 들려서 주임교사를 거쳐 교감, 교장으로 올라가는 노선 진입은 거들떠보지도 않고, 교과 수업과 학급담임 일에만 몰두했다.

그러나 입시경쟁 위주의 교육 풍토 속에서 이 완벽주의 이원보 교사의 아집과 독선은 귀엽고 소중한 이 나라의 꿈나무들을 입시 지옥으로 휘몰아 다그치는 폭력 교사의 죄업만 잔뜩 쌓게 되었다. 학급 담임으로서는 연중 무결석반, 대학 입학률 최우수반 만들기를 목표로 학생들을 달달 볶았고, 교과 수업에 임해서는 '용비어천가'와 '기미독립선언서'까지도 최후의 한 학생까지 원문 그대로 외워 쓰게 할 정도로 바닥 훑기 작전을 강행했다. 특히 성적 부진아, 결손 가정의 학생, 거물급 사고뭉치들의 상담 지도에도 각별히 힘을 쏟았다.

그러나 학생들이 자유로운 분위기에서 편안한 마음으로 학문을 즐기고 인격을 닦아 나가는 것이 아니라, 학교의 명예와 교사의 공명심을 위한 점수 기계로 혹사당하다 보니, 결석자 속출, 사고 연발... 이래서 더욱 바삐 뛰게 된 이 무지(無知) 미망(迷妄)의 가련한 중생에게는 소화 불량, 허리 통증 등 갖가지 질병이 찾아 들어 약방과 병원의 단골 손님이 되었다. 그러한 사건과 질병이야말로 '참나'에 눈뜨고 '참가르침'을 펴려는 섭리의 일깨움이라는 것을 그 때는 미처 알아차리지 못했던 것이다.

〈둘째 마당〉 '참나'를 찾아서, 선도(仙道) 입문

다니구찌 마사하루(谷口雅春) 선생의 「생명의 실상」(40권)을 원서로 읽고 그 내용에 심취되어 첫 권과 둘째 권을 번역하면서 나는 새로운 공부와 현장 실습의 일대 전환기를 맞게 되었다(1977년).

"사람은 육체가 아니다. 영(靈)이다. 질병은 없다. 악도 불행도 없다. 생명의 참모습은 건강이다. 선이다. 행복이다. 천지일체와 하나가 되라. 천지일체가 '마음'으로 창조되고 '말씀'으로 실현된다. 하느님의 무한한 사랑, 무한한 지혜, 무한한 능력과 생명력이 바로 너의 실상(自性)이다..." 그 「생명의 실상」 첫 권 첫 구절을 읽을 때부터 이러한 가르침의 강력한 설득력이 나를 사로잡아 새로운 탄생을 맞게 하였고, 이러한 진리를 일러 주는 나의 말을 그대로 믿고 따르는 학생들이 심기일전함으로써 난치병이 사라지고 학습 능률이 향상되고 가정 문제가 해결되는 등 놀라운 체험을 맛보게 되었다.

그 무렵 영등포고교를 거쳐 서울기계공고에 가서는 직접 카운셀러(교도 교사)의 직책을 맡고 학생들의 개인 상담과 집단 지도는 물론 「생명의 실상」의 독자들을 편지나 전화 또는 면담을 통해 도와주기도 하고 외부 강연까지 다니면서 바쁜 나날을 보냈다.

그러는 중에 난치병 치유를 비롯한 갖가지 초능력 같은 것이 발휘되어, 이러다가는 올바른 구도의 길에서 벗어나 이상한 사람으로 타락하는 것이 아닐까 두려워졌다. 이「생명의 실상」공부도 내가 깨달음에 이르는 구도의 길목에서 거쳐야 할 한 과정으로 주어진 것이니, 이제는 더 훌륭한 우리 조상 전래의 가르침을 찾아서 다음 단계의 공부를 시작해야 한다는 마음의 소리를 들은 것도 이 무렵이었다(1985년).

새로운 진로를 모색하고 있을 때, 우리 전통문화에 뿌리를 박고 조상 전래의 수련법으로 이어 내려온 단학(丹學) 곧 선도(仙道)에 관한 책들이 내 마음을 끌었다. 그러한 책들을 두루 읽으면서 선도수련의 기본인 단전호흡부터 시작했다. 책의 저자를 찾아가 물어보기도 하고 도장에 나가 수련을 받아보기도 했으나 나의 수련의 진전 상황을 제대로 점검하고 지도해 주는 사람을 만나지 못했다. 결국 혼자 공부하는 외롭고 힘든 수련을 두 해째 계속하고 있던 중에 김태영 선생님(작가, 지금은 선도의 대가)의 『선도체험기』가 나오기 시작했다(1990년부터 발간, 29권까지 나왔음). 그 책이야말로 나를 올바른 선도수련의 길로 이끌어 준 복음서였다.

그 책을 읽으면서부터 나의 수련에는 놀라운 효과가 나타나기 시작했다(61세, 여의도고교 시절). 국내외의 성인 각자(覺者)들의 저서를 읽으며 마음공부를 하고 도인체조도 열심히 하면서, 그『선도체험기』를 교과서 삼아 조식(調息) 수련에 용맹정진함에 따라, 기 감각이 느껴지고 호흡문이 열리면서 아랫배에 쌓인 기운(丹)이 몸안에 돌아 흐르는 소주천(小周天)도 할 수 있게 되었다. 몸에 힘이 솟고 마음이 넓어지며 일체 만물이 모두 아름답고 신령스러운 빛을 띠고 다가왔다.

매일 반복되는 수업도 이제는 나에게 피로회복제가 되고 자아 성장의 활력소가 됨을 느꼈다. 수업 중에 학생들이 잠들거나 잡담이 좀 심해져도 그것이 나 자신을 되비쳐 주는 거울임을 직관하면서, 짐짓 큰 소리로 꾸짖거나 호되게 종아리를 때리는 액션 플레이의 연기력을 화끈하게 발휘하면 학생들 전체가 금세 의젓하고 진지한 모습으로 되돌아오고, 많은 학생들이 피로와 무기력에 빠졌을 때는 잠시 단전호흡과 명상에 들어가게 해놓고 힘 있고 시원한 도움의 말을 던져 주면 금방 그들의 얼굴이 환해지며 눈빛이 반짝이게 됨을 확인하면서, 나는 그것을 나의 마음공부로 승화시킬 수 있었다.

어느 때는, 내가 일방적인 강의에 열중하고 있는 동안 졸거나 잡담하는 학생은 없는데 어쩐지 분위기가 무기력하고 허탈상태에 빠져 있는 듯해서, 그들 각자의 이해 정도와 요점 필기 여부를 점검해 보았다. 놀랍게도 반수에 가까운 학생들은 그동안 교사가 교과서 몇 페이지의 무엇에 대해 설명하고 있었는지조차 모르고, 그저 바른 자세로 앉아서 앞을 향해 눈만 뜨고 있었던 것이다.

"이 귀중한 시간에 공부가 안 되면, 차라리 매맞을 것을 각오하고 낮잠으로 에너지 충전이라도 하거나 잡담이나 장난으로 생명의 자주권이라도 발휘할 것이지, 어쩌자고 이렇게 스스로 생명체이기를 포기한단 말이냐?" 그들을 세워 놓고 이렇게 꾸짖으면서도, 나는 이 귀여운 생명체들이야말로 나의 그릇된 수업 방법의 희생양이 된 것이로구나 하는 자책감으로 서글퍼지기도 했다.

학급마다 십여 명이나 그 이상의 학생들이 장구한 세월 매일매일의 한 시간 한 시간을, 거의 모든 학과의 수업 궤도 밖으로 밀려나간 채 주위의 멸시와 천대 속에서도 반항도 탈선도 하지 않고, 철인(哲人)인 양 속앓이를 참고 견디면서 사회 제도나 규범의 틀 속에 자신을 던져 놓고 인생고(人生苦)의 파도를 초연히 타고 넘어가는 이 갸륵한 어린 인격체들. 이들이야말로 교사인 나에게 각성과 변신을 촉구하는 진짜 스승들이라는 생각이 든다.

이와 같이 세상의 모든 사람과 우주의 일체 만상이 그 모습 그 소리 그 움직임으로써 순간순간 곳곳에서 나에게 진리를 설법하고 있는데, 내가 어찌 한때인들 방만할 수 있겠는가. 마침내 나는 영광스럽게도 김태영 선생님의 직접 지도를 받아, 백회(百會)가 열리고 대주천(大周天)이 이루어지는 중요한 관문을 통과했다(1993. 6. 28).

천지일체와 조화를 이루어, '내'가 따로 없고 남과 하나이며 우주와 하나이며 하느님과 하나임을 체험으로 실감하게 되었다. 남녀노소 선악 미추의 온갖 사람들, 설사 나의 재물을 빼앗거나 나의 생명을 해치려는 사람까지도, 그의 겉모습과 행동 그 너머 깊은 곳에 실재하는 아름답고 신성한 참성품만을 바로 보고 사랑과 존경심으로 한결같이 대할 수 있을 것 같다.

나에게 닥쳐오는 어떠한 고통이나 난관도 지난 날 내가 심은 마음가짐이나 행위가 되돌아와서 나를 한층 더 성장시켜 주는 학습 과제로 받아들여, 그 고통이나 난관을 즐기면서 타고 넘음으로써 스스로 풀어나갈 자신감도 갖게 되었다. 한편, 약품이나 병원에 의지하지 않고 자신의 건강을 스스로 다스릴 수 있게 되고, 남의 건강을 돕는 힘도 차차 발휘되어 가며 빙의령을 천도하는 능력까지 터득하게 된 나에게 스승님은 이렇게 경계하셨다.

"이 선생님은 깨달음에 이르는 열 단계 중 가장 어려운 과정인 다섯째 단계를 통과 했습니다. 그러나 이제부터가 더 힘들고 험난합니다. 사이비 교주나 초능력자로 전락하지 않도록 욕심을 뿌리 뽑고 아상(我相)을 깨어 버리고 더욱더 정신적 인내력과 신체적 지구력을 강화하면서, 마침내 깨달음에 이르고 〈見性, 解脫〉 널리 사람들을 위해 쓰일 〈下化衆生, 弘益人間〉 때까지 지극 정성으로 일심 정진하시기 바랍니다."

되돌아보건대, 나는 자신의 무지와 미망으로 남을 가르치는 엄청난 시행착오를 저질러 놓고도 세상의 큰 은혜와 사랑을 입어 영원한 삶의 빛줄기를 잡게 되었다. 이제까지 나의 가족과 나를 거쳐 간 많은 제자들 및 교직 동료와 선후배들―그들에게 큰 죄를 지었으면서도 그들에게선 많은 은덕을 입기만 했다.

이제부터는 이 몸을 벗는 그날까지 자아 완성과 홍익인간하는 공부를 본격적으로 전개하는 〈셋째 마당〉을 열심히 엮어 나가겠다.

※ 위 글은 관악고등학교 교지(校誌)에 실렸던 것을 작자의 양해를 얻어 재수록한 것임. 편집자

〈30권〉

박 회장의 환골탈태

1995년 5월 26일 금요일 12∼23℃ 구름 조금

오후 2시. 우주일보의 박도정 회장이 요즘 인기리에 시판되고 있는 선도풍(仙道風)의 예언서를 쓴 40대 중반의 홍영훈 씨를 데리고 왔다. 박도정 회장은 금년 3월 중순경부터 우리집에 드나들기 시작한 60세의 현직 언론인이다. 박 회장과의 첫 만남과 그 후에 이어진 과정들은 매우 인상적이었다. 박 회장이 나를 찾은 것은 순전히 신문사와 필자와의 업무 관계 때문이었다. 그를 처음 대했을 때 나는 자그마한 키에 몸집이 약간 통통한 70객으로 보았다. 상담이 끝나고 현관으로 향하는 그를 보고

"금년에 춘추가 어떻게 되십니까?"하고 무심코 물었다.

"금년에 환갑입니다. 바로 얼마 전에 환갑잔치를 치렀습니다."

그의 대답을 듣는 순간 나는 나이보다 젊어 보이지는 못할망정 늙어 보인다는 것은 말이 안 된다는 생각이 얼핏 들자 나 자신도 모르게 다음과 같은 말이 튀어나왔다.

"회장님은 선도수련을 하셔야겠습니다."

"선도라뇨?"

"신선선자 길도자 선도(仙道)말입니다."

"그걸 어떻게 하는 건데요?"

"해볼 의향이 계십니까? 선도수련을 착실히 하시면 누구나 단시일에 10년은 젊어질 수 있습니다."

"지금까지 말은 많이 들어왔지만 막상 어떻게 하는지는 모르고 있습니다."

"그럼 제가 쓴 책을 몇 권 드릴 테니 우선 읽어보시겠습니까?"

"선생님 저서를 주신다면야 읽어야죠."

"그럼 잠깐만 기다려 주세요."

나는 그를 현관에 세워둔 채 불이나게 서재에 들어와서 『선도체험기』를 1권서부터 5권까지를 서명을 해서 가지고 나왔다.

"이 책을 읽어보십시오."

"네. 주시는 책이니 잘 읽겠습니다. 읽기만 하면 됩니까?"

"우선 읽어 보십시오. 그 반응에 따라 다음에 또 말씀드리겠습니다."

그는 책을 받아 들고 현관문을 나섰다. 며칠 후 업무상 연락할 일이 있어서 통화를 하다가 "선도체험기 읽어 보셨습니까?"하고 물어 보았다.

"읽구말구요. 요즘은 그 책 읽는 재미에 시간 가는 줄 모르고 있습니다. 내일이면 5권째를 다 읽는데 그다음에는 어떻게 하나 하고 마음이 조마조마합니다."

"정말이십니까?"

"정말이지않구요."

"그 책에 그렇게 흥미를 느끼신다면 회장님은 선도 공부를 할 수 있겠습니다. 시간 나는 대로 찾아오십시오. 그다음에 하실 일을 말씀드릴 테니까."

나는 원래 22년 동안이나 언론계에 몸담고 있었다. 〈코리아 타임스〉에 다닐 때부터 단전호흡을 시작했으니까 신문기자 시절부터 선도공부를 시작한 것이다. 86년도에 선도를 시작하여 5년만인 90년 봄에 암벽 등반을 하다가 낙상을 입고 언론계를 떠난 이후 나는 부상이 채 회복되지 않았을 때부터 집에 찾아오는 수련생들을 지도하기 시작했다. 나를 찾는 수련생들 중에는 사업가, 월급 생활자, 대학교수, 의사, 변호사, 과학자, 판사, 검사, 경찰, 공무원, 중고등학교 교사, 자영업자, 농민, 각종 기술자 등등 온갖 직업을 망라한 사람들이 다 찾아 왔지만 내가 직업으로 갖고 있는 문필인이나 언론인은 혹 찾아오는 수가 있었어도 제대로 수련을 해보지 못했었다.

그런데 이번에 박 회장은 그전과는 달랐다. 지금까지 수련생을 지도해 온 경험으로, 『선도체험기』를 어떻게 받아들이느냐의 반응 정도로 나는 수련 가능성 여부를 점쳐 왔는데, 박 회장의 경우는 충분히 희망이 있었다. 더구나 박 회장은 일개 신문사를 이끌고 있는 거물급 언론인이 아닌가? 그가 만약 진정한 선도인(仙道人)이 될 수 있다면 그 파급 효과는 대단할 것이다.

통화가 있은 날 저녁 퇴근 무렵에 그가 찾아 왔다. 나는 그에게 『선도체험기』 28권까지 한 질을 선물하고 나서 우선 단전호흡 방법부터 가르쳐 주었다. 도인체조는 가르칠 만한 공간이 없어서 부산 선원에서 비디오테이프를 구입하여 스스로 실천하게 하고 일주일에 한번 6시간의 등산과 매일 아침 달리기를 6킬로씩 하게 했다. 그는 신통하게도 내가 시키는 대로 고분고분 잘 따라 주었다.

첫날 단전호흡 방법을 가르치면서부터 잔잔한 진동이 일면서 그에게서는 심한 탁기가 뿜어져 나오기 시작했는데, 이것은 단전호흡이 제대로 되고 있다는 증거였다. 단전호흡 첫날부터 조금씩 호흡문이 열리기 시작하더니 하루하루가 지나면서 눈부신 발전을 거듭했다. 호흡문이 열리면서 몸이 변화하기 시작하고 잇따라 마음도 바뀌었다.

"어떻게 사람의 몸이 이렇게 변해갈 수 있는지 정말 신비하고 오묘하기 이를 데 없습니다. 요즘은 하루하루가 즐거움의 연속입니다. 오행생식과 등산, 단전호흡, 도인체조, 달리기를 규칙적으로 생활화하면서 한 달도 채 안 되었는데 벌써 체중이 5킬로 이상이나 빠졌습니다. 직장에서 주위의 사람들이 저를 보고 혹시 병이 난 것이 아니냐고 수군대는가 하면 병은 아닌 것 같다고 말하는 사람도 있습니다.

그 이유는 몸이 마르긴 했지만 병색은 전연 없고 그 전보다 오히려 얼굴이 훤해진 걸 보면 병은 분명 아니라고 합니다. 몸만 이렇게 변해가는 것이 아니고 마음도 요즘은 전과는 딴판입니다. 전에는 화를 잘 내는 편이었는데, 요즘은 도통 화를 내지 않습니다. 화가 치밀다가도 슬그머니 가라앉습니다. 화를 내지 않으니 얼마나 마음이 편한지 모르겠습니다. 선도수련이 이렇게도 신비한 힘을 발휘한다는 것이 정말 놀랍습니다."

다른 수련생보다는 훨씬 뒤늦은 나이에 시작했지만 공부의 질적인 향상은 그야말로 놀랍고 눈부실 정도였다. 나는 54세에 처음 선도를 시작하면서 남보다 뒤늦은 것을 아쉬워했지만 그는 나보다 6세나 뒤늦게 시작했지만, 수련의 진도는 오히려 나를 훨씬 능가했다. 수련 시작한 지 20여 일 만에 그는 백회가 열려 대주천 수련을 할 수 있게 되었다. 내가 수련 시작한 지 3년 만에 도달한 경지를 불과 20여 일 만에 주파한 것이다.

드디어 그는 동작이 굼뜬 노인 티를 벗은 날렵한 신사가 되었다. 선도수련은 지극정성만 다한다면 나이와는 관계없다는 산 증거가 아닐 수 없었다. 그 박 회장이 키가 190이나 되는 후리후리한 몸매의 홍영훈 씨를 데리고 약속 시간인 두 시에 나타난 것이다. 인사가 끝나고 좌정하자 홍영훈 씨가 말했다.

"저는 회장님을 한 달반 전에 뵙고는 오늘 처음 뵙는데요. 첫눈에 저는 깜짝 놀랐습니다. 이분이 과연 한 달반 전의 그분인가 하고 말입니다. 거짓말 조금도 보태지 않고 20년은 젊어지셨고 얼굴은 그때보다 많이 여윈 듯하면서도 환한 광채가 납니다. 완전히 제 눈에는 선풍도골(仙風道骨) 형으로 용모며 체격 전체가 바뀌었습니다. 그전과 같은 노인 티가 지금은 조금도 나지 않습니다. 어떻게 된 거냐니까 김태영 선생님한테서 선도수련을 받고 나서 이렇게 되었다고 하십니다. 며칠 전부터 같이 가서 만나 뵙자고 하시기에 이렇게 찾아 왔습니다."

"잘 오셨습니다. 홍 선생님이 쓰신 저서는 잘 읽었습니다. 그 책을 읽어보니 홍 선생님도 수련을 시작하신 지는 오래된 것 같습니다."

"네, 지리산에서 한 도인을 만나 선도수련을 시작한 지도 벌써 10년이 넘었습니다. 사실은 오늘 김 선생님을 만나러 가자는 회장님으로부터의 전화를 받고 홍성에서 집을 떠날 때부터 김 선생님을 생각하니까 줄곧 강한 기운이 들어오는 것을 느꼈습니다. 산에서 여러 도인들에게서 공부한 지 벌써 7, 8년이 되었는데, 그때 이후로는 처음으로 선생님께서 이렇게 강한 기운을 만났습니다."

이렇게 말하는 것을 들으면서 나는 홍영훈 씨에게 마음을 집중해 보았다. 그가 수련을 시작한 지는 10년이 되었다고 하지만 현재의 수련 정도로 보아서는 박 회장의 정도에도 미치지 못하고 있었다. 선도수련 시작한 지 10년 된 사람과 이제 환갑이 넘어서 공부 시작한 지 2개월 된 사람과의 수련의 수준과 질적인 차이가 나에게는 손에 잡힐 듯이 파악되었다. 그 이유가 무엇일까? 홍영훈 씨가 말을 계속했다.

"환골탈태(換骨奪胎)라는 말이 있긴 하지만 회장님은 너무나 짧은 시일 안에 너무나도 큰 변화를 겪으셨습니다."

"저야 뭐 아나요. 그저 김 선생님이 시키는 대로 따라 했을 뿐이죠. 다 김 선생님 덕분입니다."

"천만에 말씀이십니다. 다 그럴 만한 인연이 있으니까 지금과 같은 결과가 온 거죠. 다 연대가 맞았다고 할까요? 선도는 아무한테나 전수하고 싶다고 해서 전수가 되는 것이 아닙니다. 준비가 안 된 사람은 아무리 가까운 배우자나 자식에게도 전수가 되지 않습니다."

"그런데 선생님 저는 10년 전이나 지금이나 수련에 별로 이렇다 할 진전이 없습니다. 산에서 내려 와서 뒤늦게 결혼을 하고도 하는 일마다 자꾸만 꼬이기만 해서 공부할 틈도 없긴 했지만 말입니다."

"요즘은 어떻게 수련을 하고 계신데요."

"뭐 이렇다 하게 수련이라고 하는 것이 없습니다. 글 쓰다가 이따금 기회 있을 때마다 산에 오르는 것 이외에는 별다른 수련은 하지 않고 있습니다."

"그렇다면 등산도 달리기도 도인체조도 생활화하고 있지 않으시다는 말씀입니까?"

"뭐 그럴 틈이 있어야죠. 수련을 좀 하고 싶어도 이것저것 할일이 많아서 수련에 신경 쓸 여유가 없습니다."

"그럼 생활행공(生活行功)을 안 하시고 계시다는 말씀입니까?"

"워낙 시간이 없어 놔서요."

"시간이 없어서 수련 못 한다는 사람은 시간이 있어도 못 합니다. 시간이 없어서 책을 못 읽는다는 사람은 시간이 아무리 많아도 책은 읽지 않습니다. 제가 알기로는 홍 선생님은 역학과 풍수에도 일가견을 가지고 계신 걸로 알고 있는데, 사람의 사주팔자도 그 사람의 생년월일시의 기의 작용에 달려 있다고 하지 않습니까. 선도를 공부하여 승유지기(乘遊至氣) 할 수 있는 사람은 수련의 진척과 강도에 따라 그 사람의 기의 흐름의 강약이 달라지지 않습니까?

따라서 이미 정해진 사주팔자도 선도 수행자는 자신의 수련 정도에 따라 얼마든지 뛰어넘을 수 있습니다. 생활의 최우선 순위를 지감·조식·금촉 수련에다 두어 보세요. 틀림없이 꼬이던 일도 술술 잘 풀리게 됩니다. 하는 일이 안 되고, 잘되던 일도 자꾸만 꼬이기 잘하는 것은 기운의 유통이 그만큼 왜곡되어 있기 때문입니다.

수련자에게 흐르는 기의 흐름이 원만해지고 강해지면 그 기운 자체가 강력한 보호막이 되어 질병이나 사고나 그 밖의 온갖 재난을 사전에 막아주게 됩니다. 물론 그 사람의 생활의 축이 이기(利己)에서 이타(利他)로 바뀌어 있을 때에 한해서 하는 말입니다. 그래서 진실한 구도자는 사주팔자까지도 바꾸어 놓을 수 있습니다.

내가 보기에 홍 선생님은 기운이 10년 전이나 지금이나 여일하게 큰 변화 없이 거의 정체 상태에 있습니다. 지금이라도 늦지 않으니까 적어도 일주일에 한 번 6시간씩 사지를 움직이는 좀 강렬한 등산을 해보십시오. 그리고 등산하지 않는 평일에는 새벽 일찍 일어나 한 시간씩 달리기를 해 보십시오. 그리고 하루에 30분씩 도인체조를 생활화하여 보십시오. 그때부터 10년간 정체되었던 기운은 활성화될 것입니다. 그와 함께 새로운 인생을 맞게 될 것입니다. 우선 몸이 튼튼해지니까 만사에 자신감을 갖게 됩니다. 홍 선생님은 이미 호흡문이 열려 있으니까 그것을 활성화시키기만 하면 됩니다."

이렇게 말하면서 나는 전에 박 회장에게 했던 것처럼 우선 『선도체험기』를 다섯 권쯤 선물할까 생각하고 있는데,

"그럼 오늘은 이렇게 모처럼 김 선생님을 뵙고 좋은 말씀도 듣고 했으니 내가 『선도체험기』 한 질을 홍 선생에게 선물하겠습니다" 하고 박 회장이 말하고는 서가에서 주섬주섬 책들을 추려내는 것이었다.

"홍 선생님 수준으로는 14권까지는 좀 유치한 대목도 있을 겁니다. 그러나 겪은 얘기를 그대로 쓴 것이니까 참고는 될 겁니다. 이 책을 읽고 나시면 저와 기운과 마음으로 교감이 이루어지게 됩니다."

"오늘 여러 가지로 감사합니다. 바쁘실 텐데 이렇게 친견을 허락해 주신 것 잊지 않겠습니다. 그럼 다음에 기회 닿으면 또 찾아뵙겠습니다."

"그렇게 하십시오. 다음에 오실 때는 『선도체험기』를 적어도 15권까지는 읽고 꼭 오행생식을 하겠다는 결심을 하시고 오시기 바랍니다."

"그러겠습니다. 그런데 오행생식은 뭡니까?"

"그런 게 있습니다. 책 읽어보시면 자연히 아시게 됩니다."

"저도 산에서 수련할 때 생식을 해본 경험이 있어서 하는 말입니다."

"무엇을 생식하셨습니까?"

"칡뿌리, 깨, 검은콩, 솔잎 같은 것을 가루를 낸 겁니다."

"얼핏 들어도 목(木) 토(土) 수(水) 상화(相火) 밖에 들어 있지 않군요. 깨는 목, 칡은 토, 콩은 수, 솔잎은 상화에 속합니다. 화(火)와 금(金)이 빠져 있습니다. 다시 말해서 쓴 것과 매운 것이 빠져 있으니까 균형식이 될 수 없습니다. 오행생식은 각자의 체질에 알맞는 생식이므로 막연하게 똑같은 것을 먹는 여느 생식과는 근본적으로 다릅니다. 『선도체험기』8, 9, 10권에 자세히 나오니까 읽어보세요."

"네, 그러겠습니다. 그럼 안녕히 계십시오."

나룻배는 버려라

1995년 6월 2일 금요일 16~22℃ 비 조금

오후 3시. 13명의 수련생들이 열심히 명상을 하는 가운데, 건축업을 한다는 강후석 씨가 말했다.

"『선도체험기』를 읽어 보면 선생님께서는 한때 참성단에 가서서 제자들과 같이 천제도 지내시고 환웅 할아버지나 단군 할아버지 영정을 앞에 놓고 절도 하신 일이 계셨는데 요즘은 통 그렇게 하시지 않는 것 같습니다. 이런 현상을 어떻게 설명할 수 있겠습니까?"

"수련의 발전 과정으로 설명할 수 있습니다. 그 당시에는 그 수준이 알맞았지만 지금은 그럴 필요를 느끼지 못하니까 그렇게 하지 않을 뿐입니다."

"그래도 저는 단군 할아버님 영정이라도 앞에 모셔 놓고 절이라도 해야 수련을 하는 것 같거든요. 또 그래야만이 수련이 확실히 잘되는 것 같습니다. 만약에 아무것도 없는 허공만을 앞에 놓고 수련을 하라고 한다면 허전해서 아무것도 안 될 것 같습니다. 이것은 제 수련의 정도가 아직 낮기 때문일까요?"

"그렇게 볼 수도 있습니다. 대학원 과정을 밟기 위해서는 누구나 초 중 고등학교와 대학 과정을 밟아야 하듯 수련에도 일정한 단계가 있습니다. 또 어린이에게는 성장 정도에 따라 그에 알맞는 장난감이 필요

하듯 어른에게도 수련의 발전 정도에 따라서 그에게 적합한 신앙의 대상이 필요합니다. 불교도에게는 불상이 필요하고 기독교도들에게는 십자가상이 필요합니다. 또 선도인에게는 환웅 할아버지나 단군 할아버지의 상이 필요할 때가 있습니다.

그러나 종교인과 구도자 사이에는 신앙의 대상을 보는 태도에 근본적인 차이가 있습니다. 신앙인들은 불상이나 예수 그리스도의 십자가상을 숭배 또는 예배의 대상으로 삼지만, 구도자는 단지 그들을 진리를 가르치는 인도자 또는 스승으로 삼을 뿐입니다. 종교인들은 불상이나 십자가상을 평생 숭배의 대상으로 삼지만, 구도자는 일정한 기간이 지나면 더이상 필요로 하지 않습니다.

중학생은 중학교 과정을 밟을 때의 교사들을 중학교 졸업과 동시에 더이상 필요로 하지 않는 것과 마찬가지로 구도자는 진리를 발견하고 진리와 하나가 된 뒤에는 어떠한 스승도 더이상 필요로 하지 않습니다. 그때부터 자기 자신이 스승이 될 수 있기 때문입니다. 구도자에게는 삼황천제도 붓다도 공자도 노자도 장자도 소크라테스도 예수도 단지 진리로 인도하는 스승에 지나지 않습니다. 스승은 어떤 수련 과정을 통과하는 데만 필요한 것이지 그 이상은 필요하지 않습니다.

가령 어떤 사람이 갑이라는 스승이 필요한 과정을 통과했는데도 계속 그 스승을 놓지 못하고 붙들고 있다면 이것은 구도자에게는 큰 짐이 될 것입니다. 강을 건널 때 타고 간 나룻배는 강을 건너고 난 뒤에는 더이상 필요하지 않습니다. 강을 건넌 뒤에도 나룻배의 은혜를 잊지 못하여 육지에서도 계속 지고 다닌다고 할 것 같으면 그것은 그에게는 큰 부담이 될 것입니다. 필요 없는 스승을 계속 지고 다니는 것은 이미 구도자가 할 짓이 아닙니다.

그래서 임제 선사는 수련 중에 부처를 만나면 부처를 죽이고 스승을 만나면 스승을 죽이고 조상을 만나면 조상을 죽이라고 했습니다. 불필요한 우상을 언제까지나 메고 다니는 것은 이미 구도자가 할 일이 아니기 때문입니다."

"깨달은 뒤에는 스승도 불상도 십자가도 필요 없다는 말씀입니까?"

"그렇습니다."

"그럼 깨달은 사람은 무엇을 대상으로 하고 수련을 합니까?"

"아무 대상도 필요하지 않습니다. 깨달은 사람은 그냥 무애자재(無涯自在), 유유자적(悠悠自適)하고 천상천하유아독존(天上天下唯我獨尊) 삼세개고오당안지(三世皆苦吾當安之) 할 뿐입니다. 생사, 시간, 유무에 구애받지 않습니다. 깨달은 사람의 내부에는 우주가 온통 다 들어 있으므로 부러울 것도 아쉬울 것도 없습니다. 몸은 항상 건강하고 마음은 늘 평온합니다. 그에게는 생(生)은 생이 아니고 사(死)는 사가 아닙니다. 그에게는 이름 붙어 있는 모든 것, 형상이 있는 일체의 존재는 몽환포영(夢幻泡影)에 지나지 않습니다."

"그게 혹시 공(空) 사상이 아닙니까?"

"공은 사상이 아니고 진리의 실상입니다."

"한 사상과 공 사상은 어떻게 다릅니까?"

"한이나 공이나 같은 뜻입니다. 공, 한, 도, 진리, 하나님, 부처님도 같은 대상을 말합니다. 동의이어(同意異語)라고 할까요?"

"이름이 붙어 있고 형상을 갖춘 모든 것은 결국은 몽환포영이라고 말씀하셨는데, 그렇다면 공, 한, 도, 진리, 하나님, 부처님도 역시 명칭이 있으니까 몽환포영이라는 말이 되지 않습니까?"

"맞습니다. 그것조차도 다 몽환포영입니다. 그래서 진리는 이름을 붙일 수도 없고 형용을 할 수도 없습니다."

"그런데 왜 진리를 설파하는 스승들이나 성현들은 불상이나 십자가를 만들었을까요?"

"진리에 도달하기 위한 방편입니다. 초등학교나 중학교나 고등학교를 거치지 않고 어떻게 대학에 들어갈 수 있겠습니까? 유(有)를 통해서 무(無)를 깨닫는 겁니다. 이때 유는 무를 깨닫는 방편입니다. 구도자는 각자의 개아(個我)를 통해서 진아(眞我)로 들어갑니다. 개아가 없으면 무엇을 방편으로 진아로 들어갈 수 있겠습니까? 몸이 있기 때문에 몸공부를 하여 기(氣)를 느낄 수 있고, 기공부를 통하여 마음공부를 할 수 있는 것과 같습니다.

『참전계경』에 보면 깨달은 사람을 밝아진 사람 또는 철인(哲人)이라고 표현하고 있습니다. 불상이나 십자가상은 어둠을 밝히는 횃불입니다. 그러나 어둠이 사라지고 온 천지에 광명이 가득 차면 횃불은 더이상 필요 없습니다. 밝아진 사람은 횃불이나 등불을 필요로 하지 않는 사람을 말합니다. 삼황천제나 붓다나 예수 같은 성현들 역시 어둠을 밝히는 횃불입니다. 횃불은 어두울 때만 필요합니다. 지상에 나타난 성현들은 어둠을 밝히는 횃불로서의 사명을 다하기 위해서 온 것이지 숭배나 존경을 받으러 온 것은 아닙니다.

그런데 사람들은 스스로 밝아질 생각은 하지 않고 성현들을 숭배하는 데만 열을 올리다 보니 스스로 밝아지는 길을 가로막고 있습니다. 성현들의 손가락은 분명히 진리를 지향하고 있건만, 어리석은 사람들은 진리를 볼 생각은 하지 않고 손가락에 혹하여 손가락에만 매달려 손가락에만 고맙다고 절을 할 뿐 진리를 보려고는 하지 않습니다. 손가락은 각자의 마음속에 있는 진리를 알려주고 있건만 그것은 보려 하지 않고 손가락에만 매달려 복을 빌고 있을 뿐입니다. 그러나 구도자들 중에는 자신의 내부의 진리를 깨닫고 속마음이 밝아진 사람이 있습니다. 성현이란 바로 이런 사람들을 두고 하는 말입니다."

"그런데 일부 교파에서는 인간은 누구나 원죄가 있는 죄인인데 하나님이 된다는 것은 말도 되지 않는다고 합니다."

"그것은 미개인들을 깨우치기 위한 방편으로 꾸민 성경 말씀입니다. 가장 초기 단계의 방편인데 그것을 진리로 착각을 한 데서 빚어진 비극입니다. 미개인들에게 너는 하나님이라고 누가 말한다면 무슨 뜻인지 모릅니다. 적어도 대학생 정도의 지식 단계에 오른 사람이라야 그렇게 말해도 어렴풋이 알아듣습니다. 그래서 성경도 구약과 신약은 큰 차이가 있습니다.

구약은 원죄를 주장하지만 신약은 그것을 말하지 않습니다. 누가복음 17장 21절에 보면 예수님은 '하늘 나라는 너희 안에 있느니라'하고 말하고 있습니다. 어떤 사람은 왜 하나님의 말씀이라는 성경이 이랬다 저랬다 하느냐 하고 반문을 하겠지만, 그것은 신앙의 발전 단계에 따르는 교화의 방편을 모르는 소리입니다. '하늘나라는 너희 안에 있느니라'고 한 예수의 말은 일체중생실유불성(一切衆生悉有佛性) 즉 모든 존재에는 불성(佛性)이 있다고 말한 붓다의 말과 같습니다. 또 사람 속에 우주 전체가 들어 있다는 인중천지일(人中天地一)을 밝힌 천부경의 구절과도 상통합니다. 또 사람이 곧 하늘이라는 우리 민족 고유의 인내천(人乃天) 사상처럼 보편적인 진리는 종교를 초월합니다. 밝아진 눈으로 보면 모든 경전 속의 진리가 한눈에 들어오게 되어 있습니다."

봉은사 전통 혼례식

1995년 6월 3일 토요일 16~20℃ 흐리고 비

오후 2시. 봉은사 경내에서 있은 전통 혼례식에 참석했다. 수련 때문에 나와 인연을 맺은 지 4년이나 된 박주현 군과 이윤희 양의 결혼식이었다. 박주현 씨는 『선도체험기』에 도운 스님으로 등장한 사람이다. 그는 15년간의 승려생활을 청산하고 얼마 전에 환속했지만, 흔히 구도생활이 어려워 세속생활로 되돌아온 경우와는 달랐다. 오히려 그는 구도를 좀더 철저히 하기 위해서 세속을 택한 것이다.

신도들의 보시로 생활 걱정 없는 승려의 삶은 구도생활을 촉진하는 게 아니라 나태와 오만만을 조장한다는 것이다. 그런 환경 속에서는 온전한 구도생활을 할 수 없다는 것이다. 오히려 뜻맞는 배우자를 만나 정직하게 수족을 놀려 생활비를 벌어가면서 건전하게 살아가는 일상생활 속에서 밀어닥치는 온갖 역경을 이겨가는 삶 속에서 진정한 구도생활이 가능하다는 것이었다.

이들 한 쌍은 이미 그동안의 선도수행으로 상당한 경지에 올라 있었다. 뜻과 기운이 맞는 남녀 한 쌍이 어울려 한 가정을 이룸으로써 오묘한 음양의 조화로 상부상조하는 실질적인 구도를 실천해 나갈 수 있을 것이다. 구도는 일정한 틀에 묶여 있을 필요는 없는 것이며, 시대와 사회 그리고 환경의 변천에 따라 끊임없이 새로 실험되고 창조되고 변화되어야 할 과제라고 생각한다. 이러한 의미에서 나는 이들 한 쌍에게 유달리 관심을 기울이게 된다. 그들은 이미 생활 속의 온갖 역경을 수도로 승화시킬 수 있는 능력이 있는 것이다. 이것은 실생활 속의 선도를 주장해 온 나의 취지와도 일치가 된다.

예식장을 봉은사 경내로 잡은 것도 이색적이었다. 봉은사는 우리집에서도 버스 두 정거장 거리밖에는 안 되었다. 알고 보니 봉은사는 우리집과는 지척의 거리에 있는 선정릉과도 깊은 인연이 있다.

봉은사(奉恩寺)는 원래 견성사(見性寺)라는 이름으로 첫 출발을 하게 된다. 조선조 성조의 능인 선릉이 생기기 전부터 있어 온 고찰(古刹)이었다. 신라 38대 원성왕 10년(서기 794), 통일신라 때에 연회(緣會) 국사에 의해 창건되었다. 그러던 것이 성종의 능인 선릉이 조성될 때 중종의 능인 지금의 정릉(靖陵) 자리로 옮겨졌다가, 정릉이 들어서면서 현재의 자리로 옮겨진 것은 명종 14년(서기 1559년)이었다고 한다. 이 절에서는 저 유명한 임진왜란 때의 승병장인 서산 대사와 사명 대사가 수도를 하여 승과 제1회 및 제4회로 급제했다고 한다. 조선조 때의 선종(禪宗)의 본산이기도 했다.

또 명필로 이름이 난 추사 김정희(1786~1856) 선생이 이 절에서 삶의 최후를 마쳤다고 한다. 이쯤 되면 유서 깊은 고찰이 아닐 수 없다. 이 절에는 영동지구가 개발되기 전, 내가 〈여학생〉사 취재부장으로 일할 때 광나루에서 나룻배를 타고 봉은사에 와서 회사 야유회에 참가한 일이 있었고 이 근처로 이사 온 뒤 지금으로부터 15녀쯤 전에 아내와 함께 한번 다녀온 일이 있고는 이번이 처음이었다.

1966년경 처음에 왔을 때는 주변엔 논밭과 농가들이 있었을 뿐 한적한 농촌 풍경이었는데, 지금은 시내 한복판이 되어버렸다. 1시 30분쯤 경내에 들어서니 불사(佛事)가 한창 진행되느라고 돌 쪼는 징소리며 기계 돌아가는 소리가 요란하여 절간의 고요함은 찾을 길이 없었다.

전통 혼례식은 음양오행의 이치에 따라 진행되는 것으로서 일체의 인위적인 요소가 배제되어 있어서 그 절차 하나하나를 제대로 뜻을 새긴다면 우주와 자연의 이치와의 인간의 오묘한 합일(合一)을 생각하게 하는 엄숙하고 경건한 느낌마저 일게 했다. 백년해로의 결의를 다지는 뜻으로, 한번 짝을 맺으면 한쪽이 죽어도 재가하지 않고 일부종사하는 기러기의 목상을 서로 교환한다든가, 음양의 이치에 따라 신랑은 한 번, 신부는 두 번 절하는 것이지 남존여비 사상 때문이 아니라는 주례의 말은 새겨들을 만했다.

사모관대(紗帽冠帶)한 신랑과 족두리에 연지곤지 찍고 대례복을 차려 입은 신부가 각각 가마를 타고 식장에 들어 왔다. 조선조와 같은 전제군주 시대에도 아무리 미천한 서민이라고 해도 혼례식 날만은 임금이나 왕비만이 입을 수 있는 사모관대와 대례복을 허용한 것은 어찌 보면 인권 평등사상을 보여주는 지혜로운 관례가 아닐 수 없다. 서구화의 물결 속에 거의 자취를 잃어가고 있던 전통 혼례식이 조금씩 부활하고 있는 것은 다행한 일이다.

건전하고 정상적인 인간의 삶 속에서 구도를 실천하려는 이들 부부는 독신과 규율이 강요되는 어찌 보면 비정상적이고 규제된 삶 속에서 구도를 추구하는 것보다 나은 선택을 한 것인지도 모른다. 그건 그렇

고 내가 이날 결혼식에 참석하면서 느낀 진짜 소감은 다른 곳에 있었
다. 그동안 우리집에 꾸준히 다니면서 수련을 쌓아온 수련자들이 이제
는 제법 자연발생적인 구도자의 모임을 이루었다는 것이다. 오늘 결혼
식에는 핵심적인 수련자 14명이 참가했다. 여자가 여섯, 남자가 여덟이
었다. 이들 남녀는 분명 다른 하객들과는 한눈에 뚜렷이 구별되었다.

20대에서 40대 중반에 이르는 이들은 남녀 구분 없이 모두가 몸이
날씬하고 후리후리하여 마치 모델이나 탤런트를 연상케 했다. 그런데
얼굴을 자세히 보면 모델이나 탤런트처럼 세속과 유행에 민감한 표정
들이 결코 아니었다. 착 가라앉은 평안한 모습들은 탤런트나 모델들과
는 차원이 달랐다. 더구나 이들 수련생들의 얼굴에서는 환한 광채가
났다. 진흙 속에 피어난 연꽃과 같은 고고함과 청순함이 돋보였다.

담배 냄새, 술 냄새에 찌들고 비만으로 배는 나왔고 갖가지 성인병
으로 디룩디룩 걸음도 불안한 다른 하객들 사이에서 우리 수련생들이
유난히 두드러진 것은 이 때문이었다. 몸공부, 기공부, 마음공부를 일
상생활화 하고 있는 사람과 그렇지 않은 사람들과의 차이를 나는 오늘
새삼 절실히 깨달았다. 건강한 몸으로 기운을 타고 마음공부를 하는
사람과 그렇지 않은 사람들 사이에는 이처럼 현격한 차이가 있었다.
그것은 부지런함과 게으름의 차이이기도 했고 하늘 기운과 땅 기운의
차이이기도 했다.

도인도 눈물을 흘리는가

1995년 6월 5일 월요일 13~24℃ 구름 조금

오후 3시. 9명의 수련생들이 명상을 하고 있는데 한 사람이 불쑥 물었다.

"선생님, 공자는 제자의 아내가 죽었다는 말을 듣고 눈물을 흘리고 울었다고 하는데 도인이 어떻게 눈물을 흘릴 수 있습니까?"

"도인은 눈물을 흘리지 말라는 법이라도 있나요?"

"그래도 도인은 희로애락이나 탐진치에 좌우되지 않는다고 하지 않습니까?"

"좌우되지 않는다는 것은 눈물을 흘리지 않는다는 말이 아닙니다. 눈물을 흘린다고 해서 반드시 중심이 흔들리는 것도 아닙니다. 공자는 그렇게 솔직하게 슬픔을 표시함으로써 인간다운 면모를 보였다고 할 수도 있습니다."

"중심이 흔들린다는 것을 무엇을 말합니까?"

"슬픔으로 마음이 상하는 것을 말합니다. 슬퍼는 하되 마음까지 상하지 않는 것은 결코 중심이 흔들린 것은 아닙니다."

"또 붓다와 예수는 진리를 따르려면 가족을 버려야 한다고 제자들에게 말했는데, 꼭 그렇게까지 해야만 합니까?"

"그건 붓다나 예수에게 물어보실 일이지 왜 나한테 묻습니까?"

"그게 아니구요. 선생님이시라면 제자들에게 어떻게 말씀하시겠는지 알고 싶습니다."

"나 같으면 그렇게 말하지는 않겠습니다."

"그럼 어떻게 말씀하시겠습니까?"

"가족을 거느리는 것도 수련의 한 과정으로 생각하라고 말할 것입니다. 가족을 온전히 부양하는 것이 도를 이루는 한 방편이라고 말할 것입니다. 자기를 낳아준 부모나 자기가 낳은 자식 하나 제대로 건사할 수 없는 사람이라면 우선 도를 닦을 자격이 없다고 봅니다."

"그렇다면 도를 위해서 가족을 버린 붓다나 예수는 어떻게 됩니까?"

"그야 그분들의 방법이지 내 방법은 아닙니다. 도를 이루는 방편은 백인백색이고 천차만별이니까 어느 것만이 절대로 옳다고 단정할 수 없습니다. 진리는 하나이되 그곳에 도달하는 길은 천 갈래 만 갈래가 있을 수 있으니까요. 요컨대 모로 가도 서울만 가면 됩니다. 도를 추구하기 위해서 가족을 버리는 쪽을 택하든 가족을 거느리는 쪽을 택하든 그것은 구도자 자신의 자유입니다. 거친 세파에 시달리면서도 중심을 잃지 않고 끝끝내 도를 성취하는 구도자가 있는가 하면 삭발 출가하여 부모형제 처자를 버리고 산속으로 들어가서도 실패한 사람이 있습니다. 또 성직자가 되기 위해서 독신으로 일관하는 신부가 있는가 하면 부모처자 다 거느리면서도 신앙생활을 잘해 나가는 사람도 있습니다.

계모의 무지무지한 학대를 초인적인 인내력으로 끝끝내 극복하여 효제(孝悌)와 도를 함께 이루어 성인이 된 순 임금이 있는가 하면, 악처의 모진 구박을 끝끝내 이겨내어 바로 그것 때문에 도를 이룬 소크라테스 같은 성인도 있습니다. 그런가 하면 부모형제 처자식을 모두 다 구도에 방해가 된다고 단정하고 세속적인 모든 것을 훌훌 털어버리고 청정한 수도장을 찾아 떠나는 구도자도 있습니다."

"자기 자신만의 구도를 위하여 가족을 버리는 것은 너무나 무책임한 것이 아닐까요?"

"반드시 그렇게만 생각할 일은 아닙니다. 소아(小我)와 대아(大我)를 함께 취하는 것과 소아를 버리고 대아만을 취하는 차이가 있을 뿐이지 진리를 구하는 근본 자세에는 차이가 있을 수 없습니다. 일시적으로 소아를 버리고 상구보리(上求菩提)한 뒤에 크게 하화중생(下化衆生)할만한 자신이 있다면 한때 가족을 버리는 것도 노상 나쁘다고만 할 수는 없을 것입니다. 붓다가 그 좋은 본보기이니까요."

"환임, 환웅, 단군 할아버지, 순임금, 공자, 노자, 장자, 소크라테스 같은 성인들은 도를 위해서 가족을 버리지는 않지 않았습니까? 어떻게 생각하십니까?"

"그분들이 도를 위해서 가족을 버렸다는 기록은 전해 오지 않습니다."

"그렇다면 구도를 위해서 가족을 버리거나 독신생활을 꼭 해야 한다는 말은 성립될 수 없는 거 아닙니까?"

"물론입니다. 선택의 폭은 무한합니다. 중요한 것은 구도자의 마음의 자세입니다."

"선생님 저는 다른 질문을 하나 하겠습니다."

다른 수련생이 말했다.

"어서 말씀하세요."

"저는 선생님한테 일주일에 한두 번씩 와서 수련을 한 지 3개월째인데요. 요즘 들어 몸살기로 시달린 지도 벌써 한참 되었는데도 낫지를 않습니다. 해외여행을 나갈 일도 있고 해서 병원에 가서 옛날처럼 혈관주사라도 맞으면 빨리 낫지 않을까 생각하는데 어떻게 할까요?"

"그 몸살기 때문에 일상생활에 지장이 있을 정도입니까?"

"그렇지는 않습니다."

"기운은 잘 들어옵니까?"

"네, 기운은 전보다 더 잘 들어옵니다."

"오행생식도 하고 계십니까?"

"네, 하루 세끼씩 거르지 않고 하고 있습니다."

"등산, 달리기, 도인체조도 하고 있습니까?"

"네, 하고 있습니다."

"그렇다면 병원에는 가시지 않는 것이 좋겠습니다. 내가 보기에는 지금 수련이 진전되면서 강한 기운을 받게 되니까 새로운 환경에 심신이 적응하기 위한 몸살을 앓고 계시는 겁니다. 사람의 몸은 소우주입니다. 그것대로의 법칙에 따라 지금 한창 변화를 겪고 있는 겁니다. 다시 말해서 소우주의 자연치유 능력이 최고도로 발휘되고 있는 겁니다. 거기다가 인위적인 주사나 약이나 수술을 이용하면 자연치유 능력을 손상시켜 정상적으로 작동되고 있는 생체 리듬을 깨어버리는 결과를 가져옵니다."

"그래도 너무 시간이 오래 걸려서 그럽니다."

"그렇게 아프신 지 얼마나 되었는데요?"

"벌써 한 달이 넘었습니다."

"한 달 정도 갖고 뭘 그러십니까? 3개월 6개월은 보통이고 1년이 가는 수도 있는데요. 나는 수련 시작한 지 3년쯤 되었을 때 까닭 없이 귀가 아프고 진물이 흘러서 멋도 모르고 병원에 가서 치료를 받았지만, 오히려 더 악화되었습니다. 이상하다 생각하고 병원치료를 중단했더니 아픔이 덜했습니다. 명현반응이라고 생각되어 그냥 내버려 두었더니 꼭 1년 동안이나 귀가 아프고, 귀에서 물 흐르는 소리, 바람 소리가 나고 진물이 흐르고 하더니 어느 날 자연히 나았습니다. 그와 동시에 가는귀가 먹었던 내 귀가 그 전보다 확실히 잘 들리게 되었습니다. 수련이 진전되면서 운기가 강화되어 자연치유가 된 겁니다. 멀쩡하던 피부에 두드러기가 돋아나면서 벌건 반점이 생긴 일도 있었습니다. 그것도 모른 척하고 그대로 내버려 두었더니 자연히 나아버렸습니다. 또 어떤 때는 다리나 허벅지 같은 데 돈짝만한 버짐이 생겨나기도 했습니다. 이것도 그냥 내버려두었더니 슬그머니 나아 버렸습니다."

"그건 어떻게 된 겁니까. 왜 그런 현상이 일어나는 것이죠?"

"피부에 이상 징후가 있는 그 부위의 내부 깊숙한 곳에 잠재해 있던 병기(病氣)나 독기(毒氣) 또는 탁기(濁氣) 같은 것이 운기가 활발해지면서 몸 바깥으로 빠져 나가면서 그런 현상이 생기는 겁니다. 사기불범정(邪氣不犯正)이라는 말이 있지 않습니까? 사기(邪氣)는 정기(正氣)를 견디지 못하고 쫓겨 나가게 되어 있습니다. 어둠은 빛에 쫓겨 달아나듯이 말입니다."

"이젠 잘 알겠습니다. 다른 질문 하나 더 하겠습니다."

"어서 말씀하세요."

"『삼일신고』에 보면 '성기원도(聲氣願禱)면 절친견(絕親見)이나 자성구자(自性求子)하라 강재이뇌(降在爾腦)니라' 하는 구절이 있습니다. 이 구절을 선생님께서는『선도체험기』20권에서 '목소리로 기원하면 (하느님이) 그 모습을 드러내시지 않으시니 오로지 자성(自性)으로 핵심을 구하면 머릿속에 내려와 계시느니라'하고 옮겨놓으셨거든요. 그런데 어떤 책에 보면 '소리와 기를 모아 원하고 기도하면 자기완성이 꼭 이루어지는데 그 소리는 이미 뇌에 내려와 있느니라'하고 해석해 놓았습니다. 어느 쪽이 옳은지 초심자들에게는 혼란이 옵니다. 선생님께서 좀더 알아듣기 쉽게 말씀해 주셨으면 합니다."

"사실 『삼일신고』에서는 바로 그 구절의 해석을 싸고 많은 논란이 있어 왔습니다. 절(絕)자를 긍정으로 보느냐 부정으로 보느냐에 따라 해석이 정반대가 될 수 있기 때문입니다. 문장 구조상으로 보면 부정으로 보아야 할 것 같아서 나 역시 그렇게 해석을 해놓고도 어딘가 찜찜했었습니다. 성기(聲氣)라는 것은 여기서는 분명 목소리를 말합니다. 종교인들은 목소리를 내어 기도도 하고 염불도 합니다. 염불로 깨달음을 얻는 일도 있습니다. 그렇다면 절(絕)자를 부정으로만 볼 수 없지 않느냐 하는 의문이 일게 됩니다.

그래서 최근에 나는 이렇게 해석을 고쳐 보았습니다. '목소리로 기도하면 (하느님을) 직접 뵐 수도 있지만, 자성으로 진리의 핵심을 구하면 이미 머릿속에 내려와 계시느니라'하고 말입니다. 이렇게 하면 현실적으로도 맞고 문장상으로도 틀리지 않는다고 봅니다. 그러나 '소리와 기를 모아 원하고 기도하면 자기완성이 꼭 이루어지는데 그 소리는 이미 뇌에 내려와 있느니라' 하고 해석을 해놓으면 자성구자(自性求子)하라는 말은 쏙 빠져버리고 맙니다."

"그렇다면 선생님, 목소리로 기도해도 하느님을 친견할 수 있고 자성으로 진리의 핵심을 구해도 머릿속에 이미 내려와 있다는 말입니까?"

"네, 그것이 현실과 맞아 떨어지는 해석이 될 수밖에 없습니다. 만약에 절(絕)자를 부정으로 본다면 염불로도 깨달음을 얻는 현상을 설명할 도리가 없습니다. 그러니까 '목소리를 내어 기도를 해도 하느님의 모습을 직접 볼 수 있지만, 자성으로 진리의 핵심을 구하면 그것은 이미 너희 머릿골 속에 내려와 있느니라' 하고 해석하는 것이 타당하다고 봅니다."

"그렇게 해석이 이랬다 저랬다 해도 되는 겁니까?"

"『선도체험기』20권을 쓸 때의 나와 『선도체험기』30권을 쓸 때의 나는 같을 수가 없습니다. 무상(無常)이라는 말 들어보지 못했습니까? 무상은 어쩔 수가 없는 우주의 섭리입니다. 무상이 확실히 진리는 진리인데 구도자는 어떻게 하든지 좋은 쪽으로 향상 발전하는 변화를 겪어야지 타락, 퇴화하는 쪽으로 뒷걸음질쳐서는 안 될 것입니다. 진리가 밝혀지는 쪽으로의 변화라면 얼마든지 좋습니다. 결론적으로 말해서 구도자는 성기원도(聲氣願禱)로도 묵조선(黙照禪) 즉 말도 소리도 내지 않는 침묵 속의 명상으로도 진리를 참구할 수 있습니다.

구도자의 근기(根器)에 따라 어느 쪽이든지 택할 수 있습니다. 어느 쪽이 더 좋으냐 하는 우열을 따질 것이 아니고 구도하는 사람 각자의 능력에 따라 방편을 결정할 뿐입니다. 가족을 거느리면서 구도를 성취하느냐 가족을 버리고 성취하느냐 하는 것은 구도자의 능력에 달린 문제입니다. 각자의 능력에 따라 선택할 일이지 어느 누구도 일방적으로 강요할 수 있는 성질의 것은 아닙니다."

지기(地氣)와 천기(天氣)

1995년 6월 8일 목요일 15~25℃ 구름 많음

오후 3시. 경향 각지에서 올라온 아홉 명의 수련생들이 명상을 하고 있었는데 그중 대전에서 온 40대 초반의 유정희 씨는 우리집에 출입한 지 3개월 정도밖에 되지 않았는데도 수련이 급진전되어 강한 운기현상을 일으키고 있었다. 그녀가 말했다.

"선생님, 지리산에 가면 숨어서 도를 닦으면서 때를 기다리는 도인들이 많다고 합니다. 그분들은 대체로 풍수지리상으로 혈자리를 찾아서 그곳에 토굴을 짓고 수련을 한다고 합니다. 수련을 하는 데 반드시 지기(地氣)를 받는 것이 유리한지 알고 싶습니다."

"집을 지을 때 북쪽과 동서 양쪽에서 바람을 막아줄 산이나 둔덕이 있고 앞이 트인 양지쪽을 누구나 택하는 것은 상식에 속하는 일입니다. 반드시 풍수를 따지지 않아도 누구나 그런 자리를 원합니다. 유정희 씨도 지리산에 가서 도를 닦게 된다면 이왕이면 다홍치마라고 그런 자리를 택하려 할 겁니다. 그러나 도시에서 아파트나 연립주택 같은 데 서민들이 일일이 배산임수(背山臨水), 좌청룡 우백호를 찾을 경황이 어디에 있겠습니까?"

"그럴 때는 어떻게 했으면 좋겠습니까?"

"될 수 있으면 기운이 좋은 길지를 택하는 것이 좋겠지만 그럴 형편이 못되는데 억지로 그런 자리에 집착할 필요는 없습니다. 그런데 집착하느니보다는 수련에 더 지극정성을 다해서 운기를 활발하게 하는 것이 좋습니다. 앞으로 다가올 시대에는 땅의 기운이 아니라 하늘의 기운을 강하게 받는 사람이 유리하게 되어 있습니다. 무슨 뜻이냐 하면 수련을 통해서 하늘 기운을 더 많이 받아들여 운기할 수 있는 사람이 땅의 기운까지도 덮을 수 있다는 말입니다. 길지(吉地)가 따로 있는 것이 아니고 하늘의 큰 기운을 다스릴 수 있는 도인이 머물고 있는 자리가 당연히 지기가 강한 자리보다는 우수하다는 말입니다. 그러니까 지기를 찾아다닐 시간이 있으면 그동안에 수련에 더욱 정진하시는 것이 낫습니다. 하늘의 기운이 땅의 기운까지도 바꾸어 놓을 수 있기 때문입니다."

"제가 존경하는 선도의 스승으로부터, 멀리 떨어진 곳에서 기운을 받으려면 어떻게 하면 됩니까?"

"그 스승을 마음속에 의식하기만 해도 기운은 들어오게 되어 있습니다. 물론 기운을 받으려는 사람이 남의 기운을 받아들일 수 있는 능력이 있어야 합니다."

"제가 만약에 남의 기운을 받아들일 만한 능력이 있다고 할 때 그 스승에게서 기운을 받아들여도 그 스승은 지장이 없겠습니까?"

"그 스승의 수련이 어느 정도냐에 따라 달라질 수 있습니다."

"어떻게 말입니까?"

"그 스승의 수련이 만약에 초보 단계에 있다면 틀림없이 손기 현상을 일으킬 겁니다. 아궁이에 간신히 불을 붙였는데 남들이 와서 자꾸만 쑤시거나 불을 붙여가면 꺼질 위험이 있습니다. 그러나 불길이 활활 타오를 때는 아무리 많은 사람들이 와서 불을 붙여가도 지장을 받지 않습니다. 사람에게는 누구나 영원히 꺼지지 않는 원자로가 하나씩 있습니다. 이 원자로에 불이 완전히 붙어버린 사람은 태양이 위성들에게 열과 빛을 보내주듯 제자들에게 언제든지 기운을 나누어 줄 수 있습니다.

그것은 마치 방송국 송신탑에서 전파를 발사하는 것과도 같습니다. 수신 능력을 갖춘 라디오나 텔레비전 수상기를 가진 사람은 누구나 그 전파를 수신할 수 있습니다. 그러나 송신소에서는 수신기의 숫자가 많건 적건 일정한 출력으로 주파수를 발사해도 송신에는 영향을 받지 않는 것과 같습니다."

"제가 원하지 않는 사람이 제 기운을 뺏어 갈 때는 그것을 막을 수 있는 방법이 있습니까?"

"그럴 때 손기(損氣) 현상이 느껴집니까?"

"기분이 별로 좋지 않습니다. 상대방에게서 탁기가 들어올 때도 있고 빙의령이 실려 들어올 때도 있습니다."

"그럴 때는 자신의 주위에 강력한 방어벽을 치십시오."

"방어벽을 어떻게 치는데요?"

"보호령에게 부탁하여 신장들로 하여금 강력한 방어벽을 치도록 하십시오."

"그렇게 해달라고만 하면 됩니까?"

"한번 실험해 보십시오. 강한 염원을 보내면 반드시 성공할 것입니

296

다. 그러나 웬만큼 참을 수 있으면 그냥 내버려두는 것이 좋습니다."

"그건 왜 그렇습니까?"

"상대가 필요로 하는 기운을 보내줌으로써 유정희 씨는 그보다 더 강한 기운을 하늘에서 받아들일 수도 있으니까요. 구도자의 기운은 강물처럼 도도히 흘러야 합니다. 한군데 멈춰 있으면 반드시 썩게 됩니다. 흐르는 물은 절대로 썩지 않으니까요."

"또 남이 보내주는 기운을 받지 않을 수도 있습니까?"

"그것도 이제 말한 요령으로 자기에게 흘러들어오는 기운을 차단하면 됩니다. 그러나 가능하면 이것도 흐르게 내버려 두는 것이 좋습니다. 인간은 어떤 경우에든지 타인과의 상호교류를 통하여 발전하게 되어 있기 때문입니다. 인간들뿐만이 아니고 만물이 다 그렇습니다. 상호 접촉을 통하여 반응하고 도전하면서 창조력이 발휘되어 진화하게 되어 왔습니다. 만약에 주변에서 아무런 자극을 받지 못한다면 그 존재는 그 순간부터 진화가 정지되어 퇴화 과정을 밟게 되어 있습니다.

이 땅에 태어난 우리 인간은 태어나는 순간부터 주변 환경이나 사람들로부터 갖가지 도전과 자극을 받아 이를 극복하면서 몸과 마음이 진화하게 되어 있습니다. 개인도 공동체도 국가도 민족도 다 마찬가지입니다. 모든 존재는 역경이라는 도전과 이에 대치하는 응전을 통해서 생명력을 진화 발전시켜 나가게 되어 있습니다.

뉴질랜드에 사는 키위라는 새는 원래는 창공을 자유롭게 날아다니는 여느 새와 다름이 없었다고 합니다. 어쩌다가 이 새의 무리들이 이 섬나라에 도착해서 살게 되었는데, 장구한 세월에 걸쳐서 이 섬에서는 이 새의 생존을 위협하는 천적이 없었고 먹을 것은 섬 전체에 지천으로 널려 있어서 날아다닐 필요를 느끼지 않게 되었습니다. 다른 곳에서처럼 사나운 짐승들이 덤벼드는 일이 없어서 도망치기 위해 날아다닐 필요가 없었습니다. 날개를 이용할 필요성이 없어지자 날개가 점점 퇴화하여 지금과 같이 되었습니다. 키만 껑충하니 크고 날지도 못하는 이상한 새로 변했습니다. 천적의 도전을 받지 못하여 날개가 퇴화된 새들은 키위뿐이 아니고 이외에도 여러 종류가 이 섬에는 더 있다고 합니다. 날지 못하는 새들은 만약에 사나운 늑대나 승냥이나 호랑이 같은 맹수가 나타나면 꼼짝 못하고 잡아먹힐 수밖에 없습니다. 지나친 평화와 무사안일은 마침내 키위라는 새에게서 생존력을 박탈해 갔습니다.

역경과 도전은 당장은 피하고 싶은 것이 인지상정입니다. 그러나 도전을 자꾸만 피하기만 하다가 보면 어느새 자기 자신은 키위처럼 날지도 못하는 새로 퇴화시키게 된다는 것을 알아야 합니다. 어떠한 도전에든지 적극적으로 응전해야 우리 자신을 발전시킬 수 있습니다. 역경은 피하라는 것이 아니고 타고 넘으라는 것입니다. 숙제는 풀라는 것이지 피해 도망가라는 것이 아닙니다. 쇠는 단련할수록 강해집니다. 오도 가도 못하게 앞뒤가 꽉 막힌 위기에 처해 보아야 초능력도 생겨나고 지혜도 떠오르게 되어 있습니다.

우리 민족에게 있어서 최근세사는 암흑과 치욕과 절망 그것이었습니다. 그 역사는 지금도 끝나지 않았습니다. 남북 분단은 지금도 지속되고 있고 남북 교류의 숨통은 요지부동으로 막혀 있고 돌파구는 보이지 않습니다. 그러나 바로 지금이 우리 민족에게는 크게 비약할 수 있는 능력과 창조력을 발휘할 때라는 것을 알아야 합니다. 일찍이 인류 역사상 어떠한 민족도 우리처럼 가혹한 시련을 겪어보지는 못했습니다. 그러나 우리는 굴하지 않고 지금껏 온갖 역경을 꿋꿋이 이겨 왔습니다.

국권 상실과 민족 분단, 동족상잔의 비극과 그 후유증으로 인한 헐벗음과 굶주림 속의 1960년대에 우리는 지혜를 짜내어 경제를 부흥시켰고, 세계 개발도상국의 선두주자가 되었고 88올림픽을 열어 민족의 저력을 세계에 과시했습니다. 이 모두가 우리 민족에게 불어 닥친 끊임없는 역경과 시련에 지혜롭게 대처한 데서 나온 결과입니다. 미구에 닥쳐올 남북통일과 그에 뒤이을 갖가지 난제들 앞에서도 우리는 결코 좌절하지 않을 것입니다.

역경과 도전은 피하라고 있는 게 아니고 타고 넘으라고 있는 겁니다. 창의력은 그러한 과정에서 발휘됩니다. 창의력이 구사되지 않으면 생명력의 신장과 진화는 있을 수 없습니다. 따라서 우리는 모든 역경과 도전을 발전의 계기로 삼아야 합니다. 비록 일시적인 후퇴는 있을망정 좌절이나 절망은 있을 수 없습니다."

"우리 동네에 유체이탈을 자유자재로 한다는 사람이 있는데요. 실제로 만나보니까 빙의가 되어 있었습니다. 그런데도 본인은 그것도 모르고 있었는데, 그럴 수도 있습니까?"

"비록 성현이라고 해도 빙의가 안 되는 것은 아닙니다. 빙의된 영을 얼마나 신속히 그리고 효과적으로 천도시킬 수 있느냐 하는 것이 문제가 될 수 있습니다."

"그런데 선생님, 그 사람은 유체이탈을 자유롭게 한다고 하는데도 빙의령을 제때에 천도시킬 수 없는 것 같습니다."

"그걸 어떻게 알았습니까?"

"그 사람에게 빙의된 영이 저한테로 들어오는 것을 보고 알았습니다."

"기운의 교류가 이루어지면 빙의령은 있는 데서 없는 데로 이동할 수도 있습니다. 수련 정도가 높은 구도자일수록 언제나 많은 빙의령이 상주해 있습니다. 이것은 그 사람의 주변에 있는 제자들이나 친지들에게서 항상 빙의령들이 빨려들어와 있기 때문입니다. 마치 벌집에 벌이 날아들듯 항상 수많은 빙의령들의 서식처가 될 수도 있습니다.

그러나 수련 정도가 높은 사람은 이렇게 많은 빙의령이 들어와 있어도 별로 고통을 느끼지 않습니다. 본인은 별로 고통을 느끼지 못하지만 효율적인 천도 능력을 갖고 있습니다. 모든 중음신들이 일단 거쳐 가야 할 거대한 수련장과도 같다고 보면 됩니다. 이러한 구도자와 기운이 교류되면 빙의령이 일부가 옮겨질 수도 있습니다. 그러나 오래 가지는 않고 곧 천도될 것입니다."

"선생님께서는 유체이탈을 어떻게 생각하십니까?"

"수련의 한 과정일 뿐입니다."

"일종의 초능력이라고 할 수 있나요?"

"물론입니다. 그런데 스승을 제대로 만나지 못한 수련생들 중에는 유체이탈 하는 재미에 파묻혀 자꾸만 같은 일을 되풀이하는데 그래서는 안 됩니다."

"그건 왜 그렇습니까?"

"수련 중에 부작용으로 일어나는 어떠한 초능력에든지 집착하면 그 순간에 수련은 정지되고 맙니다. 쓸데없이 출신(出神)할 때마다 얼마나 큰 에너지가 소모되는지 모릅니다. 그런데도 그걸 모르고 자꾸만 그런 짓을 되풀이하는 사람이 있습니다. 심지어 신문에까지 이런 사실을 발표하는 어리석은 사람이 있습니다. 그리하여 호기심의 대상이 되어 초능력학회 회원들의 연구 대상이 되기도 합니다. 이것은 대단히 어리석은 짓입니다. 언제 나타났다가 언제 사라질지 모르는 초능력을 연구의 대상으로 제공하는 것은 부질없는 짓입니다.

진정한 구도자라면 이런 짓은 하지 않습니다. 구도 행위는 스포츠가 아닙니다. 스포츠는 관객에게 기량을 과시하여 세계 공인기록을 갱신하는 것이 목적이 될 수 있지만 구도자의 초능력은 그런 호기심이나 평가의 대상이 될 수 없습니다."

1953년 6월 18일

1995년 6월 18일 일요일 20~24℃ 비

오늘은 6월 18일이다. 나에게는 특별히 기억되는 날이다. 1953년 6월 18일 새벽 부슬비 내리는 부산 가야리 포로수용소에서 그때까지 반공포로인 우리를 감시하던 국군들이 돌연 철조망을 뚫고 들어와 미리 연락을 받고 대기하던 우리들을 석방한 날이다.

판문점에서는 유엔군과 공산 측 사이의 휴전 회담이 포로 송환 문제로 교착 상태에 빠져 있을 때였다. 유엔군 측은 자유 송환을 주장하고 공산 측에서는 전원 강제 송환을 주장하여 양측이 3년여를 두고 입씨름을 하다가 회담이 교착 상태에 빠져 있을 때였다. 남한 각지에 수용되어 있던 4만 3천여 명의 반공포로들 중에는 이북에서 반공 투쟁을 벌이던 사람, 유엔군 북진 당시에 국군에게 협조했던 자위대원 등을 위시한 반공 투사들이 다수 포함되어 있었는데, 이들이 만약에 북한의 주장대로 강제 송환되면 틀림없이 목숨을 잃게 될 것이다.

그런데도 유엔군 측은 북한의 주장에 밀려 그때만 해도 다분히 친공적인 인도군에게 반공포로의 관리를 위탁하여 공산 측의 설득 공작을 받은 후에 포로들의 운명을 결정케 하자는 쪽으로 합의가 이루어져 있었다. 그것은 사실상의 강제 송환이나 다름이 없다는 것이 대한민국 정부나 반공포로들의 견해였다. 까딱하면 중립지대까지 끌려간 4만 3

302

천여 명의 반공포로들은 공산 측의 위협을 받고 부모처자들이 기다리는 북한으로 끌려갈 공산이 컸다. 반공포로들은 기회 있을 때마다 혈서 진정과 시위로 강제 송환 결사반대의 결의를 목이 터지게 부르짖었다. 한국 정부는 반공포로들의 갈망을 들어주어야 할 입장임에도 불구하고 포로 관리 일체를 미군이 담당하고 있는 처지여서 어쩔 수 없이 고심만 하고 있었다.

드디어 이승만 대통령의 결단이 내려졌다. 포로수용소 외각 경비를 담당하고 있던 한국군 헌병에게 명하여 포로수용소들을 미군들에게서 일시 접수하고 반공포로들을 일제히 석방시키기로 한 것이다. 이때 걸을 수 있는 건강한 포로들은 전부 국군 헌병들의 안내를 받아 수용소를 빠져 나올 수 있었지만 환자 포로들과 연락을 받지 못한 일부 수용소 포로들은 석방이 불가능했었다. 이때 석방된 포로들이 3만 5천 명이었는데 나는 바로 이 중에 끼어 있었다.

이때 포로수용소 인근의 통반장들은 미리 연락을 받고 수용소에서 빠져 나온 포로들을 보자마자 민간인 옷으로 갈아 입혀 민가에 숨겨주고 숙식을 제공해 주었다. 그러나 이때 미처 민가에 숨어들지 못하고 우왕좌왕하던 석방 포로들은 미군 수색대에게 걸려들어 재수용되기도 했다. 이들과 몸이 부자유스러운 환자들과 연락을 못 받은 수용소 포로들이 도합 8천 명이었는데 이들은 1953년 겨울, 중립 지대까지 이송되어 인도군 관리를 받아가면서 공산 측 설득 요원들의 감언이설과 위협공갈을 무릅쓰고 극히 일부가 송환되거나 중립국을 택한 것을 빼놓고는 이듬해 2월에 남한에서 전원 석방되었다.

한국 근대사에서 독재자와 부정 선거의 대명사처럼 지탄받아온 이승만 대통령이긴 했지만 이때만은 민족 자주권을 만천하에 과시한 쾌거를 이룩했었다. 국군 통수권 자체가 완전히 유엔군 사령관에게 넘어가 있는 상태에서 누구도 감히 상상할 수 없는 거사를 이승만 대통령은 당당하게 실천한 것이다. 우리로서는 민족 자주권 행사지만 미국의 입장에서는 일종의 배신행위나 다름없었다. 이러한 일들이 쌓이고 쌓이는 동안 이승만 대통령은 미국의 불신과 미움을 샀고 미국이 뒤에서 은밀히 지원한 4·19 의거에 의해 실각을 당하지 않을 수 없었다.

그로부터 42년의 세월이 흘렀다. 석방되었을 때 나는 완전히 외톨이였다. 소도 언덕이 있어야 비빈다고 했다는데 나는 비벼댈 언덕은 고사하고 서발막대기 마음 놓고 휘둘러보아야 거칠 것 없는 외톨이 신세였다. 1·4 후퇴 때 이북 각지에서 나온 수백만의 피난민에다가 그때 나온 4만 3천 명의 반공포로들을 대한민국 정부는 일일이 거두어 줄 형편이 되지 못했다.

아무런 연줄도 없이 취직을 한다는 것은 하늘의 별 따기였다. 어엿한 대학교수들이 일자리가 없어서 부산에서는 똥통을 메어야 할 때였다. 그런 일자리도 서로 얻으려고 치열한 쟁탈전이 벌어지고 있을 때였으니 취직이란 엄두도 낼 수 없는 일이었다. 그러나 그때 젊은 우리를 기다리는 유일한 일자리가 있었으니 그것은 군대에 들어가 복무하는 길이었다.

석방된 포로들 중에서 남한에 친척이나 친지가 있는 사람들은 어떻게 하든지 먹고 살 길이 있었지만 나처럼 사고무친(四顧無親)한 외톨이에게는 군대 외에는 갈 길이 없었다. 그때 내가 진정으로 희망한 것은 고학을 하더라도 대학에 들어가는 것이었다. 그때 내 나이 21세. 한창 공부할 때이고 그런 희망을 품는 것은 당연한 일이었지만 현실은 어디서나 그걸 용납해주지 않았다. 그러나 그때엔 석방 포로들이 금방 한국군에 입대하는 것도 쉬운 일이 아니었다.

때 아닌 반공포로 석방과 비등한 국제 여론과 공산 측의 항의 때문에 석방된 포로들이 국군에 들어가는 것조차 보류되고 있었다. 그동안에 나는 부산에서 포항을 거쳐 예천읍에까지 이동하면서 당국의 보호를 받고 있었다. 예천읍에 한 달쯤 머물고 있다가 슬그머니 빠져나와 내깐에는 공부할 길을 뚫어본다고 서울로 숨어들어와 신당동 어느 민가에서 당국의 지원을 받아 침식을 하게 되었다.

그때 신당동에는 먼저 와 있는 석방 포로들이 여럿 있었다. 이들 중에는 거제도 77수용소에 있을 때 사소한 일로 나에게 좋지 않은 감정을 품고 있던 석방 포로가 한 사람이 있었다. 뒤에 안 일이지만 그는 평양 깡패 똘마니로서 한때 날린 일이 있다고 했다. 그의 친형이 국군 헌병 대위로 있다면서 으시대고 있었다.

한두 달 동안 남한 사회에 살면서 깨달은 것은 어떻게 하든지 돈을 손에 쥐어야 무슨 일이든지 해볼 수 있다는 것이었다. 그야 자본주의 사회에서는 어쩔 수 없는 일이었다. 동네 사람들과 같이 종로에 나가 부서진 건물에서 벽돌을 떼어내는 작업을 하여 일당을 벌기도 하고 청계천 시장에서 내 고향(경기도 개풍군)의 아버님 친구 되는 분을 만나 그분이 시키는 꽈배기 만드는 일을 돕기도 했다. 몸에 익지 않은 육체

노동이어서 저녁이면 파김치가 되도록 지쳐 있었다.

어느 날 저녁을 들고 나서 얼마 있다가 피곤 때문에 정신없이 잠에 곯아떨어져 자고 있는데 느닷없이 침입해 들어온 일단의 폭력배에게 잠도 덜 깬 상태에서 넙치가 되도록 얻어맞았다. 예의 평양 깡패 일당이, 술에 취한 채 77수용소 있었을 때 나에게 품었던 원한을 푼다고 들이닥친 것이었다. 그때 나는 그야말로 어두운 밤에 홍두깨 격으로 일방적으로 하도 심하게 얻어맞아서 콧날이 완전히 삐뚤어졌다. 그때 비뚤어진 콧날은 선도수련 덕분에 지금은 많이 교정이 되었다.

내가 깡패들에게 얻어맞는다는 소식을 들은 정의파 포로 동료들이 들이닥쳤을 때는 이미 그들이 사라진 뒤였다. 이때 내가 깨달은 것은 이처럼 일방적으로 얻어맞기만 한 수치를 당한 것은 내가 너무나 무방비 상태였기 때문이라는 것이었다. 다소라도 무술을 몸에 익혔었더라면 이런 일은 결코 당하지 않았을 것이다. 어떻게 해서라도 무술을 익혀 억울하게 얻어맞은 복수를 꼭 해야겠다고 다짐했다.

그 후 나는 곧 군대에 들어가 논산훈련소에서 신병훈련을 마치고 보병학교 간부후보생으로 선발되었다. 사병생활을 하다가 단기 제대된다고 해도 빌붙어 볼 데가 없는 나로서는 차라리 장교가 되는 것이 낫다고 생각되었다. 보병 간부후보생 91기를 무사히 마친 나는 포병 간부후보생 51기로 훈련을 받게 되었다.

54년 여름 포병 장교가 된 나는 전방에 배치되자 다소 시간 여유를 갖게 되면서 태권도 연습을 하게 되었다. 어떻게 하든지 무술을 몸에 익혀 억울하게 매맞은 원수를 갚기 위해서였다. 그러나 태권도 연습은 잘되지 않았다. 부하들 중에는 태권도 유단자가 있었으므로 가르침을 받을 만한 사범이 없어서가 아니었다.

연습에 신이 나지 않았기 때문이었다. 그때는 그 원인을 미처 깨닫지 못했었는데 지금 와서 곰곰이 생각해 보니 태권도를 시작한 동기가 순수하지를 못했기 때문이었다. 심신을 단련시키자는 것이 아니라 순전히 복수를 위해서였기 때문이었다. 복수심을 품으면 품을수록 괴로움만 더해가고 연습도 지지부진이었던 것이다. 몇 달 동안을 연습하다가 결국은 걷어치우고 말았다.

나의 군대생활은 애초부터 순탄치 못했다. 내가 인민군 포로 출신이었다는 것이 큰 장애였다. 처음 부임했던 포병대대의 부관이 내 인사기록 카드에서 내 출신을 확인하고는 개인적으로는 아무 원한도 없으면서도 단지 자기 형이 공비에게 학살당한 원한을 나에게 갚으려고 작정을 한 것이다. 그 때문에 나는 무능 장교로 낙인이 찍혀 으레 피교육자로 차출되어 포병학교로 발령이 나곤 했다.

그 당시에는 포병학교 피교육자로 발령이 나는 장교는 무능 때문이라는 것이 상식이었다. 부대 요직에 근무하는 장교치고 피교육자로 차출되는 일은 없었던 것이다. 측지 장교, 자동차 장교, 초등군사반 과정 등 피교육자 차출은 도맡아 놓았었다. 포병학교에서는 자기네가 임관시킨 장교가 이렇게 자꾸만 차출되어 오는 것을 반가워할 리가 없었다. 어디를 가나 천덕꾸러기 신세였다. 나의 장교생활은 이처럼 처음부터 장애에 부딪쳤다. 훨씬 뒤에야 나는 한 동기생의 귀띔으로 이 모든 원인이 공비에게 학살당한 형을 가진 대대 부관의 농간 때문이라는 것을 알아냈다.

그러나 이 사실을 알았을 때는 그가 이미 다른 사단으로 전출된 뒤였으므로 어떻게 해볼 도리가 없었다. 나의 장교생활은 이처럼 첫 단추부터 잘못 끼워졌다. 중위로만 무려 8년간이나 빌빌대며 밑바닥을 헤매고 있다가 아무래도 군대에서는 가망이 없다는 것을 깨닫고는 죽이 되든 밥이 되든 제대를 하기로 결심했다. 한국군 장교생활 9년 3개월 만에 나는 포병 중위로 예편되었다. 예편 신청을 하고 거의 발령이 날 임시에는 대대장이 이 사실을 알고는 나의 예편 신청을 저지하려 했다. 그때 나는 포병대대 부관으로 있었는데 대대장은 내 영어 실력이 아깝다는 것이었다. 순전히 독학으로 익힌 영어였지만 나만한 영어 실력을 가진 장교도 드물다면서 예편을 만류했다.

그러나 대대장의 말대로 아무리 재고해 보아도 군대에서는 희망이 없었다. 진급의 길이 꽉 막혀 있었던 것이다. 특히 육사 출신 장교들에 대한 파격적인 우대 때문이었다. 육사생들은 보통 임관된 지 3, 4년이면 대위로 진급이 되는데, 내 경우는 임관된 지 10년이 되어 오건만 만년 중위였던 것이다. 일단 예편하기로 마음의 작정을 하자 설사 당장 대위로 진급을 시켜준다고 해도 더 머물러 있고 싶은 생각이 없었다.

내가 이렇게 제대를 결심하게 된 것은 이북에서 인민(초등)학교 때 담임선생이었던 은사 한 분이 대학교 교수로 있었는데, 그분이 예편을 권했기 때문이었다. 10년간의 한국군 장교생활은 결국 실패로 끝난 셈이다. 예편을 한 나는 은사의 도움으로 경희대학교 영문과 2학년 2학기에 편입할 수 있게 되었다.

소년 시절부터 내 희망은 소설가가 되는 것이었는데 국문과에 들어가지 않고 영문과에 등록한 것은 순전히 취직을 염두에 두고 은사가 그렇게 하기를 권했기 때문이었다. 국문과 졸업생은 취직하기가 어려워도 영어만 제대로 구사하면 취직은 문제없다고 했다. 다행히 나는 열심히 공부한 덕분에 학교에서 시행하는 장학생 선발시험에 합격하여 학비를 면제받게 되었다. 63년 2학기부터 공부를 시작하여 66년 2월에 대학을 졸업했다.

그러나 영어를 좀 한다고 해도 취직은 그렇게 만만치가 않았다. 다행히도 대학 졸업한 해에 경희대 영문과 교수인 은사가 경영하는 〈여학생〉이라는 잡지사에 취직이 되었고, 67년에는 〈코리어 헤럴드〉라는 영자 신문에 기자로 직장을 옮겼다. 중간에 다리를 놓아준 사람이 있긴 했지만 시험을 거쳐야 했다. 그때 내 나이 이미 35세. 초년생 신문기자로서는 너무나 나이가 많았다. 동기생들과 비교할 때 10년이나 연상이었다. 바로 이 때문에 취재기자로 일선에서 뛰기보다는 시사영어 해설판 담당으로 편집부 안에서만 맴돌게 되었다.

75년에는 같은 영자 신문인 〈코리아 타임스〉로 자리를 옮겼지만 기자로서의 정상적인 진급이나 출세의 길은 여전히 막혀 있었다. 이곳에서도 시사영어 해설판을 담당했기 때문이다. 나는 어느덧 시사영어 해설판 담당자로 이름이 나 있었던 것이다.

동년배들이 편집국장이나 논설위원을 할 나이에 나는 겨우 차장급으로 편집부 안에서만 빌빌거리고 있었다. 그러다가 부장 진급도 못해 보고 어느덧 55세가 되어 88년에 정년퇴직을 하게 되었다. 정년퇴직을 한 뒤에도 신문사의 요청으로 차장 때의 절반밖에 안 되는 급료를 받고 촉탁 비슷하게 일을 계속하다가 90년 3월에 도봉산 '끝바위'에서 낙반 사고를 당해 중상을 입고 입원하는 바람이 신문사 기자생활은 23년 만에 완전히 청산을 하게 되었다. 결국 나는 신문기자로서도 실패한 것이다.

23년간 신문사 생활을 하는 동안에 나는 기자로서는 성공할 희망이 없다는 것을 깨닫고 일찍부터 소설 공부에 시간 날 때마다 열중해 있었다. 단편이나 중편소설을 써서 신문사, 잡지사에 여러 번 응모를 했었다. 그러나 번번이 낙방만 거듭해 오다가, 1995년 6월 17일에 작고한 김동리 선생이 창간한 〈한국문학〉에 응모한 단편소설이 당선이 되었다.

한국문학지(韓國文學誌) 제1회 신인상 소설 부문 당선이었다. '산놀이'라는 문제의 단편은 〈한국문학〉 1974년 3월호에 발표되었다. 42세의 뒤늦은 나이이기는 하지만 이때 나는 비로소 소설가로서 공인을 받은 셈이다. 중학생 때부터 품어온 오랜 꿈이 드디어 이루어진 것이다. 42년의 적지 않은 인생을 살아오면서 이때만큼 삶의 보람을 느껴본 적은 일찍이 없었다.

김동리 선생의 장남인 재홍 씨로부터 당선 소식을 전해 듣고 나서 내 작품이 잡지에 발표되기까지 보름 동안이나 나는 너무나 들뜬 나머지 밤잠을 제대로 이룰 수 없었다. 혹시나 그동안에 무슨 엉뚱한 사고로 내 당선작이 발표가 안 되는 것은 아닌가 하는 망상에 시달리기도 하였다. 내 나이 15세쯤 되었을 때부터 꿈꾸어 온 일이니 무려 27년 만에 이룩된 경사였던 것이다.

　신문기자 생활을 하면서도 소설 쓰기에 열중할 수 있었던 것은 아내의 덕분이었다. 64년, 내 나이 서른두 살 때 결혼한 아내는 그때부터 지금까지 직장생활을 하고 있다. 30년을 넘어 아내는 한 직장에 몸담고 있었으므로 우리는 맞벌이부부였다. 바로 이 때문에 나는 적어도 돈 때문에 고심하는 일은 없었다. 맞벌이부부가 아니었더라면 나는 영자 신문기자들이 부업으로 흔히 택하고 있는, 국내 각 기업체에서 의뢰해 오는 국문을 영어로 번역하는 일을 하지 않을 수 없었을 것이다.

　영자지 기자들에게 의뢰해 오는 번역 일은 언제나 밀려 있는 형편이었으니까. 돈 때문에 번역 일을 계속 맡게 되었더라면 나는 소설 쓰는 시간을 가질 수 없었을 것이고 소설가로서 데뷔할 수 있는 길은 영영 막혀버리지 않을 수 없었을 것이다. 군인으로서도 신문기자로서도 실패만 거듭해 온 나에게 소설가로서 등단할 수 있는 길만은 예비되어 있었던 것이 아닐까 하는 생각이 들 때도 있었다. 바로 이 때문에 나에게는 맞벌이 아내가 배당된 것이 아닌가 하는 느낌이 들 때도 있었다.

　더구나 해방 후 최근까지 한국 문학의 대부(代父)로 문단에 군림해 온 김동리 선생에 의해 그가 창간한 잡지의 첫 번째 당선자가 된 것 역시 우연한 일이 아니었다. 〈한국문학〉지에 응모작을 보내기 전까지만 해도 나는 그 전에 하도 많이 미역국만 먹어온 터라 소설가가 되어 보는 것도 영영 헛된 꿈으로 알고 체념하고 있었다. 그때 마침 농민소설가이며 단국대학교 교수인 이동희 형이 내 처지를 딱하게 여겼던지 〈한국문학〉에 꼭 응모해 보라고 권했지만 나는 심드렁해 있었다.

　응모해 보았자 또 떨어질 건데 하는 자포자기 심정 때문이었다. 그런데 이상하게도 이동희 형은 한 번만 권해 온 것이 아니라 그 후에도 잊을 만하면 "응모작 보냈느냐"고 독촉하는 전화를 걸어왔다. 한두 번도 아니고 무려 열 번 이상이나 되풀이되는 독촉에 못 이겨 응모작을 보냈던 것이 뜻밖에 당선이 된 것이다.

나 자신이 뜻밖이었으니 이것을 지켜 본 관심 있는 문단 지망생들이나 주변의 문인들에게도 역시 의외가 아닐 수 없었다. 심지어 김동리 선생과 나 사이에 무슨 부정한 거래라도 있었던 것처럼 소문을 퍼뜨리고 다니는 사람들도 있었다. 김동리 선생과는 개인적으로 전연 모르는 사이였는데도 말이다.

그것도 그럴 만한 이유가 있었다. 그때 〈한국문학〉 편집진에는 이미 문명을 날리고 있는 쟁쟁한 소설가들이 있었다. 이 소설가들이 예심을 거쳐서 몇 편의 후보작을 올렸었다고 한다. 그중에는 요즘 나보다도 훨씬 더 명성을 날리고 있는 〈한국문학〉 제2회 당선자인 문순태 씨도 끼어 있었다. 예심을 맡았던 작가들은 틀림없이 문순태 씨가 당선될 것으로 확신하고 있었다.

그러나 김동리 선생은 예심에서 올라온 후보작들을 읽어보고는 성이 차지 않았는지 응모작 전부를 가져오라고 하여 손수 일일이 읽어보고는 예심에도 끼지 못했던 내 작품을 당선작으로 선정했다고 한다. 당연히 예심자들의 심한 반발을 사지 않을 수 없었다. 그중에 어떤 여류 작가는 내 작품이 당선된 것에 심하게 불평을 했다고 한다. 그 때문에 당선작으로 확정 발표된 뒤에도 어떻게 하든지 그것을 저지해 보려고 갖은 애를 다 썼다고 한다. 그러나 동리 선생은 무슨 이유에서인지 가장 아끼는 이 여류 작가의 건의와 반발을 끝까지 무시하고 초지를 관철했다고 한다.

어찌 보면 예비 심사를 맡았던 작가들의 견해가 옳았었는지도 모른다. 실제로 내가 당선되는 바람에 〈한국문학〉의 두 번째 당선자가 된 문순태 씨는 나보다 작품 활동이 훨씬 더 왕성하여 크게 문명을 날리고 있었기 때문이다. 그 대신 나는 당선이 된 이후에도 크게 두각을 나타내지 못했다. 어찌 보면 나는 군인이나 신문기자로서 실패한 것과 마찬가지로 소설가로서도 실패한 것인지도 모른다. 당선된 지 벌써 21년이라는 세월이 흘렀건만 나는 한국 문학에 획을 그을 만한 이렇다 할 작품을 내놓지 못했기 때문이다.

그래서 나는 문단의 주목을 별로 끌어 본 일이 없다. 통상적인 소설가로서는 나는 분명 실패했다고 자인하지 않을 수 없다. 단지 하나 얘기할 수 있는 것이 있다면 우리나라 상고사나 선도를 소설로 다루었다는 것이 여느 소설가와는 구별되는 특징이라면 특징이라고 할 수 있을 것이다. 그러나 이것은 일반 평론가들이 볼 때는 순수문학에 속하는 소설이 아닌 것으로 비칠지도 모른다. 그래서 그런지 아직 어떠한 평론가도 내 초기 단편들 이외에는 내 장편소설들을 다루어 본 일이 없다. 우선 내가 취급한 문제들이 평론가들이 보기에는 생소한 것들이기 때문이다. 그들에게는 고조선이나 선도에 대해서는 아는 것이 없으니까 언급할 수가 없었을지도 모른다.

무단 일각에서는 나를 보고 선도 소설가라고 부른다. 선도에 관한 장편 연작 소설인 『선도체험기』를 30여 권이나 써 왔으니 그런 말을 들을 만도 하다. 그러나 문인들 특히 평론가들 중에는 선도나 고조선 문제에 관심을 가진 사람은 아직은 단 한 사람도 없으니 내 작품을 다룰 리가 없다. 그래서 그런지 나는 같은 직업을 가진 문인들에게는 별로 알려져 있지 않는 작가이다.

그 대신 선도수련을 하는 일반인들이나 우리나라 상고사에 관심이 있는 독자층에는 내 이름을 모르는 사람이 없을 정도다. 문인이 문인 사회에는 알려져 있지 않고 엉뚱하게도 선도 수련인이나 한국 상고사에 관심 있는 사람들에게만 읽히는 작가가 된 것이다. 바로 그러한 독자층의 수요 때문에 나는 겨우 명맥을 유지하고 있다. 우리나라의 미래를 다룬 역사 장편 소설인 『다물』이 베스트셀러에 낄 수 있었던 것도 이 때문이었을 것이다. 따라서 나는 장래에는 어떻게 될지 몰라도 지금은 통상적 의미의 순수한 소설가로서는 실패한 작가라고 말하지 않을 수 없을 것이다.

따라서 세속적인 의미에서 나는 군인으로서도, 신문기자로서도, 소설가로서도 실패자임엔 틀림이 없다. 군인으로서 출세를 했다는 말을 들을 정도가 되려면 최소한 사단장급 이상까지는 직위가 올라가고 계급도 별을 서너 개 달 정도는 돼야 할 텐데, 나는 겨우 육군 중위를 끝으로 10년 미만의 장교생활을 마감해야 했으니까 말이다.

또 신문기자로서 그래도 성공했다는 소리를 들을 정도가 되려면 신문기자의 꽃이라는 편집국장은 되어야 한다. 편집국장이 차례가 되지 않는다면 주필이나 논설위원 정도까지는 되어야 할 텐데, 겨우 차장급을 끝으로 23년간의 기자생활을 마쳐야 했으니 기자로서는 실패자가 아닐 수 없다.

그렇다면 과연 소설가로서도 실패한 것일까? 아까 나는 통상적인 의미의 순수한 소설가로는 분명 실패했다고 말했지만, 아직도 나는 독자들의 수요에 의해 글을 쓰고 있으니까 그렇게 속단만을 할 일은 아닐지도 모른다. 군인과 기자로서의 생애는 이미 마감을 한 지 오래 되었으니까 그런 판단을 내릴 수 있을지 몰라도 소설가로서는 아직도 뛰고 있으니까 말이다. 혹시 문학 평론가들 중에서 선도에 관심이 있는 사람이 있어서 내 소설을 처음부터 철저히 연구하고 음미해 본다면 무슨 의미나 특징 같은 것을 발견해 낼 수 있을지도 모른다. 그러나 나는 그런 것에는 별로 관심이 없다. 당장은 내 글에 대한 수요가 있으니까 쓸 뿐이다.

소설이란 무엇인가? 간단히 말해서 산문이라는 예술 장르를 통해서 인생의 진실을 그려내는 것이다. 소설가는 그의 문장력, 묘사력, 표현력이 진리에 육박하면 할수록 불후의 고전으로 두고두고 높은 평가를 받게 마련이다. 대부분의 국내외의 명작들은 작가 자신들의 생활 체험이 예술로 승화된 것이다. 인생의 참뜻이 글 속에 짙게 배어 있을수록 좋은 작품으로 평가 받게 마련이다. 그렇게 되려면 작가가 얼마나 자기 자신을 잊는 무아(無我)의 경지에서 글쓰기에 집중할 수 있느냐가 핵심이다. 작품은 예술성도 있어야 하지만 얼마나 인생의 진실과 진리를, 가슴에 와닿는 진솔한 감동으로 독자에게 안겨 줄 수 있느냐에 그 글의 생명이 달려 있다고 본다. 이러한 작품은 두고두고 대를 이어가면서 가보로 남을 수도 있을 것이다.

독자들은 그 작품을 통하여 인생의 진리에 눈을 뜰 뿐만이 아니고 행동과 성격과 일상생활까지도 변해야 한다. 생활이 변하여 진리와 하나가 되는 길을 걷게 하는 것이 문학의 궁극적인 목적이 되어야 하지 않을까? 아니 문학은 반드시 그렇게 되어야 한다고 본다. 이것이 나의 문학관이다. 문학을 위한 문학, 예술을 위한 예술, 소설을 위한 소설은 인생과는 동떨어져서 예술 지상주의로 흐를 우려가 있다. 인간의 실생활 그 중에서는 진리를 깨닫게 하고 구도(求道)를 몸과 마음으로 실천할 수 있게 하는 것이 진정한 문학의 사명이 되어야 한다고 생각한다.

내 글이 그러한 기준에 합당한지는 오직 독자의 판단에 달려 있다. 단지 내가 말할 수 있는 것은 성패 따위는 이제 나는 관심의 대상이 될 수 없다는 것이다. 오직 관심이 있다면 독자들의 수요에 미흡하지 않도록, 아니 그 이상으로 그들이 원하는 길을 앞서서 인도할 수 있도록 최선을 다할 뿐이다. 따라서 지금의 나에게는 성공이나 실패 따위는 안중에 없다.

따지고 보면 인생에 있어서 성공과 실패는 원초적으로 존재하지 않는 것이다. 내가 군인으로서, 또 신문 기자로서 실패했다고 말한 것은 세속적인 의미에서 그렇다는 말이지 실제로 그 실패는 다음 단계의 내 인생의 밑거름이 되었던 것이다. 실패는 성공의 어머니라는 말이 실감이 난다. 실패가 만약에 성공의 어머니라면 실패라는 것은 애당초 존재하지 않았던 것이 되지 않겠는가? 어떻게 보면 실패니 성공이니 하는 것은 지극히 세속적인 인간들의 단견이 빚어낸 착각인 것이다.

나는 군인으로서, 신문 기자로서 나 자신을 실패자로 스스로 낙인을 찍었었다. 그러나 선도수련을 10년쯤 해 본 지금에 와서 내린 결론은 실패니 성공이니 하는 것은 애초부터 없었다는 것이다. 어찌 성패뿐이 겠는가. 생사(生死), 유무(有無), 선악(善惡), 시공(時空) 따위도 애당초 존재하지 않았던 것이다. 나는 장교로서, 신문기자로서 실패한 것을 과거에는 무척 고민하고 실망하고 좌절감을 느꼈었다. 그러나 지금 내가 그 당시로 되돌아 갈 수 있다면 고민이니 실패니 좌절이니 하는 것은 처음부터 모르고 지낼 수 있었을 것이다. 나는 그것들을 시련으로 알고 극복해냈을 테니까.

왜 그럴까? 실패는 오직 실패자가 있을 때만 있는 것이고 실패자가 없는 곳에는 실패 따위는 있을 수 없기 때문이다. 처음부터 실패와 좌절을 모르는 사람에게는 그런 것은 있을 수 없다. 그에게 실패와 좌절은 오직 진리에 도달하기까지의 하나의 과정이며 공부이며 숙제에 지나지 않는 것이다. 어떠한 역경도 그에게는 극복해야 할 시련이요 풀어나가야 할 숙제에 지나지 않는 것이다. 이런 사람에게 어찌 실패와 좌절 따위가 있을 수 있겠는가? 실패가 있으니까 성공이 있고 좌절이 있으니까 희망이 있는 것이다. 생(生)과 사(死), 성공과 실패, 좌절과 희망에 짓밟히지 않는 사람이야말로 이러한 것들을 능숙하게 다룰 수 있다.

슬기로운 양치기는 양이 한 마리 없어져도 애태우거나 슬퍼하지 않고 차분하게 마음을 가라앉히고 실종 원인을 찾아내어 적절한 대책을 세운다. 맹수에게 물려갔다는 것이 밝혀져도 비통해 하는 대신에 다음에 그런 일이 다시 일어나지 않도록 면밀한 대비책을 세운다. 맹수에 대항할 수 있는 사나운 목견(牧犬)을 구입하든가 맹수를 쫓아낼 수 있

317

는 장비를 사들일 수도 있다.

내가 만약 육군 중위 시절로 되돌아 갈 수 있다면 복수심, 좌절, 울분, 불평불만 따위에 시달리는 대신에 지혜로운 양치기처럼 차분하게 대처했을 것이다. 또 만약에 내가 신문기자 시절로 되돌아갈 수 있다면 남보다 10년 늦은 나이에 기자가 된 것을 신세 한탄하거나, 지금 생각하면 가당치도 불평불만으로 앙앙불락하는 소외 계층이나 국외자가되지는 않았을 것이다. 어떠한 역경이든지 발전과 향상을 위한 좋은계기로 이용했을 것이다. 그렇게 되었더라면 초급 장교로서도 신문기자로서도 후회 없는 인생을 보낼 수 있었을 것이다.

나는 나의 젊었을 때와 비슷한 생활을 하고 있는 인생의 후배들에게 꼭 위에 한 말들을 들려주고 싶다. 42년 전 오늘 대한민국 사회에 첫발을 내디딘 날을 맞이하여 그동안의 세월을 되돌아보면서 느끼는 감회를 솔직히 적어 보았다.

문단의 대부 김동리 선생

1995년 6월 19일 월요일 16~25℃ 새벽에 비 가끔 흐림

오전 11시. 7년 만에 김동리 선생 댁을 찾았다. 88년도까지는 해마다 세배를 다녔었는데, 89년도에는 무슨 사정이 있어서 세배를 못 했고 90년도 이후에는 연초에 김동리 선생님이 뇌졸증으로 쓰러지시는 통에 세배를 못해 왔다. 김동리 선생의 문학 세계가 선도와는 밀접한 관련이 있어서 86년도에 내가 선도 공부를 시작한 이후에는 벌써 기운으로 그 사실을 아시고 남이 알아들을 수 없는 간단한 도담을 나누기도 했었는데 5년간의 투병 끝에 끝내 건강을 회복하시지 못하고 17일 밤에 타계하셨다.

김동리 선생이 직접 사비를 들여 창간한 〈한국문학〉지 제1회 신인상에 소설이 당선됨으로써 나는, 1974년 3월, 정식으로 문단에 얼굴을 내밀게 되었다. 따라서 동리 선생과 나는 끊을래야 끊을 수 없는 사제의 인연을 맺은 셈이다. 해방 후 최근까지 사실상 한국 문단을 이끌어 온 문단의 대부(代父)였던 그에게서 더구나 그분이 창간한 잡지에 의해 선택되었지만 나는 그 후 한국 문단에 이렇다 할 공헌을 하지 못했다. 다만 아무도 다루지 않는 선도(仙道)를 소재로 30여 권의 소설을 썼지만 구도자들 이외에는 문인들이나 일반 독자에게서는 거의 주목을 못 받는 처지다.

선발 과정에서도 그리고 그 이후에도 많은 관계자들의 맹렬한 반대를 무릅쓰고 나보다 훨씬 더 촉망 받았던 후보자를 제치고 나를 〈한국문학〉지에서 첫 번째로 당선시켰던 것은 바로 선도 소설가를 한 사람 배출시켜보자는 그분의 의도 때문이었다는 것을 지금에 와서야 나는 어렴풋이나마 짐작할 수 있게 되었다.

선도를 공부하는 내 입장에서 보면 타고난 건강을 가지신 김동리 선생이 83세에 돌아가시게 된 것은 건강관리에 문제가 있었던 것으로밖에는 해석이 되지 않았다. 동리 선생이 뇌졸증으로 쓰러지게 된 것은 과음과 운동 부족 때문이라고 본다. 만약에 술을 절제하고 등산, 달리기, 걷기, 도인체조를 생활화하셨다면 백세는 훨씬 넘게 장수를 누릴 수 있었을 것이다.

그러나 내가 마지막으로 세배 갔었던 88년 정초에만 해도 나는 선도 수련한 지 겨우 이태밖에 되지 않았을 때여서 체험으로 얻은 확신이 없었으므로 그분에게 건강 관리법을 자신 있게 권할 수 없었다. 등산, 달리기, 걷기, 도인체조에다가 오행생식과 단전호흡까지 하셨더라면 그분은 능히 도인(道人)이 되었을 것이다. 김동리 선생은 그런 소질이 있었던 것이다. 선도 소설가가 될 것을 미리 아시고 나를 뽑아주신 동리 선생에게 도인이 될 수 있는 방법을 전수했더라면 나는 그분의 은혜에 만분의 일이라도 보답할 수 있었을 텐데 하는 아쉬움을 안고 동리 선생의 영전을 찾았다.

오전 중이어서 아직 조문객으로 붐비지는 않았다. 영전에는 대통령, 국무총리, 전직 대통령 등의 조화가 즐비하게 서 있었다. 내가 얼굴을 아는 문단인으로서는 송하춘, 최미나, 김연균, 그리고 미망인인 서영은 씨가 보였고 장남인 재홍 씨가 상주로서 맞절을 했다.

관례대로 영전에 절을 하는 순간 나는 선생의 영이 들어오는 것을 직감할 수 있었다. 조문을 마치고 곧바로 집에 돌아온 나는 책상 앞에 가부좌 틀고 앉아서 그분의 영과 마주했다. 평소에 청중들을 앞에 놓고 얘기에 열중할 때의 얼굴과 몸짓과 눈동자와 입놀림이 그대로 재현되고 있었다. 두 시간 만에 떠나셨다. 천도(薦度)되신 것이다. 이런 것을 보고 상부상조라고 하는 모양이다. 스승을 위해서 내가 할 수 있는 조그마한 도움을 드릴 수 있었던 것은 지극히 다행한 일이 아닐 수 없다.

＊ 공자(BC 552~479)는 말했다. 옛날 학자들은 몸을 닦기 위해서 공부를 했는데, 오늘날 학자들은 남에게 알려지기 위해서 공부한다고. 공자가 말한 오늘날은 춘추시대를 말한다. 그럼 20세기 말엽인 오늘날의 학자들은 무엇 때문에 공부를 할까. 남에게 알려지기 위해서뿐만 아니라 돈을 벌기 위해서 공부를 한다. 그럼 선도인은 무엇 때문에 공부를 하는가. 몸도 닦고 기도 닦고 마음도 닦으려고 공부를 한다.

돈 받아내는 비결

1995년 7월 29일 토요일 24∼31℃ 구름 많음

오후 3시.

찌는 듯한 무더위를 무릅쓰고 19명이나 되는 수련생들이 모여 왔다. 이러한 때는 무슨 일에든지 열중하는 것이 더위를 이기는 길이다. 수련에 열중하든가, 집필이나 독서에 몰입하는 것이 좋다. 더위 때문에 수련이 안 될 때는 대화에라도 열중하는 것이 낫다. 50대 초반의 남자 수련생이 물었다.

"선생님 저는 백화점에서 도자기 점포를 하나 운영하고 있는데요, 최근에 뜻하지 않는 실수를 저질렀습니다."

"무슨 실수였는데요."

"어떤 공예가와 계약을 맺고 도자기를 공급받고 있었습니다. 처음에는 잘 나가다가 이름이 좀 나서 주문이 밀려서 그런지 날이 갈수록 수준급 이하의 작품들을 공급하는 겁니다. 그러자 단골손님들로부터 외면을 당하게 되었습니다. 여러 차례 시정을 촉구했지만 조금 나아지는 듯하다가, 똑같은 실수를 자꾸만 저지르고 그 결과 수준급 이하의 작품들이 적지 않게 들어오는 거예요. 하도 같은 실수를 반복해서 저지르기에 관찰을 해보았더니 작가가 술을 지나치게 마시는 데 그 원인이 있다는 것을 알아냈습니다.

322

결국은 과음하는 술버릇이 고쳐지지 않는 한 실수는 앞으로도 되풀이될 것이 뻔했습니다. 한 달을 두고 고심을 했습니다. 공예가의 불성실 때문에 계약이 일방적으로 파기되었다는 소문이 외부에 알려지면 작가에게도 치명적인 타격이 올 테니까 신중에 신중을 기하지 않을 수 없었습니다. 그러나 아무리 생각해 보아도 시정될 가망이 없었습니다. 몇 번 더 경고를 했는데도 쇠귀에 경 읽기였습니다. 드디어 어느 날 도자기 공급자를 다른 사람으로 바꾸어 버리고 말았습니다. 그런데 저의 감독 불충분으로 경리 보는 아가씨가 그만 실수를 저질렀습니다."

"그래요? 무슨 실수였는데요?"

"월말에 공급자에게 한 달 동안 공급받은 작품 대금을 온라인으로 송금을 하게 되어 있는데, 경리 아가씨가 새로 계약한 공급자에게 가야 할 돈을 그전 공급자에게 보내버리고 말았습니다. 새 공급자는 대금 결재일이 지났는데도 돈이 들어오지 않으니까 문의를 해온 겁니다. 알고 보니 돈이 그전 계약자의 구좌에 들어가 있었던 겁니다.

그래서 그에게 전화를 걸었더니 잔뜩 화가 나 있어서 전화를 받지도 않는 겁니다. 할 수 없이 그분의 집에다 전화를 걸었습니다. 그 사람의 부인이 전화를 받기에 사정 얘기를 했더니 대뜸 하는 말이 아니 남의 가슴에 못을 박아놓고 돈 돌려 달라는 말이 나오느냐고 큰소리를 치는 겁니다. 남의 가슴을 아프게 했으니 당신도 그만큼 가슴이 아파 보라는 겁니다."

"그럼 잘못 들어간 돈을 돌려주지 못하겠다는 건가요?"

"그건 아니고 어디 한번 실컷 골탕이나 먹어 보라는 거죠. 꼭 엉뚱한 덫에 발목이 잡힌 것 같습니다. 이럴 때는 어떻게 해야 할지 정말 가슴이 막막합니다. 어쩌면 사람이 자기네 잘못은 손톱만큼도 생각지 않고 그렇게 표독스럽게 나올 수 있는지 약이 올라서 못 견딜 지경입니다."

"약이 오르면 오를수록 심신은 상하게 된다는 것을 아셔야 합니다. 부부간이든 형제 친척 사이든 남과 남 사이든, 모든 인간관계에서 일어나는 분쟁을 해결할 수 있는 지름길이 무엇인지 아십니까?"

"글쎄요. 잘 모르겠는데요."

"잘 생각해 보세요. 내가 『선도체험기』에 그렇게도 여러 번, 기회 있을 때마다 강조해 온 일인데도 생각이 나지 않는다는 말입니까?"

"글쎄요. 갑자기 생각이 나지 않습니다."

"혹시 역지사지 방하착(易地思之放下着) 아닙니까?"

옆에 있던 다른 수련생이 말했다.

"맞습니다. 나 자신보다는 상대를 먼저 생각해 줄 줄 알고 모든 분쟁의 원인을 내 탓으로 돌리는 한 해결되지 않는 말썽이나 분쟁 같은 것은 있을 수 없습니다. 역지사지 방하착은 선도 수련자에게 있어서는 마음공부의 출발점이면서도 종착점이기도 합니다. 물론 그런 경우를 당했으면 약이 오를 대로 오르지 않는 사람은 없을 것입니다. 그러나 약만 잔뜩 올라 있다면 수련하지 않는 사람과 다른 점이 무엇이겠습니까?

이때 그 과음하는 버릇이 있는 작가의 입장이 되어 이쪽을 관찰해 보십시오. 그 작가는 자기의 술버릇은 생각지도 않고 자기의 명예와 자존심에 씻을 수 없는 타격을 받았다고 생각했을 것이 틀림없습니다. 또 그 부인의 입장을 좀 생각해 보십시오. 팔은 반드시 안으로만 굽게 되어 있습니다. 과음하는 남편이 대외 신용도가 떨어져서 망신을 자초한 것은 생각지 않고 무조건 이런 때는 자기 남편을 두둔하는 것이 중생들의 속성입니다. 그 도예가나 그 사람의 아내의 마음공부의 수준을 감안한다면 능히 있을 수 있는 일이 아니겠습니까?

역지사지 방하착이 일상생활화 된 사람은 매사를 이런 식으로 생각함으로써 자기 자신의 감정을 조절할 수 있는 겁니다. 이렇게만 생각할 수 있어도 오를 대로 오른 약은 스스로 녹아 내리는 것을 감지할 수 있을 것입니다."

"약이 오른 것은 녹아내리게 할 수 있다고 해도 적지 않은 돈을 떼이게 되었으니 그건 어떡하죠?"

"어떻게 했으면 좋겠습니까? 한번 진지하게 생각들 해 보세요."

이때 법률사무소에 다닌다는 한 여자 수련생이 말했다.

"그건 간단합니다. 소액재판 청구소송을 내면 간단히 해결이 됩니다. 잘못 들어간 돈의 액수가 얼마나 되는데요."

"한 5백여만 원 됩니다."

"그 정도의 액수면 소액재판 청구를 해도 승소할 수 있습니다."

"어떻게요?"

"최종 거래명세서와 잘못 송금한 은행 영수증이 있을 거 아닙니까. 그리고 새 공급선에서 공급받은 물품거래 명세서 같은 것을 갖추면 됩니다."

"선생님께서는 어떻게 생각하십니까?"

"물론 그렇게 법적으로 해결하는 방법도 있겠지만 그건 어디까지나

서구식 사고방식이고 그렇게도 모든 일을 법적으로만 해결하는 방식은 우리네 정서에는 맞지 않습니다. 법적으로 해결하면 돈은 신속히 회수할 수 있겠지만 감정의 응어리는 그대로 남게 됩니다. 그 응어리는 어떻게 하든지 풀어야 합니다. 그렇게 하는 것이 구도자다운 삶의 방식입니다. 만약에 금생에 그 응어리가 풀리지 않는다면 내세에까지도 일종의 업이 되어 연장이 될 수 있습니다."

"그럼 어떻게 해결하는 것이 가장 바람직한 일일까요?"

"인내력과 지구력 싸움에서 이겨야 합니다. 이쪽에선 비록 사무상의 실수를 저지르긴 했지만 상식적으로 생각해도 얼마든지 회수할 수 있는 돈입니다. 상대는 비록 약이 올라서 골탕을 먹일 작정을 하고 있기는 하지만 사실 떳떳하지 못한 짓이라는 것쯤은 자기네도 잘 알고 있을 겁니다. 이런 때는 어디까지나 침착하고 냉정하고 참을성이 많은 쪽이 반드시 이기게 되어 있습니다.

내가 실제로 겪었던 얘기를 한 토막해 드리겠습니다. 우리 부부는 평생 맞벌이를 해 온 덕에 아래위층 도합 70평쯤 되는, 지은 지 20년 이상 된 낡은 2층짜리 상가 딸린 주택을 한 채 장만했습니다. 그 콧구멍만한 상가건물 하나 운영하는 데도 별별 희한한 에피소드가 다 있습니다.

그중에서 하나만 말씀드리겠습니다. 한번은 그 상가 건물 이층에 인테리어 업자가 세를 들었습니다. 인테리어 업자가 세 든지 얼마 안 되어 집안 내부 공사를 해야 할 일이 생겼습니다. 나는 우리 상가에 인테리어 업자가 들어 왔다는 것은 까맣게 잊어버리고 그전에 단골로 일을 시키던 사람에게 공사를 맡겼습니다.

그런 일이 있은 지 한 달쯤 되었습니다. 날짜가 되었는데도 그 인테리어 업자는 임대료 낼 생각을 하지 않는 겁니다. 전화를 해 보아도 사장은 받지 않았습니다. 한두 번은 그럴 수도 있겠지 했지만 똑같은 일이 되풀이되니까 이상하다는 느낌이 들었습니다. 한번은 직접 사장을 찾아 갔더니 노골적으로 냉대를 했습니다. 얼굴을 마주쳤는데도 만나 주려고도 하지 않는 겁니다. 이때 나는 무엇이 잘못되어도 단단히 잘못되었다는 것을 알았습니다.

"무슨 오해가 있는 것 같은데 속 시원히 털어 놓아 보십시오. 내가 잘못한 일이라면 솔직히 사과할 용의가 있습니다."

내가 이렇게 말하자 그 인테리어 업자는 잔뜩 부운 얼굴로 쳐다보지도 않고 볼멘소리로 말했습니다.

"어떻게 집주인이 자기 건물에 세 든 인테리어 업자를 제쳐놓고 외부에서 업자를 끌어 들여 집안 수리 공사를 맡길 수 있습니까? 10여 년을 이 일을 해오지만 이렇게 모욕을 당하고 자존심을 상해 보기는 처음입니다. 어떻게 그럴 수가 있습니까?"

이 말을 듣고 나니 내가 실수했구나 하는 생각이 들었습니다. 나는 솔직히 그 생각은 못 하고 그 전에 단골로 늘 쓰던 사람을 습관적으로 불렀을 뿐인데 결과적으로 미안하게 되었다면서 다음부터는 무슨 일이 있든지 수리 공사는 꼭 내 건물에 세든 분에게 맡기겠다고 다짐을 두었고 또 실제로 그 후에는 그전 단골보다 공사 단가가 좀 비싸기는 했지만 눈 딱 감고 그에게 맡겼습니다.

그랬는데도 그 세입자의 마음은 끝내 풀어지지 않고 꽁하고 있었습니다. 보통 5, 6개월씩 임대료가 밀리곤 했습니다. 밀린 임대료를 절대로 한꺼번에 갚는 일도 없었고 6개월이나 밀린 것을 겨우 한 달치 정도 갚을까 말까 했습니다. 그렇다고 해서 내 집에 세 든 사람에게 명도소송을 낼 수도 없었습니다.

소송을 내도 민사소송이어서 지지부진이고 반드시 건물주에게만 유리하게 판결이 나는 것도 아닙니다. 이때 나는 시간을 두고 관찰을 했습니다. 어떻게 하는 것이 가장 소망스런 해결책일까를 곰곰이 따져보았습니다. 상대는 어떻게 하든지 골탕을 먹이기로 작정을 한 이상 임대료를 순순히 낼 리가 없습니다. 그렇다고 해서 건물주 마음대로 내보낼 수도 없는 일입니다.

이때 나는 상대의 입장이 되어 나를 살펴보았습니다. 그가 나를 골탕 먹이기로 작정을 한 이상 그의 마음속에는 잔뜩 악의가 들어 있습니다. 악감이라고 할까 증오심이라고 할까? 그런 좋지 못한 감정을 품고 있는 한 그 사람도 마음이 편할 리가 없습니다. 자신의 악의가 자기 자신의 심신을 상하게 하고 있다는 것을 그는 모르고 있는 것입니다. 이런 사람을 상대하여 그와 똑같은 악의를 품고 대든다면 서로의 반감의 골은 자꾸만 깊어지게 될 것입니다.

손바닥도 마주쳐야 소리가 나게 되어 있습니다. 따라서 나는 상대에게 손바닥을 마주치는 어리석음은 저지르지 않기로 했습니다. 상대는 비록 나에게 악의를 품었어도 나는 그에게 추호도 악의를 품지 않기로 했습니다. 내가 그에게 악의를 품지 않았다고 해도 그를 괘씸하게 생각하고 속을 태우고 약이 오른다면 나는 그의 작전에 말려드는 꼴이 되어버리는 겁니다. 상대가 하는 짓에 대하여 속상해 하는 대신에 나는 속으로는, 그렇게 악의를 품음으로써 스스로 자신의 심신을 황폐하게 하는 그를 불쌍히 여기기로 했습니다.

그렇다고 해서 겉으로 이런 빛을 내보였다간 그의 자존심을 더 건드릴 수도 있으므로 절대로 내 속마음을 상대가 눈치채지 못하도록 조심했습니다. 그렇다고 해서 언제까지나 임대료를 안 받고 방치해 둘 수도 없는 일입니다. 신문사를 퇴직한 이후에는 임대료에 우리집 생계가 걸려 있기 때문입니다. 이때 내가 취한 방법은 마음을 될 수 있는 대로 침착하고 냉정하게 유지한 채 가끔씩 그 업자 앞에 나타나 밀린 임대료는 언제까지 갚겠느냐고 묻는 겁니다. 그러면 아무리 건물주를 골탕 먹일 작정을 하고 있다고 해도 통째로 떼어먹겠다고 배짱을 내밀 수는 없으니까 아무 날까지 갚겠다고 합니다.

나는 그것이 빈말이라는 것을 뻔히 알면서도 그러냐고 그럼 그때 다시 오겠다고 말하고는 나와 버립니다. 이때 임대료를 주겠다는 날짜와 시간을 약속받는 것을 잊으면 안 됩니다. 그런 뒤에는 반드시 그가 약속한 날짜와 시간에 가능하면 반드시 그의 앞에 나타납니다. 우정 골탕을 먹이려고 작정을 한 업자는 약속 시간도 지키지 않습니다. 그럼 책을 한 권 들고 가서 사무실에 느긋하게 앉아서 기다립니다. 그가 약속 시간에 사무실에 나타날 때도 있고 나타나지 않을 때도 있습니다.

약속이 이행 안 되면 반드시 다음 약속 날짜와 시간을 지정받습니다. 그가 나타나지 않으면 다음날 그가 출근할 시간에 그의 사무실에서 기다립니다. 나는 맹자의 성선설(性善說)을 믿는 사람입니다. 겉으로는 제아무리 고약하게 성격이 삐뚤어져 있다고 해도 그의 깊은 속에는 양심이라는 것이 있다는 것을 나는 알고 있습니다. 그래서 이 세상의 어떠한 악인도 노력만하면 반드시 누구나 성현이 될 수 있습니다. 모든 사람의 바탕에는 신불(神佛)이 있기 때문입니다.

내가 늘 냉정과 침착으로 그를 대하는 한 그가 악의를 더이상 도발할 리는 없습니다. 근묵자흑(近墨者黑)이라는 말이 진리라면 근선자선(近善者善)도 진리일 수밖에 없을 것입니다. 이러한 확신이 서 있기에 나는 어디까지나 그에게 화내지 않고 조금도 약 오르지 않은 채 접근할 수 있었습니다. 어느 쪽이 이기느냐 하는 것은 누가 더 지구력과 인내력이 강하냐에 달려 있습니다. 나는 이렇게 마음을 작정한 이상 아무리 시간이 걸려도 지치지 않을 자신이 서 있었습니다.

이처럼 그와 나 사이에는 선의와 악의 사이의 팽팽한 줄다리기가 6개월쯤 진행되다가 그는 다른 사람과의 업무상의 사기 혐의로 경찰에 구속이 되는 사태에 이르고야 말았습니다. 결국 영어(囹圄)의 몸이 된 그는 나에게 장문의 편지를 보내어 자신의 잘못을 솔직히 뉘우쳤습니다. 이처럼 제아무리 악한 사람도 선의(善意) 앞에서는 끝내 맥을 못 추게 되어 있습니다.”

“무슨 뜻인지는 잘 알겠습니다만 그렇다고 해서 그 작가의 집에 매번 찾아갈 수도 없고 어떻게 해야 할지 방도가 서지 않습니다.”

“5백만 원이라면 적지 않은 돈입니다. 그 돈을 회수하는 일도 중요한 일이겠지만 그보다 더 중요한 것은 그 일 때문에 약 오르고 속 끓이는 자신의 마음을 안정시키는 일입니다. 자기 마음만 다스릴 수 있다면 해결책은 스스로 나오게 되어 있습니다. 하는 일이 바빠서 매번 그 작가의 집이나 사무실에 찾아갈 수 없다면 전화로라도 얼마든지 할 수 있습니다."

"어떻게 말입니까?"

"그 작가의 부인도 그 돈을 떼어먹겠다는 것은 아니고 실컷 골탕이나 먹이고 나서 갚고 싶을 때 갚겠다는 거 아닙니까?"

"네 그런 것 같습니다."

"그렇다면 속 태우거나 애 끓이지 말고 침착하고 냉정하게 처신하면 됩니다."

"어떻게 말입니까?"

"전화를 걸어서 상대가 욕을 하면 욕을 먹고 실컷 화풀이를 하면 그렇게 하게 내버려둡니다. 절대로 마주 화내면 안 됩니다. 상대가 어떠한 모욕적인 육두문자를 쓰더라도 이미 그런 것쯤은 다 각오가 되어 있다는 심정으로 꾹 눌러 참고 상대의 행패를 다 들어주는 겁니다."

"그다음에는 어떻게 합니까?"

"그렇게 실컷 화풀이를 하게 내버려 둔 다음에 상대가 어지간히 마음이 풀어졌다 싶을 때 그럼 언제 그 돈을 보내주겠느냐고 묻습니다. 그럼 어느 날 보내주겠다고 하든가 그렇지 않으면 좀더 화가 풀린 뒤에 보내겠다고 말할 겁니다. 어쨌든 간에 다음 약속을 반드시 받아내도록 하세요. 물론 아무 약속도 안 하고 일방적으로 전화를 끊는 수가 있을 겁니다. 그럼 그대로 내버려 두세요. 얼마쯤 지난 뒤에 잊을 만하면 또 전화를 하든가 편지를 보내든가 합니다. 이때 반드시 돈을 송금해야 할 온라인 번호를 상대에게 알려주어야 합니다. 전화로는 온라인 번호를 받지 않으려고 할 테니까 반드시 등기우편으로 보내도록 하세요. 좌우간 끈질기고도 냉정하고 침착하게 상대가 손을 들 때까지 계속합니다."

"결국은 화나고 속 타고 애끓는 마음을 내 탓으로 돌려버리라는 말씀이군요."

"물론입니다."

삼공선도(三功仙道) 태동(胎動)

1995년 8월 1일 화요일 25~31℃ 새벽 부슬비 구름 많음

오후 2시. 본격적인 여름 더위에 접어들었는데도 찾아오는 수련생들의 수효는 줄어들지 않았다. 수련생들과의 사이에 다음과 같은 얘기들이 오갔다.

"오늘 아침 신문에 난 어느 여류작가의 고정란에서 읽은 얘긴데요. 대형 사고가 무서운 것은 그 의외성(意外性)에 있다고 했습니다. 다시 말해서 뜻밖에 많은 사람들이 한꺼번에 불귀의 객이 될 수 있다는 게 무엇보다도 가공할 일이라는 겁니다. 이 말을 선생님께서는 어떻게 보십니까?"

"그건 대형 참사를 보는 관점에 따라 다릅니다. 보통 사람들의 눈으로 볼 때는 뜻밖에 갑자기 한꺼번에 많은 사람이 목숨을 잃는 일임엔 틀림이 없습니다. 그러나 똑같은 참사라 해도 진리에 눈이 뜬 구도자의 입장에서 보면 어떠한 대형 참사도 뜻밖에 우연히 일어나는 일은 있을 수 없습니다. 이 세상에 일어나는 어떤 사소한 사건도 다 그럴 만한 이유가 있어서 결과적으로 일어난 것이기 때문입니다."

"그럼 어떤 이유와 원인이 있어서 일어난다는 말씀인가요?"

"그렇습니다. 현상계에서 인과율의 지배를 받지 않는 일은 있을 수 없습니다. 깨달은 사람의 눈, 밝아진 눈으로 보면 이번 삼풍 참사도 다 일어날 만한 원인이 있어서 일어난 것에 지나지 않습니다."

"그렇다면 이번에 밝혀진 458명의 사망자도 다 그럴 만한 원인이 있어서 비명횡사했다는 말입니까?"

"물론입니다."

"신문 보도에 따르면 희생자들 중에는 법 없이도 살만한 효자효부가 수두룩한데 그런 사람들도 다 그렇게 될만한 이유와 원인이 있었다는 말입니까?"

"물론입니다. 금생의 효자가 전생에도 반드시 효자였다고 볼 수는 없는 일입니다. 시작도 끝도 없는 윤회의 과정을 놓고 볼 때 이번의 한 생(生)은 한 찰라에 지나지 않습니다. 이번 생만으로 그 사람의 과거의 수많은 전생까지도 판단하려고 하는 것은 무리라고 아니할 수 없습니다."

"그렇게 보면 이번 사고로 가족이 불의에 사망했다고 해도 억울해할 것도 애통해할 것도 없겠네요."

"깨달은 사람, 진리를 터득한 사람의 눈으로 볼 때는 이 우주 안에는 태어나는 것도 없어지는 것도 없습니다. 그래서 생불생(生不生)이요 사불사(死不死)라고 했습니다. 사랑하는 아내의 죽음을 앞에 놓고 비파를 뜯으면서 새 생명의 탄생을 노래한 장자는 바로 이 진리를 깨달았기 때문에 그럴 수 있었습니다."

"그렇다고 한다면 이번에 이렇게 대형 참사로 그렇게도 많은 인명이 희생된 까닭은 어디에 있다고 보십니까?"

"모두가 다 이 참사와 관련이 있는 사람들을 공부를 시키기 위한 섭리의 작용입니다."

"그거야 산 사람들에 한한 얘기일 테고 죽은 사람들에게는 무슨 의미가 있는 일입니까?"

"죽음을 통해서 그 영혼은 또 한 번 공부의 단계를 높인 겁니다."

"갑자기 그 큰 건물이 일시에 무너지는 아비규환 속에서 무슨 공부고 뭐고가 있었겠습니까?"

"그렇게 생각하는 것은 어디까지나 어느 한 사람의 관점입니다. 물론 갑자기 당한 참사에 어쩔 줄을 모르고 공황 속에서 우왕좌왕하다가 목숨을 잃은 사람도 있었겠지만 그런 아수라장 속에서도 닥쳐오는 운명을 조용히 받아들인 사람도 있었을 겁니다. 사람은 원래가 백인백색이고 천차만별인데 어떻게 똑같다고 단정지을 수 있겠습니까."

"각 사람의 영혼의 진화의 정도에 따라 죽음에 대처한 방법도 천차만별이 될 수 있다는 말씀이군요."

"그렇습니다."

"선생님 수련자가 자신의 깨달음의 정도를 스스로 알아볼 수 있는 기준 같은 것이 있습니까?"

"왜 없겠습니까?"

"그럼 말씀해 주시겠습니까?"

"그러죠. 나는 경전이나 남이 쓴 책을 보고 하는 말이 아닙니다. 내가 수련 중에 스스로 터득한 진실이나 진리가 경전이나 성현들이 쓴 책에 기록이 되어 있다면 나는 더욱더 확신을 갖고 말할 수 있습니다.

수련자가 자신의 깨달음의 정도를 알아볼 수 있는 가장 확실한 기준은 수련을 통하여 실제로 보고 느끼고 깨닫고 체험한 진리를 혼자서만 알고 있기에는 좀이 쑤셔서 도저히 가만히 있을 수 없게 되어 가능하면 만나는 친지나 인연 있는 사람에게 그 진리를 퍼뜨리지 않을 수 없을 때입니다. 이때가 되면 자기의 공부도 어지간한 수준에 도달했다고 자부해도 됩니다."

"그 말씀엔 저도 동의합니다. 그러나 이 세상엔 사이비 종교의 광신자나 맹종자도 있고 반드시 사이비 종교가 아니라고 해도 어떤 종교나 이념에 도취되거나 빠져버린 사람은 전철칸이나 버스칸에서 미친듯이 특정 종교나 이념을 선전하는 일이 있습니다. 이런 사람들은 어떻게 보십니까?"

"그거야 두말할 것 없이 광신자 아니면 맹신자입니다. 광신자나 맹신자는 구도자가 아닙니다. 그건 어디까지나 저급령에게 접신이 된 사람입니다. 이것을 보고 세상 사람들은 정신병자라고 합니다. 마음에 중심이 잡혀 있지 않고 들떠 있는 사람이나 욕심과 이기심이 유달리 강한 사람은 광신도나 맹신자가 되기 쉽습니다. 구도자를 광신자나 맹신자와 혼돈하면 얘기가 처음부터 되지 않습니다.

그러니까 여기서는 누구나 자기중심을 제대로 잡고 정도(正道)를 따라 공부한 사람에 한해서 말씀드리기로 하겠습니다. 마음공부에 관한 한 가장 역사가 오래되고 세련된 불교에서는 육도(六道) 이외에 네 가지 단계를 두고 있습니다."

"육도가 뭐죠?"

"육도 윤회라는 말이 있지 않습니까. 지옥, 아귀, 축생, 아수라, 인간, 천상의 여섯 가지 윤회의 단계를 말합니다. 이것을 육도 윤회라고도 말합니다. 구도에 들어가 깨달음을 얻는 데는 이 여섯 단계 중에서 인간계가 가장 유리하다고 합니다."

"천상계(天上界)는 인간계보다 한 단계 더 발전된 경지가 아닙니까?"

"우리는 흔히 천상계가 인간계와는 비교도 안 되는, 천국이요 극락으로 알고 있지만, 사실은 진리를 깨닫는 공부를 하기에는 인간계 이상 가는 곳이 없습니다. 천상계는 모든 것이 너무나 완벽하고 잘 정돈되어 있고 수명도 몇백 년에서 수십만 년까지이므로 누구나 구태여 어려운 공부를 하여 깨달음을 얻을 필요성을 느끼지 않습니다.

천상계는 부조리와 불의가 판치지 않는 대신에 현재의 위치 이상으로 향상 발전하려는 노력을 해야 하겠다는 자극이 없는 경지이기도 합니다. 그러나 천상계에도 생로병사는 엄연히 있습니다. 구도의 목표는 어디까지나 천상계를 포함하여 일체의 현상계(現象界)를 몽환포영(夢幻泡影)으로 간주하고 여기에서 벗어나 완전무결한 자유와 해탈을 얻자는 데 있습니다."

"그럼 육도 이외의 네 단계는 어떤 겁니까?"

"그것이 바로 지금부터 말하고자 하는 겁니다. 순서적으로 말하자면 육도 이외의 7단계는 성문(聲聞), 8단계는 연각(緣覺), 9단계는 보살, 10단계는 부처입니다."

"그럼 7단계인 성문이란 무엇을 말합니까?"

"성문이란 글자 그대로 진리의 소리를 알아들은 것을 말합니다. 그래서 소리를 들었다고 해서 성문(聲聞)이라고 했습니다. 경전을 읽거나 성현의 말씀을 듣거나 해서 진리의 목소리를 듣고 마음속에 도심

(道心)을 품게 된 단계를 말합니다. 말하자면 도심(道心)이 이제 겨우 파종된 단계를 말합니다. 이때 기공부를 시작하면 호흡문이 열리게 됩니다. 몸속에 숨어 있던 온갖 지병들이 하나씩 하나씩 자연치유 됩니다. 몸이 의외로 건강해지고 조급하고 화 잘 내던 사람은 성격이 느긋해지고 여유를 갖게 되어 너그러운 사람으로 탈바꿈하게 됩니다."

"그럼 8단계는 어떻게 됩니까?"

"연각(緣覺) 또는 독각(獨覺)의 단계를 말합니다. 7단계보다는 한층 발전된 단계입니다. 각(覺)자가 들어가 있으니 이것은 분명 깨달음을 얻게 된 단계를 말합니다. 소승 불교에서는 대체로 이 단계에서 만족한다고 합니다. 자기 혼자 진리를 깨달았으면 됐지 이것을 꼭 남에게 전파할 필요까지는 절실히 느끼지 않는 겁니다. 또 비록 대승 불교도라고 해도 이 단계에서는 아직은 자체 내의 정비 단계여서 자기 자신이 터득하고 깨달은 진리를 남에게 보급하겠다는 결심을 하기 전 단계를 말합니다. 내가 만든 선도수련 10단계 중에서 8단계는 연각과 일치한다고 할 수 있습니다.

지난 5년 동안 나한테 찾아 와서 수련을 지도받은 사람들은 기껏해야 연각의 수준이었습니다. 다시 말해서 혼자서만 깨달았지 자신의 깨달음을 어떻게 해서든지 남에게 보급할 결심을 하고 이것을 행동에 옮긴 사람은 아직 나타나지 않았었습니다. 기껏해야 도우회 정도를 결성하자는 수준이었습니다. 그러나 얼마 전에 바로 이 연각의 수준을 뛰어넘은 분이 나타났습니다."

"그분이 누구십니까?"

"우주일보의 박정도 회장입니다."

"그분은 선생님한테 와서 수련을 하신 지 얼마나 되었는데요?"

"금년(1995년) 4월 초순부터였으니까 이제 겨우 4개월 되었습니다."

"아니 그렇게밖에 안 되었는데 벌써 그런 수준에 도달했다는 말씀입니까?"

"그렇습니다. 그분은 내가 5년 동안의 수련 끝에 도달한 경지를 불과 4개월 만에 성취했습니다."

"도대체 그분은 어떻게 그렇게 빨리 도를 이룰 수 있었는지 좀더 구체적으로 말씀해 주실 수 없겠습니까?"

"왜 없겠습니까?"

"도대체 어떤 방식으로 수련을 했기에 그렇게 빠른 성취를 이룰 수 있었을까요?"

"그분은 나를 찾아오기 전에 이미 그렇게 될 수밖에 없는 기초를 충분히 쌓았습니다."

"어떻게 말입니까?"

"하나의 신문을 창간하여 육성해 오는 과정에서 국조인 단군을 잊고 사는 단군의 후손들에게 단군정신을 일깨우는 데 전력투구해 왔습니다. 그 결과 그 방면에서는 많은 뜻있는 국민들의 호응을 받아 왔고 이 방면에서 언론인으로서는 처음으로 큰 성과를 올리고 있습니다. 그것이 바로 선도수련을 할 수 있는 충분한 기틀을 마련한 거죠. 선도수련을 하기 전에 이미 그분은 불만 붙이면 활활 타오를 수 있는 모든 조건을 이미 충분히 갖추고 있었던 겁니다.

단군의 핵심 사상은 『천부경』, 『삼일신고』, 『참전계경』 속에 담겨 있고 단군의 정체는 바로 선도 그 자체입니다. 붓다의 정체는 불교이고 공자의 정체는 유교, 노자의 정체는 도교, 예수 그리스도의 정체는 기독교인 것과 같이 단군의 정체는 바로 선도입니다. 단군 정신에 투철한 사람은 이미 선도수련을 할 수 있는 만반의 준비가 다 되어 있는 겁니다. 그것은 마치 바싹 마른 장작더미에 불씨를 던진 격이었습니다."

"그래도 그분은 선생님과 같은 스승을 만났기 때문에 그렇게 빠른 성취를 하신 것이 아닐까요?"

"다 인연이 있었기에 그렇게 된 겁니다."

"그럼 선생님 그 박정도 회장의 수련을 지도해 주신 과정을 소상히 밝혀 주시겠습니까?"

"그거야 어려울 거 없습니다. 지도 방법은 지난 5년 동안 나를 찾은 모든 수련생들을 가르친 방법과 다른 것이 없습니다. 단지 그분은 금년에 환갑을 지난 고령인데도 불구하고 내가 시키는 몸공부, 기공부, 마음공부 즉 삼공선도 수련법을 그 누구보다도 충실히 실천한 겁니다.

그렇게 시키는 일을 충실히 따르니까 하루가 다르게 몸과 기와 마음이 바뀌어 간 것이죠. 164센티의 키에 65킬로의 체중이 나갔었는데 지금은 6킬로나 줄어들었습니다. 약간 뚱뚱한 편이었는데 이제는 날씬한 신사가 되었습니다.

몸 전체의 모습이 그야말로 환골탈태(換骨奪胎)하여 도골선풍(道骨仙風)으로 변모되었습니다. 몇 개월 만에 만나는 그분의 친지들은 그 엄청난 변화에 놀라고 있습니다. 새벽마다 달리기를 한 시간 정도씩 하니까 굳었던 상체가 완전히 풀어져서 동작이 청년처럼 유연해졌습니다. 몸이 새털처럼 가벼워지고 건강이 몰라보게 향상된 것은 더 말할 필요도 없습니다.

　조급하고 화를 잘 내던 성격도 간 곳 없이 사라지고 그 대신 강인하면서도 침착하고 냉정하고 부드럽고 관대해졌습니다. 그분의 건강과 용모가 이처럼 현저하게 변화하게 되자 가족과 친지들도 무조건 그분의 뒤를 따르게 되었습니다. 부인은 말할 것도 없이 아들딸, 사위, 며느리가 모조리 등산, 달리기, 도인체조, 오행생식을 시작했습니다. 물론 『선도체험기』를 읽고 수련을 할 준비를 하고 있는 친지와 가족들도 있지만 무조건 건강부터 먼저 찾으려고 오행생식과 등산과 달리기, 도인체조를 시작한 겁니다."

　"한 가지 의문이 있습니다."

　"말씀해 보세요."

　"그럼 그분은 선생님께서 설정하신 선도수련 10단계를 순서적으로 통과 중에 있습니까?"

　"물론입니다. 수련 시작 1개월 안에 대주천을 통과했고 최근에는 10단계 수련 중에서 가장 어려운 5단계의 빙의굴 통과까지 마쳤습니다."

　"빙의굴 통과란 다시는 빙의가 안 된다는 것을 말합니까?"

　"빙의가 안 되는 것이 아니라 빙의가 되어도 기운은 여전히 잘 들어와서 빙의 때문에 고통이나 부담을 별로 느끼지 않게 되는 것을 말합니다."

　"그건 그만큼 도력(道力)이 강해졌다는 말씀인가요?"

"물론입니다. 그뿐만이 아니고 그분은 삼합진공, 연정화기의 단계를 이미 통과했습니다. 난 지금까지 지난 5년 동안 숱한 수련생들을 지도해 왔지만, 그분만큼 충실하고 진지하게 수련에 임하는 분은 아직 만나보지 못했습니다. 사람은 무슨 일을 하든지 그렇게 지극정성을 다하면 이루어지지 않는 일이 없는 법입니다. 하나의 신문사를 총괄하는 분주한 나날을 보내면서도 그분은 월요일부터 금요일까지 닷새 동안은 어떠한 일이 있어도 퇴근길에 나한테 들러서 한 시간씩 수련을 합니다.

지성이면 감천이라는 말이 있지만 이렇게 정성스럽게 수련에 임하는 분에게 나 역시 마음과 기운과 열의가 쏠리지 않을 수 없는 일입니다. 내가 박정도 회장에 대하여 이렇게 상세하게 말하는 이유는 그분으로 인하여 지금부터 5년 전에 이미 계획했다가 실패로 끝났던 숙원사업을 다시 시작해 볼 수 있게 되었기 때문입니다."

"숙원사업이라뇨?"

"지난 5년간 많은 후배들을 지도·육성해 오면서 늘 소망했던 수련도장을 하나 만드는 일입니다. 사실 이 사업은 91년도부터 일부 뜻있는 도우들이 모여서 기금을 만들어 실행해 보려고 준비위원회까지 결성되었지만 우선 도장을 차릴 수 있는 건물을 임대할 자금이 모이지 않아서 어쩔 수 없이 연기되어 왔던 일입니다. 그런데 이번에 박 회장이 평생 모은 사재를 투자하여 도장을 하나 만들기로 하고 지금 장소를 물색 중에 있습니다. 삼공선도(三功仙道)를 위해서 정말 획기적인 사건이 아닐 수 없습니다."

"정말 축하드립니다."

"고맙습니다."

"그런데 선생님 아까 깨달음의 단계에 대해서 말씀하시다가 육도 다음에 7단계 성문(聲聞), 8단계 연각(緣覺)까지 말씀하시곤 박정도 회장 얘기가 나왔는데 그럼 9단계는 어떻게 됩니까?"

"사실 박정도 회장 얘기가 나온 것은 9단계인 보살의 경지를 얘기하기 위해서였습니다. 보살의 경지에 이른 사람은 그때까지 수련해 오면서 터득하고 깨달은 진리를 혼자서만 속에 감추고 있는 것이 아니라 많은 중생들에게도 보급하여 진리를 깨닫게 하는 일을 스스로 시작합니다.

진정한 깨달음은 보살의 경지에 이른 사람에게 오는 것을 말합니다. 재산이 있는 사람은 재산을 기울여, 재능이 있는 사람은 재능을 구사하여 자기가 깨달은 진리를 될수록 많은 사람에게 알릴 뿐만 아니라 널리 후배를 지도·육성하는 일을 자발적으로 시작하게 됩니다. 상구보리(上求菩提)한 구도자가 하화중생(下化衆生)하는 것을 말합니다. 나는 나에게 찾아오는 수련생들을 5년 동안 지도·육성한 끝에 오늘에 와서야 비로소 보살의 경지에 도달한 한 사람의 후배를 만날 수 있게 된 겁니다."

"이제 드디어 삼공선도(三功仙道)에 불이 붙게 된 거 아닙니까?"

"그럴 만한 때가 된 것 같습니다."

"선생님께서 그동안 소프트웨어는 충분히 개발해 놓으셨으니까 자금과 인력만 있으면 되겠군요."

"때마침 도장을 운영할 만한 인재도 세 사람이나 확보되어 있습니다."

"누군데요?"

"세 분 다 우리집에 공부하러 다닌 지 3년 이상씩 된 고참들로서 수련이 많이 되어 보살도의 경지에 오른 분들입니다."

"그렇다면 전부 다 선생님 문하에서 배출된 분들이 이번에 도장을 운영하게 되었군요."

"그렇다고 할 수 있습니다. 구도자는 자신이 깨달은 도를 다른 사람들에게 보급할 때 비로소 크나큰 보람을 느끼게 되고 큰 기운을 받게 됩니다. 그것은 마치 물이 고이면 썩지만 흐르면 흐를수록 더욱더 신선해지고 막강해지는 것과 같은 이치입니다. 진리 역시 혼자서만 성취해 보았자 별로 의미가 없습니다. 이것을 남에게도 전파할 때 비로소 구도자는 존재할 의미를 갖게 됩니다.

그것은 마치 가난한 사람들이 득실대는 빈민촌 한가운데서 큰 부자가 호화주택을 짓고 거들먹대어 봐야 별로 행복할 수 없는 것과 같습니다. 진정한 행복은 자신이 이룩한 부(富)를 이웃과 함께 나누어 다같이 부유해졌을 때에 오게 되어 있습니다. 도(道) 역시 마찬가지입니다. 혼자서만 성취해 보았자 별 의미가 없습니다. 그러한 도는 언제 어느 때 무너질지 모르는 사상누각(沙上樓閣)과 같습니다. 구도자의 진정한 행복은 홍익인간(弘益人間)하고 재세이화(在世理化)할 때 비로소 찾아옵니다."

"왜 그래야만 한다고 보십니까?"

"그것은 원래 나와 남이 따로 없기 때문입니다. 만약에 나와 남이 처음부터 따로 따로 존재했었다면 혼자서만 도(道)를 성취해도 아무렇지

344

도 않았을 것입니다. 또 주변에 사는 사람들이 아무리 가난하다고 해도 혼자서만 부를 크게 축적하고 사는 데 행복을 느꼈을 것입니다. 그러나 현실은 그렇지 않습니다. 그것은 나와 남은 본래 하나였기 때문입니다. 겉모양은 천차만별이지만 속은 하나이기 때문입니다. 사람에게는 머리, 귀, 눈, 입, 코, 살갗, 팔 다리가 있어서 각각 하는 역할은 다르지만 속으로는 한 몸에 속해 있는 것과 같습니다. 두 팔은 멀쩡한데 다리는 약해져서 제대로 걷지도 못한다면 그 사람의 양팔은 진정한 행복을 느낄 수 있겠습니까?"

"과연 그렇겠는데요."

"그래서 우리나라는 처음에 나라를 세울 때 한웅 할아버지와 단군 할아버지는 건국의 목표를 다른 나라들처럼 부국강병(富國强兵)에 두지 않고 홍익인간 이화세계에 두었던 겁니다. 혼자서만 부강해지려면 남의 나라의 부강을 빼앗아야만 하기 때문에 침략 전쟁이 끊일 날이 없습니다. 과거 이웃 일본을 비롯하여 부국강병을 표방한 중원과 서구의 여러 나라들이 침략 전쟁을 일삼은 것은 이 때문입니다. 김구 선생은 부강한 나라보다는 아름다운 나라가 되기를 바랐습니다. 아름다운 나라란 홍익인간하고 재세이화하는 나라를 말합니다."

"홍익인간이라는 말은 이해를 할 수 있겠는데 재세이화니, 이화세계니 하는 것은 무엇을 말하는지 정확히 이해를 할 수 없습니다."

"재세이화(在世理化)에 나오는 이(理)란 진리를 말합니다. 이 세상에 존재하면서 진리의 세계로 만든다는 뜻입니다. 이화세계(理化世界) 역시 진리의 세계를 만든다는 뜻입니다. 이 세상을 진리의 세계로 바꾼다고 하면 이 세상 사람들을 전부 다 구도자나 도인으로 만든다는 뜻이니 얼마나 고매한 이상입니까.

지구상에 이보다 더 훌륭한 국가 창립 이상(理想)이 역사상 존재해 본 일이 있었는지 어디 한번 생각해 보세요. 그래서 애초부터 도인들이 나라를 세운 예는 우리나라밖에는 없습니다. 모든 사람을 널리 유익하게 하는 진리의 세계를 만드는 것이 우리나라 국조님들의 이상이었습니다. 그것은 또한 모든 고등 종교의 이상이기도 합니다."

"제9단계의 보살의 경지 다음에는 또 뭐가 있습니까?"

"마지막으로 10단계인 부처의 경지입니다. 부처라고 하면 붓다 또는 불타를 말하는데, 서기전 6세기경 인도 가필라국에서 출생하여 태자의 지위를 헌신짝처럼 내던지고 출가를 단행하여 일체의 번뇌를 끊고 우주의 참진리를 깨달아 중생을 위해 설법했던 석가세존을 지칭하는 말이기도 합니다. 그러나 부처는 깨달은 사람이라는 말에서도 볼 수 있듯이 석존 한 분에게만 국한된 명칭은 아니고 무상의 진리를 깨달아 모든 사람들을 제도하고 가르칠 수 있는 지위에 있는 사람을 가리키기도 합니다. 깨달음에서는 최고의 경지에 오른 사람을 말합니다."

"선생님께서는 박정도 회장의 예를 들어 그분이 도장을 위해 적지 않게 투자한 것을 보살도를 실천한 것이라고 말씀하셨습니다. 그렇다면 국내에는 숱한 선도의 도장들이 운영되고 있는데, 그 도장에 투자한 사람들은 전부 다 보살도에 오른 사람이라고 할 수 있겠습니까?"

"그렇지는 않습니다. 도장을 운영하는 사람들은 깨달음이 보살도의 경지에 오른 사람도 물론 있겠지만 영리 추구를 목적으로 하는 사람도 많습니다. 또 선도 보급도 하고 영리도 추구하겠다는 이중의 목적을 위해서 도장을 개설하는 사람도 있습니다.

심지어 호흡문도 안 열리고 기운도 제대로 느끼지 못하는 사람이 도장을 운영하는 경우도 많습니다. 그런가 하면 도장을 체육관 비슷하게 순전히 건강을 위해서만 운영하는 사람도 있습니다. 이러한 경우는 그 운영자나 투자자가 보살도의 경지에 올랐다고는 말할 수 없습니다. 보살도와 영리 추구를 혼동하시면 곤란합니다."

"그렇군요."

1995년 8월 5일 토요일 25~28℃ 대체로 흐림

오후 2시. 더운 날씨에도 불구하고 13명의 수련생들이 모였다. 요즘은 수련생들이 모이기만 하면 도장 개설 문제에 관심을 기울인다.

"이번에 새로 개설되는 도장은 뭐라고 명칭을 달 겁니까?"

"삼공선도 본부선원으로 할까 합니다."

"지원장과 사범들은 선정되었습니까?"

"이미 다 내정이 되어 지금 한창 뛰고 있습니다."

"장소는 마땅한 게 나왔나요?"

"아무래도 교통이 편리한 곳이라야 될 텐데요."

"그렇지 않아도 지하철역 근처로 하려고 했는데 마침 아주 마땅한 자리가 ○○역 근처에 나타났습니다."

"몇 평인데요?"

"실평수 백 평이라고 합니다."

"평당 얼만데요?"

"2백 5십만 원이라고 합니다."

"그럼 백 평이면 2억 5천이라는 말인가요?"

"그렇습니다."

"보증금 얼마에 월세는 얼마를 달라고 하는데요?"

"보증금 5천에 월세 4백만 원을 달라고 합니다."

"전세 보증금을 더 늘리고 월세를 줄일 수 없나요?"

"우리도 그렇게 하기를 바라는데 그게 잘 안됩니다. 건물주는 워낙 돈이 많은 사람이 되어 놔서 보증금 5천에 월세 4백을 고집하는데 우리는 아예 전부 다 전세로 달라고 했더니 관리인이 절충해 보겠다고 합니다."

"월세가 4백씩이나 나가면 당분간은 수지 맞추기가 어렵겠는데요."

"수련생 한 사람당 월 수련비를 8만 원씩 받는다고 해도 5십 명이면 4백, 백 명이면 8백만 원이 나오는데, 도장 개설 초기부터 백 명을 확보하기는 힘들고 운영이 어렵겠는데요. 최소한 지원장 한 사람, 사범 두 사람은 있어야 하니까 인건비가 나와야 하고 건물 관리비며 각종 공과금이 또 나가야 하니까요."

"건물과 위치는 어떻습니까?"

"위치는 ○○역에서 XX대교 쪽으로 도보로 5분 거리에 있는 도로변이고 3층짜리 신축 건물이고 지금 마무리 공사가 한창 진행 중입니다."

"건물은 참 탐이 나는데 신분을 밝히기를 꺼리는 돈 많은 건물주가 월세만 많이 받으려고 하니까 그게 문젭니다."

"정신 수양을 목적으로 하는 비영리 공익사업체니까 좀 봐 달라고 하면 안 될까요?"

"임대업자가 마음공부가 많이 된 사람이 아닌 이상 그런 말은 먹혀들지 않을 겁니다."

저자 약력

경기도 개풍 출생
1963년 포병 중위로 예편
1966년 경희대학교 영어영문학과 졸업
코리아 헤럴드 및 코리아 타임즈 기자생활 23년
1974년 단편 『산놀이』로 《한국문학》 제1회 신인상 당선
1982년 장편 『훈풍』으로 삼성문예상 당선
1985년 장편 『중립지대』로 MBC 6.25문학상 수상

저서로는 단편집 『살려놓고 봐야죠』(1978년), 대일출판사, 민족미래소설 『다물』(1985년), 정신세계사, 장편 『소설 한단고기』(1987년), 도서출판 유림, 『인민군』 3부작(1989년), 도서출판 유림, 『소설 단군』 5권(1996년), 도서출판 유림, 소설선집 『산놀이』 ①(2004년), 『가면 벗기기』 ②(2006년), 『하계수련』 ③(2006년), 지상사, 『선도체험기』 시리즈 등이 있다.

약편 선도체험기 7권

2021년 3월 10일 초판 인쇄
2021년 3월 20일 초판 발행

지 은 이   김 태 영
펴 낸 이   한 신 규
본문디자인   안 혜 숙
표지디자인   이 은 영
펴 낸 곳   글터
주소   05827 서울특별시 송파구 동남로 11길 19(가락동)
전화   070 - 7613 - 9110   Fax   02 - 443 - 0212
등록   2013년 4월 12일(제25100 - 2013 - 000041호)
E-mail geul2013@naver.com

ⓒ김태영, 2021
ⓒ글터, 2021, Printed in Korea

ISBN 979 - 11 - 88353 - 30 - 9   03810   정가 20,000원
ISBN 979 - 11 - 88353 - 23 - 1(세트)

* 저자와 출판사의 허락 없이 책의 전부 또는 일부 내용을 사용할 수 없습니다.
* 잘못된 책은 교환해 드립니다.